王春林 ◆ 著

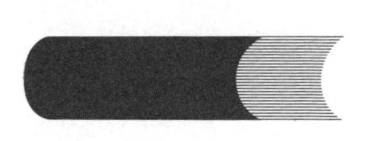

长篇的咏叹

Aria of Novel

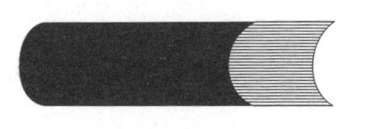

人民文学出版社

图书在版编目（CIP）数据

长篇的咏叹 / 王春林著. -- 北京：人民文学出版社，2025. -- ISBN 978-7-02-019099-7

Ⅰ. I207.425

中国国家版本馆CIP数据核字第2025HB1354号

| 责任编辑 | 范维哲 |
|---|---|
| 装帧设计 | 刘　远 |
| 责任印制 | 张　娜 |

| 出版发行 | 人民文学出版社 |
|---|---|
| 社　　址 | 北京市朝内大街166号 |
| 邮政编码 | 100705 |

| 印　　刷 | 三河市东方印刷有限公司 |
|---|---|
| 经　　销 | 全国新华书店等 |

| 字　　数 | 244千字 |
|---|---|
| 开　　本 | 880毫米×1230毫米　1/32 |
| 印　　张 | 12.5　插页3 |
| 版　　次 | 2025年3月北京第1版 |
| 印　　次 | 2025年3月第1次印刷 |

| 书　　号 | 978-7-02-019099-7 |
|---|---|
| 定　　价 | 55.00元 |

如有印装质量问题，请与本社图书销售中心调换。电话：010-65233595

# 目　录

**迟子建《群山之巅》：**
　　北中国乡村世界的生命浮世绘　　001

**张炜《独药师》：**
　　革命、养生以及道家文化的辨析批判　　021

**格非《望春风》：**
　　文化乡愁与乡村的冷峻现实　　050

**东西《篡改的命》：**
　　底层苦难命运的寓言化书写　　071

**吕新《下弦月》：**
　　"七十年代"灰色生存图景的艺术呈示　　086

**徐则臣《王城如海》：**
　　戏剧性与被撕裂的社会阶层　　112

**弋舟《我们的踟蹰》：**
　　行走在情感与精神的边缘　　137

艾伟《南方》：

　　"生与死"中"罪与罚"的尖锐诘问　　152

周大新《曲终人在》：

　　社会现实批判与政治权力人格的深层透视　　172

孙惠芬《寻找张展》：

　　忧愤深广或者心事浩茫　　188

付秀莹《陌上》：

　　当下乡村世界的精神列传　　210

张忌《出家》：

　　生存挣扎与精神困厄　　236

须一瓜《别人》：

　　社会问题聚焦与知识分子的精神透视　　256

何玉茹《前街后街》：

　　情感记忆与理性沉思　　280

张好好《禾木》：

　　以"罪与罚"为中心的箴言式写作　　303

秦巴子《跟踪记》：

　　洞幽烛微的精神"窥视"　　317

叶炜《福地》：

　　乡土与历史的文化书写　　337

林森《关关雎鸠》：

"父—子"冲突中的伦理追问与思考　349

浦歌《一嘴泥土》：

乡村知识分子的心理透视与精神裂变　369

李永刚《鳏夫絮语·我的莱伊拉》：

逾越文体界限的精神叙事　383

# 迟子建《群山之巅》：
## 北中国乡村世界的生命浮世绘

在对作家迟子建进行的一次访谈中，资深书媒记者舒晋瑜曾经写下过这样的一种判断："她带给人们的多是温暖和阳光，有时忧伤，是秋风掠过般的悲凉。近来迟子建作品中的'秋意'渐浓，变成冬日刺骨的寒意，犀利地穿透人生。""是迟子建的变化，抑或作为读者的成熟？ 总之，她还是她，明媚灿烂的笑容不曾改变；她又不是她了，对社会现实的批判含蓄地包裹在诗意的文字里，只有用心琢磨，才能体味到她真诚的善意和宽厚的悲悯。"[①]实际的情况也正是如此，一方面由于年龄的自然增长与阅历的日渐丰厚，另一方面更由于遭遇了个人生活中的巨大变故，情感甚笃的丈夫在2002年五月不幸因车祸弃她而去，迟子建的小说创作确实存在着一个由早期的温暖忧伤向后期的沧桑悲凉发生艺术转型的过程。清人赵翼有言云"赋到沧桑句便工"，迟子建长达三十年之久的小说创作历程，即可以被看作赵翼观点的一个有力佐证。作家于2015年初推出的长篇小说《群山之巅》（载《收获》2015年第1期），也同样是一部透视表现生命沧桑的厚重之作。

诚如舒晋瑜所言，迟子建的小说中，实际上并不乏对于社会现实的犀利批判。这一点，在《群山之巅》中也非常突出。这一方面一个不容忽视的重要细节，就是陈金谷妻子徐金玲那个颇有几分诡异色彩的笔记本。身为仕途的宠儿，陈金谷的官场命运可谓顺风顺水。从最初的林场场长，一路飙升至松山地委组织部长、副书记。由于他权势的炙手可热，身边的亲属们也一个个"鸡犬升天"，全都混得有模有样。大权在握的陈金谷，自然少不了要按照官场的"潜规则"收受贿赂。徐金玲的笔记本，便是专门用来登记所收财物的。在徐金玲看来，受人钱财，与人消灾，是天经地义的事情："徐金玲觉得拿了人家的钱物，就要替人办事。她的财物登记簿上，凡是收了礼后，将事情解决了的，她就用绿颜色的笔，打上一道钩，与这道钩相连的钱物，她拿着就心安理得了。而那些悬而未决的，她会用红笔画个句号，督促陈金谷尽快办理。陈金谷也有落实不了的，徐金玲就把这样的财物看作地雷，在登记簿上标注黑色的三角号，及早排除，送还给人家。"但没想到，最后事情的败露就与这个笔记本有关。由于徐金玲一直在林市陪伴丈夫，家中无人，她的笔记本不慎流布社会，引起纪检机关的高度注意，终致东窗事发，"检察机关先后对陈金谷夫妇和陈庆北实施批捕"。一个家族的命运，因为一个人的官运亨通而得以改变，但这个官运亨通者，最后却栽倒在了看似不经意的笔记本外泄事件之上。把这样一个故事如实写出，迟子建之社会批判的意图,自然一目了然。

同样与社会批判题旨密切相关的,是林大花与安大营这两个年轻人的故事。出身于英雄家庭的年轻军人安大营,内心里同时喜欢唐眉和林大花这两位貌美如花的女孩子。怎奈唐眉心中另有情结缠绕,根本就无所动心,所以,小伙子的一腔心思只好寄托到了林大花身上。没想到的是,这林大花虽然对他心有所属,但却因权势的胁迫与金钱的诱惑,终于还是把自己的处女之身"奉献"给了前来视察部队工作的于师长。亲眼看见自己心爱的姑娘被上司强行占有,安大营自然心如刀绞:"小白楼三层的灯光,这一夜再没亮过,而月亮却一直没有熄灭它的光焰。但它的光焰像钢针一样,刺痛了安大营的心。"安大营与林大花之所以会在返回龙盏镇的路上发生激烈争执,正与他所遭受的这种精神刺激紧密相关。事实上,安大营开车狂奔以至于最后居然把车撞入江里,皆是其内心剧烈起伏激荡的缘故。微型车侧翻入江,在把林大花勉力推出车窗之后,安大营自己却终因力竭而无法逃生。假若说安大营之死与恋人林大花被权势拥有者的强行占有之间存在着必然的内在关联,乃可以被视为对于社会不平等与不公正的强烈抗议,那么,他最后居然因为这样的死亡而被托举成慷慨赴死的"英雄"形象,就更是能够见出迟子建社会批判锋芒的犀利尖锐。安大营何以会摇身一变成为"英雄"人物呢?"安大营成为英雄人物,靠的是两支笔。一支笔是林市军分区宣传处的笔杆子萧然,另一支是松山地区文联的创作员单尔冬。也就是说,安大营入主烈士陵园,军队的一支笔冲锋在前,地方的一支笔也起到了助阵作用。"关键还在于,这两支笔并没有能够如实地反映事件真相。对于这一点,单尔冬的感受相当真切:"单尔冬从这些士兵的讲述中,感受到有些话是真诚的,有些则是虚构的。虚构的事迹,一定是领导授意的,这个他懂。但无论真假,采访做了录音,诉诸笔端,就算真实的声音了。"也正因此,当单尔冬的文章见报之后,他方才会遭到龙盏镇人近乎众口一词的诟病。到最后,他们之所以饶过了在文章中信口雌黄的单尔冬,原因是单尔冬在写完文章后不久突发中风:"人们同情他,说他遭了报应,原谅他笔下的文字了。毕竟那些应景的文字,说的也都是安大营的好。"当一个社会连作为楷模存在的"英雄"人物都可以造假的时候,实际上也就意味着这个社会无论是内在肌理抑或是运行机制都已经出现了根本问题。陈金谷的贪污受贿,固然是令人不齿的腐败行为,把一个本来与英雄壮举无关的人硬生生地托举为"英雄",借此来掩盖某些高官见不得人的罪恶行径,充分证明腐败已深入社会的骨髓肌理。

  关键问题在于,尽管迟子建不仅具备社会批判的能力,而且这种能力在文本中也已得到了淋漓尽致的表现,但从根本上说,迟子建最根本的思想艺术旨趣却并不在对于社会现实的批判上。这一点恰如舒晋瑜所言,她总是会把"对社会现实的批判含蓄地包裹在诗意的文字里"。除了对社会现实的关注之外,迟子建的艺术兴趣更集中在生命存在本身的探究与思索上。这里,其实牵涉到了一个如何才能够更好地理解文学功能的问题。"曾经有那么一段时期，我特别注重于文学对于现实的呈现与批判功能。而且，据我所知，一直到现在，也仍然有许多人在坚持这样的一种基本理解。但是，面对着史铁生的文学创作，我才渐渐地醒悟到，其实，从本质上说，真正优秀的文学作品应该是关乎于人的生命存在的，应该是一种对于生命存在的真切体悟与艺术呈示。史铁生那些具有代表性的文学作品，一向具有这种艺术品质。"②实际上，社会批判与生命沉思，两者之间并不能够做简单的高下之分，关键还是要看作家拥有的究竟是怎样一种艺术天赋。具体到史铁生与迟子建，虽然说他们之间各自的艺术禀赋也不尽相同，但就总体趋向而言，恐怕还是更加偏重于生命的探究与沉思一些。同样是对于生命的探究与沉思，史铁生又与迟子建存在着很大的不同。由于疾病的困扰，史铁生很早就被迫坐在了轮椅上。这种存在境遇就决定了史铁生不可能如同其他身体健康的作家一样面对广阔无比的外部世界。到了生命的晚期，史铁生更是雪上加霜地饱受尿毒症的折磨。疾病对于史铁生困扰与限制，对于史铁生的文学品质产生了根本性影响。史铁生之所以能够不断地进行自我生存的省思，持续地向着自我内在的精神世界做深度挖掘，并成为中国当代并不多见的具有哲学思考能力的作家，显然与他迥异于其他人的特别生存境遇存在着紧密的内在关联。而迟子建，不仅具有女性天生的温婉气质，而且还总是会在文本中把自己的温情目光投注向那些日常生活中的芸芸众生。虽然她并不被看作"底层叙事"的作家，但以小说的形式对底层人群的生存状态做持久的艺术关注，却是迟子建小说写作一贯的特点。需要强调的一点是，虽然迟子建并不具备如同史铁生那样突出的哲学思考能力，但她也一样能够触及生命存在的本质。当作家以富有诗意的笔触透视表现着芸芸众生个体形态可谓千差万别的日常生活状貌，设身处地地悉心体会感受普通百姓生命的欢乐与痛楚，一种对于生命存在的探究与沉思，自然也就水到渠成了。迟子建小说写作上的这一思想艺术特质，在这部《群山之巅》中同样有着鲜明的体现。

一般意义上的长篇小说，总会有若干能够被看作中心人物的人物形象存在。但在认真地读过《群山之巅》之后，敏感的读者可能会发现，虽然说在这部篇幅只有二十万字左右的文本中活跃着多达三四十位人物，却很难做出究竟哪一位或者哪几位方才能够算得上小说中心人物的判断来。由此即不难推断，迟子建在《群山之巅》中实际上采用了一种"去中心化"的叙事策略。所谓"去中心化"，就意味着作家采取了散点透视的艺术聚焦方式来面对故事发生地龙盏镇的那些普通百姓的日常生活。如此一种艺术聚焦方式的采用背后，实际上潜藏着作家或多或少的"齐物论"色彩的世界观与人生观。所谓"齐物"，就意味着不仅地位身份不同的人们在迟子建眼里是等量齐观的，而且人与其他各类事物之间也都处于某种可谓众生平等的状态之中。举凡动物、植物，甚至包括自然风景在内，在迟子建的小说文本中皆不存在等级上的差异。众所周知，迟子建小说写作的一个突出特点,就是特别擅长于自然风景的点染描写。这一点在《群山之巅》中同样有着突出的表现。比如最后第十七章中的一段文字:"但霜也有热烈浪漫的一面,它浸入树叶的肌肤,用它的吻,让形形色色的叶片,在秋天如花朵般盛开。松树的针叶被染得金黄,秋风起时,松树落下的就是金针了。心形的杨树叶被染成烛红色,秋风起时,它落下的就是一颗颗红心了。最迷人的要数宽大的柞树叶了,霜吻它吻得深浅不一,它们的颜色也就无限丰富,红绿交映,粉黄交错,秋风起时,柞树落下的,就是一幅幅小画面了。这时你站在龙山之巅,放眼群山,看层林尽染,会以为山中所有的树,一夜之间都变成了花树。"我曾经一度以为,迟子建之所以能够写出如此一种极富感染力的精彩风景文字,乃是因为她内心有着一种强烈的自然之爱。现在看起来,这种理解未免有些肤浅。自然风景点染描写的背后固然有迟子建的自然之爱,但更重要的恐怕是作家自己也未必能够清醒意识到的"齐物论"思想。从现代性的角度去理解,迟子建"齐物论"的思想立场,一方面意味着人的主体性的消解,另一方面则意味着物的主体性的最终确立。因为"去中心化"叙事策略的采用,《群山之巅》自然也就成了一部没有主人公的长篇小说,小说中悉数登场的那些龙盏镇人物,可以说都是小说的主人公,也可以说都不是小说的主人公。换句话说,每一个人物,都因此而获得了充分的主体性。伴随着小说人物主体性的普遍获取,《群山之巅》也就成为一部具有人物群像式展览结构的长篇小说。我们之所以把

《群山之巅》判断为一部"北中国乡村世界的生命浮世绘",根本原因正在于此。所谓浮世绘,按照《辞海》的解释,乃指日本德川时代(1603—1867)兴起的一种民间绘画。"浮世"是现世的意思,故其描绘题材大都是民间风俗、俳优、武士、游女、风景等,具有鲜明的日本民族风格。……浮世绘一般以色彩明艳、线条简练为特色,因多数反映当时的民间生活,曾得到广泛的流传和发展,至十八世纪末期逐渐衰落。这里我们意在借用这一绘画术语指明迟子建《群山之巅》的基本思想艺术风格。关于小说写作,著名作家米兰·昆德拉曾经有过这样的一种看法:"小说,是个人想象的天堂,在这块土地上,没有人是真理的占有者,但所有人在那里都有权被理解。"③非常明显,米兰·昆德拉此处主要是针对现代小说发表自己看法的。在他看来,一部优秀的现代小说就应该是"所有人在那里都有权被理解"的一种基本情形。迟子建《群山之巅》对人物群像式展览结构的采用,小说人物主体性的普遍获取,正可以被理解为"所有人在那里都有权被理解"的形象注脚。更进一步,假若超越文学的范畴,联系现代社会理论,那么迟子建《群山之巅》中人物主体性的普遍获得这一文本事实,实际上也就意味着对于现代民主权利的一种充分尊重。在这个意义上,细品"群山之巅"这一标题,则会有别一种感悟生成。我们注意到,在小说后记中,迟子建曾经说过这么一番话:"辛七杂一出场,这部小说就活了,我笔下孕育的人物,自然而然地相继登场。在群山之巅的龙盏镇,爱与痛的命运交响曲,罪恶与赎罪的灵魂独白，开始与我度过每个写作日的黑暗与黎明！"依照作家自己的说法，在写实层面上，"群山之巅"的所指自然应该落脚到"群山之巅的龙盏镇"上。因为故事的集中发生地正是龙盏镇，而龙盏镇一个突出的地理特征，也正是处于巍巍群山的簇拥环抱之中。但是，在象征的层面上，标题中的"群山"是否也可以被理解为是对芸芸众生的一种隐喻式表达呢？联系小说文本中作家对于人物主体性的普遍尊重这一事实，这一结论的得出显然也并非突兀。

要想在一部篇幅大约二十万字的长篇小说中以散点透视的方式同时描写数十位人物，对迟子建来说，最大的考验恐怕就是怎样才能够保证赋予这一众人物形象以鲜活的艺术生命力。就我个人真切的阅读感觉，《群山之巅》的一大思想艺术成功处，即在于虽然用笔不多，很多时候只是略做点染涂抹，但一众人物形象大多生动、丰满，能够给读者留下深刻印象。其中，很多人物有着可以震撼人心的人性深度。需要注意的是，对于这些人物形象的人性深度，我们必须联系迟子建后记中"爱与痛的命运交响曲，罪恶与赎罪的灵魂独白"这句话来加以理解。而这也就意味着"爱与痛""罪恶与赎罪""命运""灵魂"正是我们进入并解读这些人物深邃人性世界的关键词。一旦我们依循上述关键词进入《群山之巅》，就不难发现，迟子建在塑造刻画这些人物形象的时候，其实特别在意精神分析深度的挖掘。关于精神分析深度在现代小说中的重要性，我曾经写下过这样一段话："观察20世纪以来的文学发展趋势，尤其是小说创作领域，一个非常值得注意的事实，就是举凡那些真正一流的小说作品，其中肯定既具有存在主义的意味，也具有精神分析学的意味。应该注意到，虽然20世纪以来，曾经先后出现了许多种哲学思潮，产生过很多殊为不同的哲学理念，但是，真正地渗透到了文学艺术之中，并对文学艺术的发展产生着实质性影响的，恐怕只有存在主义与精神分析学两种。究其原因，或者正是在于这两种哲学思潮与文学艺术之间，存在着过于相契的内在亲和力的缘故。一个不容忽视的明确事实就是，那些曾经获得过诺贝尔文学奖的作家作品中，有很多都明显地体现出了这两种特征。远的且不说，近几年来陆续获奖的大江健三郎、帕慕克、奈保尔、耶利内克、库切、凯尔泰斯、克莱齐奥等作家，他们的代表作品就很突出地体现了我们所说的这两个特征。那些没有获得诺贝尔文学奖的优秀作家，比如日本的村上春树、加拿大的阿特伍德等，他们的小说也都同样具备着这样的两个特征。"④从这个意义上说，迟子建在《群山之巅》中面对人物时那样一种精神分析式的艺术姿态，就可以说有着极其鲜明的现代性色彩。

比如说，我们前面曾经提及的林大花这位女性。生活中的林大花本来特别惧怕黑色："不知是来自煤矿的缘故，还是父亲的死，给她留下的阴影太深了，林大花惧怕一切与黑相关的事物。"没承想，等到安大营为了救她溺水而亡之后，林大花却性情大变："林大花在这次事件中受了刺激，以前她怕黑，现在却怕白。白天时她蒙头大睡，夜色漆黑时，她则像夜游的动物，眼睛亮起来。"当采访者单尔冬询问她为什么在出事后惧怕白天的时候，林大花抽泣着回答说："我不想看见自己的脸！也不想让别人看见我的脸！"倘若说先前的林大花之所以怕黑，乃因为煤矿是黑色且父亲死于矿难，那么她后来转而惧怕白，就是因为安大营之死实与自己的卖身紧密相关。为了得到八万元"巨款"，林大花母女不惜串通一气，把林大花的处女之身出卖给了位高权重的于师长。她们的这种行为，对于特别喜欢林大花的安大营，自然形成了极强烈的刺激。若非如此，安大营绝不至于意外地溺水而亡。面对安大营的死，林大花终于良心发现，倍感愧疚。她的性情大变，惧怕白色，乃至于最后的至死不嫁，皆可以被看作一种罪感心理作祟的结果。再比如，那位说起来特别令人厌恶的杀人兼强奸犯辛欣来。被辛七杂夫妇多年辛苦抚养成人的辛欣来，本来应该格外地孝顺自己的父母，没想到的是，这辛欣来不仅不思反哺报恩，反过来还总是游手好闲，不断惹祸上身。尤其恶劣的是，仅仅因为养母王秀满的一番责骂，辛欣来便手执那把业已闲置多年的斩马刀失手杀死了自己的养母，而且还在逃亡之前，蹿至石牌坊，强奸了他一直觊觎的那位个子长不高的小矮人安雪儿。不仅失手弑母，而且还要捎带着强奸龙盏镇神话式的小矮人安雪儿，辛欣来的行为的确称得上十恶不赦。

但与林大花、辛欣来他们两位相比较，《群山之巅》中更具罪感深度的人物形象，恐怕却是唐眉、李素贞与辛七杂他们。首先是唐眉。身为镇长唐汉成爱女的唐眉，不仅家庭条件特别优越，而且还可以说是龙盏镇上天生丽质的第一美女。医学院毕业后，唐眉本来可以依靠大舅陈金谷的关系留在大城市，但她无论如何都坚持要回到龙盏镇那个条件极差的镇卫生院工作。然而让唐眉的父母家人大跌眼镜的是，就在毕业之后不久，她居然把自己医学院一位名叫陈媛的女同学领回了龙盏镇。关键还在于，这个陈媛居然是一位被怪病缠身的人："据说她毕业前夕得了怪病，全身麻痹、畏寒、流泪，幻听，记忆丧失，智力直线下降，休学在家，没有拿到毕业证。陈媛家在农村，母亲早逝，父亲再娶，为她添了一弟一妹。所以陈媛退学，全家上下一片忧戚。他们无钱给她治疗，眼见她一天天衰败下去，几近瘫痪。唐眉说她看不得好友受难，做出了一生一世守护她的决定。"守护自己的闺密好友也还罢了，更令父母家人无法接受的，却是唐眉以守护陈媛为由做出的终身不嫁的反常决定。然而，唐眉毕竟是一位有着七情六欲的正常女性，有着同样正常的生理与感情需求。这样，一方面有了唐眉与汪团长之间的风流韵事，另一方面也就有了唐眉面对着安平的倾诉衷肠。尽管从辈分上说，唐眉一直叫安平"安叔"，但敏感的安平却从唐眉一会儿"安叔"一会儿"你"的异常表现中感觉到了唐眉情感世界的波动。《群山之巅》中，安平可以说是唯一一位让心性一贯高傲无比的唐眉真正动了情的男性。正因为如此，唐眉方才能够对安平吐露自己多年来深藏不露的秘密。实际上，唐眉根本就不是什么"活雷锋"，她对女同学陈媛慷慨施以援手，乃是因为她曾经深深地伤害过陈媛。唐眉与陈媛是医学院里关系最为亲近的闺密，真正可谓出则同行睡则同寝。问题出在大四的那年春天，两位闺密，一起赴一家制药厂实习，竟然同时爱上了生物工程系的一个研究生。成为情敌倒也还罢了，关键是那个研究生最终选择的对象竟然是陈媛。如此一种情形，绝对是一贯养尊处优的唐眉所无法接受的。在一种近乎疯狂的嫉妒心理的支配下，唐眉对陈媛采取了极端的报复行为："我嫉妒她，憎恨她，在实验室偷了一种有毒的化学制剂，分三次，悄悄下到陈媛的水杯里。她喝了溶解了这种化学制剂的水后，夜里不睡觉，眼睛发呆，记忆力下降，脱发，打寒战，渐渐地不认人了，只得退学回家。陈媛不是过去的陈媛了，那个男生嫌弃她了，转而追求我，我拒绝了他。安平，世上哪有真正的爱情啊！"唐眉之所以会对安平倾诉自己的心里话，是因为安平在她的内心世界中一直占有着一个特殊的位置："安平，我是有罪的人，这个秘密，我以为我会带到坟墓中去。我叫你来，是因为我从小就崇拜你。雪儿成了凡人了，但我相信我和你，还会生一个精灵的，你身上有这个基因。我带着陈媛，永远不能结婚了，请你给我一个精灵吧，让她伴着我和陈媛。"问题在于，拥有自己人生原则的安平，并非蝇营狗苟之人。尽管面对着的是龙盏镇上的第一美人，安平也丝毫不为所动。遭到安平拒绝后的唐眉自然别无选择，只能够一心一意地守护在陈媛身边了："她的地狱就是我的地狱，我发誓一生一世守护她，所以把她带在身边。""我已经在监狱中了！四周的山对我来说就是高墙，雾气就是无形的铁丝网，这座木屋就是我的囚室，只要面对陈媛，我的刑期就永无终结！"在这个意义上，唐眉的举动，很容易就能够让我们联想到那位不停顿地推石上山的西西弗斯来。区别在于，西西弗斯的推石上山是被动地接受惩罚，而唐眉却是一种主动的自我惩罚。说实在话，迟子建在《群山之巅》中所特别设定的这一情节，很容易就能够让读者联想到曾经产生过轰动效应的复旦大学投毒案那个新闻事件来。但迟子建由新闻而小说的艺术转换方式，的确堪称精妙。倘若说投毒者的被法律惩处在社会学意义上确有其必要，乃突出体现着法律与社会的公正，那么，迟子建让作恶之后的唐眉以自我惩罚的方式进行深度忏悔，在更切合于文学创作规律的同时，也使得唐眉成为《群山之巅》中最具有精神分析深度的人物形象之一。

　　需要注意的是，安平对于唐眉的拒绝并不意味着他是一位坐怀不乱的现代柳下惠。安平之所以要拒绝唐眉的主动示好，乃是因为他内心深处早已有了自己心爱的异性。这个异性不是别人，正是我们接下来要进行深度解析的人物形象李素贞。安平与李素贞之间真可谓剪不断理还乱的情感纠葛，与他们各自从事的特别"职业"密切相关。安平的前妻之所以要执意和安平离婚，乃因为安平是一位时不时就要执行枪决任务的法警。安平的手成了人们嫌弃的对象，即使是自己的妻子，也未能免俗。而李素贞，之所以能够超越心理障碍，毅然决然地与安平相好，也与她殡仪馆理容师的职业存在直接关系。身为理容师的她，因为要经常用手接触死者躯体，被嫌弃也就自在情理之中了。正所谓"同是天涯沦落人,相逢何必曾相识",安平与李素贞这两双被公众嫌弃的手紧紧地握在一起,是顺乎逻辑的一种必然结果:"安平和李素贞好起来,源自一次握手……他们的手被人群冷落惯了,一经相握,如遇知音,彼此不愿撒手。"既然双方都不愿撒手,那他们彼此之间真切感情的生成,也就是顺理成章的事情。一方面,李素贞不仅有丈夫,而且丈夫身患一种罕见的进行性肌肉萎缩症,业已瘫痪在床很多年,另一方面,尽管丈夫已经患病多年,但心性善良无比的李素贞却一直对他不离不弃,不仅多方寻医问药,而且还总是百倍地悉心照顾。唯其如此,情投意合的他们两人,也就只能够长期维持半公开的情人关系。按照常理推断,两位天涯沦落人,既然如此情投意合,肯定会一直相濡以沫下去,没想到的是,他们之间的情感竟然因为李素贞丈夫的猝然离去而降至冰点。李素贞丈夫的猝死与她的失职存在不可剥离的紧密关联。考虑到丈夫行动不便,"李素贞临出门时,怕冻着她男人,特意给炉膛加满了煤,还把家里的两道门都锁上了,所以那天她放心大胆地在安平那里过了一夜。"过了一夜不要紧,没想到的是,就在这一夜,李素贞的丈夫居然因为煤烟中毒而不幸身亡。虽然安平早就盼着这一天的到来,但这一天真正到来之后,安平却发现他们已经在不经意间走到了命运的另一面:"他知道命运用一只无形的手,在那个暴风雪之夜,推倒了多年来阻隔在他和李素贞之间的墙,可又在他们之间,竖起了一道更森严的墙,冰冷刺骨。"就这样,结果与动机悖反，最终酿成了一场情感悲剧。李素贞之所以再也不肯接受安平，并且在法庭上出人意料地主动请罪，乃因为她被一种强烈的罪感紧紧缠绕："我要上诉，是因为法院给我判轻了！我有罪，该蹲监狱改造，给我丈夫赎罪！""那晚我不该扔下丈夫出去，不该在外面过夜！他那晚被煤烟熏醒，给我打电话发现我出去了没带电话，他都不知道再给120打电话，他把我当成他的120了，可我辜负了他呀！天啊，他平常不能动的，可他为了活下去，不仅从床上翻下来，还爬到了门边，我都不敢想他当时的样子！他的手指挠门都挠出血了，可我锁了门啊！我锁了门，就是把他留给阎王爷了！法官大人，我罪孽深重啊！"明明已经被法庭宣判无罪，明明可以从此之后与心爱的安平双宿双飞，但李素贞却无论如何都不能够原谅自己，坚持认为自己有罪。如此一种貌似不合常理的人生选择背后，充分体现出李素贞坚定异常的自我忏悔心理。应该强调的一点是，这一事件中，深陷自责心理之中者并非李素贞一人："李素贞对亡夫有负疚的心理，安平对李素贞，何尝不是呢。"道理说来非常简单，倘若不是为了陪安平过夜，李素贞就不会把丈夫一个人撇在家里，也就不会酿成惨剧。因为安平内心里深爱着李素贞，他才会深陷愧疚心理的困扰之中，并决定就这么静静地等下去，一直等到李素贞摆脱了罪恶感，再重修旧好。

说到精神分析深度，《群山之巅》中无论如何都不能被忽略的一位人物形象，是辛七杂。而辛七杂的精神分析深度，又与其父辛开溜的坎坷命运遭际紧密相关。抗战时期，辛开溜曾经是一位意志坚定的抗联战士。因为日本人执行"归屯并户"政策，抗联供给特别艰难。在一次追逐猎杀狍子的过程中，辛开溜不慎走失，远离了抗联部队。远离了抗联部队成为逃兵也罢，要命的是，抗战胜利后，辛开溜不仅偶遇日本女子秋山爱子，而且还在明明知道自己将会为此付出相应代价的情况下，不可救药地爱上了这个带着一个男孩子的日本女子。尽管秋山爱子内心一直牵挂着失踪已久的日本丈夫，并且在儿子不幸溺亡之后独自出走，但辛开溜依然一往情深地依恋着这个日本女人，而且还为此付出了惨重的代价："一直想和他好的王寡妇，听说秋山爱子不见了，喜出望外，一路跟到龙盏镇，要做他老婆。辛开溜死活不干，王寡妇绝望了，与他撕破脸皮，离开之前，四处散布辛开溜是逃兵，是大汉奸。龙盏镇人唾弃他，与王寡妇关系很大。人们说他念念不忘日本女人，对自己的姐妹却冷酷无情，是民族的败类。"明明是曾经为民族解放事业做出过贡献的老抗联战士，只是因为爱上了一个日本女人，从此之后就被视为"民族败类"，被视为可耻"逃兵"。尤其不能忽略的是，辛开溜的不幸遭际还影响到了儿子辛七杂的命运以及对自己的态度。一方面，"母亲是日本人，父亲是逃兵，这让辛七杂自幼受尽嘲笑，也让他对父母心生憎恶"。那个时候，为了外出寻找秋山爱子，辛开溜总是会把年幼的辛七杂托付给邻居看管。邻居们在讲关于辛开溜的坏话时，也从不避讳辛七杂，辛七杂对父亲的憎恶之情，便由此渐渐生成。辛七杂找了一个不会生养的女人做妻子，以免"不洁不义"的血脉流传。另一方面，辛开溜毕竟是自己的生身父亲，辛七杂的意识深处，实际上一直潜藏着对父亲的亲情。这一点，在辛开溜病重时表现得最为突出："很奇怪，这时候他想起的，都是父亲的好。他曾在月亮地儿里，用旧自行车里带，给他做弹弓；每年学校开运动会前，他都会进城卖草药，让他能穿上崭新的白球鞋上运动场；他感冒发烧了，他给他熬药，刮痧；一进腊月，他会去商店扯块布，拉着他去裁缝铺，让他过年有新衣穿。"辛七杂面对父亲时的这种矛盾心态，能够让我们联想起英国历史学家费吉斯的那部《耳语者：斯大林时代苏联的私人生活》中的相关描写与分析。"共青团员依达·斯拉温娜的父亲被捕，她对此的看法具有相当代表性：'我不相信父亲是人民公敌，当然他是无辜的。同时我又相信，人民公敌确实存在。我确信，正是人民公敌的破坏，才使得父亲那样的好人蒙冤入狱。在我看来，这些敌人的存在是显而易见的……我在报纸上读到相关的报道，跟所有人一样，也对他们恨之入骨。我与共青团员一起去游行示威，抗议人民公敌，高呼：处死人民公敌！'"对于依达·斯拉温娜的此种矛盾心态，论者进行了深入的分析："这样的情节读多了，读者忍不住困惑：难道他们从来不曾想过，如果自己或亲友是冤枉的，或许，也不是没有可能，别人也是冤枉的？这个想法从来没有出现过，还是一出现就立刻会被熄灭？一个有基本逻辑推演能力的人，怎么会完全没有想到这种可能性，还是人们不允许自己这样推演，因为这样推演必然最终指向对制度的批判？似乎在这里，我们隐隐能触摸到恐惧导致虔诚的一个心理机制，那就是：恐惧导致选择性信息汲取与加工，而选择性失明导致虔诚。"⑤能够把对社会的批判如此不着痕迹地融汇到人物的精神分析式描写之中，强烈凸显出迟子建的艺术创造能力。事实上，也只有充分理解了辛七杂的精神痛苦，方才能够理解他在父亲的骨灰中发现四片弹片之后的激动心情："他攥着这把弹片，仿佛攥着父亲的灵魂，悲恸欲绝地说：'爹，你不是逃兵！不是逃兵哇——'"也正是在这个意义上，我们才把辛七杂视为《群山之巅》中最具有精神分析深度的人物形象之一。

在小说后记中，迟子建强调："与其他长篇不同，写完《群山之巅》，我没有如释重负之感，而是愁肠百结，仍想倾诉。这种倾诉似乎不是针对作品中的某个人物，而是对某种风景，比如滔天的大雪，不离不弃的日月，亘古的河流和山峦。但或许也不是对风景，而是对一种莫名的虚空和彻骨的悲凉！所以写到结尾那句'一世界的鹅毛大雪，谁又能听见谁的呼唤'，我的心是颤抖的。"实际上，读完小说之后，笔者的心也同样是颤抖的。在相伴着迟子建目睹了"群山之巅"的龙盏镇上那一众普通百姓生命的浮世绘之后，我想，我们不难感受到迟子建内心世界中一种意欲普度众生的悲悯情怀的存在。悲悯情怀的存在，可以说是迟子建小说一贯的特色，但在这部《群山之巅》中的表现尤甚。有了如此一种具有生命顿悟色彩的悲悯情怀作为自己的精神底色，我们相信迟子建今后还会不断给读者奉献出愈加浑厚的长篇小说力作来。

注释：

① 舒晋瑜《说吧，从头说起》，作家出版社2014年2月版。

② 王春林《面对生命的玄思冥想》，《深圳特区报》2012年2月14日。

③ 米兰·昆德拉《小说的艺术》，生活·读书·新知三联书店1995年11月版。

④ 王春林《乡村女性的精神谱系之一种》，见《多声部的文学交响》，北岳文艺出版社2012年8月版。

⑤ 刘瑜《在恐惧与热爱之间》，《读书》2015年第1期。

# 张炜《独药师》：
# 革命、养生以及道家文化的辨析批判

对于一位早已著作等身的优秀作家来说，如何积极有效地延续自己的文学创作，很显然是一个无法回避的重要问题。所谓积极有效，就是指这位作家虽然不能保证每一部新作都能在现有的基础上有所超越，但作家又有强烈的不甘自我复制的愿望。我们这里所要讨论的作家张炜，面临的就是这种状况。早在1986年，张炜年仅三十岁时就完成的长篇小说《古船》，很显然已经完成了经典化的过程，已经成为中国当代文学史上一部标志性的长篇小说。《古船》的经典化与两种事实密切相关。其一，全文入选了上海文艺出版社2012年推出的《中国新文学大系》第五辑（1976—2000）。将近三十年的时间里，一共只有七部长篇小说以完整的形式入编，《古船》是其中之一。其二，《古船》对其他同时代作品的示范性影响。这里且以陈忠实为例加以说明。在自己的创作谈中，陈忠实曾经坦言长篇小说《白鹿原》的创作受到过《古船》的直接影响："我读了王蒙的《活动变人形》和张炜的《古船》，读这两部长篇小说时，完全不同于《百年孤独》的感受,不是雾水满头而是清朗爽利。《活动变人形》呈现一种自然随意的叙述方式,结构上看去不做太讲究的痕迹,细看就感到一种大手笔的自由自在的驾驭功夫,把人物的现在时和过去时穿插得如此自然自如。在《古船》中,我却看到完全不同的结构方式,直接感知到一种精心设计的刻意。我又一次加深体验了我说过的话,想了解一个作家的最可靠最直接的途径,就是阅读他的作品。我在这两部小说阅读中得到的关于结构的启示,不单是一个方式方法问题,或者说不是作家别出心裁弄出一个新颖骇俗的结构来,而是首先要有对人物的深刻体验,寻找到能够充分表述人物独特的生活和生命体验的恰当途径,结构方式就出现了。这里完成了一个关系的调整,以人物和内容创造结构,而不是以先有的结构框定人物和情节。我必须再次审视我的人物。"[1]需要注意的一点是,陈忠实的《白鹿原》与他在文中提及的王蒙《活动变人形》和张炜《古船》一起入编了《中国新文学大系》第五辑。三部作品的同时入编,意味着这三部出现于新时期文学阶段的长篇小说在某种程度上完成了它们各自的经典化过程。

在今天看来,《古船》之所以能够成为中国当代文学史一部难得的经典,关键原因大约有三。其一,率先以长篇小说的宏大规模对一段长达四十年之久的曲折历史进行深度透视,其对革命肌理以及社会机制的追问反思力度格外令人惊讶。其二,隋、赵、李三大家族之间盘根错节的恩怨纠葛使之成为家族叙事的一部滥觞之作。其三，艺术性地引入了人道主义的思想维度，深刻的现代忏悔精神的传达使其成为一部具有突出内省性的杰作。一方面，张炜能够在年仅三十岁的时候就完成《古船》这样一部在文学史上占有稳固地位的大书，的确是一件值得额手称庆的事情。因为三十岁的张炜，就已经完成了很多作家终其一生都无法企及的艺术目标。但在另一方面，我们也不能不看到，《古船》在成为中国当代文学经典的同时，也成了横亘于包括张炜在内的所有中国作家面前的一个思想艺术标杆。后来者固然需要以"面壁十年图破壁"的姿态面对《古船》，张炜自己其实也同样无以逃避地面对着这样一个创作难题。不管张炜是否存在清醒的自我认识，在《古船》之后，如何继续进行自己的小说创作，实际上成了张炜自己必须面对的一种影响的焦虑。更进一步说，在经典性作品问世之后，如何继续进行自己的小说创作，是每一位写出了经典性作品的作家都必须面对的一个普遍性问题。这一方面的一个典型例证，就是陈忠实。陈忠实早在1993年，就已经完成了长篇小说《白鹿原》的写作。我清楚地记得，因为《白鹿原》取得了意想不到的巨大成功，陈忠实便认为自己终于找到了一种适合展示自身创作才华的小说形式，他曾经在接受采访时不止一次地表示，自己今后将把主要精力集中倾注于长篇小说这一特定的文体形式之上。然而实际的情况是，从完成《白鹿原》的1993年，一直到先生不幸辞世的2016年，长达二十多年的漫长时间里，陈忠实并没有能够如其所愿地再拿出哪怕只有一部长篇小说来。一方面，一部《白鹿原》已经足以奠定陈忠实在中国当代文学史上的重要地位，但在另一方面，我们却也必须看到，《白鹿原》之后的陈忠实实际上深陷于《白鹿原》所造成的巨大影响焦虑中而难以自拔。不是说陈忠实不愿意再写出新的长篇小说来，而是某种影响的焦虑对陈忠实的创作心态业已构成了严重的困扰，使他无论如何都难以继续进行长篇小说创作了。与陈忠实的情况形成鲜明对照的是，虽然同样处于影响的焦虑之中，但张炜的表现方式却有所不同，他一直试图创作新的长篇小说的，实现一种思想艺术上的自我突围与自我超越。从《九月寓言》，到《柏慧》《外省书》《家族》《能不忆蜀葵》《丑行或浪漫》《刺猬歌》，一直到那部字数多达450万字，曾经荣膺第八届茅盾文学奖的组合型长篇小说《你在高原》，张炜其实长期行走在寻觅自我超越的写作路途上。一方面，我们固然应该承认，这些长篇小说中的大多数，都有着思想艺术上各自不同的追求探索向度，不仅取得了不俗的思想艺术成就，而且在晚近以来的文学史上也占有相应的位置，尤其《九月寓言》与《你在高原》两部，一者因民间视野的充分打开，一者因打破文体界限禁忌之后现代知识分子道德精神世界的全方位探索，特别引人注目。但另一方面，一个多少显得有点残酷的客观事实是，任谁都不敢轻易断言其中的某一部作品在思想艺术层面上实现了对《古船》的整体性超越。细细想来，这种情形可能真会让人顿生情何以堪之感。作为一位写作态度一贯严谨自律的作家，数十年来，张炜一直不敢有丝毫懈怠，全身心地投入长篇小说这一重要文体的写作之中。但正所谓客观事物的变化不会以个人的主观意志为转移，虽然从张炜的主体精神世界而言，一种自我超越的愿望表现得非常迫切，然而，多方面突围的努力结果却未必能够得偿所愿。这种情形的出现有两个原因不容忽略。其一，《古船》的思想艺术高度体现了一部真正的文学经典的样例。其二，虽然未能超越《古船》，但这并不意味张炜《古船》之后的写作就丧失了意义。某种程度上，正是因为《古船》思想艺术成就的存在，才强有力地推动张炜《古船》后一部又一部长篇小说写作的完成，张炜成为一位有着大量坚实文本做支撑的优秀长篇小说作家。尽管说张炜除了长篇小说这一文体之外，在中短篇小说以及散文领域均有充分涉猎，且也同样取得了不俗的写作成绩，但相比较而言，最能够代表其文学写作成就的文体依然是长篇小说。从一种文学生产学的角度来看，这些长篇小说的生成或许会有各自不同的具体原因，但其中无论如何都不容忽略的一点，恐怕就是《古船》经典化所带来的一种必然的影响焦虑。

同样的道理，我们这里对于长篇小说《独药师》（人民文学出版社2016年5月版）的研究分析，也必须将其放置于如此一种影响的焦虑语境中来进行。与《古船》一样，《独药师》讲述的故事也同样发生于张炜生长的胶东半岛地区。不同之处在于，这一次，张炜把自己的视野投注到了二十世纪之初那个风雨飘摇的动荡岁月。那个风雨飘摇的时刻，既是发端于西方的所谓现代性登陆之时，也是中国传统社会酝酿转型的关键时刻。用晚清重臣李鸿章的话来说，就是中国正面临着"数千年未有之大变局"。在张炜既往的长篇小说中，还从来没有一部作品关注表现过这"数千年未有之大变局"时代。因此，即使仅只是从题材的意义上说，《独药师》对于张炜而言也有着某种自我突破的价值。更何况，在其中我们还能观察到张炜究竟以怎样的一种精神立场和艺术方式来表现这"数千年未有之大变局"的。

整部长篇小说由"楔子""正文"以及"管家手记"三部分组成。其中，"楔子"部分非常简短，主要讲述第一人称叙述者"我"，一个曾经的档案馆工作人员，在自己供职四年零七个月的工作期间，于一个偶然的机会发现了一个业已尘封将近百年之久的历史档案。按照叙述者的叙述，这份档案"内容涉及胶莱河以东一百余年来的许多重大历史事件，特别是一些鲜为人知的细节，比如作者与大革命时期几位领袖人物的面晤，显然是极珍贵的资料。如果这方面的记载再多一些更好，可惜作者的兴趣却在其他方面。纵观全部文稿，我怎么也弄不懂他究竟要写什么：革命秘辛？养生指要？情史笔记？"这里，张炜或许出现了一个小小的笔误。一般意义上，所谓的"大革命"，指的是1924年至1927年的那场北伐战争。而《独药师》中所集中描写展示的，则很显然是发生于晚清时期的辛亥革命。也或许，在这位曾经的档案工作人员的私人理解中，所谓"大革命"也就是辛亥革命。当然，这样一个即使是错讹的细节，实际上也并不会影响小说的总体思想艺术格局。三十多年过去之后，伴随着档案馆大批馆藏档案的逐渐公之于世，叙述者"我"也萌生出了出版这部"隐秘"的档案文稿的念头。不能不指出的一点是，正如同那部《石头记》曾经经过曹雪芹的批阅增删一样，这部档案文稿在出版前也经过了"我"的整理增删："我花了很多时间去馆内抄录。最让我难以决断的就是公开出版前的删节问题。一些重要历史人物的生活细节，特别是有关半岛长生秘术、不无淫邪的某些记录，读来令人不安。经过再三斟酌，我又听取了几位专家的建议，最终还是保留这些内容。还有，因为原稿采用了古旧文法，实在太艰涩了，这就需要在尊重原意的基础上从头译写和整理。"虽然叙述者"我"强调自己的整理原则是"尊重原意"，但毫无疑问地，在经过了"我"的整理增删之后，读者后来读到的档案文稿，其实已经不复为原貌了。在"我"整理的过程中，档案很显然已经不可避免地打上了"我"的思想烙印。其主要作用除引出主体故事的"楔子"之外，作为"附录"部分存在着的"管家手记"这一部分，则很明显地带有语法学上所谓"补语"的意味。作为补语，很显然带有补充说明的意思。具而言之，这补充说明的对象，只能是作为小说主体的"正文"部分。细读"管家手记"不难明白，这一手记的起始时间是1905年8月，终止时间为1912年8月。不仅起止的时间非常明确，而且手记的风格是简洁与客观。将这一部分与充满主体性色彩的"正文"部分两相对读，则不难断定，张炜如此设定的根本意图，恐怕正是弥补"正文"部分情节不够完整与明确的问题。换言之，因为"正文"部分采用了主体性色彩极强的第一人称叙事，作家唯恐对读者的阅读接受构成明显的障碍，所以才会特设"管家手记"这一附录部分，以对故事情节做一种相对完整明确的特别交代。我两次阅读《独药师》分别是在《人民文学》杂志与单行本。《人民文学》版并没有"管家手记"这一附录部分。就我个人的阅读体验来说，"管家手记"的缺失并没有影响对小说文本的理解接受。一方面，我固然不清楚自己的阅读体验究竟有多大的代表性，另一方面，对于"管家手记"这一部分的设定必要性，我多多少少还是持有一定怀疑态度的。

假若说"楔子""正文""管家手记"这并列的三部分构成了《独药师》叙事的第一个层面，那么，同样可以被进一步解析为三重结构的"正文"部分，则构成了小说叙事的第二个层面。作为小说主体故事存在的"正文"部分，也采用了第一人称的叙事方式，叙述者"我"名叫季昨非。据"楔子"部分介绍，季昨非"是半岛地区首屈一指的大实业家季践的独子。季家曾是南洋首富，后来产业收缩至北方，拥有药局、矿产、垦殖业和酿酒公司。这个家族与革命党人关系密切，多次捐助巨款，被喻为'革命的银庄'。此外还是海内最有名的养生世家，这一点倒被传记家忽略了：半岛地区是东方养生术的发源地，方士们盘踞了几千年，季家显然承续了这一流脉"。正如同"楔子"部分带有提示性质的分析一样，以叙述者"我"也即季昨非为中心，所谓的"革命秘辛""养生指要""情史笔记"，实际上构成了"正文"部分最重要的三条彼此交叉的结构线索。在展开对《独药师》矛盾性思想内涵的讨论之前，我们首先要搞明白究竟何谓"独药师"。按照身为独药师的叙述者"我"在"正文"中的交代，独药师其实是一个与养生紧密联系在一起的术语，其主要功能就是通过各种养生手段，尤其是一种养生秘方的炮制，以有效地"阻止生命的终结"："父亲离世后，我就成为那个最尊贵最神秘的人，接手人类历史上至大的事业：阻止生命的终结。"小说之所以被命名为"独药师"，乃是因为养生这一带有明显神秘色彩的事物，从始至终一直处于"正文"叙事的核心部位。换言之，艺术性地把革命与养生以及中西文化之间的冲突与交融有机地纳入以养生为核心的描写中，是《独药师》最根本的思想意旨所在。尽管说其中也肯定少不了情感纠葛的缠绕，但这种情感缠绕的描写中也夹杂着作家对于中西文化碰撞的一种冷静审视。

作为半岛上的豪门望族，养生世家季府与革命发生关系，是从"我"父亲那个时候开始的："我相信父亲在世时不可能对其一无所察，之所以充耳不闻，皆因为心思用在其他方面。他当时忙于为革命党筹措银两，家族实业尚且无暇顾及，又岂能理睬这些谤言。"如果说父亲季践只是革命的积极资助者，那么到了季昨非这一代，父亲的养子、季昨非的兄长徐竟，干脆直接投身于革命，成了一名货真价实的革命党人。徐竟较"我"年长三岁，刚过十二岁生日就远赴东瀛留学。虽然叙述者没有做出明确的交代，但毫无疑问，徐竟接触革命党进而接受革命思想,正发生在他的东瀛留学期间。"长期以来他一直与那个大统领在一起,作为那个人的紧密追随者,自东瀛发起同盟会至今,把全部精力与时间都贡献在那个遥无尽头的事业上。"革命带有明显的暴力性质,必然伴随流血牺牲,显然意味着生命的终结,这也就天然地站在了养生的对立面,养生学说的根本正在于想方设法延续人的自然生命,用父亲的遗言来说,就是"死是一件荒谬的事情"。就这样,前者必然导致生命的终结,后者却一力强调生命的延续,革命与养生之间矛盾冲突的发生,无论如何都不可能避免。事实上,不管是父亲,还是身兼叙述者功能的"我",都明确地意识到了这种矛盾的存在,而且深感困惑。"父亲生前对他们既钦佩又惶惑,评价他和他的朋友只用两个字来概括:'起义'。父亲晚年甚至有些迷茫,对王保鹤说:'我有一个伟大的"起义"朋友,他领走了我的儿子。'我至今记得他说这话时脸上是疑虑和痛惜的表情。"然后是"我",在目睹了光复登州时海防营与起义队伍对阵双方的死伤惨状之后,面对革命导致的生灵涂炭,对革命也产生了非常复杂的感受:"'有没有另一种"起义",是不流血的?'我像自语,又像请教,朱兰迟疑半天,最后说:'大概没有吧,反正咱这儿没有。'我心中的答案其实是现成的,当然没有。如果我痛恨流血,就要痛恨'起义',可那是徐竟甚至还是王保鹤他们的事业啊。我从来没有这样痛苦过。我现在多少明白了父亲晚年的困境,他不知道养生的意义何在,也不知道季府最终走向何方。他不明白该放弃什么和什么时候放弃。他不仅阻止不了养子徐竟,而且也阻止不了自己。他眼巴巴地看着季府拴在革命的大车上,被拖着拉着一路向前。"

既然对革命产生了复杂的感受,有所惶惑与犹疑,那季府的这两位当家人与革命者之间冲突的发生,也就无可避免了。这一点集中表现在"我"和兄长徐竟之间。"我"的疑问,很显然源于一种与养生密切相关的本然人道主义立场:"天啊,既然要死那么多人,而且提前知道,那为什么还要光复?这值得吗?这太不划算了。我想没有比这个账目再容易计算的了,徐竟和他的朋友们为什么就算不出来?"实际的情况并不是徐竟他们算不出来,而是他们持有的价值立场根本不同。正是因为徐竟他们和"我"秉持截然相反的价值立场,所以才会围绕革命与养生的问题发生激烈的辩难。"我"从养生的立场出发,强调"仁善"是养生的基础,强调"无论如何不能杀伐,那就是养生的反面了"。对于"我"的这种论调,徐竟给予了坚决的反驳:"'是吗?'他嘲弄地盯住我,'那么忍受才算养生了?那些土匪和清兵杀了多少无辜!对付他们也只有刀枪!血是流了,可是害怕流血就会流得更多、流个没完!你来回答,后一种杀伐是不是"仁善"?'""所以说究其根本,我们革命党人所做的一切也是为了养生,许多时候它们是一回事。挽救人生,季府有一味独药,就是这传了几代的丹丸。在我们这儿,挽救世道也只有一味药,那就是'革命'!""我"与徐竟之间殊难弥合的思想分歧,一直延续到了徐竟被捕后慷慨就义前夕。当想方设法前来探监的"我"再次抨击半岛因为革命而流血的情形时，徐竟冷笑着打断了喋喋不休的"我"："你真是王保鹤的学生。可我已经没有时间也没有兴趣继续这场争论了。还是'不以暴力抗恶'那一套。我赞同，好极了。不过这除非是遇到了'雅敌'才行！我们的对手是谁？是动辄凌迟的野兽！请问王保鹤的弟子，你见了这样的对手该怎么办呢？"

在以上的引文中，曾经被一再提及的王保鹤，是半岛上最早接受了西方现代思想影响并创办新式学堂的具有启蒙色彩的知识分子形象。王保鹤与革命党思想立场的共同之处是他们都致力于一种迥然有别于中国传统社会形态的新型社会形态的建立，不同之处在于他们所依循的路径，一者倡导暴力革命，一者希望能够依靠思想教化的力量。究其渊源，王保鹤的思想立场，非常接近于托尔斯泰宣扬的"勿以暴力抗恶"的思想立场。正如同《圣经》中所言："如果别人打你左脸，你要把右脸也伸过去。"只要是熟悉张炜的朋友，都知道托尔斯泰是张炜最为心仪的作家之一，托翁的思想与文学创作对张炜一直产生着某种示范性的影响。就此而言，《独药师》中人物在对话时之所以要专门提及"不以暴力抗恶"这句话，一方面固然是在凸显"我"坚持的反暴力倾向，另一方面，张炜也多多少少借此向托翁致敬。面对着徐竟咄咄逼人的步步追问，"我"竟一时木讷而无言以对："非暴力不得，暴力不得，出路又在哪里？"叙述者"我"在暴力与非暴力之间摇摆的立场可以理解为张炜内在精神深处某种难以克服的自我矛盾。一方面，他也承认革命暴力一定程度上的合理性，但在另一方面，拥有坚定人道主义立场的张炜，毕竟是暴力的坚决反对者。在邱琪芝的理念中，带有明显暴力色彩的革命与他一心一意追求着的养生事业绝不相容。很多年前，邱琪芝之所以会和"我"的父亲季践分道扬镳，根本原因就在于他先入为主地认定季践是一个革命党。邱琪芝认为："府吏衙门全都一样，都是人，人不变，怎么折腾都没用，白白流血而已。人如果活上百年，就会看到终究一样。所以人生在世，唯有养生。"邱琪芝如此一种论调，顿时让"我"联系到了自己曾经的老师王保鹤："我想起了王保鹤先生的'教化'与'革命'论，觉得二人或有相似之处。不过即便是王保鹤，也仍是北方支部的人。可见人生必得兼顾眼前，于权衡利弊中择其善者。"或许是感到了"我"的矛盾与游移，邱琪芝再一次振振有词地强化自己的反暴力观念："血流成河尸骨成山，只变了个江山名号，最后全都一样甚至较前更坏，这难道不是人间大恶？你觉得不会，那是活得太短。""无论采用怎样巧妙的说辞，倡暴力便是扬罪恶。"一方面，历史与现实逼迫革命的发生，另一方面，只要是革命就必然伴随暴力色彩。面对如此情形，内心实际上一直纠结不已的张炜，能做的工作就只是以《独药师》这样的长篇小说形式，把自己对复杂历史境况的纠结体验和盘托出在广大读者的面前。

革命与养生的矛盾冲突之外，《独药师》中带有明显传奇色彩的是围绕"我"这样一位季府当家人发生的种种情欲故事，其中尤其以"我"与陶文贝之间的情感纠葛最为引人注目。必须看到,在"我"的自述中,围绕着"我"所发生的这些情欲故事全都巧妙地被披上了一层"养生"的外衣。故事开始的时候,"我"年仅二十四岁,正在一心一意地致力于"独药"养生事业。但就在这一年春天,"我"忽然患上一种无名躁狂病症:"起因是我在这个春天患了一种罕见病症:下腹发烫以至于烧灼,焦躁难耐,极度渴望什么却又无可名状。我不知这是否因为过于沉迷典籍及其他。我的生活过于单调了,或者单调得还不够。我没法使自己安定下来,双目烧灼,长时间干枯无泪,说不定什么时候又会双泪喷涌。下体胀痛,牙齿磕碰,有时一连几天难以安眠。"针对"我"的此种症状,邱琪芝开出的药方是"我"迫切需要"姑娘们"了:"这是人生必要经历的一个阶段,趁着强烈的欲念还没有把你烧成灰,就赶快行动起来吧。说到底这还需要求助于他人,你自己是做不来的。"这里的"他人",就是"姑娘们"。好在"我"身为季府的当家人,身边根本就不缺女人,这样,也就相继发生了"我"与鹦鹉嘴、"酒窝"(白菊)等小白花胡同中的一众女子以及美仆朱兰之间的情欲故事。从养生的角度来看,"我"与这些女性之间的情欲纠葛,完全可以用所谓的"双修"加以解释。不仅如此,邱琪芝还振振有词地讲述了一番相关的道理:"要紧的是与她们在一起时不可思来念去,须有个平常心。到了一丝欲念都不存时,你这一道大坎就算迈过去了。记住,人世间没有比欲念更可怕的东西了,你得从头至尾把它去掉。"具有强烈反讽意味的一点是,"我"的现实行为明明是在肆意纵欲,邱琪芝却口口声声念叨着一定得"去欲"。所谓"养生"的虚伪性质,于此可见一斑。又其实,从男性生理变化的角度来说,年仅二十四岁的"我"的种种躁狂病症,究其根本乃是青春期男性荷尔蒙作祟的缘故。对于每一位男性来说,青春期的躁动都是一种普遍的事实。相比较而言,绝大多数的男性只能够以备受煎熬的方式来克制自己的荷尔蒙,而身为富豪子弟的"我"却有条件肆意满足自己的荷尔蒙需求。尤其不容忽视的一点是,邱琪芝一再叮嘱"我"和这些"姑娘们"在一起时千万不能"思来念去",不可存在"一丝欲念"。既要与这些"姑娘们"在一起,却又不能动一丝一毫的感情,这样一来自然就成了纯粹意义上的身体利用。如此一种作为,即使在并非女性主义者的我们看来也是无法接受的。也因此,这一众披着所谓"养生"外衣的情欲故事,其实只是季府当家人"我"作为一位游手好闲的花花公子的寻花问柳行迹。

与这些寻花问柳故事相比较,真正称得上爱情故事的是"我"与教会医院的医助陶文贝之间的情感纠葛。陶文贝的身世不仅曲折,而且与西方文化之间存在着天生的渊源。她不仅出生在教堂,而且也"一直在教堂的人们中间长大,直到教会学校、上医护班,进麒麟医院当护士,升医助"。一言以蔽之,这位被"我"称呼为人间"至物"的陶文贝,虽然血缘是中国人,但从思想文化渊源来看,绝对可以被理解为西方文化的化身。由此可见,"我"与陶文贝之间的情感纠葛背后，真正潜隐的实际上是张炜对"数千年未有之大变局"时代中西文化冲突与交融的一种思考与认识。不能不注意的一点是，认识陶文贝之前，在"我"的心目中，其实一直把麒麟医院这所教会医院视若洪水猛兽："他说得对，那所教会医院才是我们共同的对手。该院创办者为美国南方浸信会，自新教在半岛登陆以来，历经三十余载，筚路蓝缕，而今已有两处规模颇大的教堂，还兴办了学堂和医院，成为该地区最隆盛的存在。几乎所有头面人物都将孩子送入洋学堂，生病则去西医院，渐渐酿成风气。麒麟医院不断传出惊人神技，比如通过手术让盲人复明，让气息全无的人死而复生。这一切加剧了传统医学的沦落，动摇了半岛人苦苦培植了几个世纪的信心。如果我不经提醒就不会注意到这样一个事实：整整多半年的时间里，几乎没有几个显要人物进出季府药局。"在那个"西学东渐"的时代，"我"之所以视麒麟医院为寇仇，关键原因就在于这个来自西方的医院凭借着高超的医术慢慢地征服了人心。征服人心的一个直接结果就是对中国传统医学构成了极大的威胁。季府药局门可罗雀，正是传统医学日渐衰落的一个突出表征。如此一种残酷的现实，自然会让邱琪芝与"我"倍感忧心忡忡："这痛楚就是失望和疑虑，它深源于我们两人一起穷究的义理，还包括与那所西医院的关系。我不能忽视那些对洋技趋之若鹜的人和他们的摈弃与狂热。我甚至想这一切越来越成为那个自诩为无所不能的导师的深忧，只是他掩藏得更好而已。"实际上，也正因为"我"视麒麟医院为寇仇，所以才会有这样的一种细节出现:"有一件事让我按捺不住火气,因为一个仆人不小心跌伤了手臂,府上竟然将其送到了那个教会医院。尽管这人在短期内痊愈了,也还是让我心中愤愤。"明明麒麟医院已经为季府的这位仆人治好了伤,"我"却仍然还是要愤愤不平,根本原因正在于内心深处对麒麟医院的一种排斥与拒绝。

然而,尽管"我"从内心里不无坚决地排斥抗拒麒麟医院,但等到自己被牙疼苦苦折磨长达十天之久,而季府的药局大夫居然对此束手无策的时候,在经过了一番不无激烈的内心斗争之后,终于还是决心去麒麟医院求医了:"我一直在经受着双重的煎熬:如何释放身体中的魔鬼? 是否屈尊去那个西医院,让洋大夫扒拉一下我的口腔,瞧瞧我这'马一样的牙齿'……我当时还不知道,这会儿做出的竟是这辈子最重要的一个决定。"这一次的就诊经历之所以对"我"特别重要,就在于"我"意外地邂逅了麒麟医院的医助陶文贝。邂逅倒也罢了,关键还在于,仅仅见了这么一次面,"我"就以一见钟情的方式不可救药地爱上了陶文贝,并且开始了自己不屈不挠的坚定追求过程。当然,潜藏于其中的,其实更有中西文化冲突与交融的深度内涵。叙述者"我"之所以强调自己做出的是"这辈子最重要的一个决定",其根本原因显然在此。从故事情节设定的角度来看,"我"对于陶文贝简直就是死缠烂打式的追求过程,其实具有一箭三雕的艺术效果。除了男女主人公的情感纠葛以及中西文化的冲突与交融之外,还有一点就是小说中最起码有两个重要的故事节点，都是依托于这一条爱情的线索进行的。其一，是为专门从南方赶来的大统领特使疗治伤口，其二，是为身负重任的顾先生疗治眼疾。由季府的当家人"我"两次出面联络陶文贝所在的麒麟医院替革命党人疗伤，强有力地确证了季府与革命党人之间的紧密关系到了"我"这一代依然得到了很好的延续。同样需要注意的是，在与陶文贝以及麒麟医院的交往过程中，"我"们这一边不仅仅是受惠者，也在尽可能地给予对方以一定的援手。这一方面的一个典型例证就是对麒麟医院院长伊普特头痛病的成功疗治。伊普特突然头痛难忍，麒麟医院的大夫们却束手无策，季府药局施以援手，方才药到病除。但与伊普特院长头痛病的治疗相比较，更不容忽略的一点是"我"在金水杀人事发后挺身而出勇于担当。顾先生入院治疗眼疾的时候，行踪不慎暴露，被巡抚大人、太子少保派来的两个道员盯上了。这两位道员便化装成商人混进了麒麟医院，没想到，其中一位酒后乱性，企图对陶文贝有不轨行为："'听着，从了便罢，不从就随乱党一起去死。这回只有老爷我才能救尔。'他在身上乱摸，然后又把人掀翻压上来。陶文贝挣扎，咬他的手，还摸到针管刺中了他，让他大喊起来。"道员的不轨行为恰好被金水撞见，身手格外敏捷的金水毅然出手拧断了道员的脖颈。朝廷要员在医院被刺，自然会引发一场轩然大波。当此紧要关头，为了保护革命党不暴露，一直在苦苦追求着陶文贝的季府当家人"我"，毅然挺身而出代人受过。他给出的理由也极具说服力，因为陶文贝是"我"的人，眼看着心上人遭受凌辱,自然要按捺不住地出手相救,谁知道一时情急出手太重酿成了这等大祸。虽然说是一贯养尊处优的富家少爷,一出手居然可以拧断别人的脖颈,想来有些令人难以置信,但除了这位主动承担罪责的季府当家人,官府又根本寻不着真正的杀人凶手。这样一来,最后的结果就只能是"我"锒铛入狱。究其根本,"我"代人受过,只是出于追求陶文贝的缘故:"我命中注定有这样一个机会,你看,它来了。我说过可以为你去做任何事情,这只不过是其中的一件而已。真可惜,可能以后再也没有这样的机会了。"必须承认,从成长叙事的角度来看,作为身兼叙述者功能的小说主人公,曾经一度只知纨绔混世的"我",一直到明确意识到自身责任的这个时候,方才真正地长大成人了。从根本上说,对"我"一直持"拒人于千里之外"姿态的陶文贝之所以改变态度,最终接纳了"我"的执着追求,与"我"的这种慨然牺牲精神,很显然存在着紧密的内在关联。

  我们在前面曾经指出,对于"我"与陶文贝之间的爱情故事,一定得从男女爱情其表、中西文化的冲突与交融其里的角度来加以理解。因此,需要进一步加以考察的就是包裹在爱情故事里的中西文化冲突与交融问题。这种更多地发生在精神层面上的问题,集中表现在陶文贝终于接受了"我"的执着追求之后。在讲述了自己的曲折身世故事后,陶文贝终于郑重地向"我"询问了信仰的问题。"我第一次遇到这个追问。有些惭愧的是,自己好像并没有什么信仰。不过我和季府的所有传人都对长生深信不疑,并倾其所能地追寻它。

因为这是半岛方士几千年来的传统,这条道路既有渊源也有承续。我嗫嚅了一会儿,小心谨慎地提出:关于独药师的坚毅和事业,算不算是一种信仰呢?"人都说中国文化的三大流脉分别是儒释道。如果从这个角度来衡量的话,张炜《独药师》集中描写表现的养生这一中国化的事物,大约就只能够被归入道家文化的脉络之中。"我"信奉道家文化,陶文贝的信仰是基督教:"是的,一个不洁的人坐了这么久。我每一次回到自己这里,都要把衣服洗一遍又一遍。我向主祈祷请求宽恕,宽恕你和我。那时我认为自己遇到了一个堕落到地狱的人,这人沉沦到最底层,谁也不能挽救了。您是被魔鬼俘获的人。再后来,我又觉得自己能坐在这辆车里,正是神对我的试炼,他在交给我一个最难最难的、一辈子都不能完成的任务……"一个什么样的任务呢? 这个艰巨的任务,就是尽可能地改造"我",以便将"我"这个异教徒从魔鬼那里抢夺过来:"季先生您想过没有,人的一辈子要经多少事、多少关口,谁敢肯定自己永远都不犯错?我们每个人都是软弱的,都不敢肯定自己是个战胜一切的人,所以才要忏悔,才要祷告……"毫无疑问,对于长期浸润在西方文化氛围中的陶文贝来说,除了皈依并彻底信靠主之外,其他的精神路径都是错误的。细读文本不难发现,在"我"与陶文贝的情感交往过程中,一方面彼此吸引,另一方面也在彼此对抗与征服,尤其是文化上的互不认同,表现得可谓相当突出。"我"尝试着让陶文贝和自己一起服用养生丹丸,而陶文贝则试图促使"我"皈依认同上帝。究其根本，一种源自各自生存背景的文化冲突与交融，自始至终都伴生在"我"与陶文贝的爱情故事深层。

除中西文化的冲突与交融之外，张炜《独药师》另一重无论如何都不容忽视的思想内涵，就是对道家文化特别的审视与表现。首先我们须得注意到，从张炜不仅把养生设定为小说的核心书写内容，而且干脆把小说命名为"独药师"这一点就不难察觉到道家文化在《独药师》中的重要性。然而，真正关键的问题并不在于作家浓墨重彩地表现养生，表现道家文化，而在于张炜究竟是以一种什么样的姿态来面对养生，面对道家文化的。在做出基本的判定之前，先让我们来看小说中的这样两段叙事话语："我认为季府必将在第六代传人手中复兴，当然这并非指实业之类，我们的财富已经积累得有点过分，它或许会在某个时刻散尽。而我真正专注的事业却关乎伟大的永恒，它是这样玄妙而朴实：服用丹丸，辅以不可言喻的悟想和修持，达到人人都可以看到的活生生的实例。比如说你能够找到一个举止安详、随处透着生机与活泼的一百二十岁的人，会在一座再平常不过的居所里，看到那些忘了时间的人。是的，时间在一些人身上留不下痕迹，已经不起作用。""我必须直面这个令人生畏的家伙：他作为一个当之无愧的导师，至少将我的修持引入了新的境界。那时的他是严苛无私的，让人看到了赓续千年的方士风范，更有超越的睿智与宏远的心志。"就这些叙事话语的表层语义而言，对于所谓养生，张炜的确持有肯定的态度。但是，难道我们就可以凭此而得出张炜在大张旗鼓地认同并肯定养生这一具有明显道家文化意味的物事的结论吗？问题恐怕并没有这么简单。一个重要的问题在于，我们读到的这些叙事话语并非直接出自张炜之口，而是出自一个名叫季昨非的独药师之口。张炜之所以非得要采用第一人称的叙事方式，并且一定要设定一位独药师来承担"正文"部分的叙事功能，真正的艺术奥秘，恐怕就潜藏于此。既然是一位深受道家养生文化熏染的季府第六代传人，是一位独药师，那么，他在叙事话语中对养生观念的认可，就自是题中应有之义。然而，反复阅读"正文"部分就不难判定，这位"我"实际上是一位夸夸其谈、语调充满夸饰色彩的不可靠叙述者。关于不可靠叙述者，"詹姆斯·费伦也说：'可靠的叙述指叙述者对事实的讲述和评判符合隐含作者的视角和准则。不可靠的叙述指叙述者对事实的报告不同于隐含作者的报告的叙述，或叙述者对事件和人物的判断不同于隐含作者判断的叙述。第二种不可靠性比较常见。'施洛米斯·里蒙-凯南则从叙述者与读者的关系方面予以区分和规定：'可靠的叙述者的标志是对故事所作的描述总是被读者视为对虚构的真实所作的权威描写。不可靠的叙述者的标志则与此相反，是他对故事所作的描述和／或评论使读者有理由怀疑。''不可靠的主要根源是叙述者的知识有限，他亲身卷入了事件以及他的价值体系有问题。'"②当作家决定让作品中的某一位人物以"我"的在场者身份来叙述故事的时候，实际上是冒着一种难以避免的叙述风险的。之所以会是如此，就是因为这位第一人称的叙述者存在着"不可靠"的可能性。具体来说,我们判定"我"亦即季昨非为不可靠叙述者的根本理由,就在于作为季府的第六代传人,"我"一贯养尊处优不思进取,不仅对世界与社会包括所谓养生学的知识实在有限,而且所持守的那些与养生紧密相关的价值观念体系也存在诸多问题,难以有效地说服读者,赢得读者的充分信任。因了叙述者总是不可靠地夸夸其谈,在很多时候,越是叙述者信誓旦旦地加以强调的物事,就越难以获得来自读者的信任,甚至还会连带产生相反的叙述效果。

　　由此,我们便不难发现,以"我"即季昨非为叙述者的"正文"部分的叙事总是携带着某种怪异的表层语义与深层内在语义相悖谬的特点。比如,"多少出乎预料的是,季府老友登门造访了。他就是父亲的一位养生切磋者,以前的禁卫军管带、现在的府台大人康永德。父亲在世时他是这里的常客,记忆中他们两人一块儿下棋饮茶,谈天说地,主要内容当然是与养生术有关的一干事情。康大人小父亲许多,尊父亲为师,恭敬得很。父亲用四个字评价这个人:'领悟超凡。'"康永德身为清政府的地方官员,不惜动用一切手段镇压对付革命党人,完全可以被看作一个反革命分子。但对这样的一位理应被否定的人物形象,"我"的父亲给出的评价却竟然是"领悟超凡"。细细品来,这"领悟超凡"四字中某种反讽意味的存在,是显而易见的事情。再比如,"但没有说上几句他就反客为主,全无请教之态:'老夫以为丹丸仍须借重金石。'我惊异:'那要死人的啊!'

他的思绪荡向别处,笑吟吟地说:'还有动物血,终有大用。'我不再说话。他沉吟一会儿,身子探过来,开口问的竟是房中秘术"。叙述者这里讲述的是以康有为为人物原型的那位保皇党首领对于养生表现出的强烈兴趣。无论是这位老人那样一种急迫姿态,还是他在言语中对于养生不无粗鲁的谈论,隐隐约约透露出的也同样是一种讥嘲反讽的意味。进一步说,表层语义与深层内在语义之间的这种悖谬状态充分说明的,正是张炜在《独药师》的"正文"部分对艺术反讽手法的熟练运用。按照相关的理论阐述,所谓反讽,又可被区分为结构反讽与字面反讽两种。首先是结构反讽:"在一种含有两重意思的结构中表现出的持续的反讽。'这种反讽中常见的一种手法是创造一个天真的主人公,或一个天真的叙述者或代言人。他的无法克服的单纯或迟钝导致他对事物的解释始终要求机警的读者——他们早就看穿天真的主人公之后的作者未言明的观点,并持同样的观点—— 来加以修正。'对易犯错误的叙述者的运用,也属于造成结构反讽的常见手法。'在这种手法里,故事的讲述者本人就是这个故事的参与者。虽然他可能既不傻也不疯,但他缺乏洞察力;他用带有他自己的偏见和个人利益的扭曲了的看法来观察和评价他自己的动机以及其他人物的动机和行为。'"③以如此一种标准来衡量"正文"部分的第一人称叙述者独药师,就完全有理由断言,这位独药师不仅是一个天真的叙述者或代言人,而且也同样缺乏对世事人心的洞察力。拥有这样一位叙述者的《独药师》当然就是一种结构反讽了。其次是字面反讽:"又译'词语反讽'。'指说话者公开表达的意思不同于他实际意指的暗含的意思。这样的一种反讽陈述虽然总是清楚地表明说话者的一种态度或评价,却另含着一种大不相同的态度或评价。'……因此 J.T. 希普莱说:'字面反讽是一种言语形式,其中语词有意无意地掩盖了真实意义,它使旁观者、有时使言语情景所牵涉的一个以上的人,产生一种不和谐感。'"④以这样的概念内涵来衡量张炜的这部《独药师》中关于养生的那些叙事,则有一种字面反讽意味的存在,也是毫无疑问的一件事情。事实上,正是因为张炜不惜冒着被误读的危险而自觉征用了包括结构反讽与字面反讽在内的艺术反讽手法,所以在貌似肯定的话语背后,某种拒斥否定养生这样一种道家文化物事的表达意图的存在,也就自是无可置疑的。

具体来说,无论是关于"气息""目色""膳食""遥思"这养生四诀简直有些烦琐的详尽展示,还是关于"我"与那些"姑娘们"之间的"双修"状态描写,都是在此种毫无疑问的批判否定性基础上进行的。这里,必须追问的一个关键的问题是,张炜究竟为什么非得在《独药师》中把养生作为某种核心物事来描写呢?我想,答案大约可以从两个方面去加以寻找。其一,重要的不是小说所描写的时代,而是产生这个小说的时代。我们无论如何都不能忽略张炜的相关书写,与他所处的当下这个时代之间的关系。"养生热"在当下时代的兴起,是一个不容否定的客观事实。从席卷全国的大妈舞,到各种养生药品的热销,皆可以被视为"养生热"的具体表征。"文章合为时而著,歌诗合为事而作",张炜在《独药师》中关于养生的批判否定性描写,对于当下而言,一种折射意味的存在乃是顺理成章的事情。其二,张炜曾经在他的出生地,强烈地感受体验过养生这样的道家文化氛围。我们注意到,《独药师》中曾经出现过这样的叙述话语:"我们一直在切磋人的长生,事关永恒。""半岛地区是这个大学问的发源地,而我们是为数极少的承续者,因而具有无可比拟的意义。"这里提到的半岛地区正是张炜的家乡。据批评者专门考证,张炜的出生地栖霞乃属深受道家文化影响之地:"《古船》的作者张炜本人就是长春真人丘处机的栖霞乡党,他在小说中还特地指明长生真人刘处玄是洼狸镇人,又说洼狸镇坐落于东莱子国都城,'事情再明白不过,大家都在"东莱子国"里过生活了'。"⑤既然出生于道家文化氛围如此浓烈的地方,并且自幼时即耳濡目染,那么,张炜对于道家文化的了解熟悉几乎就是一定的事情。

事实上,张炜对道家文化的强烈兴趣并不自这部《独药师》始。早在他的那部已经被经典化的第一部长篇小说《古船》中,作家就已经有着对于道家文化的突出表现。对于这一点,在小说问世将近三十年的时候,批评家郜元宝曾经做过相当精辟独到的深刻解析。在引述了关于《古船》思想内涵的相关评论之后,郜元宝指出:"然而一旦越过这一表层叙事,深入考察小说中大量历史传说、风俗习惯、日常生活、人物文化心理积淀的描写(有评论家甚至认为《古船》因此造成了结构过于'拥挤'而气韵不足的毛病),则处处蕴含着中国传统道家和道教所奉阴阳相生相克和相互转化之理,尤其生动地呈现了民间道教末流的生存之道及其与地方政权沆瀣一气的中国社会特殊文化现象。""这才是《古船》的'文眼',也是《古船》值得一再重读的价值所在。"⑥也因此,郜元宝这篇《为鲁迅的话下一注脚——〈古船〉重读》的根本价值,就在于对《古船》与道家、道教的关系进行了足称深入的分析探讨。又其实,张炜与道家文化之间的关联,并不仅仅表现在《古船》这个早期的文本上。根据郜元宝的研究,张炜《古船》之后的一些作品也都与道家文化关系密切:"从《古船》出发,张炜日后的创作分出两支,一则由藏污纳垢的道教文化转为原始道家生活理想(《九月寓言》《融入野地》),以此质疑现代工商科技文明,一则仰仗西方近代文化资源(包括马克思主义、十九世纪俄国经典文学中的民粹主义和宗教受难思想)继续其历史反思,并试图回应九十年代以后中国社会的现实挑战。"⑦由此可见,假若我们的确承认张炜的《古船》《九月寓言》以及《融入野地》等一系列作品与道家、道教文化关系密切,那么,时隔多年之后《独药师》的问世,就很显然意味着张炜在经过了数度震荡之后,又一次回到了曾经的思想与写作轨迹上。倘若仅仅着眼于张炜对于道家与道教文化的耳濡目染,那么,他的这种回归当然是可以理解的。

问题的关键在于,对于张炜《独药师》中以养生为核心的道家文化描写与展示,我们到底应该做何评价?我们都知道,关于道家文化，鲁迅先生曾经发表过极精辟的看法："前曾言中国根柢全在道教，此说近颇广行。以此读史，有许多问题可以迎刃而解。"⑧因为这段名言广为人知，郜元宝在他重读《古船》的文章中也曾经有所引用。而且，郜元宝所谓"为鲁迅的话下一注脚"，具体指的也正是这一段话。与鲁迅这段话的抨击否定道家、道教文化一致，郜元宝高度肯定《古船》抵达的那种批判反思思想高度："这篇重读《古船》的文章，拉拉杂杂近两万字，无非想指出，青年时代的张炜在《资本论》、俄国批判现实主义文学的民粹思想（我过去反复提到过）以及有论者所谓原罪和宽恕信念之外，还倾向于原始道家理想，而除了集'医''道'于一身的郭运，张炜对现代民间道教末流基本持批判态度，尤其对道教末流和现代政治媾和生出的怪胎如赵炳、长脖吴之类更加厌恶和警惕。我认为这是'反思文学'杰作《古船》所达到最可喜的思想高度，对当下中国思想文化建设也不无启示。"⑨假若我们承认郜元宝所论具有突出的真理性，那么，以这样一个角度来看待《独药师》中关于养生的种种带有突出批判反思色彩的相关描写，就应该认识到，这可能意味着张炜对于很多年前《古船》曾有过的思想与艺术理路的一种自觉延续。其实，只要我们稍微展开一下，就不难意识到《独药师》中养生思想的某种荒谬性。以"我"为中心的一众人物，皆口口声声强调"养生"。但问题在于，究竟为什么要"养生"呢？难道说仅仅为了"养生"而"养生"吗？如果只是行尸走肉一般地延续自然生命，那这生命存在又谈得上什么意义和价值呢？从这一系列追问来看，张炜《独药师》对于以养生为表征的道家文化的深切批判与反思，就很显然具备某种突出的现实意义了，在其中我们能感受到的便是张炜一种忧国忧民的强烈忧患意识。

**注释：**

① 陈忠实《寻找属于自己的句子》，北京大学出版社2011年1月版。

②③④ 王先霈、王又平《文学理论批评术语汇释》，高等教育出版社2006年5月版。

⑤⑥⑦⑨ 郜元宝《为鲁迅的话下一注脚——〈古船〉重读》，《当代作家评论》2015年第2期。

⑧ 鲁迅《致许寿裳》，见《鲁迅全集》第11卷，人民文学出版社1981年1月版。

# 格非《望春风》：
## 文化乡愁与乡村的冷峻现实

二〇一五年，中国文坛的重要现象之一是第九届茅盾文学奖的揭晓。这一届茅盾文学奖的一个突出特点，就是一向被视为先锋作家的格非与苏童的双双加冕。他们同时获奖，被很多文学界同人指认为一代先锋作家终于修成了正果。然而，需要注意的一点是，这个时候的格非与苏童，实际上已经不复当年的先锋状态了。又其实，与格非、苏童他们紧密联系在一起的所谓先锋作家或者先锋文学，本就是一种文学史的概念。这一概念所特指的乃是20世纪80年代中后期出现在中国文坛的一种深受西方现代主义艺术观念影响的小说创作思潮。也因此，所谓的先锋具体指称的不过是或一阶段的格非与苏童而已。等到双双被茅盾文学奖加冕的时候，他们的小说创作较之于先锋时期事实上已经发生了不小的变化。其中，某种共同的变化趋向似乎是他们已然告别了那种不及物或者说是不食人间烟火的高蹈姿态，开始与现实生活建立紧密关系。套用一种流行的说法就是，他们的小说创作终于可以与现实主义这一概念联系在一起了。但请注意，断言他们完成着现代主义向现实主义的转型，并不就意味着他们的小说创作从此开始就与曾经的先锋彻底绝缘。曾经的先锋写作实践所奠定的某种艺术质地，不仅已经成了他们艺术底色中非常重要的组成部分，而且毫无疑问地也仍将继续伴随他们未来的写作旅程。这就意味着不管格非与苏童他们的小说创作酝酿发生怎样令人意想不到的变化，那样一种业已深入骨髓之中的先锋气息，无论如何都不可能完全消散。即如荣膺第九届茅盾文学奖的《江南三部曲》与《黄雀记》，再怎么现实主义，其中一种若隐若现的先锋气息实际上还是一嗅即知的。但在另一方面，不管怎么说，格非、苏童他们由现代主义向现实主义的转型，已然是一种无法被否认的客观事实。强调这种客观事实的存在，意在强调我们对格非、苏童们的评价应该建立在此种艺术转型的前提之下。

　　具体到格非，一方面固然是现代主义向现实主义的转型，另一方面更是由西方叙事传统向中国叙事传统的某种创造性转换。只要略微回想一下格非先锋时期的小说代表作《迷舟》《青黄》《褐色鸟群》，你就不难窥视到博尔赫斯影子的赫然存在。一向享有"作家中的作家"美誉的博尔赫斯，当然是西方叙事传统的一位杰出代表。但到了晚近时期，也就是从《江南三部曲》中的第一部《人面桃花》的写作起始，格非就开始逐渐地远离博尔赫斯，远离西方叙事传统，开始向以《红楼梦》《金瓶梅》为代表的中国叙事传统大踏步地靠拢了。这一方面，一个醒目的标志就是格非一部研究《金瓶梅》的专著《雪隐鹭鸶——〈金瓶梅〉的声色与虚无》的写作与出版。作为一位学者型作家，格非能够在紧张的小说创作之余，分出相当一部分精力来专门研究《金瓶梅》，可见《金瓶梅》在他心目中的重要。我们都知道，关于《红楼梦》和《金瓶梅》此类中国古典小说，鲁迅先生在《中国小说史略》中曾经给出过专门的概念，叫作"世情小说"。同时，我们也不妨借用笑花主人在《今古奇观》序中的"极摹人情世态之歧，备写悲欢离合之致"这句话来对这类世情小说的特点做一精确概括。尽管不是很清楚格非为什么会对《金瓶梅》产生浓厚的研究兴趣，但在我的理解中，作家对《金瓶梅》的研究兴趣中所隐约透露出的，实际上也正是对世情小说的浓厚兴趣。既不去关注《三国演义》《水浒传》之类的"家国叙事"，也不去关注诸如《西游记》一般的"神魔小说"，而单单要把关注点集中到《金瓶梅》一类的"世情小说"，仅只是从研究对象的选择上，我们即不难判断出格非真正的兴趣点所在。更进一步，我们也不妨说，当格非选择《金瓶梅》作为研究对象的时候，明确传达出的一个信息就是，其中最起码体现着作家或一阶段的某种小说理想。具体到格非，大约从《人面桃花》开始，包括完整的《江南三部曲》，中篇小说《隐身衣》，以及我们这里准备专门探讨的长篇小说《望春风》（译林出版社2016年7月版），都可以在"世情小说"的前提下得到相应的理解与阐释。

当我们断言格非在靠拢一种中国叙事传统的时候，并不仅仅是在强调一种小说艺术，更是在强调一种作家的世界观，强调作家理解看待世界、社会以及人性的一种方式。很多优秀的小说文本有着对所谓世道人心充分的描写与展示，与此同时，其中又包含对于生命的关怀，对灵魂的深度透视。格非的长篇小说《望春风》很显然就是一部包含有生命与灵魂维度在内的优秀"世相现实主义"长篇小说。从书写对象的角度来看，格非的创作过程中，可以说甚少触碰所谓的乡村题材。作家既往的小说创作中，与乡村有着密切联系的作品，大约只有《江南三部曲》中的第二部《山河入梦》。尽管说其中也有相当部分写到了花家舍公社，但就文本书写主旨来说，与其说《山河入梦》是一部乡村小说，反倒不如说是一部历史小说。小说主人公谭功达的社会政治身份之所以被设定为县长，根本原因正在于此。也因此，从一种写作自觉的角度来说，格非真正意义上的第一部乡村长篇小说，就毫无疑问是这部《望春风》。格非于一九六四年出生在江苏镇江丹徒县，毫无疑问有过真切的乡村生活经验。但是，不知道出于何种原因，格非此前的小说创作生涯中，应该说从来就没有触碰过自己的乡村记忆。虽然我们也同样无法断定格非日后还会不会重新书写自己的乡村记忆，但毋庸置疑的一点是，在《望春风》中，格非终于开始以长篇小说的形式直面自己的乡村记忆了。然而，尽管《望春风》采用了第一人称的叙述方式，我们却很难由此而判断这位第一人称叙述者身上就存在着格非自己的影子。之所以这么说，一个关键原因在于人物年龄的设定。虽然叙述者并未明确交代相关人物的具体年龄，但根据叙述话语中的蛛丝马迹，我们不难判断出其中若干主要人物的年龄来。比如，身兼第一人称叙述者功能的"我"，也即赵伯渝（因为母亲生"我"的时候有一条白鱼从塘中跳上岸来，所以才有了这样一个谐音的名字），应该出生于一九五一年。这一结论的得出，与第三章"余闻"第一节"章珠"部分的叙事交代密切相关。"正如诸位已经知道的那样，章珠就是我的母亲。""一九四八年冬，我祖父带着媒人马老大（还有我父亲的一张小照）来到了南徐巷的彭家提亲。""我的父母在第二年春天结了婚。他们的第一个孩子（是个女儿）出生不到三天就夭折了。两年后，他们生下了我。"联系上下文可知，"我"父母结婚的时候是一九四九年的春天，依照所谓十月怀胎的原理，到"我"父母的第一个孩子出生的时候，就应该是这一年的年底。倘若这一年是一九四九年，那么，"我"的具体出生时间当然就是一九五一年了。同样的道理，依照叙述者在第四章"春琴"部分的交代，首先，"春琴虽然只比我大五岁，按照辈分，我应当叫她婶子。"如果"我"的出生年份是一九五一年，那么，春琴的出生年份就应该是一九四六年。其次，"我想起十五岁时的春琴，她坐在家中的堂屋里，穿着父亲留下来的棉袄，手摇纺车，向我投来清澈而严厉的目光。"如果春琴出生于一九四六年，那么，她十五岁的那一年就应该是一九六一年。这一年，"我"和春琴第一次见面。由此我们可以明确知道，小说故事最早的发生时间，其实就是一九六一年。这一年，年仅十岁的"我"伴随着身为算命先生的父亲一起去半塘村替春琴一家算命，第一次见到了春琴。不能不注意的是,我们这里所进行的年龄推断,与根据文本中提供的其他信息做出的推断完全一致。比如,在第四章"春琴"部分,叙述者曾经明确交代:"我和春琴沿着杂乱而潮湿的街道往前走。我记得当年春琴送我去南京时,走的是同一条路。面目全非的街道,已无任何遗存可以让我辨认过去的岁月。二十二年的光阴,弹指而过,不知所终,让回忆变得既迟钝,又令人心悸。"这里明确交代,从春琴当年送"我"前往南京至今已经整整二十二年。那么,春琴又是在哪一年送"我"去南京的呢?关于这一点,叙述者在第二章"德正"部分有过明确的交代。南京来人要把"我"带走的时间是一九七六年。然后到了"来年的农历二月十八,我与雪兰成了亲"。这一年,正是一九七七年。春琴送"我"去南京,其实就在这一年。由此可见,等到二十二年之后,"我"与春琴再次见面的时候,具体时间已经是世纪末的一九九九年了。关键是,再次见面这一年"我"的年龄,叙述者也在第四章做出过明确的交代:"过了年,我虚岁就满五十了。都说人到了五十岁,就开始走下坡路了。""过了年"就"虚岁满五十",那说明"我"这一年的实足年龄应该是四十八岁。既然一九九九年的年龄是四十八岁,那"我"当然就毫无疑问是出生于一九五一年了。以上两种年龄推断结果的完全一致,充分说明的正是格非艺术思维一贯的严谨与缜密。

之所以要不惜篇幅做相关人物的年龄推断,一方面是要确定故事开始的时间究竟是哪一年,另一方面则是要把第一人称叙述者

"我"的年龄与格非自己进行比较。"我"出生于一九五一年，格非出生于一九六四年，两人之间相差十三岁。由此，我们得出的结论就是，与其他一些明显存在着作者自传性投影的作品不同，《望春风》中固然包含着格非真切的乡村记忆，但第一人称叙述者"我"是作家完全虚构出来的一个人物，可以说与格非个人了无干系。然而，与其他一些同样采用第一人称叙述方式的小说相比较，格非《望春风》中的这位第一人称叙述者"我"，不仅是活跃于作品中的主要人物形象之一，而且还身兼"写作者"的功能。这一点，在小说结尾处有过详细的交代。"我"最早萌动写作的欲望，是与春琴一起在被改造后的便通庵共同生活之后不久："听她这么一说，我心里若有所动。我告诉她，其实我一直有个愿望，希望有朝一日可以试着把这些故事写下来。"这是叙述者最早提及要写作故事。此后，写作便成了"我"的一种日常生活常态。"春琴已经喜欢上了我写的那些故事。每天晚上，她都要逼着我将当天写完的故事读给她听。我在写作的时候，她总爱坐在我身后的一张木椅上做针线。"尤其值得注意的是，伴随着"我"写作进程的渐次深入，春琴居然也以一种特别的方式介入了"我"的写作进程之中："按照我与春琴的事先约定，每天傍晚，我都会把当天抄录的部分一字不落地读给她听。此时的春琴，早已不像先前那样，动不动就夸我讲故事的本领'比那独臂的唐文宽不知要强上多少倍'，相反，她对我的故事疑虑重重，甚至横加指责。到了后来，竟然多次强令我做出修改。似乎她本人才是这些故事的真正作者。"面对来自春琴的横加干涉,"我"起初的应对方式是置之不理,没想到春琴的反应特别激烈,甚至干脆以断绝关系相威胁。万般无奈之下,"我"只好有所妥协:"从那以后,我在给春琴读故事的时候,为了不让故事中断,特地准备了一个小本子。一旦她提出不同意见,就将它记录下来。等到把整部书读完,再一并做出删改。当然,我自己也留了个心眼。凡是那些有可能引起春琴不快的段落,我都一概跳过不读。可即便如此,她最终提出来的修改意见,竟然也达四十九处之多。"不能忽视的一点是,春琴居然振振有词地强调着自己的修改理由。"我耐着性子跟她解释,现实中的人,与故事中的虚构人物,根本不是一回事。既然是写东西,总要讲究个真实性。"针对"我"的辩解,春琴寸步不让:"可没等我把话说完,春琴就不客气地回敬道:'讲真实,更要讲良心!'"实际上,"我"与春琴之间的对立,涉及了一个重要的小说写作伦理问题,那就是作家究竟应该如何处理真实与虚构的关系问题。这里,需要引起我们思考的一个问题,就是春琴所谓的"讲良心"。她的意思非常明确,因为现实生活中的某人对自己有恩,所以在写作时就要刻意地对其有所庇护。格非如此一种处理方式,很自然地就会让我们联想到那位与《红楼梦》密切相关的脂砚斋。众所周知,脂砚斋一个非常重要的案例是严令曹雪芹必须对有关秦可卿的章节做出删改:"秦可卿淫丧天香楼,作者用史笔也。老朽因有'魂托凤姐''贾家后事'二件,嫡(岂)是安富尊荣坐享人能想得到处,其事虽未漏,其言其意则令人悲切感服，姑赦之，因命芹溪删去。"①你可以发现，格非的处理方式，可以说与当年的曹雪芹、脂砚斋如出一辙。对于春琴的介入式存在，我想，我们可以从两个方面来加以理解。其一，格非在通过这样一种特别的方式向曹雪芹与脂砚斋，向中国小说传统的评点批评方式致敬。其二，如同春琴这样一种介入式写作干预，在此前的中国当代小说写作中根本就不曾出现过。就此而言，它完全可以被看作格非在小说创作上的一种形式创新。

与此同时，我们还须注意到第一人称叙述者"我"的曲折人生经历。不仅是母亲在"我"还不满周岁的时候就弃"我"而去，而且在"我"刚刚只有十五岁的时候，一直相依为命的父亲也自杀身亡，"我"从此成为一个无依无靠的孤儿，在人世独自漂泊游荡。除人生经历格外曲折之外，更重要的一点是"我"打小就生活在儒里赵村，在乡村一直生活到了一九七七年，那时候"我"的年龄已经是二十六岁了。就在这一年，"我"的命运开始发生了一场奇迹般的转变，那就是打小就把"我"遗弃在家的母亲忽然从遥远的南京派人来接"我"外出工作生活。从这个时候开始，"我"就一直流荡漂泊在异乡的大地上，从事过好多种底层职业，直到二〇〇〇年"我"因为探望春琴而重返故里。如此看来，格非在《望春风》中特别设定的这位第一人称叙述者，其实际身份既是一位去乡者，也是一位返乡者。那么，格非为什么要特别设定如此一位第一人称叙述者来完成小说文本的叙事任务呢？要想比较理想地找到问题的答案，就不能不注意到小说中的这样一个重要细节。那就是在《望春风》第三章"余闻"中的"沈祖英"部分,作家曾经专门写到过一个与《奥德赛》紧密相关的细节。在把金庸贬损为一个"三流作家"的同时,沈祖英郑重向我推荐了《奥德赛》:"祖英随手从书架上抽出一本书,看都不看,就朝我扔了过来。""我接住一看,居然是《奥德赛》。""在接下来的几个月中,我把这本《奥德赛》带回到邗桥新村的房子里,一连读了两遍,怎么也没觉得它有什么好。剩下来的只是这样一个疑问:一个有资格推荐荷马史诗的人,想必绝非等闲之辈吧?"沈祖英之所以向我推荐《奥德赛》,肯定是因为她特别喜欢这部作品。而"我"尽管没有搞明白《奥德赛》究竟好在什么地方,却还是将其"一连读了两遍"。这样的细节,很显然意在强调《奥德赛》的重要性。此外,文本中还有另外两处也都曾经提到过《奥德赛》。一个是:"她(指沈祖英)曾不止一次地对我说起过,每个人都是海上的孤立小岛(这个比喻来自《奥德赛》),可以互相瞭望,但却无法互相替代。"这一细节,显然意在强化沈祖英这一人物对于《奥德赛》的熟悉程度。另一处显然更为关键:"那是因为,我从未把邗桥的那间公寓看作是永久的栖息之地。就像那个被卡吕普索囚禁在海岛上的奥德修斯一样,我也幻想着,有朝一日能够重返故乡,回到它温暖的巢穴之中去。"这一段引文中那位渴盼重返故乡的奥德修斯,与《望春风》中"我"的对应关系,是显而易见的。现在的问题是,格非为什么要在小说中提及《奥德赛》? 这种提及到底是一种偶然现象,还是另有深意?

我的理解是，格非专门提及《奥德赛》绝非偶然现象，其中实际上隐含着某种与《望春风》的叙事结构相对应的问题。众所周知，作为一部古老的史诗，《奥德赛》的主要故事情节是讲述十年特洛伊大战之后，木马计的天才构想者、伊大卡岛智慧的国王奥德修斯战胜各种艰难险阻，又历经十年的漫长时间，终于返回了自己的故乡，与美丽忠贞的妻子珀涅罗珀团圆。某种意义上，奥德修斯既可以被看作一位去乡者，也可以被看作一位返乡者。从一种结构原型的角度来说，《望春风》中的第一人称叙述者"我"与《奥德赛》中的主人公奥德修斯显然具有突出的同构色彩。在我看来，格非之所以要在《望春风》中专门提及《奥德赛》，其潜在的语意或许正在于此。另一个方面，格非很显然也是要借助这种特别的方式向古老的《奥德赛》与荷马表示崇高的敬意。除了与奥德修斯隐隐相对之外，格非之所以把"我"既设定为去乡者，也设定为返乡者，恐怕也与其思考关注乡村命运走向的写作题旨紧密相关。一方面，"我"曾经有过相当长一段时间的乡村生活经历。这种生活经历的拥有，就使得"我"既对乡村生活非常熟悉，同时也对乡村有着极其深厚的感情维系。但在另一方面，因为"我"的去乡远远地拉开了与故乡之间的距离。这样一种距离的存在，就使得"我"在观察故乡所发生的种种变故时，能够持有一种不轻易被感情所遮蔽或者左右的客观与冷静。更何况，格非作为一位曾经的去乡者，事实上也在借助于这部长篇小说完成着自己精神层面上的返乡之旅。

不能忽略的一点是，第一人称叙述者"我"既是一位去乡者、返乡者，同时也是一位在乡者。正因为曾经有过长时间的在乡经历，所以才会成为后来的去乡者与返乡者。关键的问题在于，格非借助如此一位身兼在乡者、去乡者以及返乡者三重身份的第一人称叙述者的目光，他观察到的究竟是怎样的一种乡村景观呢？在详细展开这一问题的讨论之前，我们首先应该明确，作家通篇采用的是一种回溯式的叙述方式。这一点，在小说开篇不久处，就已经初露端倪，已经做出过明确的交代："很多年以后，到了梅芳人生的后半段，当霉运一个接着一个地砸到她头上，让她变成一个人见人怜的干瘪老太的时候，我常常会想起父亲当年跟我说过的这句话。唉，人的命运，鬼神不测，谁能说得清楚呢？"由这段叙事话语可见，叙述者其实是站在现在的时间节点上追忆乡村往事，展开故事叙述的。尽管叙事的时间跨度差不多有半个世纪之长，但《望春风》的文本篇幅算不上巨大，只有二十万字稍稍出头一些。全书共由四章构成，联系中国当代乡村社会的发展实际，这四章其实可以被分为两大部分。前两章为第一部分，主要讲述"文革"前的乡村故事，后两章为第二部分，主要讲述"文革"后的乡村故事。将前后两个部分的乡村故事合并连缀在一起，就俨然是一部乡村命运变迁史。

关于"文革"前的中国乡村，格非所集中关注思考的是传统乡村伦理被彻底摧毁。讨论这一命题的基本前提是，我们首先需要搞明白传统的乡村伦理究竟是怎样的一种状况。对这一问题，学界实际上早有共识，那就是一种超稳定的宗法制社会结构的长期存在。关于中国宗法制长期存在的奥秘，曾经有学者进行过深入的描述研究："群体组织首先是以血缘群体为主，因为这是最自然的群体，不需要刻意组织，它是自然而然地集合成为群体的。先是以母氏血缘为主，进入文明社会以来就是以父系血缘为主了。以父系血缘为主的家族，既是生产所依赖的，也是一种长幼有序的生活群体。它给人们组织更大的群体（氏族、部落直至国家）以启示。于是，这种家族制度便为统治者所取法，成为中国古代国家的组织原则，形成了中国数千年来家国同构的传统。""文明史前，人们按照血缘组织与恶劣的自然环境作斗争还好理解，为什么国家政权建立之后，统治者仍然保留甚至提倡宗法制度呢？这与古代中国统治者的专制欲望和经济发展有关。自先秦以后，中国是组织类型的社会，然而，它没有一竿子插到底。也就是说，这个社会没有从朝廷一直组织到个人，朝廷派官只派到县一级，县以下基本上是民间社会。因为组织社会的成本是很高的，也就是说要花许多钱，当时的经济发展的程度负担不了过高的成本。保留宗法制度，就是保留了民间自发的组织，而这种自发的组织又是与专制国家同构的，与专制国家不存在根本的冲突。而且占主流地位的意识形态——儒家思想，恰恰是宗法制度在意识形态层面的反映。"②按照王学泰的分析描述，宗法制传统在中国有着可谓源远流长的漫长历史。正因为宗法制在中国乡村世界曾经存在传延多年，所以自然也就积淀形成一种超稳定的社会文化结构。依靠这种超稳定的社会文化结构，中国的乡村社会保持了长期的平稳状态。只有在进入二十世纪之后，受到源自西方的现代性强劲冲击的缘故，这种平稳的社会存在状态方才被彻底打破。格非《望春风》集中谛视表现的，也正是二十世纪中期以来中国乡村社会的被冲击状况。

赵孟舒可谓儒里赵村一位饱读诗书的地方贤达，"自幼学琴，入广陵琴社。与扬州的孙亮祖（绍陶）、南通徐立孙、常熟吴景略、镇江金山寺的枯竹禅师相善，时相过从"。到了"土改"前夕，在小妾王曼卿与用人红头聋子的联合鼓噪之下，"平生不爱田产的赵孟舒，鬼使神差地从他的至交赵锡光手中，接下了百余亩田地和一处碾坊。"赵孟舒根本没想到，他在接收这些田地与财产的同时，却也接收下了后来儒里赵村绝无仅有的一顶地主帽子。既然在"土改"后戴上了一顶地主帽子，那赵孟舒最终的悲剧命运自然也就可想而知了。或许与自己的生性耿介有关，对于新生的政权，赵孟舒采取的是一种隐隐然的对抗姿态。其对抗姿态的突出表现有二。其一，"出于对新生的人民政府的愤恨，同时也源于对苍天不公的怨毒，戴上了地主帽子的赵孟舒，别出心裁地对全村人发了一个毒誓：他的脚绝不踏上新社会的土地"。其二，他曾经利用自己的学问与才能把繁体字的"黨"这个字拆开来，编成了一则巧妙的谜语。虽然儒里赵村农会主任赵德正对他网开一面，赵孟舒的此种作风勉强维持数年，但到了一九五五年夏天的一次批斗会上，他还是在劫难逃了。持续长达三小时的批斗会,对年老体衰的赵孟舒最大的打击,就是让他实在憋不住,当众拉到了裤子里。这样的事情对赵孟舒来说是绝难忍受的奇耻大辱。果然,就在这晚回家之后,赵孟舒服毒自尽了:"死者面目焦黑,表情狰狞,尸体停在蕉雨山房那间阴暗的门厅里。"

"我"的母亲章珠之所以毅然决然地与父亲离婚,与父亲在新婚之夜向她吐露的上海那个特务组织的全部秘密紧密相关。正因为她惧怕受到丈夫历史问题的连累,所以才会借助父亲"对个黄花闺女动手动脚"的问题而大做文章,并最终弃家而去。父亲在很小的时候,就被祖父送到上海一家南货店做伙计,学习经商之道。没承想,父亲鬼使神差地迷上了算命这一行当。迷上算命倒也还罢了,关键是他居然拜戴天逵为师。这戴天逵表面上是个算命先生,实际上却游走于各种政治势力之间。一九四八年冬,戴天逵在上海秘密组建了一个与国民党关系密切的特务组织,成员之一就是身为其弟子的父亲。事实上,这一组织只是徒有虚名,并没有来得及开展任何活动:"但那份按了手指印的潜伏人员名单,长期以来一直是父亲的一块心病。"需要特别注意的是,按照叙述者"我"的交代,父亲之所以自杀身亡,与母亲的检举存在着内在关联。在把关于父亲的检举信上缴(请一定注意,母亲的检举目的,不过是为了自保)之后,母亲突然意识到自己此举有可能使自己的儿子成为真正意义上的孤儿,为了避免此种结果,她设法提前给父亲通风报信,想让他远走高飞,逃得无影无踪。没想到,这封信却起了反作用:"父亲在接到母亲的那封信后,自忖他那羸弱的身体抵挡不住想象中的刑讯逼供,为了保全他分散在各地的八位兄弟以及可能会有的一大堆家小,他冷静地选择了自杀。"

伴随着改革开放时代的到来,儒里赵村的村民们已经不再满足于在田野里劳作了,正所谓"车有车路,马有马路",他们开始以各种不同方式操办乡镇企业,竞相奔走在发财致富的道路上了。用金花的话说:"除了我哥之外,宝明放着好好的木匠不做,办了一个模具厂。宝亮也从学校辞了职,办了家五金电配厂,生产灯头底座和电烙铁的手柄。小武松潘乾贵和银娣两个人,张罗了一个酱菜厂,酱萝卜、酱黄瓜、酱大头菜、酱生姜芋,说起来,大小也是个老板了。就连王曼卿也懒得种地。她和柏生合伙,在菱塘养了几百只鸭子。老菩萨呢,成天拎个录音机,叽里哇啦地去各个学校门口转悠,专门帮人家补习英语,钱也没少挣。"儒哩赵村人纷纷经商,大多数都属于小打小闹,真正成了气候、成了资产大鳄的,是那位打小就在赵锡光的心目中被"另眼相看"的"我"的堂哥赵礼平。对于赵礼平,阅人无数的赵锡光给出的评价特别意味深长:"礼平这孩子,心术不正啊。他倒不是笨,只是心思没用对地方。"其他的各种巧夺豪取倒也罢了,赵礼平最无法让人原谅的一大罪恶,就是亲手摧毁掉了自己的家乡儒里赵村。话还得从时任大队书记的高定邦说起。一次醉酒后的撒尿经历,让高定邦萌生了修渠的念头:"金鞭湾的水直通长江,如果在便通庵建一个排灌站,把长江水调入新田,再在新田里开挖一条河渠,取之不竭的长江水将会沿着水渠注入全大队的每一寸良田。"到了开工那一天,除了十几位大队干部之外,只来了老鸭子、春琴以及王曼卿三个人。到最后,还是赵礼平出手才彻底搞定了挖渠这件事:"他听人说,赵礼平出钱,不知从哪里弄来了几百个安徽民工,几乎在一夜之间,就把水渠修得又宽又直。高定邦望着河渠两岸新栽的整齐的塔松,禁不住悲从中来,老泪纵横。小武松说得没错,时代在变,撬动时代变革的那个无形的力量也在变。在亲眼看到金钱的神奇魔力之后,他的心里十分清楚,如果说所谓的时代是一本大书的话,自己的那一页,不知不觉中已经被人翻过去了。"但这仅仅是赵礼平的小试牛刀,任谁也没想到,到最后,也正是借助于这条水渠,以赵礼平为代表的资本势力彻底摧毁了儒里赵村。后来,一位福建老板看中了儒里赵村的风水,要以拆迁房的形式把这块地完全吃下来,他的合作伙伴就是赵礼平。然而,眼看着朱方镇的安置房已经全部便宜就绪,但就是赵礼平这一块的拆迁不见动静,即使赵礼平把原先许诺的拆迁费提高一倍,村民们依然不为所动。就在这个时候,身为高定邦接班人的斜眼想出了一个馊主意:"他的斜眼紧盯着高定国,实际上却是在和赵礼平说话:'当年高定邦不是在新田修了一条水渠吗? 他娘的,一次也没用过,如今正好派上用场。干脆,我们来他个水淹七军!'"所谓的水淹七军,就是利用高定邦的水渠,把已经被污染的浓稠的黑水引入村庄:"水退之后,地上淤积了一层厚厚的柏油似的胶状物,叫毒太阳一晒,村子里到处臭气熏天。燕塘的水面上漂着一层死鱼。青蛙和蛇类也都自暴自弃，翻起了白肚皮，在树林里静静地腐烂，就连井里的水，喝上去也有一股刺鼻的火油味。"到了这个时候，拆迁自然也就不成其为问题了："没有任何人责令村民搬家，可不到一个月，村庄里已经是空无一人了。"奇怪之处在于，明摆着是赵礼平作了恶，但被迫远离家乡的村民们却把怪罪的目光对准了高定邦："定邦当年提议开渠，仿佛就是为了有朝一日，在拆迁的僵局中给予村民最后一击。他们一刻不停地咒骂高定邦，咒骂他痰中带血、尿中带血，咒骂他全家死光光。"这里，有两个方面的问题值得引起我们的深入思考。首先，格非关于赵礼平与儒里赵村的描写，在高度写实的同时，其实带有明显的象征意味。倘若说赵礼平可以被视为商品经济时代强势资本的化身，那么，身为村书记的斜眼，就是权力的化身，而儒里赵村，则可以被理解为是中国乡村的突出代表。

实际上，无论是"文革"前的乡村，还是"文革"后的乡村，到了格非的笔端都绝对称得上沉重与冷峻。但请注意，在书写中国乡村沉重冷峻现实的同时，格非也不无浪漫地写出了自己真切而浓郁的文化乡愁。我这里的具体所指就是第四章"春琴"部分关于"我"与春琴劫后余生的那种带有鲜明浪漫气息的描写。春琴的儿媳夏桂秋是一位霸蛮无比的现代悍妇，由于她肆意虐待，生性善良的春琴差一点被活活饿死。如果不是同彬的妻子"新丰莉莉"的一番伶牙俐齿，春琴早已经驾鹤西归了。然而，春琴的生命虽然被医院挽救回来，但获救后的春琴究竟应该去往何处，却成为一个迫在眉睫的重要现实问题。就在这个时候，"我"和同彬不无意外地发现了当年的便通庵遗址。面对着自己曾经非常熟悉的便通庵遗址，"我忽然对同彬感慨说：'要是春琴不肯去南京，我和她在这座破庙里住几年也挺好，连锅灶都是现成的。'"正可谓一句话点醒梦中人，"我"这看似不经意的一句话，果然很好地启迪了同彬。经过同彬与"新丰莉莉"的一番努力，一度破败不堪的便通庵竟然脱胎换骨，成了一处可以居住的地方："半个月前还是破败不堪的便通庵，经过十二个装修工人（算上同彬和莉莉一共十四个人）的日夜施工，如今已经焕然一新。他们修补了一处坍塌的屋顶，加固了几处墙基，更换了七八根椽子，疏浚了水井，重修了厕所，粉刷了内外墙壁，添置了家具和生活用品，甚至还在门前搭了一个木廊花架。"就这样，被修葺一新的便通庵，顺理成章地成了类似于世外桃源式的居所，各自孤身一人的"我"和春琴在这里开始了他们俩相濡以沫相依为命的共同生活。必须承认，格非的这种艺术设置方式，多多少少也能够让我们联想到亚当、夏娃在伊甸园里的美好快乐生活。然而，无论如何我们都得承认，"我"与春琴这样一种亚当、夏娃式的世外桃源生活的基础，其实是非常脆弱的："危险是存在的。灾难甚至一刻也未远离我们。不用我说，你也应该能想得到，我和春琴那苟延残喘的幸福，是建立在一个弱不禁风的偶然性上——大规模轰轰烈烈的拆迁，仅仅是因为我堂哥赵礼平的资金链出现了断裂，才暂时停了下来。巨大的惯性运动,出现了一个微不足道的停顿。就像一个人突然盹着了。我们所有的幸福和安宁,都拜这个停顿所赐。也许用不了多久,便通庵将会在一夜之间化为齑粉,我和春琴将会再度面临无家可归的境地。"道理说来非常简单,维持这种世外桃源生活的必然前提,就是寄希望于赵礼平的资金链能够永远断裂下去。但这,显然是不可能的。从这个角度来说,赵礼平的资金链就如同一柄悬挂于"我"与春琴头顶的达摩克利斯之剑,随时随地都可能降落。与这种残酷的现实相比较,春琴与"我"的梦想的确显得非常天真。首先是春琴:"假如新珍、梅芳、银娣她们都搬了来,兴许就没人会赶我们走了。你说,百十年后,这个地方会不会又出现一个大村子?"然后是"我":"假如,真的像你说的那样,儒里赵村重新人烟凑集,牛羊满圈,四时清明,丰衣足食,我们两个人,你还有我,就是这个村庄的始祖。"请一定不能忽视格非如此一种描写背后的文化原型意味。某种意义上,"我"与春琴可能存在的姐弟关系,使读者联想到远古传说中的伏羲与女娲兄妹通婚繁衍人类的故事。

《望春风》结尾处的一段话,毫无疑问是格非精心酝酿结撰而成的:"到了那个时候,大地复苏,万物各得其所。到了那个时候,所有活着和死去的人,都将重返时间的怀抱,各安其分。到了那个时候,我的母亲将会突然出现在明丽的春光里,沿着风渠岸边的千年古道,远远地向我走来。"如果我们把这段话与前面提及的"我"与春琴劫后余生的浪漫化书写,与小说两则精心选择的题记(一则出自《诗经·小雅·节南山》:"我瞻四方,蹙蹙靡所骋。"另一则出自蒙塔莱《也许有一天清晨》:"我将继续怀着这秘密／默默走在人群中,他们都不回头。")结合在一起,那么作家格非一种发自内心深处的文化乡愁,自然也就无以自控地溢于言表了。还是在小说的最后一部分,格非不无动情地写道:"我没有吭气,极力控制住自己的泪水。我朝东边望了望。我朝南边望了望。我朝西边望了望。我朝北边望了望。只有春风在那里吹着。"这种张望,毫无疑问地既充满了感情而又特别无奈。作为读者的我们,连同作家格非,连同那位第一人称的叙述者,面对乡村世界大约也只能如此张望了。

**注释:**

① 刘传福《曹頫,红楼梦中的贾宝玉》,九州出版社2012年10月版。
② 王学泰《游民文化与中国社会》,同心出版社2007年7月版。

# 东西《篡改的命》：
# 底层苦难命运的寓言化书写

　　作家东西新近创作完成的长篇小说《篡改的命》（载《花城》2015年第4期）是一部深切反映当下中国社会现实的优秀作品，生活于社会底层的汪长尺一家的悲惨遭遇和苦难命运，读来大有让人椎心泣血之感。新闻事件进入小说是晚近时期以来一个非常引人注目的文学现象，诸如余华的《第七天》、贾平凹的《老生》、王十月的《人罪》、盛可以的《野蛮生长》等作品，都不同程度地将新闻事件化入了小说创作中。这种文学现象的形成充分体现出作家强烈的社会责任感以及对时代问题的独立思考。但不能忽视的是，新闻讲求真实客观，小说追求艺术化的思想表达，二者之间存在着明显的差异。很大程度上，是否能够成功地将新闻化入小说，是否能够将大众熟知的事件进行陌生化的美学处理，并与小说产生水乳交融的艺术效果，便成为衡量这类小说成功与否的一个关键因素。值得注意的是，王十月的中篇小说《人罪》与东西《篡改的命》在取材上有异曲同工之妙，二者很显然取材于冒名顶替上大学的同一个新闻事件。但同样是一个李代桃僵,"狸猫换太子",命运被篡改的故事,王十月与东西的艺术处理方式却绝不相同。在王十月那里,故事的中心人物不是命运被篡改的底层人物,而是那个已然翻身跳过龙门的"人上人"。其叙事重心,自然也就不再是对于苦难命运的艺术渲染与表现,而是对冒名顶替者无法推卸罪责的一种真切考问。在《人罪》中,王十月的视线一方面向上升,主要从精神层面上探讨了"有罪者"的精神自我救赎问题,另一方面也向内潜,更多地展示着人物内心深处的痛苦挣扎。但到了《篡改的命》中,作家东西则视线下沉,把自己的艺术关注点投向了命运被无辜篡改的群体,在充分表现他们所遭逢的苦难命运的同时,对是否能够凭借个人努力改变不幸命运表示了强烈的怀疑。

  小说既然被命名为"篡改的命",那么,对于命运的思考与书写,也就顺理成章地成了东西的关注重心所在。通读全篇之后的一个感觉,似乎是汪长尺的所有不幸皆来自所谓命运魔掌的捉弄,但他的悲惨遭遇是否因此就被看作一个单纯意义上的命运悲剧呢?答案自然是否定的。一个无法被轻易忽略的根本原因在于,如同汪长尺此类底层民众的草芥命运之所以能够被篡改,正与社会环境存在着无法剥离的紧密关联。生活于社会底层的人要想仅仅凭借个人的努力改变自身的命运实在是太过艰难的一件事情,小说中的汪槐无奈而辛酸地训骂儿子汪长尺:"你一个三无人员,无权无势无存款,每步都像走钢索,竟敢拿命运来开玩笑。"《篡改的命》中,处处呈现出的皆是结盟后的权力与资本对底层大众的无情捉弄的景观。汪氏父子企图凭借自身的努力去改变命运，但最终的结果却只能是事与愿违，愈是抗争，换来的愈是更大的苦难与不幸。他们力图改写自身命运的悲壮努力，正如同古希腊神话中那位一次又一次推石上山的西西弗斯一样，到头来只能是彻底的绝望。

汪长尺的人生苦难，首先来自权力魔掌的无情捉弄。汪长尺高考达线且超出分数线二十分，但却未被录取，招生办给出的答复是："要怪就怪你儿子，他的档案在北大清华转了一圈，再回到我们手里时，所有学校都录满了"。一直到小说结尾处汪长尺凄惨离世，我们方才搞清楚，原来是他的同班同学牙大山不仅顶替他的名额上了大学，而且还以他的名义生活了数十年，混成了某单位的副局长，"心安理得地享受着他偷来的生活"。这样一个看似荒唐的冒名顶替事件的发生，显然是牙大山父亲利用手中权力暗中"运作"的结果。更进一步，牙大山后来之所以能上位副局长，也与这权力的"运作"密切相关。牙大山凭借权力冒名上了大学，无权无势的汪长尺自然也就只能惨遭"被运作"的命运，与自己向往已久的大学理想失之交臂了。需要注意的是，历史真是惊人地相似，类似的悲剧也还曾经发生在汪长尺的父亲汪槐身上。二十多年前，汪槐本来有机会通过水泥厂的招工离开农村而未果。一直到十年之后，他才搞明白自己原来被副乡长的侄子顶替了。问题的关键一方面在于，为什么权力的拥有者可以凭借手中的权力任意摆布他人的命运？另一方面在于，为什么这样的顶替可以一再发生，以至于时隔数十年的父子两代，都要被迫承受无奈的悲剧命运？很显然，通过汪氏父子两代的悲惨遭遇，作家东西既把自己的批判矛头对准了肆意妄为的权力，也指向了权力背后日益严重的阶层固化问题。

　　王十月的《人罪》中，我们尚能看到冒名顶替者忏悔和罪感意识一定程度上的存在，但到了《篡改的命》中，这些既得利益者却毫无忏悔之心。由于儿子未被录取，急切希望改变家庭命运的汪槐坚持要到教育局讨说法。因为自己有过类似的遭遇，汪槐深知"你要是不抗议，他们就敢这么欺负你"。但无可奈何的是，汪氏父子顶着烈日骄阳与狂风暴雨的静坐抗议，不仅没有引起当权者丝毫的重视，反而换来了"一阵哄笑，有人吹口哨，有人打响指"。无权无势更无钱的汪氏父子眼看着求诉无门，万般无奈的父亲汪槐只得以跳楼相威胁，希望用以命相拼的方式为儿子争得一个改变命运的机会。教育局长此时被迫现身，假意安抚，毫无解决问题的诚意。更加令人难以接受的是，即使汪槐以命相搏不幸失足坠楼，他作出的牺牲也没有能够改变儿子的悲剧命运。恬不知耻的教育局长甚至还出尔反尔，轻易地让自己关于汪长尺可以免费复读一年的承诺也变成了一句空话。作为制造汪长尺悲剧的一分子，他明明知道汪长尺未被录取的真相，但是面对汪家的不幸遭遇他没有表现出应有的悲悯与同情。到头来，汪氏父子的抗争非但没能争取到改变命运的机会，反而因为汪槐身体的残疾而让自己的家庭雪上加霜，落入更加艰难的境地。

　　既然留在农村没有任何机会，汪长尺就只能被迫进城打工。可是就在当了三个月的泥水工准备领工资还债时，无良的包工头竟然人间蒸发。小说以蚂蚁来比喻汪长尺的艰难处境："蚂蚁勤奋地爬行，以为可以找到出路，却不知每条路都被封堵。""三无"人员汪长尺便是挣扎生活在这社会底层的小蚂蚁，他天真地以为凭借自己的辛勤耕耘与不懈努力，能够闯出一片天地，改变自己的命运，但现实没能给他提供上升的机会。领不到工资的汪长尺走投无路，经同学黄葵的介绍，接下了代人坐牢的活儿。但他根本没想到，他所代替的人，竟然就是那位拖欠自己工资的老板林家柏。出狱后，不甘心的汪长尺坚持要向林家柏讨要拖欠的血汗钱，因违背协议而被黄葵派人捅伤。汪长尺不仅确知捅伤自己的凶手就是黄葵一伙，并且向警方提供了相应的线索，然而欺软怕硬且收受黄葵贿赂后的警察却以证据不足为由拒绝抓人。黄葵遭人报复身亡之后，与黄葵之间的过节反而被警方视作汪长尺杀人的依据："警察们知道黄葵和林家柏有矛盾，跟那些他砍过手指的人也有矛盾，可那些人个个都有背景，别说抓他们，就是拿他们来问话都得说个'请'字。如果要破案立功，留给他们的机会只有汪长尺了。"就这样，只因没有"背景"，汪长尺便可悲地沦为了砧板上任人宰割的鱼肉。究其根本，汪长尺进城打工后一系列貌似荒唐的不幸遭遇，充分暴露出的正是权力失控与司法腐败。

尤其不容忽视的是，汪长尺打工不慎受伤向林家柏索要赔偿时，老板林家柏居然振振有词地讲出了这样一番话："只要私了一个，后面就有一群……既然要追求 GDP 高速增长，就得有人做出贡献。"真正的可怕处，乃是潜藏于这句话背后的荒谬逻辑。那就是所谓的经济发展，所谓 GDP 的高速增长，方才是最重要的事情，与这些相比较，农民工的生存苦难甚至于生命的牺牲，似乎都是"理所应当"的事情。从这种可怕的逻辑观念出发，老板林家柏面对农民工所遭受的苦难不仅没有表现出丝毫愧疚之心，反而觉得所有这些都是底层打工者应该做出的"贡献"。实际上，林家柏不仅如是想，而且也如是做。正是依仗着自身强大的权力和资本，林家柏毫无愧色地贿赂法医、法官，修改鉴定结果。而无权无势的汪长尺，却因为无钱再做鉴定以自证清白，索赔最终只能不了了之。严重的问题还在于，汪长尺最终索赔失败，竟然导致了他强烈的自我怀疑："他问自己当初摔伤是不是故意的？那时小文正被张惠蛊惑，要打胎先挣几年工钱。是不是自己想阻止小文打胎，想钱想急了才故意摔伤，以图老板的赔偿？"汪长尺摔伤本来是一个意外，但法医与法官联手给出的黑白颠倒的鉴定和判决结果，反而让他失去了坚持正确立场的底气，彻底陷入了自我怀疑的道德精神困境之中。汪长尺道德精神上的自我怀疑，从根本上说，正可以被视为其正常人性世界极端扭曲和异化的一种突出表征。

一方面，汪氏父子在现实社会中的种种悲惨遭遇，固然是所谓底层苦难的鲜明体现，底层苦难的另一部分重要内涵却突出地体现在底层大众正常人性世界的严重被扭曲上。这一点，之所以能够在东西的笔端得到深切的艺术表现，与作家内心中一种殊为难能可贵的悲悯情怀的存在，有着相当紧密的内在关联。悲悯情怀的存在，极明显地提升小说的思想和艺术境界："创作者以悲悯意识感知和表现历史人生，自觉以其作为文学中观照人生，表达情感的审美方式……出于强烈的社会意识和人类关怀而具有的悲悯情怀更体现了承担者的人类关怀和社会良知。故有悲悯意识的作家必能审视人类生存的困境，观照底层人的生活，以一种悲悯风格来建构他们的文学世界。"①需要注意的是，《篡改的命》中人性的被扭曲异化者，并不仅仅是作为中心人物存在的汪氏父子。除汪氏父子之外，其他若干底层人物，实际上也都不同程度地处于被扭曲状态之中。作家东西立足于社会现实，面对底层大众无法摆脱的极端生存困境，以悲天悯人的情怀烛照苦难，真切地写出了"沉默的大多数"无法言说的精神苦痛。

首先是一种群体性的精神被扭曲状况。这一点，最集中不过地表现在警方企图带走汪长尺却遭到村民阻拦的那幕场景之中。在并无确切证据的情况下，警方试图强行带走汪长尺，村民们本能地出手阻拦，与警方发生冲突。关键的问题是，警方撤离之后，曾经一度激愤抗争的村民们，反而因为惧怕警方的打击报复，陷入了一种难以摆脱的恐惧焦虑之中。他们日夜不宁、心惊胆战，无一例外地全都患上了失眠症。在这里，权力成为一把高悬在他们头上的达摩克利斯之剑。于是，一种具有突出荒诞色彩的情形也就随之不可思议地出现了。迫于权力那样一种无形的强大压力，这些曾经挺身而出保护过汪长尺的村民，为了摆脱自身的恐惧焦虑，竟然极力劝说汪长尺去向警方自首。就这样，曾经屡次遭受权力侵害的"三无"人员汪长尺，居然无端地又遭受了一次来自底层同类的伤害。村民们在面对权力时所做出的这种过度反应，在很大程度上能够让我们联想到契诃夫的小说名作《小公务员之死》。借助一个卡夫卡式荒诞情境的成功营造，作家东西格外有力地揭示出了处于威权体制之下底层大众一种普遍的人性扭曲状况，并把批判反思的矛头犀利地指向了不尽合理的社会体制以及日益失控的权力。

　　群体性的精神扭曲之外，同样令人倍感触目惊心的，是底层人中个体性精神被异化状况的一种普遍存在。这一方面，除了身为中心人物的汪氏父子，贺小文与刘建平这两位都有着明显的代表性。贺小文本来是一个单纯善良的农家女子，人长得高挑美丽，性格也特别踏实本分。进城打工前她在汪槐家中勤勤恳恳，任劳任怨，是汪长尺心中典型的"好女人"。满怀着对城市生活的美好向往和憧憬，贺小文随同丈夫一起进入省城。但正所谓贫贱夫妻百事哀，无论多么美好的向往与憧憬，在强大的物质生存面前最终都显得那么不堪一击。一方面迫于生计的压力，另一方面却也由于金钱的诱惑，贺小文进入张惠的洗脚城打工。在周围环境的影响下，她开始逐渐摆脱乡村女性的形象,很快变得时髦起来:"她的上身是件米色风衣,脖子上围着一条粉色围巾,脸上化了淡妆,口红抹得很重,重到随时有可能压扁她饱满的嘴唇。几天不见,她的装扮已经全面城市化。"服饰装扮的变化倒在其次,关键的问题是,为了早日摆脱生活的重压,贺小文已经完全丢掉了乡村女性曾经的单纯、淳朴与善良,完全拜倒在金钱脚下,成为金钱拜物教的奴隶。精神蜕变之后的贺小文,面对自己此前相当依赖的汪长尺,在话语之间开始明显地表现出对他低能的轻视与不屑。实际上,也正是在金钱欲望的强烈刺激下,贺小文最终被迫彻底放弃了人格尊严,竟然在洗脚城干起了卖淫的勾当。尤其令人震惊的是,贺小文的观念也随之发生了根本的变化,居然不再以卖淫的行为为耻。面对贺小文的沉沦行径,无法独力支撑家庭存在的丈夫汪长尺,到最后也只能无可奈何地接受这种残酷的现实。不仅睁一只眼闭一只眼地容忍着妻子的沉沦,甚至还得强打精神在父母面前帮妻子打掩护。需要强调的一点是,作家东西在这里并没有以高高在上的道德姿态去简单指责贺小文的沉沦行径,而是从一种内在的悲悯情怀出发,一方面以人道主义的方式对她的沉沦表示深切的同情,另一方面则对逼良为娼的不合理社会现实进行了犀利尖锐的揭露与批判。

汪长尺昔日的工友刘建平原本也是一个老实本分、单纯依靠出卖体力维持生计的普通打工者。包工头人间蒸发后,他与汪长尺失去了联系。然而,等到刘建平再次出现在汪长尺面前时,早已脱胎换骨,变成了一个油滑狡黠,专门替人以敲诈的手段索赔的无赖汉。刘建平人性沉沦蜕变后的人生哲学,集中表现在这样一段叙事话语中:"有人为了索赔故意锯断手指,有人把人骗进矿井,对着脑袋一铁锹,然后跟矿老板说死者是他亲戚。"当汪长尺对刘建平的人生哲学有所质疑时,他才会振振有词地自我辩护:"是他们先黑了我们才跟着黑的,这世道打不了土豪,闹不了革命,但至少要让他们晓得,我们的身上有骨头,还长刺。"

  对于进城打工的汪长尺们而言,现代化的城市俨然是一种冷冰冰的异质存在。汪长尺们融入的努力遭到城市生硬的拒绝是一种无可奈何的客观事实。在东西的笔下,乡村显然也并非田园牧歌的世外桃源。一种无可挽回的颓败之势的存在,乃是现代化强劲冲击下中国乡村的必然归宿。"中国都市的发达似乎并没有促进乡村的繁荣。相反地,都市的兴起和乡村的衰落在近百年来是一件事的两面。"[②]费孝通先生早期著作中的相关论述,搁置到今天依然有着极强的针对性。在城乡二元模式存在的当下,城市快速发展,资源高度集中,使得大量农民涌入城市,不可避免地造成了乡村的日渐式微与衰败。农耕经济被城市文明吞没,传统的乡村道德也被破坏,原本格外淳朴的乡村世界,在权力和资本的双重侵蚀之下,正在加速走向崩溃和颓败。在汪长尺的心目中,乡村的生存环境着实不堪:"农村没有牛奶,没有医院,经常断电,猪圈牛栏跟住房相连,跳蚤蚂蚁川流不息。地板上全是尘土,鸡屎牛屎狗屎混杂其中。"大约也正是因为如此,所以被带回乡下的汪大志没过多久就生了怪病,先后在乡医院、县医院医治都没有效果,汪槐夫妇只得抱着大志到省城看病。奇怪的是,一路上大志的病竟慢慢好了起来,到了省城之后竟然不治而愈。汪大志的生病事件,既真切反映出城乡之间医疗资源分配不均的客观现实,也以一种象征的方式表现着农村人对城市生活的强烈渴望。

乡村的衰落不仅仅表现在物质生活层面,淳朴乡风的沦落和道德伦理的败坏,也是乡村走向没落的突出表征所在。借助刘双菊的讲述,东西生动地描绘出了凌乱不堪的乡村景象:"刘白条欠了上千元的赌债,老婆差点把房子烧了。田代军家的两头水牛被人盗窃,有人说是张鲜花勾结外面的人干的。张五的女儿在省城打工,每个月都寄钱回来,他们家已经建了一栋两层半的水泥房。"乡村伦理道德体系的崩解,使得村民们的欲望愈发无遮无拦直截了当,赌博、偷盗、卖淫成了寻常景观。在强大金钱逻辑面前,不仅自尊自爱没了踪影,就连邻里乡亲之间的起码信任也都荡然无存:因为担心汪氏父子欠债不还,债主们纷纷到汪槐家强拿东西抵债。刘白条抱走了汪家的猪油,张五扛走了老木头做成的柜子,王东甚至抬走了汪槐留给自己的棺材。就连看着汪长尺长大的张槐花,也不相信他们家会有还债的能力。这场邻里信任沦落的可悲闹剧,直到汪槐被迫以房子和宅基地作为抵押方才罢休。正所谓"无可奈何花落去",乡村世界邻人之间曾经的关爱与友好,就这样在强大的金钱逻辑面前彻底败下阵来。

面对日益加大的城乡差距,越来越多的农人千方百计地设法逃离乡村世界。小说主人公汪长尺的身份经历了从农村落榜学子到进城务工人员的转换。但关键的问题在于,即使在强行挤入城市之后,底层打工者汪长尺的苦难命运也无从获得根本的改变。虽然他勤勤恳恳地劳动,踏踏实实地努力,但不合理的阶层固化社会现实注定了他不可能凭借个人的努力改变自己身为蚁民的卑贱命运。正是因为清醒地认识到了这一点,汪槐才会无奈地感叹:"没有天理,从出生那天起,我们就输了,输在起跑线上。"而汪长尺的由衷感慨则是:"同样是命,为什么差别这么大呢?是我不够努力吗?或者我的脑壳比别人笨?不是,原因只有一个,就是我生在农村。从我妈受孕的那一刻起,我就输定了。我爹雄心壮志地想改变,我也咬牙切齿地想改变,结果,你也看见了。我们能改变吗?"在经过几番徒劳的挣扎抗争依然无望改变自身命运的情况下,汪长尺最终被迫缴械投降。为了彻底改变儿子汪大志命中注定的卑贱人生,不让儿子再一次重复父亲和他曾经的苦难命运,汪长尺决定把儿子送给富婆方知之去抚养。但造化弄人,汪长尺根本就不可能预料到,自己千方百计为儿子寻找到的富婆方知之的丈夫,竟然是自己的刻骨仇人林家柏。自己的爱子竟然要送给仇人来抚养吗?"三无"人员汪长尺顿时陷入了艰难的选择困境之中。但不管自己的内心世界怎样地矛盾纠结,渴望能够彻底改变儿子未来命运的愿望最终还是占了上风,到最后,汪长尺还是偷偷地将亲生儿子拱手送给了仇人林家柏。虽然相比较而言，母亲贺小文更加不愿意把自己的亲生骨肉送给他人，但经过几番激烈的内心斗争之后，她最终还是被迫无奈地认可这种客观现实："每天晚上回到楼下，她都放慢脚步，想象推开门之后大志不见了，他已经落到有钱人家里去了……既然觉得他们家好，为什么不趁我上夜班的时候，把大志悄悄送过去？"归根到底，身处社会底层的汪长尺们急切渴望改变自身和家庭的命运，但上升之路却艰难甚至无望。面对如此残酷的社会现实，他们宁愿斩断骨肉亲情，也不愿自己的后代重复他们曾经的苦难命运。实际上，也正是依循如此一种事理逻辑，为了确保儿子过上衣食无忧的上层生活，汪长尺最终选择了以自杀的方式从这个世界消失。究其实质，小说结尾处荒诞的故事情节设定强烈透露出的是被社会现实严重扭曲到了极致的畸形父爱。这种畸形父爱，从根本上说，正是不公正的社会现实与汪长尺强烈渴望改变命运的焦虑心态综合作用的一种必然结果。

　　汪长尺无奈惨死之后，作家东西特意为他安排了一场具有突出象征意味的超度法事："汪槐坐在香火前为汪长尺作法……忽然，他大声地问：'长尺要投胎，往哪里？'跪在桌前的青云和直上大声地回答：'往城里。'……'往哪里？'汪槐的嗓音都喊哑了。'往城里。'门外忽然传来一片喊声。那是村民们的声音。全村人一起帮着喊'往城里。'"无论如何我们都不得不承认，村民们共同呼喊而出的"往城里"真让人万分震惊。村民们之所以要"往城里"去，是因为乡村的颓势实在难以扭转。但进入城市之后又怎么样呢？汪长尺们进城打工之后的悲剧性遭遇已然提供了明确的答案。乡村世界颓败崩解了，进入城市之后的上升之路却又无处可觅。那么，如同汪氏父子这样一类底层大众又该怎样改变自己的苦难命运呢？他们的人生出路究竟何在？究其根本，汪长尺们的悲剧，既是他们个人的悲剧，但也更是社会与时代的悲剧。东西能够通过《篡改的命》这一长篇小说鲜明有力地提出这一意义重大的社会问题，也算完成了自己的写作使命。

行文至此，无论如何都不容忽略的一个问题，就是东西在这部长篇小说中采用的"寓言化"的写作方式。所谓"寓言化"就是作家在面对表现对象的时候，并没有一味地拘泥于生活细节真实无误的再现，而是以一种概括性的笔触力图追求一种超越了生活表象层面的具有突出象征隐喻意义的艺术表现效果。"寓言化"的艺术审美追求，既是对中国文学传统的继承和发展，也是西方现代文学影响的结果。东西之所以要征用寓言化的写作方式，"表层的原因也许是由于文学落后于世界而表现出向外学习的强烈愿望，仅仅只用已有的再现手法和移植过来的典型再现手法已经难以深层地揭示民族'伤痕'的复杂动因，也难以完满地思考出一个古老民族在当代的生存哲学及其将如何步入文明的未来。"[③]其实，早在中国现代文学发端之初，鲁迅的《狂人日记》《阿Q正传》等小说作品就带有明显的寓言性质。采用寓言化的写作方式，可以帮助作家跳脱开形而下生活的束缚，不但不用刻意地复制所谓表象世界的真实，甚至可以运用各种夸张变形的艺术手法,以求得超越事物表象而直指核心与本质的真实。小说中的汪氏父子、林家柏等人物形象都呈现出概括性特质相当突出的符号化特点。而符号化的人物的设置体现出作家东西寓言化写作的艺术追求。作为"三无"弱势群体的一个典型代表,汪长尺在他的人生路途中可谓四处碰壁,苦难已然成为他的生活"新常态":高考无端被冒名顶替,父亲以死相求摔成残废却无钱医治,放弃大学梦到工地打工被拖欠工资,讨要工资反遭恶意报复……诸如此类,可以说汪长尺的苦难遭遇,就是一个庞大弱势群体苦难史的真切缩影。在汪长尺遭受苦难折磨的时候,整个社会,甚至包括代表公平正义的司法机构始终扮演着冷漠、不公与黑暗的角色。作为与汪长尺相对立的阶层代表,林家柏这一人物形象即是这种冷漠、不公和黑暗的代名词。作家东西在写作过程中普遍采用了不无夸张变形的艺术手法,所以寓言化特点的具备,也就自然成了小说最根本的艺术表征所在。这样一来,汪长尺的人生故事也就顺理成章地成了底层大众一种普遍的人生寓言。

**注释:**

① 罗维《论中国文学之悲悯意识》,《求索》2007年第11期。

② 费孝通《乡土重建》,岳麓书社2012年1月版。

③ 潘雁飞《论新时期小说创作寓言化的历史根源和现代契机》,《湖南师范大学教育科学学报》1996年第3期。

# 吕新《下弦月》：
# "七十年代"灰色生存图景的艺术呈示

每一个作家的文学想象都与自己人生过程中那些最为刻骨铭心的生存经验有关。而这所谓刻骨铭心的生存经验，又往往与作家的童年经验存在着密切的关联。对于作家吕新来说，他的文学想象，在时间维度上每每集中于二十世纪的六七十年代，在空间维度上，则集中于他生长的塞北地区。一旦笔涉六七十年代尤其七十年代，笔涉塞北那块特定的地域，吕新的文学想象就会如同有神灵附体一般地飞扬起来。这一点，在一次文学访谈中，吕新自己也曾经做出过明确的回应。首先，是关于时间："其实我百分之八九十的小说都是以六七十年代为背景的，只是早期书写的更多是个人对于那个时代的直觉，不作铺垫，不加以详细的说明和解释。自己是清晰的，明白的，但是对于他人就是模糊不清的，甚至无比晦涩，这就是直觉和极度个人感受所产生的效果。"①这里，在明确强调自己的小说写作与六七十年代之间紧密相关的同时，吕新实际上也或许解答了他早期的先锋小说之所以阅读难度巨大的一部分原因。唯其因为作家在时间性的时代因素的处理上过分地依赖于自己的艺术直觉,"不作铺垫,不加以详细的说明和解释",所以才会导致他自己感觉非常清晰明确的东西到了读者那里反而变得模糊不清了。那么,吕新堪称极端的先锋写作方式,是什么时候开始酝酿发生变化的呢?"将近十年前,也可能更早一些,或者稍晚一些,一种堪称巨大的东西来到我的心里,那是一种无比沉重的东西,按说它的到来应该是挟带着惊天动地的巨响,或者至少也应该有一种令人震耳欲聋的轰鸣,但是奇怪的是所有这些都没有,而是以一种润物细无声的方式悄然渗入进来的;同时还是整体进入,并不是以分散的形式,也并不是一点点地花了许多时日才完成的。一进来之后,那种深远的广袤无边的存在感便已完整地确立,感觉一切都是现成的,不再需要临时组织、搭建什么,也不需要雇人一趟一趟地搬运什么。"②这种自我感觉"堪称巨大"的东西的骤然来袭,对吕新的内心世界形成了不可估量的影响。以至于都"没有人知道我当年的这种感觉和经历,在我的内心深处,迎来了一场怎样的风暴,它改变了我的世界观和人生观。与此同时,我也看到了我想要表现和书写的东西,很多年它们汹涌澎湃,却又暗无天日,凄苦而又不无激情地奔流在各种东西和各种人事的上面。而现在,原本黑黢黢的原野和山川一瞬间被照亮,绝大部分的东西都开始变得清晰起来。"③请注意,语言天赋超人的吕新,以如此一种形象的方式谈论的其实是自己的小说写作在将近十年前所酝酿发生着的一场具有突出革命性意义的思想艺术蜕变。只要是熟悉吕新小说写作的朋友就会知道,自打20世纪80年代出道以来,吕新的小说写作曾经在很长一段时间内以带有突出炫技色彩的语言艺术形式层面上的探索实验而引人注目。他的如此一种创作情形,一直延续到了他自己一再强调的"将近十年前"。这期间,虽然我们并不清楚是否有什么突发的事件曾经对吕新产生过深切的触动,但文本前后反差的事实却告诉我们,吕新的小说写作在这个时候的确发生了某种堪以脱胎换骨称之的巨大变化。只要细察吕新晚近一个时期的小说写作,敏感的读者便不难发现,作家那种标志性的炫技成分几乎已经荡然无存了。不是说吕新小说技术上那些天然的优势不复存在,而是说吕新终于认识到小说既有技术性的一面,更有精神性的一面。他终于体会到仅仅满足于叙事上的技术实验,并不可能成就真正优秀的小说作品。《易经》有言云:"形而上者谓之道,形而下者谓之器。""道"是一种形而上的精神价值,而形而下者则指具体的技术运用手段,明显地属于"器用"的范畴之中。套用《易经》中"道"与"器"的说法来分析吕新的小说创作,就完全可以说他曾经一度迷恋乃至迷失于"器"的层面,而往往失却了对于"道"的探寻与体悟。只有把"道"与"器"两方面结合在一起,方才可能创作出具有上佳思想艺术品质的小说作品。吕新在接受访谈时,之所以会一力强调发生于将近十年前的这场巨变甚至"改变了我的世界观和人生观",其根本原因显然在此。当一个作家的世界观与人生观都发生改变之后,艺术观的改变也就自是顺理成章事。而艺术观的改变必然带来小说文本面貌的根本变化。细读吕新晚近时期包括中篇小说《白杨木的春天》与长篇小说《掩面》在内的那些旨在对中国现代历史进行理性沉思的小说作品，你就不难发现，吕新那些曾经锋芒毕露的带有炫技色彩的小说叙事实验确实深沉内敛了许多。吕新一方面依然保持着其一贯的天才语言意识和先锋艺术品格，另一方面他却以一种理性姿态沉潜到了历史的纵深处。在体察发现历史的复杂与吊诡的同时，吕新更是对于人的命运沉浮有了一种存在层面上的谛视与感悟。

尤其不能被轻易忽略的一点是，吕新更热衷于书写表现的是"七十年代"："最让我放不下的还是七十年代，正是我成长的时期，每次想到那个时期，脑子里就会有无数的页码排列着拥挤着，想通过一个出口出来，就像我们国家火车站的检票口和出站口一样。那些页码上的内容密密麻麻，有些具体的段落，叙述，描写，甚至其中的对话，我常常都能清晰地看见，甚至瞥见有的是未来哪一本书里的东西。"④面对吕新的这段话，我们无论如何都不能不再度叹服于作家超人的语言天赋。作家在强调自身历史记忆的真切的时候，竟然别出心裁地把这历史记忆比作了一册有"无数的页码排列着拥挤着"的书籍。也正是在这个意义上，我们方才可以进一步把吕新的小说写作看作一种渐次打开这册历史记忆书籍的过程，就仿佛这册历史记忆的书籍早已生成在那里，而吕新自己也只不过是一个忠实的抄写转录者而已。吕新出生于1963年，七十年代，尤其是作为

"文革"后半段的七十年代前半期，正好是吕新个人成长的一个关键时期。作家对于自我之外的世界、人生以及社会认识的初步生成，正是在这个特定的阶段。

其次是关于地域空间。人都说，一方水土养一方人，其实，一方水土，也往往会滋生营养出各个不同的特定文学样态来。究其根本，所谓地域空间，其实是一个文学地理学的命题。从文学地理学的角度来看，无论中外，很多作家都有自己特定的文学领地。比如，福克纳有他的约克纳帕塔法，马尔克斯有他的马孔多小镇，鲁迅有鲁镇，沈从文有边地湘西，汪曾祺有高邮水乡，贾平凹有商州，莫言有高密东北乡。那么吕新呢？我们注意到接受访谈时的吕新，在强调每一个写作者内心里都会有一块令自己"悲喜交加，百感交集的地方"的前提下，也坦承："每次车一过雁门关外，我心里就会有反应。等过了大同，再往北走，天地越来越辽阔，就会有更加特别的类似油一样的东西从心里滑涌出来。""描写一个小城，首先就是你昔日最熟悉的那个小城完整地浮现在你的心头，绝不会是临汾的某县或者四川广东的某县。"⑤天生一对滴溜溜大圆眼睛的吕新，因其小说写作的先锋性，常常会被误以为出生于灵秀的南方之地。殊不知，吕新的出生之所，其实是素来以寒冷、莽苍与辽阔著称的塞北地区。正如那首《我爱你，塞北的雪》的歌曲中所描述咏唱的，广漠的塞北地区，是一个雪花"飘飘洒洒漫天遍野"之所在。生于兹长于兹的吕新，打小便日复一日地接受着如此一种特别地域氛围的熏染和影响，其小说作品中所普遍存在弥漫的那样一种苍凉、悲壮与沉郁的精神底色，很显然与这种长期的熏染影响密切相关。大约正因此，吕新也才会进一步阐述说："那可能就是所谓的根。从事其他职业的人可以没有根，但献身文学的人没有根很难想象。一棵树，根在地下扎得越深越远，上面的树才能高大苍劲。"⑥吕新在这里所谓作家的"根"，落实到他自己身上，自然也就是每每能够触动其艺术情思的塞北地区。

这一次刊发于《花城》杂志2016年第1期的长篇小说《下弦月》，在时间和空间两个维度上恰好同时切合了最能触动吕新艺术情思，最能使他的小说写作思维高高飞扬起来的两个条件。故事的时间是七十年代，故事的发生地是一座未有具体命名的塞北普通小县。唯其因为同时满足了时间与空间维度上的两个条件，所以，吕新那非同一般的写作天赋便获得了又一次充分展现的机会。故事的发生地不存在任何问题，值得展开一说的，是故事发生的时间问题。首先，吕新在小说中并未明确交代故事的发生时间。那么，我们凭什么可以断定小说故事就发生在七十年代呢？其实，我们是根据那位名叫小山的人物的年龄而推断出来的。关于小山，叙述者一方面明确交代，他的出生年份是一九六〇年。另一方面也强调，故事发生的这一年，十岁的小山正在上小学三年级："过了这个年，小山就十一了，他用他即将就要十一岁的年龄，用他对于这个世界和风俗的认识和理解，对这个妹妹说。"把这两个细节整合在一起，吕新就是要以暗示的方式巧妙地告诉广大读者,《下弦月》的故事其实发生在一九七〇年的冬天。既然是一九七〇年,那当然也就是七十年代无疑。

我们注意到,在谈到小说结构问题时,王安忆曾经强调:"当我们提到结构的时候,通常想到的是充满奇思异想的现代小说,那种暗喻和象征的特定安置,隐蔽意义的显身术,时间空间的重新排列。在此,结构确实成为一件重要的事情,它就像一个机关,倘若打不开它,便对全篇无从了解,陷于茫然。文字是谜面,结构是破译的密码,故事是谜底。"⑦尤其面对一部篇幅巨大的长篇小说,结构问题会在更大程度上影响到我们对于作品思想题旨的理解与把握。《下弦月》的引人注目,即首先与吕新对一种复调性三重艺术结构的精心营造紧密相关。第一重艺术结构,集中体现在章节的设定上。整部小说,由两大部分组成,一部分是从第一章一直到第九章,这一部分的叙述视野主要聚焦于林烈与徐怀玉他们这个家庭。另一部分,则是由穿插于九章之间的三部分"供销社岁月"组成。如果说一至九章是第一条结构线索,那么三部分"供销社岁月"就是另外一条结构线索。尤其不容忽视的是这两条结构线索的组构结合方式。每隔三章即穿插一节"供销社岁月"不说,而且每一章也均由三节内容组成。九章下来,共计二十七节。这样一来,整部小说自然也就保持了"三、三、三,一"的叙述节奏。如此,具体承载传达的深厚内涵且不说,单只是形式层面上,也有着格外令人赏心悦目的美感。第二重结构，体现在上述第一部分也即第一章到第九章的内部。具体来说，这一部分也由两条结构线索组构而成。其中，一条结构线索是林烈出逃后的亡命过程，另一条结构线索则是徐怀玉她们的寻找过程以及日常家居生活。有林烈出逃后的亡命过程，才会有徐怀玉她们特别执着的寻找过程，二者之间，存在着一种显而易见的内在逻辑关系。

然而，只要更进一步地再细加深究，那么在第二重结构之中实际上也还潜隐了另外一重艺术结构。这就是吕新在文本中专门用楷体字标出的那些部分。这些或长或短的部分，自由地散落穿插于第一章到第九章的故事发展演进过程之中。这些部分的出现，貌似突兀，好像与故事有所游离与脱节，但其实这些楷体字部分对于小说深刻思想意蕴的表达有着不容忽视的重要作用。因为小说中的故事时间非常短暂，只是集中在寒冷冬日学校放寒假一直到过年这一段有限的时间之内，人物相当漫长的前史根本就得不到充分展示的机会，所以吕新才特别设定了这些具有突出"补语"功能的楷体字部分散落穿插于文本之中。究其根本，这些散落穿插的带有鲜明"意识流"色彩的"补语"段落，其具体功能显然是要对故事的前因做必要的补充交代。比如，最早出现的那个段落，其意显然是要告诉读者拄着拐杖的老舅为什么会留在小山家里来照顾小山和小玲兄妹俩。原来，是徐怀玉和她的好朋友萧桂英要利用难得的寒假时间外出找人，她的两个尚且年幼的孩子也就只好委托老舅来照顾了。再比如，

第三章"上深涧,胡汉营"中第九节的一段插入,在描写到亡命过程中的林烈一种自我怀疑心理生成的时候,插入了他关于南沙河改造时一段故事的回忆。在同屋们议论一只善于躲藏的蚊子时,薛运举不由得感叹道:"老蒋舅舅家的那个蚊子,身上有那么多了不起的品质,难道不值得我们大家学习么?"没想到的是,就在第二天,因为有人暗中告密,薛运举便受到惩罚,被调去挑大粪。关键的问题是,当时屋里的十一个人中,究竟是谁扮演了可耻的犹大角色?"他在心里先把自己排除了,因为很清楚自己没做过那事。接着把老薛本人排除了,因为人不可能自己去告自己吧。剩下九个人,告密者就应该在那九个人里面。可是老孙和老邹也在那九个人里,凭直觉,凭良心,他觉得他们两个都不可能,就把老孙和老邹也排除了。这以后,他却吓了一跳,难道百分之七十的人都有做坏事的可能? 如果再把被他擅自排除掉的老孙和老邹也算上,那就是说,百分之九十的人都不干净?"不管怎么说,有一点毫无疑问,那就是当时在场的这十一个人都脱不了干系,甚至包括视点人物林烈和当事人老薛在内,也不能说就完全可以被排除告密嫌疑。之所以这么说,一是因为视点人物林烈绝对存在着"说谎"的可能,二是因为倘若老薛属于那种被时代严重扭曲异化的人物,那么一种自我告发的可能也无疑是存在的。这样一来,也就不是百分之九十,而是百分之百的人都不干净的问题了。林烈、老薛他们本来都是不幸被打入政治另册的异类,本应该惺惺相惜,但实际的情形却绝非如此。他们不仅彼此倾轧相互拆台，而且往往会不惜抓住任何机会置"同改者"于万劫不复的深渊。吕新在《下弦月》中进行的这种艺术描写，乃属于一种害人以求自保型的告密行为。同样置身于深渊中的同改，其实仅只是希望能够此种告密行为以使自己的艰难处境稍有改善而已。小说中的情形，直令人慨叹："煮豆燃豆萁，豆在釜中泣。本是同根生，相煎何太急！"因为告密行为的存在，林烈这些政治异类，实际上时时刻刻都处于人人自危的不正常状态之中。就这样，虽然只是篇幅简短的"补语"部分，但吕新却也一样既有着对于人性痼疾的尖锐穿透，也有着对于社会政治体制的深切反思。对于《下弦月》这部长篇小说来说，因为有了作为"补语"的第三重艺术结构的存在，不仅使作品形式层面上的复调性更加名副其实，而且也极大地丰富了其内在的思想意蕴。

在学界享有盛誉的美国著名文学批评家苏珊·桑塔格曾经指出："艺术作品，只要是艺术作品，就根本不能提倡什么，不论艺术家个人的意图如何。最伟大的艺术家获得了一种高度的中立性。想一想荷马和莎士比亚吧，一代代的学者和批评家枉费心机地试图从他们的作品中抽取有关人性、道德和社会的独特'观点'。""对艺术作品所'说'的内容从道德上赞同或不赞同，正如被艺术作品所激起的性欲一样（这两种情形当然都很普遍），都是艺术之外的问题。用来反驳其中一方的适当性和相关性的理由，也同样适用于另一方。"⑧在这里，苏珊·桑塔格很显然是在深入探讨着艺术创作过程中意图与呈示之间的关系。尽管说学者们普遍热衷于从人性、道德以及社会的角度对于各种各类艺术作品进行研究，而且客观上说这样的研究也有其相当的合理性，但苏珊·桑塔格之所以要尖锐抨击以上种种研究方式，其意图显然在于要更加强调艺术呈示功能的重要性。其所谓"最伟大的艺术家获得了一种高度的中立性"的核心论点，实际上正是在为艺术的呈示功能进行着强有力的辩护。从这样一种观点出发来理解看待吕新的《下弦月》，一方面，我们固然承认其中肯定存在着作家对于以"七十年代"为中心的那段历史的批判性反思，但在另一方面，吕新之所以要刻意设定一种如此复杂且相互缠绕在一起的复调性三重艺术结构，其根本艺术追求，却很显然是要依托于自己真切的生存经验，尽可能以"一种高度的中立性"的艺术原则去从存在的维度上真实呈示"七十年代"的生存图景。

正是从这样一种竭尽可能保持"高度的中立性"的美学原则出发，我们才会发现，即使是对于如同寡妇这样一位不起眼的"跑龙套"人物，吕新实际上也以极大的耐心进行着真实的描摹表现。寡妇这一形象，出现在第七章"童年的武器"之中。徐怀玉的儿子小山和萧桂英的儿子存存在一起玩耍，路遇一个女人坐在一根水泥电线杆上。因为总是听到周围的人们叫她寡妇，所以小山和存存他们便也如法炮制地管她叫寡妇。没想到，听到小山他们呼叫的寡妇，这一次的反应却特别激烈："她猛然跳起来，一把抓住小山胸前的衣服，另一只手抬起来，啪啪就是两个耳光。"一边打，一边还在骂骂咧咧:"寡妇也是你们叫的？想占寡妇的便宜？好，来占吧，我这就把裤子给你们脱了。"一个平时一贯隐忍的寡妇，怎么会好生生地和两个年龄只有十岁的孩子过不去呢？对此，叙述者曾经从小山他们的角度做出过分析:"分析来分析去，他们终于发现，之所以挨打，惹对方生气，是因为他们错误地把寡妇当成了一个人的身份或者职务，职称，与社会上别的那些身份混为一谈了。"然而，这无论如何也只是尚且年幼的小山他们从自己的理解出发对于寡妇发怒所做出的一种分析。寡妇作为一个失去了丈夫的女性，日常生活中肯定无可奈何地被迫承受着来自外界的各种欺辱。饱受欺辱但却又没有足够的力量去对抗，如此长期积郁的结果，自然就是寡妇的满腔怨恨。有满腔怨恨而不得倾吐发泄，用流行的说法，就叫寡妇内心里积压了过多的负能量。偏偏就在这个时候，小山他们居然模仿成人的腔调也随口喊她寡妇。对于寡妇来说，这就真的称得上是"是可忍孰不可忍"了。成人世界可以随便凌辱自己，没想到就连小山这样的黄毛小儿，竟然也开口闭口就寡妇长寡妇短的。就这样，已经隐忍太久了的这位无名寡妇终于悍然爆发，而本来无心的小山他们，也就无辜地成了成人世界的替罪羊。吕新艺术上的高明之处在于，仅只是通过寡妇无端发怒这一精彩的细节，就形象生动地写出了一个底层的被侮辱、被损害者难言的无尽悲哀。

无名寡妇之外，另一位令人过目不忘的跑龙套人物则是那位徐怀玉在医院偶遇的故人朱槿。停留在徐怀玉记忆中的朱槿，曾经是那样高贵优雅,那样光彩照人:"高跟鞋,连衣裙,修长的身躯,灵巧的手指,波浪般的鬈发,美艳的容颜,还有,女王般的骄傲。""是的,没错,记忆中的朱槿就是这样的,且总是和这样的天气这样的景色紧密相连,有朱槿的地方,必然晴空万里,鲜花怒放,争奇斗艳。琴声如清泉,如白鸽。"朱槿不仅弹琴,而且还写诗:"她写诗,当然也离不开读诗,读《致大海》,读《叶甫盖尼·奥涅金》,读《假如生活欺骗了你》……"请注意,在吕新笔下,无论是音乐,还是诗歌,与朱槿联系在一起,其实都有着突出的象征意味。质而言之,这些文艺性事物,既象征着高贵优雅,也象征着文明。朱槿之所以会在徐怀玉的记忆中留下特别深刻的印象,是因为:"有人说,朱槿和林烈才是天生的一对。"林烈不仅是徐怀玉的心上人,而且他们也最终走到了一起。这样看来,徐怀玉对于朱槿的记忆,其实与某种隐约的醋意紧密相关。但就是这样一位曾经高贵优雅如公主一般的朱槿,多年之后再一次出现在徐怀玉面前的时候,却已经判若两人,已经变成了一颗最寻常的石子:"怀玉吓了一跳,出现在她面前的是一个形容枯槁的女人,瘦削,憔悴,高高的个子,和萧桂英的身高差不多,脸色苍白,穿着一件松松垮垮的棉大衣,在这个除夕的夜里,两只眼睛尤其显得又空又大。"这个时候的朱槿,不仅谈不上什么高贵优雅,而且已经落魄到了蹲守在医院的黑暗角落里偷卖蜂蜜的地步:"从很多方面来看,已经具备了一颗石子所应该具备的。她靠着上面叠印着脚印、风干了的鼻涕眼泪以及血迹的脏污的墙,一声不响地抽着烟，蹲一会儿，站一会儿，整个除夕晚上就是这么过来的。"面对着已然是面目全非的朱槿，徐怀玉无论如何都不能不发出由衷的慨叹："眼前的这场大雪，似乎又取代、覆盖了一些东西，她听不见自己的声音，只能看见站在对面暗影里的朱槿，对方缺了门牙的那两个幽深的黑洞尤其使她感到惊心。那究竟是什么时候的事，又是一件怎样的事，致使它们永远离她而去？"曾经女神一般的朱槿前后人生的反差之大，直令我们慨叹造化弄人之残酷无情。一方面，朱槿身上的高贵、优雅以及文明的失落，的确让我们倍感痛心，但在另一方面，我们却也不能不进一步追问，在这种惨痛的失落背后究竟存在着怎样一种社会和时代原因？

与朱槿和无名寡妇相比较，作为一条结构线索存在的供销社岁月，是《下弦月》中更为重要的一个有机组成部分。倘若说林烈的亡命与徐怀玉她们的寻找过程构成了小说最重要的核心部分，那么供销社岁月这一部分的存在意义，很可能就是要为整部小说提供某种真实的时代背景性因素。只要是敏感的读者，便不难发现，两条结构线索之间其实并没有什么关联。如果一定要寻找二者之间的联系，那么，其唯一的关联处，恐怕就只能落脚于故事的发生地也即那个尖蚂蚁供销社。"供销社岁月"部分的故事，自然发生在尖蚂蚁供销社无疑。而林烈和徐怀玉部分，则只有在小说开头不久，说到老舅的工作状况时，专门提及过尖蚂蚁供销社一次："我要是不受到他的连累，我就能在城里的供销社工作，我是五七中学的前三名，根本不用到关河那么远的地方去。可是现在，就凭这条腿，我连去关河工作的机会都没有了呢，只能去最远最苦的尖蚂蚁供销社了。"除了此处曾经提及过尖蚂蚁供销社之外，林烈和徐怀玉部分便与尖蚂蚁了然无涉。也因此，供销社岁月与林烈、徐怀玉这两条结构线索实际上更多呈不交叉的平行方式。具体来说，采用第一人称叙事方式的供销社岁月部分，集中讲述着胡木刀、陈美琳以及叶柏翠书记三个人的故事。叙述者"我"，名叫万年青，身为尖蚂蚁供销社的副主任。胡木刀是禁锢，陈美琳与叶柏翠书记则是觉醒。胡木刀不过是尖蚂蚁供销社一位普通的售货员，之所以最终酿成所谓的"胡木刀事件"，是因为他利用工作之便偷吃供销社的水果糖："最终查明，又据他本人交代，胡木刀自参加工作以来，每天至少要人不知鬼不觉地吃掉供销社里一颗以上的水果糖。""胡木刀事件"爆发后，"我们给他算了一笔账，不算不知道，这一算把我们都吓了一跳。每天一颗，有时甚至两颗，一年三百六十五天，两年七八百天，三年一千多天，同志们算一算，日积月累，积少成多，这是一个多么巨大的数字啊！照这样下去，一座金山也能让他吃空，吃塌。"胡木刀偷吃水果糖事件在当时有严重性质，因此，胡木刀所面临的巨大精神压力便可想而知。到最后，尚且年轻的胡木刀实在顶不住来自各方面的巨大压力，被迫上吊自杀。一方面，我们无论如何都不能够为胡木刀的偷吃水果糖而辩护，但在另一方面，胡木刀的偷吃行为却又无论如何都罪不至死，甚至连罪也谈不上。按照时价，一颗水果糖，充其量也就值一分钱，三年一千多天，算下来也不过十多元钱而已。一个年轻的生命，仅仅因为如此一种并不起眼的错误而付出生命的代价，不管怎么说都是那个畸形时代对于生命的一种无端戕害。

如果说胡木刀之死，意味着那个时代的人性禁锢，那么，陈美琳与叶柏翠书记两位女性的故事，则意味着人性一种难能可贵的觉醒。陈美琳是一个容貌美艳动人的售货员，她突然被调动到尖蚂蚁供销社工作，对于"我"来说引起的惊喜程度竟然超过了新买的拖拉机："第一眼看见她的时候，我就被她惊得像受了风寒一样喷嚏连天，我在心里说，天哪！……来了这么一个人，她长得漂亮，鲜艳。什么叫鲜艳？如果你对这个概念认识比较模糊，甚至在心里完全没谱，那么，看见陈美琳，大体上就能明白了。"面对着惊若天人的陈美琳，"我"一时手足无措，居然会自我怀疑自己是不是在"白日做梦"，会怀疑县里是在和自己开玩笑。吕新这种表现陈美琳美艳动人的艺术方式，很容易就能够让我们联想到荷马史诗中对海伦之美的表现方式。特洛伊人在被海伦惊艳之后，普遍认为为了她而进行一场战争是值得的。而陈美琳所唤起的，则是"我"被惊倒后的喷嚏连连。但其实陈美琳突然被调动到尖蚂蚁供销社工作，带有明显的受惩罚被发配意味："你想想，平白无故的，她为什么会发配到我们这个又穷又远的地方来？那是因为她在原来的地方实在混不下去了，要是还能勉强混下去，你就是八抬大轿也别想把她抬到我们尖蚂蚁这个地方来。"而且据可靠消息,"陈美琳早就订过婚了,她的那个男的被判了刑,目前正在监狱里坐着"。此后发生的事情果然证明此前关于陈美琳的各种传言都所言不虚。来到尖蚂蚁供销社时间不是很长,陈美琳就再一次犯了事,就因为与同事小伍偷情而被小伍的媳妇莉莉抓了个正着。这一次事件之后,陈美琳遂再度受惩,被发配到了更其偏远的皮条窑供销社去工作:"皮条是什么? 就是蛇,书上叫它蛇,我们叫它皮条。皮条窑是个什么地方? 就是陈铁牛曾经说过的比我们尖蚂蚁还要不好地方,还真是让陈铁牛说中了。要说发配,皮条窑可以算得上是一个发配人的地方。"令人颇感惊异的是,当事人陈美琳自己竟然可以做到处变不惊:"陈美琳穿着一件棉袄,围了一条红围巾,我注意到她脸上的抓痕基本好了,这时节她的脸看上去是雪白的。"正如同朱槿她们一样,吕新对于陈美琳的描写也属于点到为止,留了很多空白。尽管其人生故事并未充分展开,但在那样一个人性被极端压抑的年代,陈美琳面对性的开放与坦然姿态,其实表现出了一种极其明显的对抗意味。

身为条件特别艰苦的尖蚂蚁公社的书记,叶柏翠曾经是一个立场坚定的革命者。她的正常人性的觉醒,一方面固然与陈美琳事件的影响有关,另一方面主要是因为她明确地意识到了自己升迁无望:"她说她很可能会在公社书记这个位置上一直坐下去,向上移动的希望不能说完全没有,但总的来说那种光芒不是很大,甚至是十分黯淡、微弱,不是容不容乐观,而是根本谈不上乐观。"对于一位如同叶柏翠这样的基层官员来说，所谓的升迁无望就意味着她遭受了严重的打击。正是这打击，促成了其一种微妙变化的发生："我看见一些字映在窗户上，我看见政治的色彩在叶柏翠书记的脸上开始褪色，变浅，有些东西不知不觉地从她的脸上下来，推开门，走了出去，身影时大时小，忽明忽暗，已经在路上越走越远了。"伴随着政治色彩的逐渐褪色变浅，紧接着占据了她身体空间的，就是曾经被政治压抑太久了的正常人性需求。这一点，正如同叶柏翠自己所明确意识到的："有些东西，无论你藏得多深，多隐秘，还是能够被看到的，而有的东西，不管你表白得多么动听，多有力，没有还是没有。"正是因为叶柏翠书记的内在精神世界首先有所松动变化，也才有了她和万年青之间情感越界故事的最终发生："叶书记啊，你像海一样深……万年青同志，你最主要的问题还是勇气不够，啊，这就好了……红日跃出东海，叶书记啊，你就像大海，太平洋……万年青同志，你真是让我吃惊啊！"与身为普通售货员的陈美琳相比较，革命者或者说基层官员叶柏翠书记的人性觉醒无疑更显得难能可贵。但在这里，需要强调的一点却是，无论是面对陈美琳，还是叶柏翠书记，我们在做出评价时都应该避免从道德的层面做简单的是非判断。

尽管说吕新关于以上各位人物的点染描写的确已经相当出色，但真正占据《下弦月》文本核心部位的依然是小说的第一章到第九章，也即以林烈和徐怀玉为中心人物的那个部分。在这一部分，作家主要聚焦关注的乃是因为思想问题被打入政治异类的一批知识分子。仅仅从题材书写的角度来考量，小说中的这一部分描写很容易就可以促使我们联想到吕新那部曾经获得过第五届鲁迅文学奖的中篇小说《白杨木的春天》。虽然二者之间并无直接意义上的内在关联，但把二者并置在一起，我们却不难从中强烈感受到吕新的确在朝着某个既定的历史反思方向持久地发力。虽然叙述者并没有明确交代林烈到底是在什么时间，因为什么样的具体问题而被打入政治另册的，但如果我们依据文本中透露出的若干蛛丝马迹，还是可以做出相应准确的判断。我们注意到，在第七章林烈与黄奇月的对话中，曾经刻意强调："老黄，十多年了，我就没有顺利过一天，一直都是这样，我不能不往那方面想。"与之具有明显互证效应的是第四章里的一段交代性叙述话语："十几年前被下放到这里，几年后多了一个孩子，一家人离去了，回了城里，人家以为他们一定过好了，能回到城里不就是最好的证明么，谁能想到他们却连当年都不如。"这里提到的当年那个下放的村庄就是上深涧，那个孩子就是年仅十岁的小山。从一九七〇年上推十多年，也就是五十年代后期。这就意味着，林烈政治上的罹难应该就在那个时候。联系当时的具体时代背景，林烈极有可能有着一种右派身份。但是，从林烈最小的女儿小美年龄只有四岁来加以判断，一种实际的情况很可能就是，虽然政治上已经被打入了另册，但林烈却并没有失去自由身。他失去自由身之后身陷囹圄，应该是一九六六年"文革"开始之后才发生的事情。否则，我们就无法解释小美的来历问题。同样的道理，也是依据文本的相关描写，我们便不难断定，林烈之所以会在劫难逃地被打入政治另册，一方面与他过于认真偏执的性格紧密相关，另一方面也的确存在着所谓的"思想问题"。首先是性格原因："这些，他原来确是不懂，往往总是开门见山，直抒胸臆，让别人下不来台。""要知道，那仇恨原本不属于你，但就因为你过于不懂事，过于不会说话，张口就来，最终又非你莫属。"更具体地说，他的政治罹难与彻底得罪了顶头上司岳维寿有关："他傻，当即就剖肠豁肚，开门见山，给岳维寿本人提了一个意见。"没想到的是，"突然有一天，啪的一声，夹子落下来了，顿时血流成河，有的被夹住了手脚，有的被夹住了喉咙，更有人来不及挣扎一下就断了气"。然后，是他思想上的犯禁。这一点，集中体现在他两年前在南沙河学习班学习的时候的一次私下讨论所引发的对于"文革"发生问题的深入思考："事情的顺序应该是自上而下地开始的。就像一座塔，先是在最高的塔尖上有了一些细小的动静，最高处有人在掰手腕，但没有人注意，事实上也不会有人注意到。从一座塔的塔尖上掉下来几粒沙子，谁能看见，谁又能注意得到？令人吃惊的是它的所有的步骤或者说方法，就算是从上而下地开始的，那也应该是一层一层地下来，最终到达塔的底部，然后再从底部向周边蔓延、燎原，这才应该是正常的步骤和次序。但是这一回，奇就奇在它直接从塔尖直达底座，底下哄洪洪烧着了，然后火势和浓烟才又一层一层地往上走。"身陷囹圄的林烈之所以要不管不顾地出逃亡命，是因为他亲眼看见了同犯被活活整死的一幕惨剧："本来并不想跑，更不想这样四处亡命，可是马志明的死给他送来了震耳欲聋的一击，无论任何时候，脑子里都回荡着嗡嗡的巨响，就像有人在他的耳边用铁锤敲击钢板，让他一想起来就感到恐惧，日夜惊惶不安，被无边无际的嗡嗡声包围着，笼罩着。因为他相信，他要是不跑，结果最终一定也会像马志明一样。"与其坐等厄运的降临，莫如做拼死的挣扎，为了活下去，林烈只好冒死出逃。林烈出逃亡命十分艰难，他产生了真切的感受："你在那黑压压的穹顶般的锅下面行走，奔逃，走啊走，却总也走不去那口巨型锅的外面去，这种时候，你还有什么奔头和希望，只能一遍又一遍地在那灰暗和幽冥中反反复复地兜圈子，打转转，千方百计，只要不被人发现，不被抓住，就是好的，甚至可以说是一种胜利。"时间一长，林烈甚至会对自己出逃的决定也产生强烈的怀疑："逃跑，挣脱锁链溜出来，原本是为了更好地存在，为了能够更长久地活下去，但是现在看来，更像是跑到了另一条绝路上。"林烈之所以会生出如此一种强烈的绝望感，乃因为他在自己出逃的路上只感到处处危机四伏，看不到有些微的希望光芒存在。

因为有了林烈的亡命出逃，也才有了他的妻子徐怀玉携好友萧桂英的冬日外出寻找。实际上，早在徐怀玉她们俩外出寻找之前，就已经有其他亲友外出寻找过。比如，徐怀玉的弟弟、小山的老舅的那条腿，就是因为寻找林烈而摔断的。在临近年关的极其寒冷的塞北的冬日，两个孤苦伶仃的女人外出找人，其间的苦楚自然可想而知。别的且不说，单只是吕新一句对寒风的形象描写，就可以让你充分地感受到这一点。"她们在风里走着，长长的风声像是几万人的大合唱。"什么叫合唱？更何况还是多达几万人的大合唱。就这样，只是通过对巨大风声的一种渲染描写，吕新就写出了徐怀玉和萧桂英她们俩外出寻找林烈的艰难。"一路上，怀玉一直都心怀愧疚和气愤，愧疚是对萧桂英的，气愤则只能留给林烈。""望狐，马市，关河，破虏，平川，这些原以为最有可能的地方统统全都去过了，甚至连更远一些的外号匈牙利的匈牙、拒门一带也都去过了……"究其根本，徐怀玉之所以要不管不顾地执意外出寻找林烈，是因为她内心里一直有某种坚信存在："但在心里，怀玉基本上相信林烈还在人世间，否则也就不会把家和孩子们扔下，满世界地出来找他了。怎么解释自己这些天来的种种行为，那还不是因为觉得他还活着么，米大娘的小儿子带回来的那个消息姑且算是一个崭新的捻子，但从根本上来说，是她心里的那根捻子还没有完全灭掉。自从嫁给这个男人之后，除了让她一鼓作气地生下三个孩子，剩下的便是没完没了的惊吓和操不完的心，还不算让她失去了工作。"林烈之所以只是能够带给徐怀玉没完没了的惊吓，自然是因为他那耿直的性格与不安分的思想。在那个年代，如同林烈与徐怀玉这种情况的家庭不仅并不鲜见，而且有很多都已经无奈解体了。能够如同徐怀玉这样虽然饱受丈夫的拖累，以至于连工作都丢掉了，但却仍然不离不弃者，其实并不多见。然而，徐怀玉仅仅丢掉工作还不算，一个人带着三个孩子勉力支撑的她，竟然被驱遣到了远离县城中心的边缘处居家生活。在这个偏远之所，只生活着徐怀玉与另外一位同样被打入政治另册的石觉一家。只有两个孤零零的家庭倒也还罢了，可怕处还在于他们紧邻的就是一个埋葬着很多亡灵的烈士陵园。如此一种糟糕情形，就不能不让年轻气盛的老舅大骂出口了："他妈的，真是会欺负人！把一个女人和三个孩子安排到这种地方住，常年和鬼魂做邻居，也不知安的什么心？"即使生存境况这样糟糕，生命力坚韧的徐怀玉却仍然格外坚毅地挺立着。

无论是林烈的出逃与亡命，还是徐怀玉的苦苦寻找与勉力支撑，抑或是无名寡妇的受辱，朱槿的落魄，胡木刀的自杀，所有这些都强有力地印证了小说结尾处的那句感叹："世界，你这个苦难的人间啊！"苦难，当然是这个世界的本质，也是人类生存的本质。吕新的一个难能可贵处在于，在充分凸显世界苦难本质的同时，他也利用理性叙事话语的巧妙穿插，强有力地传达出了一种对于长篇小说这一文体而言非常重要的命运感。比如，第七章第二十节的这样一段叙事话语："当一种意想不到的生活在外面叫门，猝然来临时，你只能紧跑着恭敬地迎出去，并伸出双手接住。命中注定它就是来找你的，你不接让谁接呢？它像蟒蛇一样盘在你的门口，冰冷，无声，你得把它小心地抱回去；它像炽热的炭火一样熊熊地来了，你得伸出双手把它捧住，不能让它灭了；更多的时候，它让它炸雷一样在你的头顶上面咔嚓咔嚓地响着,炸着,提示着,又用简短的或长长的弯弯曲曲的闪电一次次地把你晃醒,为的就是让你伸手接住这个东西,你接住了,认领了,它们才能再往别处去。"这样的一种叙事话语,只有与林烈、徐怀玉经历遭受的苦难命运联系在一起,才能够令人信服,并取得相应的叙述效果。也因此,作家才会借助于林烈的口吻继续他对于吊诡命运的思考:"老黄,你不觉得所有的人其实都是在摸黑赶路么?要是很早就提前看见自己的经历和最后的结果,知道好运气自己是一点点也没有,那会有很多人不敢再继续走下去,也会不想再继续走下去。比如我,我要是早知道要经历后来的一切,我宁愿自己的年龄就停留在十七八岁以前,不再往前走,就在那时候提前夭折了多好!"事实上,任是谁,都没有未卜先知的能力,尤其不可能重新选择一次人生。当然,也同样不可能让生命仅仅停留在某一个特定的时刻。来到了这个世界上,你就得摸着黑往前走,就不仅得承受命运所赐予的一切,而且还得以自己的方式对命运做出积极的回应。也因此,林烈的这段言辞,也可以被看作存在主义哲学家蒂利希所谓"存在的勇气"命题的一个颇为恰当的注脚。究其根本,倘若没有足够的勇气,恐怕真的无法直面类似于林烈这样的苦难存在境遇。

好在吕新的《下弦月》在充分展示苦难生存境况的同时,也有着对于世间温情与相濡以沫一面的点染与表现。这一点,在林烈,就是黄奇月的存在;在徐怀玉,就是萧桂英与石觉的存在。先来看林烈。身为政治异类,在那个年代,林烈的亡命之途绝对称得上是步步惊心。好不容易出现了一个愿意帮助他去供销社买烟的人,结果却是一位可耻的告密者。若非林烈一时警觉,那一次他就在劫难逃了。所幸的是,就在林烈因此而惶惶不可终日的时候,却无意间撞上了曾经的熟人黄奇月:"没错,面前的人就是黄奇月,真的是黄奇月,当年他在上深涧下放时的第一生产队队长……他感到喜忧参半:喜的是碰到了一个当年的熟人,而忧的也正是终于碰到了一个认识他的人,这个人很知道他是谁。"没想到,林烈的担心纯粹是多余的,正因为黄奇月"很知道他是谁",所以才慨然地伸出了援助之手,林烈也才有了一个暂时的安定居所。带着三个孩子的徐怀玉能够在非常艰难的困境中勉力支撑下来,与萧桂英和石觉他们的理解帮助紧密相关。不能不稍加留心一点的是,萧桂英、石觉他们与徐怀玉之间,其实存在着一种同病相怜的渊源关系。"怀玉和萧桂英,她们是中学时的同学,曾经在一个宿舍里住过两年。"徐怀玉失去工作前曾经是一位教师,萧桂英同样也是一位教师,只不过因为受到丈夫胡少海问题的影响由中学被贬到了小学而已。林烈身陷囹圄后亡命在外,胡少海则也同样因为被打入政治另册而处于被监管的状态之中。石觉同样是一位被打入了政治另册的知识分子,用他自己的话说,曾经三次被捕,三进三出。三十八岁才结婚的他,没有过上几天好日子,妻子宇文秀就不幸因病而弃世,给他留下了一个只有三岁的小石头相依为命勉强度日。正所谓"同是天涯沦落人,相逢何必曾相识",究其根本,萧桂英与石觉他们之所以愿意出面帮助徐怀玉,与他们都有着一样的社会政治身份,处于相同的生存境遇密切相关。我们无论如何都不能否认的一点是,不管再怎么苦难的人间,也都得想方设法生存下去。而要生存下去,一个很重要的方面,就是必须有作为苦难对立面的世间温情与相濡以沫的一面存在。黄奇月、萧桂英以及石觉这几位人物在《下弦月》中的重要意义,正突出体现在这一点上。

总之,依托于三重艺术结构的设定运用,吕新采用散点透视的方式在广大读者面前点染勾勒出了一幅七十年代的灰色生存图景。这一幅艺术图景中,既有近景,也有中景、远景。倘若说林烈、徐怀玉他们的故事属于核心的近景,那么,由胡木刀、陈美琳、叶柏翠书记以及"我"所构成的供销社岁月部分,就是中景,而朱槿与无名寡妇他们,则很显然就是远景。近、中、远三种景观有机组合的结果,自然也就是吕新这一部优秀长篇小说的最终生成。

**注释:**

①②③④⑤⑥ 吕新、王春林《"我内心里充满凄凉和无奈"——吕新访谈录》,《百家评论》2015年第3期。

⑦ 王安忆《雅致的结构》,上海书店出版社2011年1月版。

⑧ 苏珊·桑塔格《论风格》,见《反对阐释》,上海译文出版社2011年6月版。

# 徐则臣《王城如海》：
# 戏剧性与被撕裂的社会阶层

只要稍加留意，我们即不难发现，最近若干年来，伴随着越来越多的中国作家把自己的主要精力投注于长篇小说这一文体的创作，长篇小说这一文体实际上也处于演化的过程之中。其中，值得引起公众高度注意的一种醒目现象，恐怕就是体量较之于传统长篇小说明显收缩的所谓"小长篇"的生成。很显然，所谓"小长篇"，乃是更多地从小说作品的篇幅字数这一角度出发而专门提出的一个文学概念。具体来说，这些作品的字数都在10万—13万上下浮动，其中的大多数，字数都不会达到13万字。按照茅盾文学奖评奖条例的规定，如果13万字以上才可以被界定为长篇小说，那么，这些不足13万字的作品的文体归属自然也就成为需要解决的问题。一方面，继续把这些作品归之于中篇小说，肯定缺乏足够的说服力。但在另一方面，它们的体量却又明显小于约定俗成意义上的长篇小说。在笔者看来，如此一类篇幅字数比较尴尬的小说作品，恐怕也就只能够被看作长篇小说文体演化的一种具体结果而被称为"小长篇"

了。或许正是在如此一种背景之下,《中国作家》杂志才会在2015年第10期公开打出"小长篇"的旗帜,并集中推出张好好《禾木》与李燕蓉《出口》这两部作品。那么,所谓"小长篇"与传统意义上的长篇小说之间究竟是怎样一种关系呢?联系当下时代中国长篇小说领域的写作状况,在进行了一番不失深入的梳理思考之后,笔者认为,假若承认"小长篇"的确是一种迥然有别于传统厚重性大部头长篇小说的新型长篇小说文体,那么,自然也就需要进一步思考界定这一新型文体所具有的美学品格。在这里,我尝试给出与"小长篇"密切相关的四个关键词。它们分别是:深刻、片段、轻逸以及迅捷。假若我们承认"小长篇"这一概念可以成立,并且进一步认为"深刻、片断、轻逸以及迅捷"的确可以被看作"小长篇"的显著特征所在,那么,徐则臣的《王城如海》(载《收获》杂志2016年第4期)则毫无疑问是一部具备了上述四方面美学特征的优秀"小长篇"作品。不能不强调的一点是,在这部《王城如海》之前,徐则臣不仅已经创作有数部长篇小说,而且还以体量篇幅殊为庞大的长篇小说《耶路撒冷》而引人注目。这就意味着徐则臣既有足够的能力处理如同《耶路撒冷》那样一种庞大繁复的艺术结构,也有能力营构具有"深刻、片断、轻逸以及迅捷"特质的"小长篇",比如这部《王城如海》。

虽然我们并不清楚徐则臣《王城如海》的具体构思过程,但在阅读过程中,却总是会时不时地联想到曹禺的话剧经典名作《雷雨》。由此即不难推断,《王城如海》艺术层面上的一个突出特点就是戏剧性。所谓戏剧性，很显然与戏剧这一文学体裁的审美特质紧密相关。作为一种重要的文学体裁，戏剧在有的理论著作比如童庆炳主编的《文学理论教程》中被称为剧本，但在具体论述的过程中，又会混杂使用剧本和戏剧这两种不同的命名表述方式。按照童庆炳的理解，"剧本是一种侧重以人物台词为手段、集中反映矛盾冲突的文学体裁……它的基本特征是：浓缩地反映现实生活，集中地表现矛盾冲突，以人物台词推进戏剧动作。"①在童庆炳的理解中，因为受制于舞台表演形式，"剧作家必须把生活写得高度浓缩、凝练，用较短的篇幅、较少的人物、较简省的场景、较单纯的事件，将生活内容概括地、浓缩地再现在舞台上。剧本再现生活的浓缩性要求情节结构单纯、集中。""剧本要集中地表现矛盾冲突，是由戏剧艺术的时空特征决定的。戏剧的情节发展要在有限的时间内迅速进行，不能像小说那样可以不慌不忙地展开。它必须一开始就抓住事件的起点，然后通过一些必要层次的发展，把事件尽快地推向高潮。"②从以上论述可见，作为由戏剧美学特征发展延伸出的所谓戏剧性，最根本的一个特点，恐怕就是以相对单纯、集中的情节结构高度浓缩、凝练地表达矛盾冲突。为了达到这一艺术目标，作家在写作过程中往往会"无巧不成书"地合理征用诸如巧合、偶然性以及情节突转等艺术手段。这些艺术手段在徐则臣的《王城如海》中均有所体现。比如，巧合。在美国生活二十年之后，余松坡以知名实验戏剧导演的身份回到了雾霾深重的北京城，并以一部名为《城市启示录》的实验话剧而引起广泛关注。没想到就在这座城市里,他居然在不期然间邂逅了自己最怕见到的堂哥余佳山:"某种感觉没来由地苏醒过来,从很多年前向当下飞奔袭来。他看见天桥底下坐着一个流浪汉,他都没看清对方的脸,就感到两道持久的目光。他不想去看那流浪汉的脸,所以他的目光停留在流浪汉头上一米高的地方,但仿如命定一般,正当他要转身走向旋转门时,流浪汉站了起来,他的脸恰当地出现在他的视野里。他在他的脸上看见了二十七年前的那个年轻的受害者。"这可真的称得上不是冤家不聚头,尽管余松坡的内心里万分不愿意这个流浪汉就是自己避之唯恐不及的余佳山,但余佳山眼神中那种非他而不能有的"尖锐、精明和玩世不恭的神采"却毫无疑义地告诉余松坡,这个人只能是余佳山,而不可能是另外的第二个人。面对突然出现在自己眼前的余佳山,余松坡的内心世界倍感震惊:"如果不是余佳山那错乱的表情,余松坡真觉得这是个阴谋。他出现在北京,他甚至来到了自己日常生活的半径里。他怎么就会到这里了呢?"很显然,唯其因为余松坡和余佳山巧合般地同时出现在北京城,所以才有尖锐激烈的矛盾冲突的最终生成。

比如,偶然性。这一点,突出地表现在韩山对于余松坡与鹿茜会面情形的两次窥破上。第一次窥破与韩山的快递职业有关。韩山到余松坡的工作室去送快递,没想到他未来的内弟罗龙河的女友鹿茜也正好因为出演角色一事专门前来拜见余松坡:"他们谈什么他根本不知道,只看见鹿茜搓着手,然后把两手搭在穿着黑色连裤袜的膝盖上。两腿并拢,一双修长的直腿。"因为曾经当面听到鹿茜向余松坡表示自己还会再来的,更因为内心里某种微妙不平衡心理作用,韩山竟然多了一个心眼,开始刻意留心鹿茜是否会如约而至了。不留心不知道,这一留心也就有了韩山的第二次窥破:"然后他看见鹿茜站起来,脱掉大衣,拧着细腰绕圈,最后冲过去抱住余松坡的腰。接下来的细节他必须把脑袋再往前伸一下才能看清楚。未来的妻弟妹(如果可能的话)把头搭在姓余的肩窝里——此时韩山想,她可能不会成为他未来的妻弟妹了。他看见余松坡的鼻子和半个腮帮子在鹿茜的头发上小心地蹭了蹭,似乎嗅了嗅。他要推,没推开。"尽管第二次窥破乃是快递员韩山多留了个心眼的缘故,但究其根本,这两次窥破的偶然性质还是非常明显的。必须承认,韩山两次偶然性的窥破行为对于整部长篇小说矛盾冲突的进一步激化发挥着重要的推波助澜作用。

再比如,情节突转。关于情节突转,哲学家亚里士多德早在很多个世纪之前就已经给出过精辟的论述:"突转指行动按我们所说的原则转向相反的方向""它是按照可然律或必然律发生的"。[③]这就意味着由于某一人物的意外介入或者由于某一事件的突然发生,小说的故事情节急转直下地向着相反的方向迅速演进发展。这一点,最突出不过地表现在祁好突然返京后致使故事情节的陡然逆转上。首先,祁好突然返京也带有明显的巧合意味。假如不是她特别牵挂丈夫余松坡并决定提前返京,而且返程的飞机居然比预定时间整整晚了一个半小时落地，她便无论如何都不可能在匆匆忙忙赶回家后撞上余佳山正在挥舞魔术拖把和墙上的面具作战。未曾预料到的是，正是这种巧合手段的运用，最终促成了故事情节突转的生成。因为晚点一个半小时，所以当满怀忧虑的祁好赶回家中的时候，余佳山已经与罗家姐弟紧紧地纠缠在一起了。到最后，由于罗龙河强行抓住拖把，余佳山突然被迫撒手，"罗龙河攥着拖把一个后仰，跌下台阶，接着撞倒祁好，祁好先是倒头栽倒，然后和罗龙河一起骨碌碌滚到一楼地板上……罗龙河倒在祁好身上，拉一把就起来了，他只是感到疼痛，具体哪儿痛也弄不明白。姐弟俩去拉祁好，祁好哼了一声就不再反应，软软地仰躺在地上。"罗龙河把余佳山硬生生地拉至余松坡家的本意，不过是为了给余松坡制造一些难堪或者尴尬，他根本就没有预料到，一方面由于余佳山难以控制，另一方面由于祁好突然归来，故事情节居然急转直下，一场泼天大祸就此酿成。

除以上三方面戏剧性特点的具备之外，《王城如海》与戏剧之间的另一层关联，就是由余松坡导演的实验话剧《城市启示录》在整个小说文本中的巧妙穿插。由此而得出的一种结论就是徐则臣《王城如海》中实际上存在着两条时有交叉的结构线索。一条线索是曾经去国二十年的余松坡返国之后的工作与生活情形，另一条线索则是那部由余松坡导演的名为《城市启示录》的实验话剧。整部长篇小说共由十二部分组成，其中每一个部分的开头处都是从《城市启示录》中节选出的片段，然后才是作为主体结构线索的余松坡归国后工作与生活情形的详尽描写与展示。需要注意的是，即使在这一部分，《城市启示录》的创作演出以及演出后引起的巨大社会争议，也占据了不小的篇幅。既然被命名为《城市启示录》，那对现代城市的关注表现肯定是题中应有之义："戏里一个满肚子城市知识的教授从伦敦回来，打算在国内做一个世界城市的比较研究。他生活过全世界的很多个城市，从市容市貌、历史沿革、风土人情，一直到交通、下水道系统和社会各阶层的生活状态，都有深入的研究。"一方面因为他本是华裔，另一方面更因为这些年来北京作为一个新兴的国际大都市发展格外迅猛，所以，这位年逾半百的教授就决定把北京作为自己后半生的一个研究重心。既然要研究北京，那肯定就得重返北京对自己的研究对象做一种现在时式的深入考察。于是，也就有了这位教授的第四次返国之旅："更有意思的是，此次与教授同行的还有他十九岁的儿子，比他小十五岁的生于法兰克福的洋媳妇，以及他儿子的宠物，一只比巴掌大不了多少的小猴子。"这样一来，教授一行回到国内之后考察与研究的活动过程，自然也就成了余松坡《城市启示录》的主要表现内容。没想到，只是因为在处理其中一个教授面对城市青年蚁族们的场景时一句台词的不慎，结果便在社会上，尤其是在那些青年蚁族中间引发了一场激烈的争议。实际上，也正是借助于争议问题的答问机会，导演余松坡发表了他对北京的一种社会学层面的理解和认识。首先，余松坡认为，诸如巴黎、伦敦等现代国际大城市的城市性是自足的:"其自足体现在,你可以把这些城市从版图中抠出来单独打量,这些城市的特性不会因为脱离周边更广阔的土地而有多大的改变;伦敦依然还是伦敦,巴黎依旧还是巴黎,纽约也照样是纽约。它们没有更多,也没有更少,作为国际化大都市它们超级稳定。"其次,与这些大都市相比较,正处于迅猛发展过程中的北京显然是不自足的:"你无法把北京从一个乡土中国的版图中抠出来独立考察,北京是个被更广大的乡村和野地包围着的北京……一个真实的北京,不管它如何繁华富丽,路有多宽,楼有多高,地铁有多快,交通有多堵,奢侈品名牌店有多密集,有钱人生活有多风光,这些都只是浮华的那一部分,还有一个更深广的、沉默地运行着的部分,那才是这个城市的基座。一个乡土的基座。"必须承认,徐则臣在这里借助余松坡之口所讲出的对于北京的理解与判断,其实也正是身为作家的他自己对于北京的一种基本看法。与此同时,不能不强调的一点是,徐则臣的这部《王城如海》虽然从篇幅与规模来看仅仅是一部"小长篇",但就其所欲思考传达的思想主旨而言,却很显然存在着明显的多义性特征。借助于《城市启示录》的创作演出及其争议过程,对于北京的城市性问题做一种形象生动的艺术思考与表现,毫无疑问正是其中不容忽略的重要部分之一。

事实上,教授的那句台词之所以会引起激烈的争议,根本原因在于对北京城乃至全国为数众多的青年蚁族形成了一种强烈的冒犯。《城市启示录》中,教授追随着那只突然窜逃的带有超现实色彩的猴子来到了一片低廉的出租屋区域:"他潦草地看了一下出租屋里卑微拥挤的年轻人的生活,悲哀、心痛和怒其不争瞬间占领了他的光脑门,那些台词完全是先于理性自行从唇齿之间奔赴而出。"那么,脱口而出的究竟是怎样的台词呢?"这样的生活有什么意义?""你们为什么待在这地方?"最关键的,还是这一句干脆就没有说完的台词:"你们啊——"对于教授这句引起广泛争议的没有说完的话,叙述者给出的分析是:"假如教授把这句话说完,且表情与当时的鄙夷与愤怒相反,接下来的事儿就不会有了。偏偏教授的台词只有意味深长的三个字,后面漫长的语调里观众可以随意填空,而对照他的表情,观众只可能填出同一种意思的空:那就是对年轻人,准确地说,对'蚁族'年轻人的轻蔑与不信任。"在一个信息传播特别迅速的网络时代,教授的台词与表情不仅很快传开,而且还遭到了来自蚁族的反对。请一定注意,教授这些脱口而出的台词"完全是先于理性自行从唇齿之间奔赴而出"的。这就告诉我们,这些台词其实可以被看作身为尊贵阶层一员的这位来自西方的华裔教授个人潜意识最真实的一种流露和表达。在这个意义上,那些感觉被严重冒犯的青年蚁族的愤怒与对抗,就无论如何都是可以理解的。归根结底,余松坡实验话剧《城市启示录》引发的这场波及面甚广的社会争议,所揭示出的乃是当下时代已经无法被忽视的阶层被撕裂状况。而阶层的被撕裂,正是徐则臣这部《王城如海》的"小长篇"

意欲深入探究表现的最根本的思想意旨之所在。

但在具体讨论阶层撕裂这一重要命题之前，我们尚需对《王城如海》与曹禺《雷雨》之间的若干相似处做一简单的分析。在我看来，尽管徐则臣和曹禺分别采用了小说和话剧两种不同的文体形式，但二者内在艺术构思方面相似处的存在却是难以被否认的一种客观事实。首先，二者的相似处在于，把两个差异甚大的不同家庭紧密联系在一起的都是保姆或者说女仆这一特定身份者。《雷雨》中分属于不同阶层的两个家庭，一个是由周朴园、繁漪、周萍以及周冲这四位组成的高层资本家家庭，另一个则是由鲁侍萍、四凤、鲁大海以及鲁贵这四位组成的底层工人家庭。把这两个本来不相干的家庭紧密联系在一起的，是鲁侍萍与四凤母女这两代女仆。带有明显巧合意味的一点是，前后相隔三十年的时间，鲁侍萍与四凤母女居然宿命般地都来到周家做女仆。《王城如海》中阶层差异同样非常明显的两个家庭，一个是由余松坡、祁好以及余果他们三位组成的置身于高档住宅区的海归知识分子家庭，另一个则是由韩山、罗冬雨、罗龙河以及鹿茜他们四位组成的外来打工和求学者家庭（请注意，尽管严格来说，后面的一组四人并没有组成家庭形式，但从韩山与罗冬雨、罗龙河与鹿茜之间的恋爱关系，以及罗冬雨与罗龙河之间的姐弟关系来说，断言他们已经构成了一个外来打工与求学者的准家庭，毫无疑问是一个能够成立的结论）。把这两个同样不相干的家庭紧密联系在一起的，很显然是身为保姆的罗冬雨。

其次，二者的相似处表现在作为故事高潮的悲剧性结局的营造上。《雷雨》的第四幕，眼看着女儿四凤要随同周萍私奔，远走他乡，母亲鲁侍萍心中万般不忍，一时难舍难分之际，心有不甘的蘩漪撺掇内心里深爱着四凤的周冲出场现身纠缠，并揭穿了自己和周萍之间的感情真相。不仅如此，为了进一步制造乱局，蘩漪又派人把周朴园请到了现场。面对突然真相大白的个人身世，已有身孕的四凤实在无法接受，在雷雨中狂奔而出，自己连同紧跟着追出的周冲双双触电身亡。遭受强烈刺激后深感罪孽深重的周萍，也在书房随后开枪自戕身亡。就这样，一场带有鲜明乱伦色彩的命运悲剧，以三个年轻人付出惨重的生命代价而作结。如果说《雷雨》中最终悲剧的酿成更多与蘩漪密切相关，那么《王城如海》中终场悲剧的始作俑者，就很显然是大学毕业准备再次考研的罗龙河。因为对余松坡心怀强烈的不满，在偶然间获悉余松坡隐藏于"我的遗言"中的秘密之后，罗龙河煞费苦心地设计策划了让余松坡和余佳山直面相对的一个特定场面："他要让余松坡与余佳山面对面。让余松坡必须见余佳山。这个疯狂的想法让他突然睁开了眼。"与此同时，为了使余松坡更加尴尬难堪，罗龙河也还给自己的女朋友鹿茜发了一条短信，"让她见信后即刻来余老师家"。没想到，还没有等到余松坡与鹿茜登场，先期抵达余松坡家的余佳山、祁好和罗家姐弟四人就已经乱作一团，并最终致使祁好严重受伤。等到余松坡匆匆忙忙赶回家中的时候，他见到的已经是那一片狼藉以及倒在血泊中的爱妻祁好了。

由于某位人物刻意作梗，不仅主要人物全部会聚在一起，而且还都以惨烈的悲剧收尾，这正是《雷雨》与《王城如海》的一大相似处所在。

最后，二者的相似处还表现为由现实的矛盾冲突而最终牵扯出了很多年前的罪孽。《雷雨》中，现实的主要矛盾冲突，集中发生在蘩漪和周氏父子之间。身为后母的蘩漪，不仅被丈夫周朴园严格控制，而且深爱着继子周萍。但周萍的满腔情感，却都维系在了四凤身上。与此同时，周朴园的小儿子也深深地恋慕着四凤。就这样，蘩漪、周萍、四凤以及周冲，他们四位事实上处于格外复杂的情感追逐与缠绕之中。到最后，由蘩漪与周氏父子之间的矛盾冲突所牵扯出的，乃是三十年前发生在年轻时的周朴园和鲁侍萍之间的一桩孽缘。依照时间顺序，是当年的因结出了今日的果。但到了曹禺笔下，却是由后来的果一步步地导引揭示出了当年的因。如果说《雷雨》一个非常重要的思想意旨就是罪与罚，是对于罪的尖锐诘问，那么这罪的承担者，恐怕也只能是罪的始作俑者周朴园。《王城如海》中，现实的主要矛盾冲突，集中围绕《城市启示录》的创作上演及其争议而生成。其中的两个关键性人物，一个是余松坡，另一个是罗龙河。而且，很显然，罗龙河之所以能够喜欢上戏剧，与身为余家保姆的姐姐罗冬雨存在着不容忽视的内在关联："他完全忘了，如果不是从姐姐的言谈中得知世上有余松坡这么一号，而这个人恰好又是搞戏剧的，作为一个中文系的本科生，他很可能一辈子都培养不起对戏剧的兴趣,更别说与京西大学传统悠久的莱辛剧社扯上关系,并在大四那一年依靠两个校级奖的话剧剧本入主剧社,成为社长。"既然余松坡对他的人生选择产生了如此深远的影响,那罗龙河把余松坡视若神明,奉为精神的导师和偶像,自然也就是一定的事情。然而,由于余松坡无意间对于罗龙河人格尊严的冒犯(其实,余松坡的所谓冒犯,是被冤枉的),罗龙河对余松坡的感觉便由爱转恨,发生了一百八十度的大转弯。正因为如此,他才一定要煞费苦心地策划安排余松坡和余佳山见面。而由余松坡与余佳山的见面所牵扯出的正是发生在遥远的二十七年前一桩公案。那就是正是因为余松坡的无耻告密,方才导致了余佳山长达十五年之久的牢狱之灾。也因此,从罪与罚的角度来看,《王城如海》中罪的承担者,自然也就只能是罪的始作俑者余松坡。

虽然我们无法证明徐则臣在构思写作《王城如海》的过程中是否受到过《雷雨》的影响,但从以上的分析即不难看出,两个文学文本之间的确存在着若干相似处。但请注意,强调《王城如海》与《雷雨》之间相似处的存在,并不意味着徐则臣就没有自己的思想发现与艺术创造。其中,最不容忽视的一点,恐怕就应该是对社会一种阶层的分化与撕裂状况的敏锐洞察与表现。这一点,集中体现在韩山与罗龙河这两位人物身上。祁好受伤事件的最终酿成,追根溯源,其实正是拜这两位的仇恨与敌视心理所赐。首先,是韩山。韩山,是一位追随着女朋友罗冬雨的行踪进京的底层打工者。"原来韩山在中发电子市场一家通信器材商铺里工作,朝九晚五地看守铺子,见女朋友的机会少得他都不好意思跟兄弟们说,朋友们就怂恿他,干快递得了,上了车时间都是自己的。他真就辞了,披挂上阵成了一名快递员。"然而,即使改行做了快递员,由于罗冬雨一如既往地自律,韩山实际上也很少能够如愿以偿地见到自己的女友。尤其是在同样依靠送快递谋生的室友彭卡卡遭遇车祸重伤,而且很可能生命不保的情况下,他那受伤的心灵更是渴盼能够从罗冬雨处得到及时的安慰。没想到,罗冬雨却依然坚持着她一贯的原则。"韩山看见二楼的地板上摆了一大堆面具,在日光灯下,每一个明亮的面具都发出干净的光。罗冬雨把这些面具擦拭得一尘不染,比他的脚干净,比他的袜子干净,比他的每一件衣服都干净,比他的脸干净、手干净、头发干净,比他的整个人都干净。"把雇主的家打理得一尘不染,充分说明罗冬雨身为一位保姆的敬业称职。然而,当身为男朋友的韩山强烈感觉到罗冬雨把雇主的家打理得比自己还要干净很多的时候,他的心理实际上已经处于某种失衡状态了。精神心理一旦失衡,韩山对于雇主余松坡一种隐隐约约仇恨的产生,也就势在必然了。事实上,也正是受制于此种失衡心理影响的缘故,韩山方才如同失控的禽兽一样不管不顾地要强迫罗冬雨:"他整个人抖得不行。他从来没有这么强迫过罗冬雨,但箭在弦上,不得不发。"尤其不能忽视的是,就在他们发生关系的过程中,罗冬雨不仅接到了幼儿园老师的电话,而且还半推半就地接受了"余果妈妈"的称呼:"韩山正在冲刺，哪里停得下来。要在过去，这会儿可能该结束了，但他把电话听得清楚，'余果妈妈'，'啊——是'，听得又起了无名火，一股咬牙切齿的力量重新生出来。他不吭声，复仇一般耸动着。"这股莫名其妙的无名火是什么？说到底，一方面是对罗冬雨的不满，但在另一方面，更是对地位尊贵的海归知识分子余松坡的某种无端仇恨。但同时需要注意的，也还有罗冬雨当时的感受："她发现自己要嫁的男人竟如此丑陋和陌生。而在某一刻，不管她是否愿意承认，她的确想到了余松坡，如果是那个温文尔雅的文化人，此刻他会是什么样子呢？"究其根本，不管是韩山的心理失衡，抑或是罗冬雨特殊时刻的心理联想，充分凸显出的都是某种阶层差异的客观存在。

事实上，韩山之所以会特别敏感于鹿茜与余松坡的私下会面，正是被某种莫名其妙的仇恨心理强力控制的缘故："自己的女朋友，怎么越看越像余家的人了？因为他们有钱么？因为他们有名么？因为他们是城里人么？罗冬雨的责任心和清规戒律那叫一个多，让他的生分感与日俱增。"明明是自己的女朋友，却因为生计不仅长期在余家生活，而且还和一家人打得特别火热，反倒是身为男朋友的自己不仅很难见到罗冬雨，而且还似乎变成了毫不相干的局外人。如此一种感觉，自然会让韩山内心不爽。应该说，韩山还是很有一些自知之明的："昨天下午，韩山的劲儿倒是缓过来了。他也有点恨自己，越来越没出息了，吃的哪门子的醋。回去的路上进行了深刻的自我反省，原来没有这么小肚鸡肠啊，那个没心没肺整天傻乐的胖子去哪儿了呢？"问题在于韩山其实很难控制自己的情绪。实际的情形是，他一边自我反省着，一边又不由自主地继续仇恨着。一旦在偶然的机会发现鹿茜不仅和余松坡私会，而且还要向余求助，韩山的心理立马就又不平衡了。他之所以要把鹿茜私会余松坡的消息透露给鹿茜的男朋友罗龙河，并且坚持继续在暗中监视鹿茜与余松坡的私会情形，其根本原因正在于此："此事韩山的确上了一点心，他也说不清是对余松坡不放心还是对鹿茜不放心。或者是对余松坡怀了点小恨？说不好。"关键的问题，恐怕还是对于余松坡某种莫名其妙的嫉恨心理作祟的缘故。这一点，在他看见余松坡和鹿茜抱在一起时的心理活动中即表现得非常突出："从韩山的角度看，余松坡抱着鹿茜，两个人的造型和格局好像的确比罗龙河抱着鹿茜要合适，虽然他也没见过罗龙河抱鹿茜是什么样。从整个过程看，韩山当然明白，两个人的关系到目前还是经得起推敲的，即使抱在了一起。可问题是，脑子里不知道哪根筋搭错了，他想到了余松坡抱罗冬雨的样子，一股血就直奔上脑门了。他甚至还想到，比鹿茜的身材更成熟的罗冬雨如果在姓余的怀里，无论造型还是格局都要比现在更和谐。因此，即便接下来余松坡强硬地推开鹿茜，他还是觉得这姓余的挺招人恨。"映入眼帘的明明是余松坡和鹿茜搂抱在一起的场景，但韩山联想到的却偏偏是余松坡和罗冬雨的搂抱情形。不仅如此，更加令人不可思议的是，他既觉得余松坡抱着鹿茜比罗龙河抱着鹿茜更加合适，也觉得余松坡抱着罗冬雨的那样一种造型和格局"都要比现在更和谐"。由此可见，深埋在韩山内心深处的，除了一种面对余松坡时强烈的嫉恨心理之外，其实也还有一种同样强烈的自卑心理存在。但不管怎么说，导致罗龙河最终对余松坡发难的主要原因正是韩山鬼鬼祟祟的告密行为。虽然说在告密之后，韩山也曾经一度产生过自惭形秽的愧疚心理："挂了电话，韩山觉得自己太邪恶了，又打了一个电话往干净里找补，同时做了一点自我批评。"

其次，是罗龙河。虽然在和韩山的电话里尽可能地摆出一副根本就无所谓的风轻云淡样子，但来自韩山的告密行为，实际上还是对罗龙河形成了极强烈的刺激："但他分明感觉有人对他拦腰来了一棍，差点瘫在试卷上。眼皮也唰地减了负，瞬间神清气爽，就是胃里的反应怪异，好像晚饭吃的辣子鸡突然活了，又抓又挠地扑腾。"面对着如此一种突然袭击，罗龙河一时之间乱了方寸："他从抽屉里摸出一盒过期的'白沙'烟，火烧火燎地点上一根。先让我他—妈—的纠结一会儿，人一辈子遇不到几件毁三观的事。"没想到，就在从韩山那里获悉余松坡与鹿茜在一起搂搂抱抱的消息之后不久，一直被蒙在鼓里的余松坡竟然约请罗龙河陪同自己去实地考察几个城中村的情况。一路考察的过程中，罗龙河一直心不在焉地处于自我尊严被严重冒犯的纠结之中："事情只可能是这样：鹿茜去找余松坡要戏演了。他们抱在一起。如果没有更严重的情节的话。罗龙河没有勇气继续往下想，远处余松坡正和攒书的姑娘聊得热闹，他们都没往这边看,但他还是有种当众吃了耳光的感觉。""而现在的情况是:抱过了,余松坡依然没答应。自己的女朋友被放了鸽子。他觉得又一串耳光扇了过来。""鹿茜的电话之后,他一直没有从两串耳光的火辣感觉里出来。没有比他更荒唐和怯懦的男人了,女朋友被人抱完了又放了鸽子,自己还屁颠颠地陪着到处乱晃。"究其根本,也正是在如此一种纠结心理作祟的前提下,已经对余松坡的遗书秘密有所了解的罗龙河,在街头偶遇向他热情兜售治霾神器的流浪汉,并最终确证这位流浪汉就是余松坡的那位冤家对头余佳山的时候,罗龙河才会灵机一动,试图设局让余松坡和余佳山面对面:"与这个念头同时焰火般来到他脑袋里的,还有两个词:挽救与报复。女朋友被别人抱了,据目测,还大大超出了一般的礼节性拥抱,这是个大事。你不吭声也是个大事。那个人还是你的偶像,梦里你都愿意给他戴上个金灿灿的圆光环。还有更大的,偶像一改正大庄严之宝相,开始蝇营狗苟地小心计算与权衡了,他的胆怯、逃避与虚伪几乎要像微笑一样公然挂在脸上了。余松坡背叛了他自己,余松坡还背叛了他罗龙河。他无法接受,他不能坐视余松坡的堕落和偶像的坍塌,否则他不甘心。他必须有所行动,他要挽狂澜于既倒,扶大厦之将倾;他要正本清源,从根子上解决问题。那好,面对面,谁也别想躲,也逃不掉。"请一定注意罗龙河给自己的策划设局找出的冠冕堂皇的理由,那就是"他要挽狂澜于既倒,扶大厦之将倾"。问题在于,他的这种努力果然能够奏效吗? 难道说与余佳山的见面真的就可以重建余松坡的精神光环吗？或者还是与之相反的精神摧毁呢？在我看来，后者的可能性其实是要远远大于前者的。又或者，倘若联系余松坡对于罗龙河人格尊严的冒犯，那么，潜藏于罗龙河冠冕堂皇的理由背后的，很可能正是某种阴暗的落井下石心理在作祟。此之所谓潜隐于冠冕堂皇的"挽救"背后的"报复"者是也。套用所谓外儒内法的表达方式，罗龙河的所作所为其实就是典型的外"挽救"内"报复"。

不管怎么说，《王城如海》中祁好严重受伤这一悲剧结局的生成，正是心理严重失衡的韩山与罗龙河共同发挥作用的一种结果。同属于一个社会阶层的进城打工与求学者（其实，罗龙河在某种意义上也可以被看作一位打工者。他与韩山的唯一区别仅仅是一个接受过高等教育，另一个没有接受过高等教育而已），之所以会在不经意之间成为一场流血悲剧的始作俑者，究其根本，与他们内心里对于明显属于社会高层人士的海归知识分子余松坡的强烈嫉恨与不满有关。这一方面一个不容忽视的细节，就出现在韩山给余松坡送面具快递的时候："下午的快递里竟有一件是余松坡的，一个大箱子。韩山看了快递单，注明'面具，小心轻放'，祁好寄自云南大理。韩山在装上车之前狠狠地踹了箱子两脚：没事买面具玩，钱烧的。他知道收快递的一度是罗冬雨，所以他连余松坡的电话都没打，骑着三轮车直奔2号楼。他要当着罗冬雨的面把这句话重复一遍。这世道就是这德行，有人为了钱加班，半路上被车撞死，有人拿钱买这些稀奇古怪的东西玩。"韩山对于面具的不满，很显然是针对余松坡，或者说是针对余松坡所归属的那个社会高层的。当叙述者把彭卡卡和余松坡均置换为"有人"的时候，他所面对的，实际上就不仅仅是彭卡卡和余松坡这样的社会个体，而是在一种普遍性的意义上，关注谈论着现实社会中的阶层冲突与撕裂问题了。需要特别注意的一点是，《王城如海》中余松坡与韩山、罗龙河他们之间的阶层对立，与余松坡导演因为《城市启示录》而导致的与众多都市青年蚁族之间的阶层对立，隐隐然相互呼应，形成了某种艺术同构关系。

在关注表现社会阶层冲突与撕裂的同时，徐则臣《王城如海》另外一个不容忽略的意义指向，乃是对现实与历史之罪恶的深度诘问与批判。首先是现实的罪恶。现实的罪恶，最突出不过地表现在雾霾之严重上。小说中，正在上幼儿园的余果，之所以总是咳嗽不已，正与雾霾的影响有关："这孩子对雾霾和冷空气都过敏，一有风吹草动就咳。"那么，这雾霾究竟严重到了何种程度呢？"玻璃上起了雾，雾霾中的人更模糊了。他抽出一张纸巾，按下窗玻璃，把胳膊伸出去擦车前的防风玻璃。前天刚洗的车，刚开着一会儿，几圈划拉下来，纸巾就湿黑了，湿的是雾，黑的是霾。交通台的主持人正用压低的标准男中音普及PM2.5的知识。这种直径为2.5微米的颗粒物，一根头发丝直径的二十分之一，一旦到达肺泡，就留下来不走了。如果肺泡内PM2.5越聚越多，肺泡将会被填满，死亡，然后纤维化。""主持人说，因为空气污染，中国每年或将有35万至40

万人'早死'。说空气中PM2.5增加10微克/立方米,人的脑功能就会衰老3年,病人病死率会提高10%到27%。"通过余松坡的墨镜看出去,自己置身于其中的这个雾霾世界,竟然晦暗如"中世纪"。即使精神错乱如余佳山,也知道北京的雾霾特别严重,竟然想出了或者用塑料袋出售"新鲜空气",或者把小风扇当作"治霾神器"来四处兜售的生财之道。由以上或形象生动的描述,或理性睿智的分析,即不难见出,北京城的雾霾的确已经发展到了日益严重的地步。一方面,我们固然承认雾霾的形成是经济发展过程中难以避免的某种伴生现象,但在另一方面,却也不能不强调,在事关民生的健康问题上,政府那无论如何都不容推卸的重要责任。就此而言,徐则臣《王城如海》中传达出的那种强烈警世意味,理应引起我们的高度关注。

与现实的罪恶相比较,徐则臣在《王城如海》中用力更甚的,还是他借助于余松坡和余佳山之间恩怨纠葛的描述展示而强力揭示出的历史罪恶。应该承认,徐则臣关于历史罪恶的艺术设置,首先让我们联想到了他此前那部厚重的长篇小说《耶路撒冷》。《耶路撒冷》中,景天赐的自杀,成了初平阳、易长安、杨杰、秦福小他们四位终身都无法摆脱的罪感记忆。因为此种罪感记忆发生作用,这几位七十年代生人一直走在自责、忏悔以及精神救赎的路途上。某种意义上,一部《耶路撒冷》正是他们自我忏悔与精神救赎的真切记录。到了这部《王城如海》中,徐则臣同样以其特别熟练自如的精神分析方法，挖掘表现着主人公余松坡永远都无法摆脱的罪感记忆。两相比较，假若说《耶路撒冷》中的景天赐之死多多少少显得有点夸大其词且未能落到实处，那么，《王城如海》中余佳山所遭受的冤屈，就很明显地落到了实处。这个话题必须从余松坡的梦游症开始。早在罗冬雨准备进余家做保姆的时候，祁好就已经明确交代余松坡有着颇严重的梦游症："梦游。祁好的说法。她说遇到重大刺激或情绪动荡，余松坡会在后半夜梦游。放心，我们家老余不伤人，要伤也只会伤自己。《二泉映月》能治。所以，这就是留声机的秘密。"在长达四年多的保姆生涯中，罗冬雨果然数次领教过余松坡的梦游症发作状况。其中，非常严重的一次是他居然把书房折腾成了"一片书籍的废墟和坟场"："椅子倒了，书桌歪了，文具和纸张散落一地。临时小书架倾斜，一些花瓶和小饰品，以及来自世界各地的工艺品面具，碎的碎，倒的倒，压在书上或被书压在底下。"如此一片狼藉，罗冬雨一个人根本收拾不过来，只好找弟弟罗龙河来帮忙。没想到，不帮不要紧，这一帮，就使得罗龙河有机会一窥余松坡"我的遗言"中所隐藏的个人隐私。这一窥，也就彻底打开了余松坡之所以会屡屡梦游的精神症结之所在。原来，余松坡的梦游症与他的堂哥余佳山之间存在着紧密的内在关联。

早在二十七年前的一九八九年，出生在苏北余家庄的余松坡意外高考落榜。因为觉得再度复读特别丢人，余氏父子遂决定谋一条当兵的出路。余松坡要想当兵，遇到的最大竞争对手就是堂哥余佳山。这余佳山除了念书无法和余松坡相比之外,其他各方面的条件都明显优于余松坡。用余松坡在"我的遗言"中的话说:"他在村庄里的口碑,他和街坊邻居的关系,甚至他的身体素质,都比我有更大的胜算。"怎么办呢? 在村长的授意之下,余氏父子决定在余佳山曾经从北京带回的传单上做一点告密文章。为了得到余家庄唯一的一个当兵机会,余氏父子暗中向公安机关举报了余佳山。他们的本意不过是为了阻止余佳山当兵,没想到,到头来,公安机关竟然判处了余佳山长达十五年的有期徒刑。而且,等余佳山十五年之后从狱中被释放的时候,他已经被折磨成一个精神错乱、四处漂泊的流浪汉。尽管说余松坡后来放弃了当兵的机会,复读一年后考上了大学,但大错毕竟已经铸成。后来,余松坡逃离北京到美国去留学,正是为了能够稍稍忘却这段历史。早在二十七年前,余松坡自己就曾经扮演过可耻的告密者角色。与余松坡当年的告密相比,韩山后来的告密,简直就是小巫见大巫了。

　　问题在于人虽然远远地逃到了美国,但在余松坡的内心时时都无法忘怀自己曾经的罪恶:"对那段历史了解得越多,我越感到此事的复杂。不管当时的初衷是什么,显然已不能再以简单的善恶视之。它既与善恶有关,又与个体生命有关,也与历史和正义有关。也许如此无限地放大没有意义,但一想到我曾在浩大的历史中对一个人伸出卑劣的告密之手,我就惶惶不可终日。很多个噩梦里,我都试图砍掉这只正在书写遗言的右手,它曾工整地写出一封举报信。"这可真的是"人之将死，其言也善"，余松坡之所以会写下这份遗言，并在其中表示真切的忏悔之情，乃是因为他自己被误诊为不治之症。与余松坡在"我的遗言"中那样一种不无真切的忏悔之情形成鲜明对照的是，等到他多年之后真的再次与已经成为流浪汉的余佳山相逢的时候，这个忏悔者反而变成了一位怯懦无耻的逃避者。也正是在这个意义上，我们认为罗龙河对余松坡所发出的那种怀疑和诘问是特别合情合理的："难道有好几个余松坡同时存在？开车时与自己交流戏剧的余松坡，在遗书里罪孽深重的余松坡，和鹿茜抱在一起的余松坡，还有那个发起火来把书房砸得一塌糊涂的余松坡。"其实，也还有那位果真面对余佳山时只知一味逃避的叶公好龙式的余松坡。很大程度上，只有以上各个余松坡整合在一起的那个余松坡，恐怕才是具有多重复杂性的真正意义上的余松坡。徐则臣《王城如海》突出的艺术成就之一，很显然也正是对于余松坡这一现代知识分子形象的发现与人性挖掘。然而，实际的情形却是，你越想逃避，就越是逃避不了。在现实中逃避了的，在梦游状态中却无论如何都逃避不了："在很多梦里，他在逃亡、忏悔、辩解、嘘寒问暖。别抓我，不是我。对不起，是我害了你。他们怎么会把你打成这样？你吃得饱吗？衣服够不够穿？在梦里他说了很多话。"毫无疑问，余松坡的这些梦话所隐隐约约透露出的，正是其内心深处某种无法缓释的精神情结。事实上，也正是此种精神情结作祟的缘故，所以余松坡才会变成一个症状特别严重的梦游症患者，而且，只有他从小就聆听着的《二泉映月》方才能够使他的梦游症或者说精神紧张状态稍有缓解。也因此，如果说罗龙河与罗冬雨他们的失手致伤祁好固然是一种罪恶，那么，余松坡当年最终致使余佳山精神错乱的告密行径，就更是一种不可饶恕的罪恶。尤其值得注意的是，《耶路撒冷》中的初平阳们一直默默地行走在自我精神救赎的路途上，而《王城如海》中的余松坡，却是一方面忏悔着，另一方面逃避着。对于这一现代知识分子形象的敏锐发现与深度塑造，充分说明徐则臣在对人性开阔与纵深度的理解上又取得了新的进展。

**注释：**

①② 童庆炳主编《文学理论教程》，高等教育出版社2008年11月版。

③ 亚理斯多德、贺拉斯《诗学·诗艺》，人民文学出版社1962年12月版。

# 弋舟《我们的踟蹰》：
# 行走在情感与精神的边缘

　　弋舟的小说写作近几年来可谓风生水起，最有代表性的作品就是包括《等深》《而黑夜已至》《所有路的尽头》三部中篇小说在内的《刘晓东》三部曲。虽然只是中篇小说，但作家那样一种企图精准地捕捉表现时代精神本质的艺术野心却还是在其中得到了很好的实现。到了《我们的踟蹰》这部"小长篇"，弋舟一样企图对当下时代或一侧面的时代精神本质进行精准的艺术测度与表现。就此而言，《我们的踟蹰》精神叙事特质的具备，可以说是非常醒目的一种存在。实际上，只要是关注弋舟小说写作的朋友就会知道，《我们的踟蹰》的前身是一部名为《李选的踟蹰》的中篇小说，曾经发表在《当代》杂志2012年第5期上。从中篇小说到长篇小说，关键词"踟蹰"没有变化，变化了的是这一语词的前缀。"李选"是一个个体，而"我们"则是一个群体的指称代词，其指称范围可以无限放大。假若以国外的那个阔大世界为参考系，"我们"可以指代"中国人"，假若以地球外的整个宇宙为参考系，"我们"甚至可以指代"地球人"。

质言之,由"李选"而变身为"我们",乃意味着弋舟的关注视野明显扩大,由对个体的审视思考变身为对群体的审视思考。

文体的转化之外,另一个值得关注的问题是这部"小长篇"的来历究竟如何。一方面,弋舟的写作当然来自他对于现实生活敏锐的观察与发现,另一方面,单就这部《我们的踟蹰》(实际上也包括《李选的踟蹰》)而言,他的写作灵感与中国古代汉乐府民歌《陌上桑》之间影响关系的存在,也是无法被否认的一种事实。或者说,《陌上桑》中的"使君从南来,五马立踟蹰"这一传世名句从根本上触动并召唤着作家的写作灵感。按照通常意义上的理解,《陌上桑》一篇意在赞美女主人公秦罗敷的坚贞与机智。当她面对着权贵阶层"使君"的骚扰,不仅丝毫不为所动,而且还机智应对,以盛赞自己夫君才貌的方式回绝了对方的无理要求。因为她的坚贞与机智,所以,很长时间以来,一直被视为一位理想化的女性形象。但到了弋舟这里,却很显然从这一古老的篇章里翻出了新意。请注意小说中的这样一段叙事话语:"李选一边喝咖啡,一边想,如果一个女人,身后有着罗敷所形容出的那个夫君,她还会被这个世界所诱惑吗? 当然不,起码被诱惑的概率会大大降低。但是,又有几个女人会摊上这样的夫君呢? 罗敷就没有吧,李选想,这个古代女人其实是在自吹自擂,外强中干,用一个海市蜃楼般的丈夫抵挡汹涌的试探。"对《陌上桑》的此种新解,既是属于人物李选的,更是属于作家弋舟的。此处的"踟蹰",意在表现面对不同的"使君",李选们的内心世界充满犹疑与徘徊，不知道该做出何种选择的精神困境。唯其如此，弋舟才会在后记中做这样的表达："在这个时代，几位各自经历了人间世态炎凉的沧桑男女，将如何相爱？这个问题回答起来，本身便足以令人踟蹰。当我们将爱规定在'这个时代'与'沧桑男女'的前提之下，问题似乎便可以推翻，并置换成另一个更为严厉的诘问：在这个时代，几位各自经历了人间世态炎凉的沧桑男女，是否还有爱与被爱的可能。"①就此一诘问的自觉艺术表达而言，《我们的踟蹰》很自然地被纳入弋舟的小说序列之中。在一篇谈论弋舟《所有路的尽头》的文章中，笔者曾经写道："我们注意到，在小说中，曾经出现过这样一句谈论绘画的叙事话语：'这位画家的画风我很喜欢，作品中极端的技巧主义倾向彰显了画家卓越的感受力。'对应于弋舟的小说创作，这句话多少带有一点夫子自道的意味。细察弋舟的小说创作，那样一种特别专注于完美艺术技巧追求的'技巧主义倾向'，其实是一目了然的事情。这一点，同样突出地表现在《所有路的尽头》这部中篇小说中。虽然篇幅不算太大，但弋舟却精心地为自己的小说设定了一种别出心裁的'询唤结构'。所谓询唤结构，就是指作家抓住一个关键性的情节，不断地探求追问事件的真相。追问的过程本身，也正是小说文本的展开过程。"②实际上，并不仅仅是《所有路的尽头》，其他诸如《等深》《而黑夜已至》《平行》等作品中，也都有着对所谓"询唤结构"的熟练征用。某种意义上，"询唤结构"似乎已经成为弋舟小说作品的某种标志性特质。在这个意义上，把弋舟在

《我们的踟蹰》中提出的"严厉诘问"纳入"询唤结构"之中,也就是顺理成章的事情。

事实上,《我们的踟蹰》的故事情节并不复杂,其核心故事是一起突如其来的车祸。这起突如其来的车祸,具有突出的结构性意义,不仅使小说中的几位主要人物李选、张立均、曾铖交集到一起,而且还把杨丽丽、项晓霞、戴瑶、黄雅莉等一些不怎么重要的人物形象也都交织到了同一张命运之网中。其中最为核心的人物,当然是身为女性的李选。我们首先要讨论的是李选的"踟蹰"。李选是一个带着儿子生活的单身女性,曾经与一位韩国人有过一段短暂的婚姻。这段短暂婚姻留给她的,就是与自己相依为命的儿子。离开韩国人之后,为了维持生计,李选还有过一段在朋友的旅行社上班销售机票的工作履历。她之所以会成为张立均的下属,完全是因为父亲一力强制要求。因为曾经在张立均的起步之初对他有所帮助,所以她父亲便把李选介绍给了张立均。让她始料未及的是,虽然有着父亲的老关系,到最后她还是被张立均"潜规则"了:"半年多来,她只被他带到酒店去过三次。陪他在午后喝茶,经常也是无声无息的,不过偶尔说几句有关公司业务的事。"李选的这种遭际充分说明了资本日益成为当下时代的一种决定性力量。在这种新兴的社会力量面前,当年她父亲依仗手中权力对张立均的帮助已经变得一文不值。就这样,只是通过一个看似不起眼的细节,弋舟就写出了不同社会力量之间地位的彼此更易。好在作为商人的张立均,也还恪守对等交易的原则。在得到李选身体的同时，他也给予了她相应的回报："公司是集团刚刚为新业务成立的，她被张立均任命为副总。"与此同时，张立均给予她的工资待遇也会比其他员工高一些。所有的这一切都说明，他们之间其实是一种对等的交易关系。在商品经济时代，已经成为一种约定俗成司空见惯的"潜规则"。他们之间对等交易关系的平衡是被李选一位小学同学曾铖的出现打破的。那一天，"李选闲极无聊，在百度上敲下曾铖的名字。她想，叫这个名字的人不会太多，没准真的就被自己搜出来了。果然，搜索页面的第一页，就冒出来她这个阔别多年的小学同学"。这时候的曾铖，定居在成都，已经是一位小有名气的画家。李选在网络上搜寻曾铖只是一时的闲极无聊之举，但她根本未能预料到自己这看似无意的一"敲"，却给自己"敲"出了一段情感的纠结，一种精神上难以排解的"踟蹰"。归根到底，只面对张立均一人时的李选，根本不可能陷入"踟蹰"的状态。正如同秦罗敷得同时面对"使君"以及那位没有出场的丈夫才会陷入"踟蹰"一样，李选的"踟蹰"也与张立均与曾铖这两位男性的同时存在密切相关。对于李选心态的这种微妙变化，弋舟借助曾铖之口进行过不无犀利的揭示："女人只有无力面对男人诱惑的时候，才拿另一个男人给自己打气。也成，能被你用来抵抗魔鬼，也是我的荣幸。""还有一种可能，女人在试图勾起男人兴趣的时候，也会故意说起其他男人。""在这个意义上，我想，罗敷给太守吹嘘她的男人，没准是在反过来勾引太守呢。"就这样，表面上是曾铖的一种心理分析,实际上借此道出的却是李选一种"踟蹰"的精神状态。

正所谓一石激起千层浪,曾铖的中途出现的确对李选的情感与精神状态产生了不小的影响,她陷入了一种难以自拔的"踟蹰"状态中。曾铖出现并引发李选的内心波浪之后,李选拒绝了张立均。李选之所以要拒绝张立均,正是为了能够与途经西安中转的曾铖见面。一边是阔别将近三十年之久的老同学,另一边是自己的老板,李选顿时陷入抉择的困境之中。经过一番内心的痛苦挣扎后,李选感情的天平还是倾斜到了曾铖一边。然而,问题的复杂处在于,虽然李选已经作出了抉择,但她内心世界又为此而颇为不安:"整个下午李选的情绪都很焦灼。她感到有些对不起张立均。这种情绪以前是不可想象的。李选从来不觉得自己欠张立均什么,两人之间,不过是经历着这个世界已经约定俗成的那部分规则。同时,'对不起张立均'这种感觉,又让她有些高兴。"实际上,车祸发生前,李选与曾铖只不过见过两次面。更多的时候,他们只是保持着短信联系:"往往是曾铖在夜里发短信和她说些比较煽情的话,第二天又懊悔地道歉,说他不记得了,一定是喝多了。"然后就有了车祸前夕的那次见面。正是这次见面,让李选彻底从一种情感的迷局中清醒过来,让她明白自己与曾铖彼此相爱并生活在一起只是一个永远都不可能实现的奢望:"曾铖你得逑了,我对你动情了。可我知道,你从没想过和我实质性地去相爱。"接下来,就是那起突如其来的车祸了。车祸发生后李选采取了与曾铖截然不同的应对姿态。在把曾铖断然驱离现场自己主动承担责任之后,李选竟然送给曾铖一次出人意料的长吻:"在这之前和在这之后,李选都不会想到自己的生命中居然会有如此镇静的时刻。她捧起了曾铖的脸,踮起脚尖,深深地吻他。她想让他永远记得,她的嘴唇竟那么柔软,让他在这一刻,再次感受女性的嘴唇会那么柔软,给他喻示出所有女性的嘴唇,再次对他启蒙,无以复加,让他其后亲吻着的女人的嘴唇,也就只是嘴唇了……"由此可见,小说中的这起车祸既是现实的,也是象征的。从象征的意义上说,这更是一起情感的车祸,精神的车祸。正是这起车祸,把一度沉迷的李选从一种情感与精神的迷局中震醒,让她清楚地看到了无爱的残酷真相,并以一个长吻的形式告别曾经的过去,彻底走出情感与精神的"踟蹰"状态。

与李选一样身处情感与精神"踟蹰"状态的,是与她发生过情感纠葛的两位男性主人公,即张立均与曾铖。先来看张立均。张立均可以说是我们这个时代的成功人士形象。但只有他自己最清楚,自己的成功其实在很大程度上是拜强势岳父所赐。身居高位的岳父,对张立均有突出的双刃剑效应,既是他成功的基石,也给他带来了一位飞扬跋扈的强势妻子。如此一种不对等的情感婚姻状态,对张立均造成了永远都无法治愈的精神暗伤。同时,他还一直怀疑自己的女儿其实并非自己亲生。面容与精神"憔悴"的李选之所以能够一下子走入他的世界,与他如此一种纠结的精神底色存在着紧密的内在关联:"半年前,李选出现了。她做梦也不会想到,自己在张立均的心里,被当成了另一个女人的折射。""当李选以一个落魄者的角色站在张立均面前时,恰恰极大地满足了张立均幽暗的心理需求。"正如同李选一样,一开始张立均也把两人之间的关系定位在了对等交易的"潜规则"。没想到时间一长,他竟慢慢地不再仅仅满足于这种情感状态了。于是,也就有了半夜里诡异短信的出现:"他所缺乏的,他知道,只是那种来自某个特定的女性无以复加的爱与服从。而李选,完全具备他心目中那个特定的女性的条件。于是,鬼使神差,他向李选发出了那种诡计一般的短信。他一方面试探与诱导着李选,另一方面也填补着自己内心的罅隙。这让他几乎像是置身于一场青涩的恋爱之中了,有一些忐忑,也有一些狂热。这种滋味是张立均从未尝到过的,他在知天命的年纪里,开始补上人生的这一课。"一方面仅仅把李选定位为"潜规则"的对象,另一方面却又对她有着难以遏制的情感需求,成功人士张立均就这样陷入了属于自己的一种"踟蹰"状态之中。一起车祸的发生,只不过是把张立均的内心"踟蹰"进一步明朗化而已:"老实说,一切的确出乎了他的预料。令张立均意外的,并不是这起车祸本身,而是当这样一起严峻的事故摆在面前时,他内心里所经历的那种复杂的踟蹰。"张立均的"踟蹰"与曾铖在李选情感生活中的突然现身存在着明显的因果关联。曾铖肇事逃逸,给张立均提供了一个借助摆平车祸在李选面前扮演英雄角色的机会。对于张立均摆平车祸过程中的微妙心态,黄雅莉可谓有着相当到位的理解与分析。一方面，张立均纠结于李选没有能够把车祸的真相坦白道来，另一方面，李选身后那个男人的存在，却又在很大程度上激发了他挺身而出保护李选的责任感。用黄雅莉的说法叫："这甚至已经无关爱与不爱了——男人们是一种很奇怪的物种。"也正因此，到最后，当张立均从李选那里听到她已经用四十万元把车祸摆平的消息之后，他才会特别失望，才会恼怒至极："他没有想到，李选居然可以不依靠他就筹齐了那四十万块钱，而潜意识里，这笔钱，他认为无论如何李选都是应该来向他张口的。他认为这件事无论如何都绕不开他，最终的解决都要仰仗他的援助。但是，现在他却成了一个局外人。这真的令他失望极了，感觉自己像是被人偷袭了一般，也好像是遭到了遗弃。这些日子他为这件事百般的踟蹰，原来都是杞人忧天——李选并不需要他。"

关于曾铖，小说中借助李选的目光数次描写过他伸展双臂走路的情形："李选看着曾铖的背影，内心似乎突然有所期待。真的是很神奇，当这种期待的念头刚刚生出，李选就看到前面的曾铖甩开了雷锋的胳膊，伸展双臂，沿着路面薄薄的积冰，以一种梦幻般的姿态滑行起来。"曾铖的这种走路情形让李选倍感怜惜与痛楚，认为他是一个永远都长不大的孩子。李选之所以会对曾铖心生爱意，正与这种母性情怀被唤醒紧密相关。事实上，生活中的曾铖也的确就是一个永远也长不大的孩子，正因为他是一个责任感严重匮乏的永远也长不大的孩子，所以他才会从那起车祸的现场仓皇逃逸，也才会在闯祸后匆匆忙忙地赶回前妻戴瑶身边:"每当他的人生遭遇坎坷,他便会身不由己地奔赴自己前妻的身边。"虽然说早已分手,但精神上一直无法摆脱对前妻的依赖。李选不幸遭遇曾铖这样一位男性,也就真的称得上是所托非人了。曾铖的"踟蹰"在于连自己到底爱不爱李选都搞不清楚。面对前妻戴瑶的追问,曾铖对自己的情感世界进行过一番自我清理。一方面,他把自己对李选的"爱"归结为是怀旧心理在作祟,归结为李选依然漂亮;另一方面,他又认定:"那天夜里,她的眼神告诉了我,我的存在已经成了一个天大的障碍,我看出来了,她的身后一定还有另外的男人存在。和我周旋,对她而言,可能是一个无法兑现到现实里的梦。她有她的世界,我的出现,不过是助长她任性地做了回梦。"到最后,曾铖对自己和李选这段情缘纠葛的定位是:"我和李选邂逅,就像是两条鱼迫不及待地需要相濡以沫一下,最终难免还是要相忘于江湖吧。只是这结果来得太快了一点,而且在方式上也这么让人难以接受。"你看,即使在李选已经主动替他承担了车祸的所有罪责,曾铖也没有表现出丝毫的悔罪与感恩心理来。就此而言,他在车祸发生后肇事逃逸,在象征的层面上,也就的确可以被看作情感上的一种肇事逃逸。

阅读弋舟《我们的踟蹰》,有两个细节无论如何都不容忽视。其一是在李选与曾铖第二次见面的那个晚上,李选曾经专门向曾铖提问:"曾铖你还相信爱情吗?"曾铖的回答是:"我对你说过,我不信了,但我要求自己必须还得一次一次去信,没有了这种相信,我们会活得更加糟糕。还能试图去爱,会让我们显得比较像一根还有被煎熬价值的药材,而不是已经成了可以被废弃的药渣。"既然已经不再相信爱情,那曾铖当然就不可能再施爱于李选:"曾铖问过自己的内心,他爱李选吗？ 而如今的答案则是,不。因为他实在无力去爱一个被岁月巨细靡遗地兜头蒙在罗网里的女人——太复杂了。和这样一个女人去相爱,一切都太复杂了。"针对曾铖如此冷漠的姿态与答案,李选的回应是:"从明天起,我要做一个废弃的药渣,要告别那些让自己神魂颠倒的煎熬,简简单单地,哪怕是麻木地生活。"非常明显,李选自许为"药渣",正表明她对情感绝望与虚无的决绝态度。对于她的这种情感态度,我们完全可以用"曾经沧海难为水"一句来形容说明。其二是春节时李选与张立均一起熬夜守岁,李选喝醉后曾经明确向张立均提出一个不容回避的尖锐问题:"你爱我吗？""张立均揉着额头,不知如何应对。那个'爱'字就在嘴边,但他发现,原来要说出这个字时,自己会多么犹豫。此刻李选是醉了的状态,张立均觉得自己更是无法去敷衍她,那样做,就像是自己在敷衍自己。"面对张立均的犹豫不决,酒醉心明的李选给出的回应是:"不爱,你不爱我。你们都不爱我,你们不关心我的从前,不关心我的未来,你们爱的是你们自己……"将以上两个耐人寻味的细节加以整合,再加上小说结尾处曾铖在"恍然"状态中的一种清醒认识:"其实很久以来,他都并没有一个所爱的对象,他所匮乏的,只是爱之本身。"联想到弋舟在小说后记中发出的犀利诘问:"在这个时代,几位各自经历了人间世态炎凉的沧桑男女,是否还有爱与被爱的可能。"质言之,这里的关键已经不再是"是否还有爱与被爱的可能"的问题,而是李选、张立均以及曾铖这几位沧桑男女是否还具备爱的能力的问题。内心都有着对爱的某种强烈渴望,但在实际上又都已经丧失了爱的能力,此种情形的出现清楚地说明李选他们的主体精神世界本身面临着严重的危机。在这个意义上,与其说弋舟的《我们的踟蹰》是一部爱情小说,反倒不如说是一部深入勘探、表现时代精神存在状况的小说。爱情其表,精神其里。大约也正因此,弋舟才会在后记中发出由衷的感慨:"同样结合着'爱'的图景,正好比:一次次的挫败让男人女人成熟,也难免使得男人女人丧失爱的能力。其中,究竟是出了什么问题? 是什么,使我们不再有磊落的爱意? 是什么,使得我们不再具备死生契阔的深情?"③依我愚见,这个被弋舟揪住不肯撒手的"什么",很显然就是当下时代人们一种普遍的精神状况。

说到对于时代精神状况的勘探表现,张立均财富的来历问题是不容忽视的。关于张立均如何变身为一个成功人士,小说中只在两处有过隐隐约约的触及。一处是:"他的事业做到今天这样的规模,很大程度上是拜了他的妻子所赐——他有一位身居高位的岳父,而这一点,才是他成功的基石。"若非有权力的深度介入,张立均的成功便绝无可能。另一处是:"这一刻,张立均充分认识到了世界的无序与混乱,所有的人都在争,在抢,不择手段,无视规矩——尽管,他也是一个不折不扣的秩序破坏者。"请一定注意"不折不扣的秩序破坏者",虽然只是蜻蜓点水般地点到为止,但明眼人一看即知,叙述者在这里其实是在暗指张立均的发达成功过程。一句话,正因为秩序的破坏者张立均们"不择手段,无视规矩",巧夺豪取,才会如愿上位,才会成为这个时代的成功人士。与此同时,我们也得注意,小说还一再描写张立均面对车祸受害者,那位被指为"失足妇女"的杨丽丽,以及她的嫂子项晓霞们时一种莫名其妙的精神优越感。杨丽丽与项晓霞的形象与气质,不仅不堪,而且还一再胡搅蛮缠,总是以一种近乎无赖的手段试图榨取更多的赔偿。这里一方面是在揭示一种贫富悬殊的现实,另一方面却也更在强有力地诘问社会的不公正。自己明明凭借对秩序的破坏,凭借着权力与资本的结盟而成功,反过来却要在底层人群面前颐指气使地做道貌岸然状。通过如此一种对比鲜明的描写,弋舟显然意在抨击批判社会的不公正。但请注意,如此一种社会的不公正,实际上也还潜隐于李选与张立均、曾铖的情感纠葛之中。从表面上看,李选与张立均、曾铖他们之间只是一种爱与不爱的情感纠葛,但我们一定不能忽视他们之间地位的不对等问题。张立均是毫无疑问的成功人士。而曾铖,作家虽然没有具体交代他的经济状况,但从他的画家身份,从他总是坐着飞机飞来飞去的行为做派,我们却不难判断出他实际上也是一位财富的拥有者。那么李选呢,只是一个带着幼子艰难生存的单身女性,一位高级打工者。究其根本,他们各自财富与地位的不对等状况，在很大程度上决定了他们之间情感故事的悲剧性质。也因此，从表面看起来貌似相同的"踟蹰"，事实上却是极不同的"踟蹰"。对于这一点，弋舟同样有着清醒的理解和认识："只不过，这个时代的李选，面临着比那个时代的罗敷更为芜杂的局面——毋宁说，权力与资本在这个时代具有锐不可当的诱惑力和掠夺性；毋宁说，这个时代的曾铖、张立均比那个时代的使君更加幽暗与叵测，欲望更加曲折逶迤；毋宁说，这个时代的李选比那个时代的罗敷更多出了许多的不甘、许多的迎难而上的果决的动力。"④就这样，只是通过三个"毋宁说"，弋舟就点破了李选他们情感纠葛中所缠绕着的时代与社会因素。能够在一部篇幅有限的"小长篇"中，既充分展示李选、张立均以及曾铖之间情感与精神的"踟蹰"状况，更能不无尖锐犀利地触及背后潜隐着的时代与社会原因，正体现了弋舟思想艺术能力的非同一般。

在结束本文之前，我们不能不提及小说中曾经被数次强调的那首书写爱的痛苦与精神悬空无着状态的诗歌。尽管作家借助叙述者的口吻一再强调其中"万物天生一颗爱美之心"一句的重要，但在我看来，与小说题旨关系最为密切的却是另外的几句。其一是"亲爱的，把我的心也拿去洗一洗／它悬空太久，孤单，痛"，其二是"我爱你是因为你符合我的审美／你爱我是因为命运的安排"。前者一方面意在强调内心世界的蒙尘已久，积垢过多，所以需要清洗；另一方面则在表达一种令人倍感痛苦的精神悬空与孤独状态。倘若联系小说故事，后者一方面在强调张立均和曾铖之所以会对李选产生浓烈的兴趣，与其天生丽质的"憔悴"紧密相关，另一方面则在表达李选面对两位强势男性时的某种无可奈何。另外一个耐人寻味的细节，是张立均读过这首诗之后的真切反应："张立均捂住脸，双肩抑制不住地战栗起来。他想，他也应该去住院了。"一个社会的成功人士为什么忽然要去"住院"呢？这说明他的精神状况的确面临极大的危机。借助这一细节，弋舟显然就是要进一步强化凸显《我们的踟蹰》这部"小长篇"精神叙事特质。而这篇文章的标题"行走在情感与精神的边缘"，其实也意在于此。


**注释：**

①③④　弋舟《**后记：我们何以爱得踟蹰**》，见《我们的踟蹰》，北京十月文艺出版社2015年9月版。

②　王春林《女性命运的书写及其他》，《长城》2014年第3期。

# 艾伟《南方》：
## "生与死"中"罪与罚"的尖锐诘问

2015年初，思想内涵始终缠绕在人类的"生与死""罪与罚"此类根本问题之上的一部长篇小说，是艾伟的《南方》（载《人民文学》杂志2015年第1期）。放眼当下的中国文坛，那些思想艺术风格成熟的作家，都在以小说虚构的方式，在纸上想象建构着带有个人标志的地标式艺术建筑。莫言有他的高密东北乡，贾平凹有他的商州世界，迟子建有她东北的白山黑水，而艾伟，则一直努力建构着独属他自己的永城世界。只要略加关注，即不难发现，艾伟差不多全部的小说故事，都发生在这个名叫永城的南方城市里。这部《南方》也不例外。具体来说，《南方》所集中讲述的，乃是发生于永城的罗、肖、杜、夏、须五个家庭之间的故事。

或许与雨水过于充沛，日常被潮湿气息熏陶浸染有关，从一种文学地理学的意义上说，长期生活在中国南方地区的作家，较之于北方地区的作家，不仅艺术风格空灵细腻，而且也往往更加讲究小说的技术层面，艾伟的情形也同样如此。他这部《南方》的引人注目,就突出地表现为技术层面上的多所用力。首先,是对于三种不同叙事人称的交叉使用。整部长篇小说共计被切割为85个小节,"我""你""他"三种叙事人称以顺序交叉的方式持续推进着故事情节的向前发展。其中,第一人称"我",是罗家双胞胎中的姐姐罗忆苦,第二人称"你",是曾经在公安机关工作多年的老革命肖长春,第三人称"他",则落脚到了那个天生的傻瓜杜天宝身上。又或者,遵循严格的叙事学理论,只有第一人称"我",也即罗忆苦,可以被看作一种典型的叙事人称,另外的肖长春与杜天宝这两种人称,只应该被看作提供了两种叙事视角。换言之,"我""你""他"三种叙事人称,又可以被理解为三种彼此交叉的叙事线索。三条线索相互交织叠加,形成了一种立体性相当鲜明的叙事结构。

其次,是对于亡灵叙事手段的特别征用。以亡灵的形式现身并承担着叙事功能的,乃是第一人称的叙事者罗忆苦。在被曾经的男友须南国严重毁容并残忍杀害之后,罗忆苦的幽灵不依不饶地盘旋缠绕在永城的上空而久久不散:"我一天之前已经死了。""我慢慢失去了意识。不,意识更清晰了,朦胧的往事像刚刚画出的图画,带着颜料的气息,扑面而来。""如今,我已死去五天,这是我回望人间的最后时光。不,在灵魂的世界里,已不叫时光,时光已经停止了。我停止在此刻。此后,我也许下地狱,也许上天堂。""如今我成了一个亡灵,我对这一切有了全新的理解。灵魂是存在的,它有能量,会游动,它还容易被控制,被另一个更强大的灵魂吸附。"

之所以要把罗忆苦设定为一个第一人称的亡灵叙事者，对于艾伟来说，肯定有其特别的用意。在有效借助已经处于某种非现世限制状态的罗忆苦的目光来犀利洞察人世奥秘的同时，真切传达一种存在命运的荒谬与虚无，进而赋予小说文本一种强烈的命运感，可以被看作罗忆苦亡灵叙事的主要功能之一。"多年以后，我成为一个成熟的女人，历经沧桑，我观察周围的朋友和熟人，他们每个人都有一肚子辛酸往事。所谓的故事，其实是难以捉摸的命运作用在人身上的一本糊涂账。""说沮丧不足以表达我的心情，像我这样的人，任何词语都仅仅是一个词语，我比词语要复杂得多。那种身体被掏空的感觉是沮丧吗？溃烂的感觉是沮丧吗？命运的无力感是沮丧吗？内心对这世界的仇恨是沮丧吗？对任何人都失去了同情心是沮丧吗？我何时变成了这样？"细读罗忆苦叙事的那些部分，类似于这样一种感喟命运无常的话语并不少见。如此一类命运感喟的话语，若不借助罗忆苦这样的第一人称叙事者便难以道出。此类具有鲜明超越性色彩的话语在《南方》中的出现，其承担的叙事功能多少有点类似《红楼梦》中的"石头神话"与"太虚幻境"，意在传达作家对于人生命运的某种形而上体悟。曹雪芹可以水乳交融地把"石头神话"与"太虚幻境"编织进他的红楼世界之中，对于艾伟来说，要想使自己的小说作品具有一种形而上意味，就得借助于如同罗忆苦这样已然摆脱了现世生存逻辑限制的亡灵叙事者。

面对艾伟《南方》中的亡灵叙事，我的兴趣点更在于，为什么在晚近一个时期的中国小说中，会有许多位作家在小说文本中不约而同地征用亡灵叙事这种艺术手段呢？就我个人有限的阅读视野，晚近一个时期以来，诸如余华的《第七天》、雪漠的《野狐岭》、孙惠芬的《后上塘书》、陈亚珍的《羊哭了，猪笑了，蚂蚁病了》等长篇小说，都不同程度地使用着亡灵叙事这种艺术手段。这些作家对亡灵叙事手段的使用，都有着各自不同的思想艺术考量。余华《第七天》中的第一人称叙事者杨飞，在餐馆吃饭时遭遇爆炸意外死亡；雪漠《野狐岭》中的众多亡灵叙事者，是百年前蒙古、汉两支驼队在野狐岭的神秘失踪者；孙惠芬《后上塘书》中的亡灵叙事者刘杰夫的妻子徐兰，故事一开始就不幸被自己的亲姐姐失手误杀；陈亚珍《羊哭了，猪笑了，蚂蚁病了》第一人称叙事者胜惠，被自己的丈夫王世聪无意间用一块砖头打死；到了艾伟的这部《南方》中，以第一人称出现的亡灵叙事者罗忆苦，则是被须南国严重毁容后残忍掐死。这些小说中的亡灵叙事者皆属横死，绝非善终。某种意义上说，正因为这些亡灵内心中充满愤愤不平的抑郁哀怨之气，所以才不甘心做一个鬼魂中的驯顺者，才要想方设法成为文本中的亡灵叙事者。

　　小说的叙事时间共计七天，从罗忆苦的尸体被发现的1995年7月30日早晨开始，等到故事结束，杜天宝的女儿银杏与冯小睦结为夫妻的时候，已经是这一年的8月5日。尽管从表面上看，《南方》的叙事时间不过只有短短的七天，但细究文本的内在构成我们不难发现，其实存在着双重意义上的叙事时间。其一，就是发生在这七天之内的当下故事。其中，最集中的一条故事主线就是罗忆苦浮尸在护城河中被发现。既然罗忆苦很显然是被他人所杀害，那么，谋杀者究竟是谁？这个人又为什么一定要谋杀其实已经在永城消失很多年的罗忆苦？这个谋杀者到底和罗忆苦之间存在着怎样一种不可原谅的深仇大恨，杀了她还不解恨，还一定要毁掉她的容貌？以上种种带有强烈悬疑色彩的疑问，都在不同程度上推动着故事情节向前发展。尤其不能忽略的一点是，艾伟特别设定的"七天"这个叙事时间，既合乎中国民间传统中的所谓"头七"习俗，也能让我们联想到西方基督教《圣经》中讲述的上帝创造这个世界用了七天的时间。上帝用七天的时间创造了整个世界，艾伟在七天的时间里完成《南方》的小说叙事，这两个七天，肯定不会是无意间的巧合。二者的区别很可能在于，上帝是在无中生有地创造一个新世界，而艾伟在《南方》中却是在表现着现实世界的颓废、堕落乃至于毁灭，《南方》中存在一种末世情调。虽然当下的叙事时间不过只是有限的七天，但就在这七天的三种叙事人称的叙事过程中，我们却可以发现，叙事者总是在不断地从现在返回到过去，在对往事的回忆中完成闪回叙事。这种闪回叙事，从20世纪50年代初期写起，一直延续到了故事终结的1995年盛夏时节，其时间跨度差不多有半个世纪之长。在这被明显扩展抻长了的叙事时间里，艾伟的关注重点又分别落脚在了20世纪60年代与20世纪90年代这两个历史阶段。对于这一点，《人民文学》的编者可谓所见甚明："长篇小说《南方》从'死'写起，一路串缀的死其实都是在表达'生'。奇异之处在于，这部作品的核心主题竟然是'爱'。亡者成为亡灵，七天里闪回的记忆现场，是一个驳杂而近乎迷乱的世界图景，禁锢年代的压抑和情欲的澎湃状态，开放时期的狂躁和精神无所依傍的恍惚，汇成一种向爱而生的生命观。故事里命运的烟尘使人咳喘甚至窒息，而小说里悯生的空气则供我们呼吸。"①尽管我们并不完全认同编者对《南方》的评价，但文中所指明的作品对禁锢与开放两个不同时代的表现，却是毋庸置疑的一种事实。

艾伟《南方》思想艺术上的一大成功之处，就在于把这两个差异甚大的年代借助人物的人生轨迹巧妙地编搭连缀成为一个艺术整体，在充分透视表现命运所具无常、诡异本质的同时，一方面谛视生与死的循环转换，另一方面实现对于"罪与罚"的尖锐诘问。首先，我们无论如何都得承认，死亡场景的普遍存在是《南方》的一个突出特点。小说中先后登场的分别隶属于罗、肖、杜、夏、须这五个家庭的十几位主要人物中，超过半数以上最后都离开了人世。除了蕊萌属于自然死亡之外，其他的皆可以说是死于非命，难言善终。既然是不得善终的死于非命，那自然也就少不了与罪恶之间的内在关联。艾伟之所以能够沿着各种非正常的死亡场景最终通向"罪与罚"的尖锐诘问与深入思考，其根本原因正在于此。其中，悲剧性的命运遭际最让人感喟不已的当数曾经在国民政府基层政权任过职的夏泽宗。永城解放前夕，夏泽宗明明已经预感到自己在未来的日子里将会在劫难逃,并且也已经逃离了永城。用夏小悝事后的说法,就是"其实我和爹是逃走了的,逃到了舟山,我和爹准备去台湾和娘会合,那时候我还只有四岁"。为什么没有走成呢？关键在于时为中共地下党员的肖长春发挥了作用。是肖长春偷偷地潜伏到舟山把夏泽宗叫了回来。原因在于夏泽宗那时候的身份是永城的安保局长,对于永城的那些地痞流氓如同猫对老鼠一样有着极大的震慑力。他一走那些地痞流氓纷纷跳出来兴风作浪,到处烧杀抢掠,对社会秩序造成了极大的破坏。因为那时候解放军尚未进城,要想稳定永城的社会秩序,就只能想方设法把夏泽宗请回来。用夏小悝的说法,一方面是夏泽宗毕竟故土难离,不愿意背井离乡离开永城；另一方面,更主要的是,肖长春代表未来的新政权对夏泽宗做出了郑重的承诺,承诺"以后在新政府里一定给他个位置"。相信了肖长春的承诺之后,夏泽宗毅然重返永城,对永城桥梁、学校、政府房舍的保护发挥了决定性作用。不仅夏泽宗,即使是肖长春自己,也未能料想到,他对于夏泽宗做出的郑重承诺到最后居然化为泡影。1949年后的新政权不仅没有给夏泽宗留下一定的位置,反而以他有过血债为由要枪毙他:"肖长春的话根本不作数。解放军进城后,说我爹有血债,要毙了我爹,是肖长春保了我爹的命,本来早砍头了。"面对着1949年之后日益紧迫的社会政治形势,夏泽宗悲剧性的凄惨命运遭际,几乎就是一种命中注定的必然结果。一位本来对保护永城有功的人,最后却落得如此不堪的下场。

出乎读者预料的是，到了"文革"期间，突然出手把夏泽宗抓起来的不是别人，正是肖长春。那么，为什么会是肖长春呢？"肖俊杰诡异地说，我爹抓夏泽宗是不想他落在红卫兵手里，不想他们把他整死，还不如关在牢里安全，我爹是想保护他。"但是，面对着"文革"的急风暴雨，单凭肖长春微薄的一人之力，又哪里能够保护得了夏泽宗呢？尽管肖长春早早地就把夏泽宗以关到看守所的方式保护起来，却还是无法阻止群众组织把他揪出去实施残酷的批斗折磨："批斗后，关到冷库里，很多牛鬼蛇神在冷库里冻死了。夏泽宗从小练过武术，身体硬朗，倒是没有大病，但你想啊，一个人要老是一会儿热气腾腾的，一会儿又被冷冻，谁能受得了，那滋味肯定不好受。"到最后，夏泽宗果然无法承受痛苦的折磨，在看守所切脉自杀："肖长春看到夏泽宗流了那么多血，是必死无疑了。我听罗忆苦说，夏泽宗当时很怪，他都快死了，他还在古怪地笑，他对肖长春说，你快把我毙了吧让我早点去见阎王爷。求你，让我早点解脱……你知道吗，肖长春真的就拿出他的驳壳枪，对准夏泽宗的脑袋，呼的一枪。夏泽宗死了。"就这样，本来有机会携子外逃的夏泽宗，因为听信肖长春的承诺留在了永城，到最后竟然惨死于肖长春的枪下。无论是失败者夏泽宗，还是胜利者肖长春，作为个体的他们对于历史大趋势的抗拒只是螳臂当车，最终无济于事。尽管如此，夏泽宗之死却依然成了肖长春无论如何都挥之不去的噩梦。辜负了自己对夏泽宗曾经的承诺也还罢了，肖长春尤其无法原谅自己的是，到最后，夏泽宗居然会惨死于自己的枪下。自此之后，夏泽宗就成了肖长春摆脱不了的一个心魔："我看到远处，夏泽宗变成了一条狼狗在布衣巷的尽头等着他。那是肖长春的心魔，也许他这辈子都无法摆脱。阳光照在肖长春的背部，从天空看他，他的样子是多么孤单。他这辈子就是一个孤单的命，他亲手把一切都毁掉了，包括他的儿子肖俊杰。"

夏泽宗固然是肖长春无法释怀的一个心结，肖俊杰之死却也一样让他无法释怀。身为肖长春的唯一爱子，肖俊杰的性格多少显得有点任性偏执。这一点在他执意玩降落伞的行为中表现得非常突出。若非有父母亲过度的庇护与溺爱，小小年纪的肖俊杰断难以玩出如此出格的动静来。等到与罗忆苦结合带来的新婚激情过去之后，肖俊杰疯狂地迷恋上了枪支仿制。由于父亲肖长春是永城公安局的政委，肖俊杰近水楼台先得月，以父亲的那把驳壳枪为母本，全身心地投入了枪支的仿制工作之中："肖俊杰的激情已开始转移到那支驳壳枪的仿造上。他画制了驳壳枪每个零件的图样，下班后待在八〇三厂的精工车间里，根据图纸，制作模具，打磨零件。那段日子，他有点冷落我。"没想到，肖俊杰人生悲剧的最终酿成，就与枪支的仿造密切相关。肖俊杰从父亲那里偷出驳壳枪进行仿制，却不慎将枪支丢失："后来我才知道肖俊杰碰到了大问题，他把手枪丢了。这事很严重。丢枪这事将会影响他父亲的政治生命，而且父亲一定会揍死他。""肖俊杰的精神处于一种既无助又迷狂的状态。丢枪这事把他吓坏了。他目光贪婪地看着我,一次次问我,想得到他要的答案。"因为此前曾经去过一次须南国家,所以肖俊杰一直怀疑是不是把枪遗落在了须家:"肖俊杰是个钻牛角尖的人,他们家人血液里多多少少有这种令人不安的疯狂劲头。他的父亲肖长春何尝不是这样的人呢? 肖俊杰被他的想象所裹挟,他偏执地认定那天他一定把枪落在了须南国家里。这种想象导致了他的失控。"肖俊杰失控的结果极其严重,竟然酿成了一桩震惊永城的血案。他闯进须家,试图找回丢失的手枪,没想到却与须南国发生了激烈的冲突。肖俊杰一时冲动,扣动了手中的扳机。须南国的妻子胡可挺身而出拼命地护着自己的丈夫,不幸被肖俊杰误杀身亡。那么,到底应该如何处置自己的亲生儿子呢? 一时之间,所有永城人的目光都聚焦到了肖长春身上。正如你已经想象到的,如此处境中的肖长春抉择的最终结果就是大义灭亲,杀人偿命。当妻子周兰与儿媳罗忆苦双双跪地哀求的时候,肖长春脸色铁青:"你说什么混账话,你们俩都给我起来! 他出了人命,不杀他还能怎样? 他要是好好的,不触犯国法,谁又能奈何得了他? 他这是自找的。"罗忆苦对公公发出尖锐的质疑与诘问:"他是你儿子啊,你怎么可以把他杀掉? 你还有没有一点儿人性?"如果把肖长春对待夏泽宗与肖俊杰的态度比较一下就不难发现,肖长春的精神世界实际上处于一种严重的自我分裂状态。对于夏泽宗的百般呵护,说明肖长春因为未能兑现自己的承诺而心存愧疚,在竭力地予以补偿。对于肖俊杰的铁面无情,说明肖长春力图以大义灭亲的姿态，迎合时代政治对个体的无理要求。貌似政治"正确"，实则严重悖逆人伦事理。

亲生儿子被丈夫送上法场，自然会对身为母亲的周兰造成极强烈的精神刺激。悲剧发生之后，在妇联工作的周兰强硬地支撑了一段日子，精神终于还是彻底崩溃。先是要模仿肖俊杰跳降落伞，然后神秘失踪若干时日，等到她再次出现在家门口时，已经完全陷入了一种精神失常的状态："这世上有些事是奇怪的。有一天，我下班回家，一个女人坐在家门口，仔细一看，竟然是周兰。我以为见到了鬼，退后几步，不敢靠近。周兰在那儿傻笑。""她只会傻笑了，她完全疯了。"就这样，从夏泽宗与肖俊杰的非正常死亡，到周兰的精神失常，肖长春的身上实际上背负着三重罪孽。尽管并非本心所愿，但他们三位悲剧命运的最终酿成，肖长春都脱不了干系。尽管肖长春依循"革命"的逻辑把自己的亲生儿子都送上了法场，但他还是遭受了不公平命运的无情捉弄，不仅因为当年杀死夏泽宗而接受组织的隔离审查，而且还被诬为纵火犯。不管在什么时候什么地方，肖长春总是会感觉到夏泽宗的幽魂如影随形地跟随着他："当你把目光收回车厢，你沮丧地发现夏泽宗也上了车，站在不远处。你忍住自己不和他说话，否则整车的人会把你当成疯子。"实际上，这哪里是夏泽宗的幽魂，而是肖长春自己心造的幻影。因为肖长春觉得愧对夏泽宗，所以他才总是会感觉到夏泽宗幽魂的无处不在。作为一位当年的地下党，曾经的革命者，肖长春的此种精神状态完全可以被看作他的一种自我惩罚与自我救赎。自打1995年7月30日的早晨，在护城河中发现了儿媳罗忆苦的浮尸开始，本来已经退休在家的肖长春便积极主动地介入了这一凶杀案的侦破过程之中。虽然从表面上看起来罗忆苦之死貌似与肖家无关，但如果不是肖俊杰死于非命，罗忆苦就不可能再与夏小恽发生什么情感纠葛，不可能会有此后一系列事件的发生。从这个角度来看，力主处决肖俊杰的肖长春便无论如何都对罗忆苦之死负有一份责任。依循此种逻辑，则肖长春的侦破行为自然也包含某种突出的自我救赎色彩。

倘若说夏泽宗与肖俊杰的非正常死亡与格外禁锢的20世纪60年代密切相关，那么，罗忆苦与夏小恽的非正常死亡，很显然就与开放的20世纪90年代存在着无法剥离的内在关联。罗忆苦和罗思甜是一对天生丽质的双胞胎姐妹，父亲的过早去世使得她们俩只能够与母亲杨美丽相依为命。一方面，寡妇门前是非多，另一方面，大约也和自己的生性放荡有关，两姐妹记事以来，母亲就不断地和男人相好。在那个禁锢年代，肖长春曾经带人在床上抓过杨美丽的奸。因为杨美丽被抓后的表现过于不屑，肖长春一怒之下，干脆把杨美丽送到了筑路大队去劳动改造。这一举动大大地激怒了杨美丽，在恶狠狠地咒骂了一番肖长春之后，她叮嘱自己的两个女儿："你俩都给我长点记性，你们以后嫁人一定要嫁到好人家，有权有势才不会被欺负。"但谁知冤家路窄，造化弄人，到最后罗忆苦居然嫁给了肖俊杰，成了肖家的儿媳妇。罗忆苦"不得不感叹，命运是一桩多么奇怪的事情"。罗忆苦与罗思甜虽然是双胞胎姐妹,但性格差异较大。用罗忆苦的话说,就是"我和罗思甜虽然是双胞胎,性情完全不同。罗思甜是个老实的人,有时候我觉得她傻得像杜天宝"。罗忆苦最早的追求者本来是夏小恽,但一方面因为夏小恽的家庭出身不好,另一方面也因为干部子弟肖俊杰的出现,罗忆苦便建议罗思甜去和夏小恽谈情说爱。没想到,这一建议不要紧,罗思甜果然与夏小恽热火朝天地谈起了恋爱。明明知道他们的恋爱会因为夏小恽的身份问题而遭到母亲的坚决反对,罗思甜竟然与夏小恽偷偷地私奔到了广东:"我这才知道罗思甜和夏小恽私奔了,并且……并且有了孩子。罗思甜可真是个傻瓜,她竟然干出这种事。她是多么多么傻,比杜天宝更傻。"请一定注意艾伟对于反讽叙事手法的熟练运用。

双胞胎罗氏姐妹与夏小恽之间复杂情感纠葛的真正生成,是"文革"结束后的改革开放时代。这个时候,当年因偷渡而被捕入狱的夏小恽出狱回到永城。在得知儿子甫一出生即遭遗弃的真相之后,极端失望的夏小恽又很快从永城消失。伴随他的消失,开始出现了关于他的各种传言:"因为社会慢慢开放,经常有台湾和香港的同胞来大陆寻亲,有人说,夏小恽在香港的母亲找到了他,把他接走了。也有人说,夏小恽的母亲早已不在人世,是夏小恽同母异父的弟弟把他接走的。"等到夏小恽再次出现在永城的时候,他已经变成了一个富家公子。在确认夏小恽依然是单身之后,曾经为他怀过孩子的罗思甜很快就与夏小恽恢复了从前的关系。因为罗思甜总是在已经成为寡妇的罗忆苦面前吹嘘夏小恽多么有钱，受到强烈刺激的罗忆苦最终决定不顾姐妹情义横刀夺爱，从罗思甜的手里把夏小恽争抢回来。对自己的这种不可告人的行为，罗忆苦给出的理由居然是："从前夏小恽就是我的，是我让给了罗思甜，现在，我只是把送出去的东西要回来。"罗忆苦的如此不义之举，自然会对罗思甜造成极大的伤害。在夏小恽明确表示自己将会选择罗忆苦之后，罗思甜彻底绝望，最终自杀。传说中的富家公子夏小恽其实名不副实，他不过是开放时代孕育出的一个赌徒和骗子。只可惜，罗忆苦只有在跟随他南下广州之后，方才有了彻底的了解。到了这个时候的罗忆苦，已然是开弓没有回头箭，很难再回头了。罗忆苦的天性中本就有自私贪婪与好逸恶劳的投机性一面，一旦有了合适的温床，她性格中的这一面很快就会极度膨胀起来。在夏小恽的感染影响之下，罗忆苦自己也很快破罐子破摔地成了不可救药的赌徒和骗子。

夏小恽与罗忆苦堕落为赌徒和骗子，与物欲横流的外在刺激之间存在着不容忽视的关联。从精神分析的角度来说，虽然同样是赌徒与骗子，夏小恽与罗忆苦却有着各不相同的心理生成机制。夏小恽在"文革"结束前的禁锢年代，不仅因为家庭出身而备受打压，而且还因为冒险偷渡而被捕入狱多年。在这期间，他与罗思甜唯一的孩子竟然也被杨美丽和罗忆苦残忍遗弃。因为曾经饱尝社会对自己的不公平待遇，所以夏小恽的嗜赌与行骗行为中，显然包含强烈的不满与报复社会的意味。而罗忆苦呢?"奇怪的是当年我没反对夏小悝玩这种游戏——从世俗的眼光看这无论如何是一种自甘堕落的恶习。我想,我之所以如此,是因为我毕竟背负着罗思甜之死的负罪感,我不能让自己空下来,而这种刺激的游戏无疑是对抗往事的好办法。"再怎么没心没肺,罗思甜之死,也成了罗忆苦心中无法抹去的痛,一种不可能彻底解脱的心结,只有深陷赌博与行骗的人生游戏中才能够让自己的心灵获得少许宁静,罗忆苦在这条不归之途上越走越远,到最后无法回头。或者是行骗心切,又或者是鬼迷心窍,夏小悝与罗忆苦的问题在于,再怎么骗,也不应该骗到其实已经走投无路的须南国身上:"我原本不打算骗须南国的,可是当须南国把一堆钱放在我面前,我的推托是多么无力。我当然知道这是大罪,我竟然对如此可怜的父子下手,只能用鬼迷心窍来形容我。"罗忆苦根本想不到,导致自己丧生的祸根就此埋下。对须南国来说,重病缠身的儿子,就是他的一切,那被骗的两万元钱就是救命的稻草。到最后,他之所以用那种过分残忍的方式剥夺罗忆苦的性命,与他内心中根本就无法得以缓释的心结关系密切。

那么,夏小悝与罗忆苦们果然就十恶不赦吗?答案只能是否定的。艾伟的一大值得肯定之处就在于相对精准地呈现出了夏小悝与罗忆苦人性的暧昧与复杂,换言之,就叫作写出了他们内在的某种精神分析深度。一方面,夏小悝固然作恶多端,但在另一方面,他也同样有着自己深深的内心隐痛。这一点,集中表现在他和冯小睦之间的关系上。装神弄鬼的行骗过程中偶然见到冯小睦之后，夏小恽就一门心思地坚决认定这个男孩就是自己和罗思甜生下的那个孩子："我和罗思甜生的孩子还活着，就是那个在夜总会唱歌的男孩。""可我就觉得他就是我的儿子。那孩子误解了我，以为我对他女友感兴趣。其实不是，我只是在观察他。"是夏小恽盼子心切吗，抑或是血缘亲情之间的一种神秘感应？ 艾伟关于冯小睦的艺术处理，的确称得上是亦真亦幻，以至于，一直到小说结束为止，读者都弄不明白冯小睦到底是不是杨美丽与罗忆苦当年遗弃了的那个孩子。关键原因恐怕是，在艾伟的心目中，与其坐实冯小睦的来龙去脉，倒不如就这么恍兮惚兮的更具有艺术效果。很大程度上，只要能够通过冯小睦的存在强有力地凸显出夏小恽的自我忏悔与救赎，也就算达到了作家的叙事目的。

与夏小恽相比，更能够体现艾伟一种精神分析指向的人物形象是身兼叙事者功能的亡灵叙事者罗忆苦。对于罗忆苦，完全可以用一半是天使、一半是魔鬼来加以评价。作为一位第一人称的亡灵叙事者，罗忆苦一方面真实讲述着自己经历与观察的社会人生，其中尤以对自身罪恶的叙述令人触目惊心。她总是在叙述罪恶的同时进行不无真切的自我忏悔与自我批判。比如，在肖俊杰误杀须南国妻子胡可的事件发生后，罗忆苦的叙述是："那一刻，我真的感到对不起肖俊杰，真的感到肖俊杰可怜。他其实是个被惯坏了的孩子，思想幼稚，行为鲁莽，但并无坏心眼。也许我和他的结合一开始就是错的。我们不应该走在一起,是我害了他。我欠着他。他今天的悲剧我是永远也脱不了干系的。"为什么呢? 因为肖俊杰对须南国的强烈仇恨,正与罗忆苦和须南国之间的偷情存在直接关系。再比如,争抢夏小恽的事件发生后,罗忆苦写道:"听故事的人,你们骂我吧。我知道恶毒的言辞就在你们的舌头里打转,可是你们谁又不是势利鬼呢? 你们谁又不是为了人世间的那点残羹剩饭争得头破血流? 我知道你们的咒骂只针对别人,你们从来也没有问过自己是不是和我是一路货。"罗思甜溺水而亡后:"见到罗思甜的尸体,我大哭起来。那一刻我身怀愧疚。虽然我内心深处不肯承认是我害了罗思甜,但我知道罗思甜的死和我是有关系的,我只能用哭泣表达内心的不安。""我泪流满面。我意识到我对罗思甜伤得有多深。我就是那个凶手。"类似的叙事话语,可以说一直贯穿于罗忆苦的亡灵叙事之中。就这样,一方面陈述自己总是与罪恶相伴的不堪人生,另一方面又一直在进行一种自我忏悔与批判,通过罗忆苦以第一人称呈现的亡灵叙事,我们所感知并还原的那个罗忆苦形象,其精神世界充满内在的撕裂感。"哦罪恶,我看到它就在我的身体里,它黑暗如漫漫长夜,它浸入了我的血液,我看到我的血液不再是鲜红的,而是暗影重重。我知道我罪孽深重,无法逃避。"无论如何,亡灵罗忆苦的忏悔是真诚的,绝非虚与委蛇。就此而言,她的忏悔其实昭示了一种自我精神救赎的可能。

也还是在罗忆苦的叙事部分,我们读到了这样一段叙事话语:

"我死去的时候满怀愧疚,我知道那是杜天宝的活命钱,但我却把他的钱骗走了。我不知道我死后会去哪里,天堂还是地狱? 我这辈子罪孽深重,可这肮脏的世界又有谁能进入天堂呢? 大概只有杜天宝这样的白痴才可以进入天堂。"前面曾经指出,《南方》中存在着"我""你""他"三种叙事人称,"我"是罗忆苦,"你"是肖长春,我们都已经进行过深入的讨论。而"他"则是指杜天宝。单从叙事结构的层面上说,杜天宝的存在对《南方》也有三足鼎立的重要意义。究其实质,杜天宝的存在绝不仅仅具备叙事结构上的意义。罗忆苦每每总是会把这个白痴与天堂联系在一起进行谈论:"如果说这世界真的有天堂,我相信杜天宝一定能感觉到,我相信天堂一定时时地在他眼前晃动。'杜天宝,杜天宝,他是个傻瓜。杜天宝,杜天宝,他看上美女啦。'从前,西门街的孩子们喜欢唱这歌谣。现在,我的耳边又听到了这歌声,只是现在这歌声听起来少了从前的戏谑,变得庄严起来,好像这歌声来自天堂,是从天而降的天国的声音,是上苍对杜天宝的赞美,是一首关于杜天宝的赞美诗。"虽然是罗忆苦的亡灵叙事,但罗忆苦的背后站着作家艾伟,以上对杜天宝的赞词,实际上可以被看作艾伟对杜天宝这一人物的基本态度。艾伟为什么要发自内心无比真诚地为一个白痴大唱赞歌呢? 首先,让我们看看杜天宝到底是一个什么样的人物。白痴杜天宝本来与父亲相依为命,在冷库工作的父亲在1963年夏天被冰块砸死之后,他就变成了一个无依无靠的孤儿。杜天宝的人生也不是全无污点。其一,他曾经跟着惯偷赵三手做过一阵小偷。其二，他曾经在因偷吃而被丈母娘蕊萌指责后恼羞成怒，对蕊萌大打出手。除了这两个污点之外，生活中的杜天宝简直称得上是一个"毫不利己，专门利人"的"活雷锋"。他仿佛不懂得什么叫自私，总是在无条件地向任何需要他帮助的人热情地伸出援手。明明自己是一个被别人可怜的白痴，但杜天宝总是在可怜别人："每次天宝见到死人，心里很难过。为死去的人难过，也为活着的人难过。不过，天宝认为活着的人比死去的人更可怜，见到他们对着尸体哭个不停，他的心里就酸酸的，嘴里不由自主地叨念：'可怜，可怜，实在太可怜了。'"

如果把杜天宝的人生境况与艾伟借助罗忆苦之口对他的赞美联系起来，那么作家塑造这一白痴形象的深层寄寓，自然也就浮出了水面。究其根本，艾伟之所以要塑造这样一个白痴形象，其实是要把拯救世界与人性救赎的希望寄托在他的身上。前文曾经指出，艾伟《南方》的一大特质就是对现实世界的颓废、堕落乃至毁灭的犀利表现。《南方》是一部在"生与死"的生命过程中对"罪与罚"进行尖锐的诘问与思考的长篇小说。这个堕落的世界究竟怎样才能够获得有效拯救？首先，我们必须承认，艾伟对此问题确实进行了足够深入的思考，并且也给出了自己的答案。一方面是犯罪作恶者的自我忏悔与救赎，不管是肖长春，还是夏小恽与罗忆苦，其情形均是如此。另一方面，则是来自他者的拯救与救赎。白痴杜天宝存在的根本价值与意义，就突出地体现在这一方面。阅读《南方》，你会发现一种有趣的对比现象。那就是如同夏泽宗、夏小恽、罗忆苦、须南国这样的精明者，大都无法逃脱死于非命的不幸命运。出现于文本中的罗、肖、杜、夏、须五个家庭，除了杜家之外，其余四个家庭都家破人亡。只有由白痴杜天宝与比他还要更加白痴的碧玉组成的家庭，最终的归宿是圆满的。两相比较，艾伟试图依托白痴杜天宝的存在而拯救世界、救赎人性的艺术意图，就表现得异常鲜明了。艾伟把杜天宝作为拯救与救赎的希望的这样一种价值设定背后，不难看出道家思想影子的存在。所谓的"抱残守缺"，所谓的"大智若愚"，所谓的"返璞归真"，讲的其实都是这种道理。尽管我们非常理解艾伟拯救世界与人性救赎的艺术意图，但这个希望真的可以被寄寓在白痴杜天宝身上吗？白痴杜天宝端的能够担得起如此沉重的负担与责任吗？说实在话，我对此很是怀疑。但对于这沉重异常的问题，我愿意与作家艾伟一起继续思考下去。

**注释：**

① 卷首语，《人民文学》2015年第1期。

# 周大新《曲终人在》：
# 社会现实批判与政治权力人格的深层透视

周大新长篇小说《曲终人在》（载《人民文学》杂志2015年第4期）的小说主人公是清河省一位刚辞世不久的退休省长，因为事涉官场腐败现象，所以批评界多把此作看作一部"反腐小说"或者"官场小说"。虽然不能说类似的一种理解定位就没有道理，但相比较而言，我个人还是更倾向于把《曲终人在》定位为一部旨在深度透视挖掘政治权力人格的政治小说。从这个角度来看，周大新在一部长篇小说究竟怎样包容表现社会政治现象方面做出的努力，就无论如何都应该引起我们的高度注意。

小说之所以被命名为"曲终人在"，关键原因在于小说的主人公、那位清河省的前省长欧阳万彤因心脏病发作而突然弃世，受他妻子常小蕴与继女常笑笑母女的委托，"周大新"便四处采访收集相关材料，以完成一部关于这位前省长的人生传记。这部传记的写作目的常小蕴说得非常明白："我们委托你做这件事的目的，就是想让世人通过你的文字了解他，让后人知道有欧阳万彤这样一个省长活过。"套用一句俗话来说,也就是要为欧阳万彤"树碑立传"。就这样,人虽然已经去世,"周大新"却要通过采访的方式力图真实地复活再现欧阳万彤曾经的生存状态。小说标题所谓的"曲终人在",很显然指的就是如此一种具体情形。而这事实上也就构成了作家的一种限制性色彩极其鲜明的叙事策略。所谓限制性叙事,就是指在小说文本中出现了众多的第一人称叙述者,他们站在不尽相同的精神价值立场上讲述自己了解的那部分故事,完成各自的叙事目标。因为每一位叙述者都所知有限,都只能够讲述独属自己的那部分故事,都不可能越界去讲述自己不了解的另外的故事,所以才被看作限制性叙事。具体到这部《曲终人在》,"周大新"为了完成传记的写作,曾经先后采访过与欧阳万彤有过各种交集的相关人士24人,这24人均从他们各自的角度讲述了他们所了解的那位欧阳万彤。从叙述学的层面看,这先后出场的24人就都可以被看作叙事权力明显受到了限制的第一人称叙述者。多达24人从各自不同的精神价值立场出发讲述着欧阳万彤的故事,实现了众声喧哗的复调叙事效果。这里,多达24位第一人称叙述者的设定,其实意味着他们的话语权得到了相当程度的尊重与保障。

关于小说中叙述者拥有的话语权,曾经有论者写道:"他所言极是。我还必须补充的是,历史学家面对的文献,多是当时的人根据自己的目的对'事实'进行的叙述。因为目的不同,所叙述的'事实'也不同。对历史学家最大的一个挑战是,你所拥有的史料不过是过去的人为我所用讲的故事。除此之外,你往往没有或很少有其他的线索。历史学中的批判性阅读,特别要注意是谁在叙述,目的是什么,然后发现这种'叙述特权'掩盖了什么事实或是否压抑了其他人的叙述。举个例子,我们看中国的史料,讲到某王朝灭亡时,往往会碰到女人是祸水这类叙述和评论。其中评论一看就知道是史学家的个人意见。但他的叙述有时则显得很客观,特别是那些没有夹杂评论的叙述。没有批判性的阅读,你可能会简单地接受这些为既定事实。但是,当你意识到这些全是男人的叙述,特别是那些希望推脱责任的男人的叙述时,你就必须警惕。因为女人在这里没有叙述的权利,她们的声音被压制了,没有留下来。那么,你就必须细读现有叙述的字里行间,发现其中的破绽。"①同样的道理,周大新这部《曲终人在》中的24位第一人称叙述者,在应邀讲述与欧阳万彤有关的故事时,实际上也都抱着各自不同的"目的"。这一方面,最典型的例证就是原清河省委副书记秦成康的叙述。身为多年争斗不已的政敌,尤其是自己的女儿女婿还曾经因为贪腐行为承受过欧阳万彤的严厉惩处,秦成康与欧阳万彤势如水火。也正因此,出现在秦成康叙述中的欧阳万彤,自然也就变成了不通人情的酷吏,阻挠经济发展的绊脚石。既然如此,对众声喧哗的复调限制性第一人称叙述方式,我们持有的也应该是一种格外谨慎的一分为二的辩证姿态。一方面,多达24人的第一人称叙述方式的设定,的确可以被看作小说艺术形式现代性的具体体现。之所以这么说,是因为把众多的人物设定为叙述者,就意味着赋予了他们足够充分的话语权,是对他们各自主体性的尊重与张扬。在充分尊重人物主体性的同时,因为把阐释判断事物的权利最终交付给了广大的读者,所以,如此一种多位叙述者的特别设定,实际上也就意味着对读者主体性的充分尊重。正因为这种艺术设定最大限度地实现了对人物与读者的双重尊重,所以自然也就成了小说具现代性的关键性因素之一。毫无疑问,对于周大新《曲终人在》中多达24位第一人称叙述者的艺术设置方式,我们必须在这个意义上加以理解。另一方面,因为这些叙述者与被叙述者之间关系亲疏远近不同,他们在进行叙述活动的时候,很显然更在意自我形象的塑造和建构。这样一来,在他们的叙述过程中对于欧阳万彤的形象之时有歪曲,也就自是题中应有之义。虽然说此种情形的出现,对于他们来说事出必然,我们在阅读时却不能不保持足够的警惕,必须做细致的真伪辨析。

同时,我们也应该注意到,虽然《曲终人在》中的第一人称叙述者多达24人,作为被叙述者的欧阳万彤却一直都不在场。而这实际上也就意味着无论这些叙述者怎样地信口开河或者信口雌黄,已经彻底离开了这个喧嚣世界的欧阳万彤都没有做出自我辩解的机会。周大新的这种叙述设计,非常容易让我们联想到鲁迅先生的短篇名作《伤逝》。"我们注意到,《伤逝》的副标题为'涓生的手记',小说采用第一人称的叙述方式,通篇都是叙述者同时也是男主人公的涓生在面对我们讲述故事。这也就是说,我们所有关于涓生与子君爱情故事的一切信息，均是通过涓生的叙述行为而获得的。这就带来一个相关的问题，那就是，涓生的叙述是否完全可信的问题，谁能够保证涓生的叙述在揭示事物真相的同时就没有遮蔽或者自我矫饰的成分存在呢？按照小说文本的交代，我们很容易就能够得出曾经勇敢地反叛封建传统的子君，在与涓生结合之后，只是一味地沉溺于饲油鸡、养阿随这样的日常家庭事务之中，因而精神退化，因而导致涓生对于子君爱情的衰退消失，这样一种印象和结论来。然而，关键问题在于，对于涓生的这种描述行为，子君认可吗？事情的真相果真如此吗？但非常遗憾的是，我们自始至终都没有能够听到子君的声音，子君自始至终都是一个'在场'的沉默者。假如将小说的叙述者置换为子君的话，那我们所看到的肯定会是另一种完全不同的小说面貌。这实际上就涉及话语权力的问题。谁拥有话语权，谁实际上也就拥有了阐释并进而判定事物性质的权力。从这样一个角度来看，鲁迅先生在《伤逝》中对于叙事视角的设定也就具有了一种特别的意味。虽然我们无法断定鲁迅当初对于这样一种叙事视角的选择是否有特别的意味在其中，但我们从小说文本实际的确能够感觉到这种特别意味的存在。这样，如果我们把《伤逝》的叙事视角，与人类社会自进入父系氏族社会以来就已经确立了的一种特别漫长的男权社会体制联系起来，那么，将《伤逝》的一种基本思想内涵概括总结为'男权批判说'也就是不无道理的了。"②《伤逝》中的子君，是一位无法发声的沉默者，《曲终人在》中的欧阳万彤，也一样因为已经身在另外一个彼岸世界而无法进行自我辩解。关键的问题在于，作家何以要进行如此一种叙述设定。在我的理解中，周大新如此一种叙述设定的本意，或许正是要彻底剥夺小说主人公欧阳万彤的发声权利。这样一种具有开放性特质的叙述方式的设定，在强有力地挑战读者审美判断能力的同时，也恰如其分地传达出了类似武则天"无字碑"那样：既然已经弃世，那就功过是非任由世人评说的开放意味。

唐代大诗人白居易尝有言："文章合为时而著，歌诗合为事而作。"触动周大新《曲终人在》的写作动机肯定是当下正在进行的官场反腐运动。周大新在小说首发式上强调欧阳万彤这一人物形象的理想色彩："在他的身上，寄托了我对政界的全部理想。我写他的经历，写他的作为，写他的命运的目的，是呈现目前官场的生态，让读者了解当下管理社会的官员队伍的景况。"③但正所谓"上帝的归上帝，恺撒的归恺撒"，周大新的写作动机归写作动机，他的长篇小说一旦完成，其理解阐释权利就不完全属于作家自己了。换而言之，作家的创作谈固然重要，固然能够帮助读者更好地理解把握作品，但包括批评家在内的读者对于文本的阐释完全可以超出作家创作谈的范围。所谓"一千个读者就有一千个哈姆雷特"，中国传统所谓"诗无达诂"正是这个道理。具体来说，小说的主人公欧阳万彤在周大新的心目中固然是一个难得的"好官"形象，但我感兴趣的是官本位思想与长期官场生活双重因素制约影响下他的一种政治权力人格的形成与固化。首先是官本位思想,最突出地体现在欧阳万彤的爷爷和奶奶身上。按照姑妈欧阳兆绣的叙述,在"抓周"的时候,欧阳万彤左手抓住了一把唢呐,右手抓住了一杆画笔。"没想到他爷爷也就是俺爹却很生气,从万彤手上扯过唢呐和画笔扔到了地上,然后把他用白萝卜削刻成的那方官印硬塞到他手上,对一脸糊涂的万彤说:你一个男子汉,喜欢唢呐和画笔算他奶奶的啥出息?你要有种,长大就到官场上去,弄个一官半职,让咱欧阳家也长长脸、换换门风!"仅有"抓周"还不算,为了彻底改换门庭,爷爷还偷偷摸摸地请来风水先生看风水,并且神不知鬼不觉地严格按照风水先生的安排,在欧阳家阴宅的东西南北四侧都各埋了一个能盛一桶水的瓦盆。一直到病重在床眼看着就要诀别人世,爷爷仍然不允许长孙万彤回家探视自己:"别耽误他读书,咱欧阳家日后就指望他哩,只要他能当上官,我在阴间也高兴……"大学毕业之后的欧阳万彤一边面对赵灵灵,一边面对县长的女儿林蔷薇,深知爷爷心愿的奶奶,不惜老脸,出面毁掉了万彤和灵灵之间的婚约:"你懂个啥?水往低处流,人往高处走,咱不能看着万彤有往高处走的机会再拽着他。咱家世代没有当官的机会,如今有了,咱不能丢!"

然而,爷爷奶奶代表的官本位思想终归也还是一种外力,欧阳万彤之所以走上仕途并最终成为省长一级高官,究其根本,其实是其内心坚定选择的一种结果。这一结论最起码能够得到以下这些文本证据的强力支撑。其一,大学毕业后被分配到公社当秘书的欧阳万彤，在赵灵灵与林蔷薇之间最终做出两难的选择。选择了前者，他就很可能会辜负爷爷关于他当官的殷切期望，选择了后者，他的仕途就很可能顺风顺水。虽然在这艰难的选择过程中，客观上也存在着奶奶助力的影响，但归根结底还是欧阳万彤自己做出了最后的决定。倘若他自己既顾忌道德的约束，也在意爱情的美好，那他自然会选择青梅竹马的赵灵灵。但在经历了内心的一番痛苦挣扎之后，他最终选择林蔷薇，说明欧阳万彤根本就无法拒绝仕途对他的强烈诱惑。

其二，"文革"后考进清河大学历史系读研究生的欧阳万彤对同乡魏昌山情感道路的巧妙布局。虽然只是对武姿显赫的家庭背景有一种隐隐约约的感觉判断，但欧阳万彤之所以要千方百计地鼓励并协助魏昌山去大胆追求武姿，其根本意图却依然是在为自己未来可能的仕途搭桥铺路打提前量。到最后，欧阳万彤的这一番可谓煞费苦心的政治投资果然在其仕途的若干关键处派上了大用场。一次是他担任天全市委组织部副部长职务两年后，西恭县县长缺位，依托魏昌山岳父的干预，欧阳万彤得以顺利上位。再一次，是他担任天全市市长期间，妻子林蔷薇受贿被捕，他也受牵连被免职。眼看着大厦将倾，这个时候依然是魏昌山的岳父出面，"向一个大领导求了情，这才有了万彤后来的复职……"最后一次，则是在他由省委副书记转任省长的时候，考察组听到了一些对他不利的意见。当此关键时刻，端赖已经成为将军的魏昌山出面为他在京城四处游说转圜，他才如愿以偿地成了清河省的省长。道理说来也非常简单，若非在政治上有着成就一番大事业的绝大"野心"，欧阳万彤又怎么可能那么早地就为未来的仕途精心设计呢？

其三，当他的前妻林蔷薇因为受贿而锒铛入狱并主动提出离婚的请求之后，他虽然一再拒绝，但最终还是同意离婚。按照林蔷薇自己接受采访时的说法，她之所以要执意离婚，乃是因为清醒地意识到商人简谦延他们是"项庄舞剑"，意在万彤："办案人员在审讯我时，有意把事情往万彤身上引，这引起了我的警惕，我意识到，他们的目的在万彤。"正因为明确意识到了这一点，所以林蔷薇才会在接受审讯的过程中千方百计地设法保护欧阳万彤。需要我们加以认真考量的一个问题，是欧阳万彤在这个突发事件中的应对姿态。面对林蔷薇的离婚请求，欧阳万彤虽然一开始并不同意，最终却还是放弃了自己的坚持。如此一种细节处理方式，再加上此前欧阳万彤抛弃赵灵灵，在女性主义者看来，凸显出的自然是一种潜在的男权意识无疑。但我对所谓的男权意识并无太大的兴趣，相比较而言，我更感兴趣的是强大的政治权力对欧阳万彤正常人性世界的扭曲与戕害。毫无疑问，不管是对于两小无猜的赵灵灵，还是结发妻子林蔷薇，欧阳万彤最终扮演的都是令人不齿的背叛者形象。而导致他一再背叛的根本原因，就是他个人所谓的政治前程。早在很多年前，孔子就已经在强调"父为子隐，子为父隐，直在其中矣"的合理性，到了当下时代，欧阳万彤却为了个人的政治前程而弃基本的亲情伦理于不管不顾。一言以蔽之，如此一种不堪状况的最终形成充分说明了政治权力的巨大魔力。赵灵灵的无端被弃，固然让人喟叹不已，但相比较来说，欧阳万彤与林蔷薇的分手，细细想来更令人胆寒齿冷。共同生活多年的发妻不惜自己身陷囹圄也要拼全力保护丈夫，而身为市长的丈夫为了保住自己的官位却可以接受发妻的离婚请求，两相对照，我们便不难感觉到政治权力具有的强大诱惑力。他的亲生儿子欧阳千籽一直到他去世之后都不肯原谅他，其根本原因也正在于此。大约也正是因为周大新意识到了混迹于官场中的欧阳万彤存在着精神迷失的状况，所以他才会特别地在主人公的私人保险柜里留下一幅画和一张唢呐独奏曲《百鸟朝凤》的简谱。我们都知道，欧阳万彤不仅"抓周"时曾经一手抓唢呐，一手抓画笔，而且少年时也对这两门手艺颇为精通。这样看来，周大新关于欧阳万彤私人保险柜的设定也就颇具深意了。倘若说欧阳万彤的官宦生涯意味着他的某种精神迷失，那么，这幅画与这份音乐简谱被刻意珍藏，很显然就象征着欧阳万彤一种自我反省批判之后的人性回归。

　　但是且慢，关于欧阳万彤这一颇具人性深度的人物形象，我们还必须注意到其人性构成中某种悖论状况的存在。作为周大新精心塑造刻画的一位理想化的官员形象，欧阳万彤的个人品质中被赋予了诸多"高大全"的成分。比如，从不以权谋私。即是面对发妻林蔷薇，面对曾经有恩于自己的魏昌山，面对姑妈欧阳兆绣，他也一样坚持原则毫不容情。再比如，不贪恋钱财女色。不管行贿者采用怎样形形色色的送礼手段，也无论围绕在他周围的女性怎样地搔首弄姿，他都能够做到心如止水。这方面唯一的一次失态，就是在酒后和豫剧演员殷菁菁有过一次接吻拥抱的"越轨"之举。如此一位严格自律的官员，在任用下级干部的过程中自然不可能遵循什么"潜规则"行事。然而，耐人寻味的悖论问题也正由此而生成。一方面，欧阳万彤在干部任用问题上一贯坚持原则，真正可谓有口皆碑；但另一方面，他自己仕途上的若干关键处，却是端赖于"潜规则"方才涉险过关的。一次是提升县长，另一次是市长的复职，还有一次则是升任省长。只要对官场政治稍有了解的朋友，就会清楚这三次职务变动对于一心仕途的欧阳万彤来说有多么重要。不容忽略的一点是，他的这三次关键性职务变动，全都是魏昌山的岳父或者魏昌山自己鼎力相助的结果。就这样，自己的职务行为对于"潜规则"毫不容情，但自己的关键性职务变动又端赖于"潜规则"的作用，两相对照，二者之间一种悖论意味的存在就是显而易见的事情。能够在《曲终人在》中不动声色地发现这种悖论并把这现象生动地呈现出来，充分显示出小说艺术上极其鲜明的反讽色彩。本来依靠"潜规则"方得以成功上位的一位官员，在自己的施政过程中却企图彻底摆脱这种"潜规则"的控制与影响，欧阳万彤的为官之道本身就注定了他生命中必然的悲剧色彩。从这个角度看来，周大新在《曲终人在》中对于欧阳万彤悲剧性政治权力人格的深度透视与表现，就在很大程度上意味着对社会政治体制的批判性反思。

欧阳万彤之外,其他诸如魏昌山、常小蕴、简谦延等一些人物形象的政治权力人格也都可圈可点,有值得深入探究的必要。魏昌山固然是一位十恶不赦的贪官,但周大新的难能可贵之处在于他颇具说服力地写出了其贪腐行为背后的社会与人性逻辑。魏昌山的人生轨迹,多多少少有点灰姑娘变为王后的意味。只不过灰姑娘是嫁给了王子,而魏昌山则是凭借欧阳万彤的帮助成为武姿家的乘龙快婿。前后反差过大的两种生存方式,使魏昌山陷入了一生都未能摆脱的强烈精神失衡状态。究其实质,他的人性蜕变,他最后堕落为军中巨贪,皆与他少年时期过于贫困的屈辱生存体验密切相关。在魏昌山自己的叙述中,一个永远都无法忘记的场景就是父亲在墙缝里藏钱:"父亲手里的积蓄,从未超过五块钱,家里放钱的地方就是父亲的破手绢。父亲总是把家里的几块钱积蓄小心地包在他那个破手绢里,然后塞进墙缝里,因为家里既没有柜子也没有箱子,桌子的两个破抽屉上也无钱安锁,没有放那几块钱的地方。"按照欧阳万彤对外甥颜飞的说法,魏昌山少年时曾经目睹过另一个难以忘怀的场景。家里为了申请一块宅基地盖房,专门请支书喝酒,用仅有的五毛钱到镇上打了五两酒:"他爹陪着支书喝,但其实他爹一直把酒倒给支书喝,自己一口也不敢喝。他爹原以为这半斤酒足够支书喝了,谁知支书酒量大,半斤酒下肚后还要喝,可他爹已经无酒可倒了。"酒没有喝尽兴,盖房的宅基地自然也就成了无望的泡影。两个难忘的生活细节揭示出的是魏昌山内心始终都无法释怀的两个心结。成年后飞黄腾达成为军中高官的魏昌山，之所以要建大大的酒窖私藏大量的茅台酒，要贪污受贿并把巨额钱财埋在自家院子里，与那两个生活细节，与其少年时期过于屈辱的生存体验之间存在关联。能够抓住两个看似无关紧要的生活细节写出魏昌山的内心隐秘，写出其贪腐政治权力人格形成的某种人性逻辑，充分凸显出周大新非同一般的艺术表现能力。面对魏昌山这一贪官形象，我们仍然有明显的不满足感。一方面，周大新的确已经触及并揭示出了魏昌山的某些内心隐秘；但在另一方面，作为一个军中巨贪，魏昌山实际上的人性世界却又绝非如此简单，要比《曲终人在》中所呈现出的境况复杂很多倍。打个不是很恰当的比方，假若说魏昌山的人性世界是一个浩瀚的大海，那么，周大新写出的不过是沧海一粟。也正因此，我们方才殷切期待着，假若有可能，周大新能够在未来的写作过程中，沿着自己已经打开的人性挖掘方向，继续深入类似于魏昌山这样一类人物形象的精神世界之中，竭尽全力将其堪称复杂的人性世界的全部可能性淋漓尽致地揭示出来。

作为欧阳万彤的后妻，常小蕴前后对比特别鲜明的人性变化，不仅触目惊心而且也格外耐人寻味。一开始，常小蕴之所以能够进入欧阳万彤的关注视野，主要因为她对权力的拒绝与不屑。当她意识到在丈夫的心目中官位远远比自己重要的时候，宁愿选择离婚一个人带着孩子过苦日子，也不愿意再和丈夫迁就下去。有过前妻林蔷薇因为受贿而锒铛入狱的惨烈教训，欧阳万彤再婚时开出的一个重要条件,就是这个女人能够做到远离权力:"除了我看着顺眼,心地善良,有一定学识之外,还有一个特殊的条件,就是她没有权欲且能看透权力。很多想接近我的女人不符合后一个条件,所以拖到了现在。"但谁也料想不到,就是这样一位极端洁身自好曾经坚决拒斥政治权力的女性,在身为高官的丈夫身边时间待久了,居然也发生了令人难以想象的变化:"我最初同她接触时,感觉也好。她那时不过问政事,不插手丈夫的工作,不招摇自己的夫人地位,不收他人送的钱物,对我们这些工作人员,也很客气礼貌。但不知不觉地,她开始变了。我最先注意到她的变化,是她穿得越来越讲究了。"就这样,在欧阳万彤秘书的视野中,从穿衣服越来越讲究开始,到后来的换工作,收受贿赂,一直到最后的插手人事干预政事,常小蕴一步一步地走向了自己的反面。一方面,有过前任丈夫的惨痛教训,另一方面,身边长期有一个一贯廉洁自律的高官丈夫相伴,但即使如此,常小蕴也终于还是无以自控地走向了堕落的深渊。受到某种贪腐"场"效应的强劲辐射,常小蕴这样定力平常的普通人,要想彻底拒绝来自周围环境的腐蚀性影响,实在是非常艰难的一件事情。这里,我们还必须注意到欧阳万彤与常小蕴之间另外一个重要差别的存在。除了所谓定力大小的差异,欧阳万彤之所以显得定力非凡,能够彻底做到"拒腐蚀永不沾",关键原因还在于他有着一种可谓高远的社会政治抱负。要想在政坛上真正有所作为,成就一番大事业,对欧阳万彤来说,严格自律乃是一种必然的要求。相比较而言,常小蕴只是一位普通女性。对她来说，在不承担更大风险的前提下，利用自己高官夫人的地位适当捞取一点好处，其实是合乎常情常理的一件事情。

因为关涉对于《曲终人在》这部长篇小说思想题旨的理解和定位，所以我们在结束本文前无论如何都必须加以分析的一个人物形象，就是那位简直手眼通天的企业家简谦延。小说中，作为欧阳万彤对立面存在的人物形象，除了秦成康之外，另外一位就是简谦延。率先出手贿赂林蔷薇，然后又状告林蔷薇索贿的是简谦延；暗中操纵货车司机，企图制造车祸并置欧阳万彤于死地的是简谦延；借助于医生之口，四处散布欧阳万彤罹患老年痴呆症谣言的是简谦延；试图买通并控制豫剧演员殷菁菁在男女问题上搞臭欧阳万彤的是简谦延，唆使下属员工联名状告欧阳万彤"又庸又贪"的是简谦延；到最后，出现在欧阳万彤私人保险柜里那封极具威胁性的恐吓信的炮制者，毫无疑问也还是这位简谦延。正所谓"道高一尺，魔高一丈"，这简谦延手眼通天神通广大。即使是如同欧阳万彤这样能力超强的政府官员，到头来也未必是他的对手。关于此人的来历，豫剧演员殷菁菁曾经有所描述："我最初是一个官员，一个很小的官，县财政局的一个科员。有一天打麻将输了点钱，也就七八万块吧，赢家逼要得急，我没办法，就挪了点公款，可不巧，上边来查账，发现了我这点事。你说这能算啥大不了的事？可他们竟然把我开除了公职。我当时非常愤怒，他娘的处罚也太重了。"一再申诉无望之后，简谦延决定不再承认世界上的任何政府，要以一种疯狂的方式来报复整个社会。"感谢神灵的相助，让我遇见了一个人，一个很有能力也很有实力的官员，借他的力量，我很快拥有了自己的一方天地，也可以说是一个帝国。我名下是有几个公司，但我不想也不愿当一个纯粹的商人。"不想当一个纯粹的商人，那么，简谦延想当什么呢？联系小说文本中的种种蛛丝马迹来判断，简谦延实际上是一个上通政府下通黑社会的"黑白通吃"式的人物。面对如此一位强势人物，即使能力超强如欧阳万彤者也难以真正成为他的对手。《曲终人在》在充分展示各种政治权力人格的同时，也能够批判性地揭示政治的本质，这部作品无论如何都应该被看作思想艺术品格相当优秀的政治长篇小说。

**注释：**

① 陈心想《追问大学学什么》，《读书》2010年第10期。

② 王春林《鲁迅三题——写在鲁迅逝世七十周年》，《新作文》2006年第10期。

③ 《茅奖得主周大新谈新作：写作原因是谷俊山案件》，《京华时报》2015年4月21日。

## 孙惠芬《寻找张展》：
## 忧愤深广或者心事浩茫

在先后两次阅读孙惠芬长篇小说《寻找张展》（载《人民文学》2016年第7期）的过程中，我都情不自禁地联想到了数年前杨争光的长篇小说《少年张冲六章》。至今犹记，当时，面对杨争光的作品，我所陷入的那种价值评判的两难困境。一方面，我清楚地意识到，杨争光的《少年张冲六章》是一部难能可贵的具有忧愤深广特质的优秀社会问题小说；但另一方面，我却为自己将杨争光的作品定位于社会问题小说而感到深深的不安。如果说杨争光的《少年张冲六章》是一部不仅仅提出了"救救孩子"的问题，而且也提出了更为重要急迫的救救家长、救救老师乃至于救救社会、救救文化等一系列问题的优秀社会问题小说，那么，孙惠芬的这部《寻找张展》，无疑也可以作如是观。从"问题少年"入手，将自己的艺术触觉进一步延伸到社会现实层面，进而揭示社会存在的严重痼疾，乃是孙惠芬《寻找张展》的根本价值所在。

《寻找张展》采用了双重的第一人称叙述方式。先后登场的两位叙述者，分别是女作家"我"与身为小说主人公的张展。正如同标题所明确标示出的，整部小说的主体故事，就是女作家"我"千方百计地寻找自己儿子的同学张展的过程。"我"之所以要寻找张展，与远在异国他乡的儿子发来的一条微信有关。由儿子的这条微信展开，那个记忆中的张展形象便点点滴滴地浮现在"我"的脑海。虽然从未与张展见过面，但"我"与张展之间却因为"我"的一部名为《致无尽关系》的中篇小说而发生了某种说不清的关系。身为山西某市区委书记的张展父亲在2009年法航的447空难中不幸身亡，临行之前在朋友的强力推荐下，张展父亲认真阅读了这部《致无尽关系》："当得知张展的父亲就是生前读过我《致无尽关系》的那个人，我和张展，顿时就有了诉说不清的关系。"因为有了这种莫名的牵系，有关张展的一些信息便通过儿子的渠道进入"我"的视野之中。比如，早在高中时期，张展就已经与父母彻底决裂；比如，因为高考，空难发生后张展并没有飞往法国，他的高考成绩并不理想，只考上了大连的一所二本学校；比如，由于父母手中权力，张展在大连竟然有一位"交换妈妈"（所谓"交换妈妈"，就是指本地孩子在外地上学，外地孩子在本地上学，为了不脱离有权有势大人的庇护，相互把孩子移植到对方家庭）。正因为张展在"我"的心目中形成了一种印象，所以，那一条来自异国他乡的微信才会触动"我"的心灵世界，才会使一个飘飘忽忽的张展形象不由自主地浮现在"我"的脑海："张展冷漠而飘忽的目光如期而至——不知为什么，每每闭上眼睛，用不了多久，张展的目光就来到眼前，它没有寂灭如灰烬，而是冷漠、飘忽、游移……他似乎离你很近，近在咫尺，可只要你用心打量，他又会突然走远，好像并不存在。然而猛一个激灵睁开双眼，你发现，他已经占据了你的整个神经，因为你会一遍又一遍问：他在哪里？他如今在干什么？父亲那场空难，对他意味着什么？他为什么要和父亲决裂？他是否还在生儿子的气？"由此可见，"我"之所以要煞费苦心地开始寻找张展，一方面固然与儿子的指令有关，但另一方面，又与身为作家的"我"内心中有关张展的疑问紧密相关。

携带着这一系列疑问，"我"开始了曲折的寻找张展之旅。从张展高中时的班主任吴老师，到他的"交换妈妈"、现任大连环保局局长的耿丽华，一直到滨城大学美术系的辅导员，"我"才搞明白张展大学毕业后的去向，他居然进入了一所开发区的特教学校。不仅如此，令"我"倍感惊讶的一点是，张展在他的大学辅导员印象中竟然只是一名普通大学生："一个乌啦巴涂的孩子，不迟到不早退，也很少旷课，爱戴毛线帽，我们之间只发短信，他从没和我说过话。"她竟然不知道张展的父亲乃是因为空难而去世。大学的这种冷漠，使"我"对于张展生出了更多的关切："当得知大学的冷漠是国际通行的惯例，我对张展生出更深的牵挂，他如何在失去父爱又远离母爱时超拔了自己？在辅导员眼里，他乌啦巴涂，他爱戴毛线帽，他为什么爱戴毛线帽？那难道是斯琴的作品，他承受了那么大的压力,还能做到消失在芸芸众生当中,默默无闻,是不是斯琴在一直给他力量?"这位斯琴,是"我"从儿子的日记中不经意间了解到的与张展关系非同寻常的发廊女,她的年龄比张展整整大了八岁。就这样,在寻找张展的过程中,"我"总是会有一些新的发现,这些新发现能够在更大程度上引发"我"对张展的强烈兴趣。如是一种循环往复中,故事情节也得到了合乎情理的推进。尤其值得注意的一点是,如果说"我"的寻找一开始还与儿子的微信有关,那么,越到了后来,"我"越发现,对张展的寻找,其实已经变成了"我"自己一种迫切的内在情感与精神需求:"我寻找他,也绝不是想寻找一个塞林格笔下霍尔顿的形象,或者祝简希望的那种高大上的形象,我的寻找,与形象无关,与爱情有关,我希望从一个陷入沼泽的青春里发掘出一段鲜为人知的爱情,从而让人们,不,让我自己看到,所谓不是在灾难中崛起就是在灾难中消亡并非颠扑不破的真理,生活也许还有第三种状态,那就是在一份情感支持下,他可以默默地'乌啦巴涂'地活下去。"其实,这里描述展示的,更多还是"我"对张展某种一厢情愿的心理想象。尤其是在获知他大学毕业后的落脚处,居然是一所特教学校之后,"我"就更是陷入了一种情不自禁的推理之中:"他为什么去了特教学校?是他的专业和学历不好找工作,只有特教学校才可以勉强接受?还是别有原因,比如他叛逆父亲,父亲突然离去,他永远失去了和父亲对话的机会,从此再也不想张嘴说话?或者,只有这个地方对他和斯琴最合适,既可以保持距离,又没有多远的距离……"

然而,当"我"带着自己的想象,风风火火地赶到开发区特教学校的时候,迎头撞上的,却是张展一个以"儿子眼中的父亲"为主题的"父亲画展"的意外火爆。按照特教学校那位林辅导员的说法,张展的这一百幅父亲肖像,只是在校内仓库里的一种校内陈列,根本就没有想要公布出去。是他的一个学生,无意间以微信的方式向社会发布出去的。没想到,却产生了极大的轰动效应。至此,"我"对于张展的疑问进一步加深:"在我能掌握的有关张展的材料里,除了有个性、动手能力强是前后统一的,其余,是完全不同的两个人。一个,叛逆、无情、滥情、不学无术,因为不善于表达而显得乌啦巴涂,甚至有些冷漠;一个,体贴、温情、通情达理,有高超的绘画技艺,虽不善用语言表达,但他一直在寻求表达情感更宽敞的通道——学习教聋哑智障学生,请老师学生品尝他的厨艺,画他印象中的父亲;这个在耿丽华眼里无耻的浑蛋,在烧伤女人嘴里,却是一个善良、正直、处处有亮点的正面形象。两者之间,横亘着一道难以逾越的巨大鸿沟,这道鸿沟我想我是知道的,只是不知道它到底有多陡峭、多深邃、通向哪里。"这可真就应了那句一半是海水一半是火焰的表达,这位张展,某种意义上也的确称得上一半是天使一半是魔鬼了。尤其不容忽视的一点是,特教学校的寻访受挫之后,"我"竟然借助于丈夫拍摄的纪录片进一步了解到,张展居然还是一位长期坚持给癌症晚期患者按摩的志愿者。却原来,张展之所以会在周三、周五有规律地定期离开特教学校,其固定的去向并非斯琴发廊。这就使得"我"的猜测又一次落空:"最最重要的,他破坏了我对他和斯琴、小雨点之间关系的想象,虽然那天斯琴的话已经说明张展的周三、周五去的不是发廊,可他的故事偏离爱情,朝另一条道拐弯拐得太远了,我没有心理准备。"必须承认,张展志愿者身份的意外发现,越发让"我"震惊。他的现实表现,再一次强有力地溢出了"我"的想象和推理之外。很大程度上,不断地设定和推理,以及这些设定和推理的不断被颠覆与解构,正是《寻找张展》这一类小说作品的根本叙事策略。

在这个过程中,所谓"寻找张展"的基本语义,其实也在发生着某种微妙的转换。前一个部分的"寻找张展",乃是因为张展的下落不明,后一个部分的"寻找张展",显然带有一种寻根究底的探寻意味,意在澄清张展究竟是怎样的一个人物形象。从这个层面上说,儿子申一申在电话中一再强调的张展对自己科研有用的说法,对我们更深入地理解把握《寻找张展》这一小说文本无疑有着重要的启示作用。"现在在生物界,有很有名的两大算法,都是模仿生命体的,一种是遗传算法,根据进化的原理,来使问题解决,另一类叫人的神经网络,就是模仿人的大脑神经网络,来对多种信息进行综合,然后做出决策。我这次去旅游,在森林里看到有的树大,有的树小,就想到农田里那些庄稼,有的高,有的矮,太阳、天气、雨水等等信息,是哪些信息对它们起到了重要作用,哪些信息起到了辅助作用,而同等的信息,它们为什么会有不同的选择,是什么东西影响了它们的决策?通过转化成算法、代码,构成一个生态系统,会优化出一种结果,这就是我之前想的,我觉得我窥探到了一个新的科研方向。现在,张展这个人活生生摆在面前,他已经向我证明,作为一个生命体,他承受了随机而来的外力推动,但让他朝某个方向发展,一定有规律性的东西……"由申一申的这段话语可知,孙惠芬《寻找张展》的写作,多少带有一点以长篇小说的形式完成一种科研试验的意味。正如同生物学可以考察某一生命体的神经系统如何选择承受来自外界的各种信息一样,她的根本意图也是要通过对张展这个社会通常意义上的"问题少年"成长历程的考察,探究是怎样一种社会文化的成长环境,方才造就了张展这样一位明显游离于社会主流期待之外的青年形象。

很显然,如果单纯依靠叙述者"我"的外部寻找行为,无论如何都难以彻底澄清以上提出的重要命题。要想达到对张展精神世界某种寻根究底的挖掘效果,就需要当事人张展的积极配合,需要他开诚布公地通过自述的方式袒露自我的心路历程。当"我"在特教学校,意欲以同学家长的身份与张展对话好一探究竟的时候,不出所料地遭到了张展的冷然拒绝。就在"我"因为得不到张展的回应而感到万分沮丧,并准备开始以小说虚构的方式完成对张展的想象叙述的时候,突然在电脑上收到了一封"致孙老师"的陌生邮件:"尊敬的孙老师,我是张展,给您写了封长信,挂在附件里,请您慢慢阅读。有一个小小请求,信不能外传,读完删掉。"就这样,小说的另外一位第一人称叙述者,身为小说主人公的张展,以书信书写者的身份悄然登场。从艺术结构上说,孙惠芬的这部长篇小说分为上下两部分,上部名为"寻找",主要叙述女作家"我"千方百计寻找张展的曲折过程。下部名为"张展",主要从张展在书信中自述的角度展开张展那艰难曲折的成长历程。需要注意的是,在张展以第一人称的方式展开自述的同时,女作家"我"也会以第一人称的方式对张展的自述有所评点和回应。这种评点与回应的形式,很容易让我们联想到中国古代小说传统中的评点批评方式。无论是金圣叹评点《水浒传》,毛宗岗评点《三国演义》,抑或是脂砚斋评点《石头记》,都是这方面最不容忽视的重要成果。评点的确是一种独属于中国的小说批评方式,孙惠芬创造性地把它移植到自己的长篇小说写作之中,化用为一种特别的艺术结构方式,作家在向中国小说传统遥遥致敬。某种程度上,张展的书信自述,与女作家"我"的评点和回应之间,构成了一种隐隐然的对话关系。正是依托于这种对话关系,女作家"我"对张展以及张展他们这一代人的思考和认识,才能够得到充分的彰显与表达。孙惠芬将上、下两部的标题分别命名为"寻找"和"张展",二者连缀在一起,恰好是长篇小说的标题"寻找张展"。假如上部是作家设定谜面的一个过程,在其中,不同人对于张展的理解与看法大相径庭,其实也是在制造着关于张展的强烈悬念。实际生活中的张展,究竟是怎样的一种形象,这一切,都有待于作家在下部借助于张展的自述把谜底彻底揭开。

在这封突然而至的长信中,张展首先交代自己的写信动机:"我渴望自己是犯人,不是渴望诉说自己,而是渴望自己被关注、被追问;渴望这世界上,有一个人像警察想了解犯人那样想了解你。可是,从小到大,我从未遇到过。"按照张展的叙述,只有进入特教学校之后,自己才感觉到那里的老师们有过这样的愿望。但面对着早已是负重累累的她们,根本就不想让自己的经历"让她们更加负重"。他未曾预料到:"某一天,当我与一个人目光相碰,当这个人把目光流露出的对我强烈的好奇和追问落实到文字上,我会受到蛊惑,我会在蛊惑中渴望诉说,我会被诉说拉进漫漫长夜……"不消说,这个人,就是张展同学申一申的作家妈妈,亦即小说文本的第一位第一人称叙述者"我"。在张展长达二十多年的成长过程中,他从来就没有得到过平等意义上的被关注、被追问、被理解。也正因此,他的精神世界长期处于极端孤独无助的状态。毫不夸张地说,他与周围的亲人、老师、朋友,干脆说就是全部外界世界之间,事实上是一种隔膜甚至对立的关系。因遭人误解太久,所以当张展面对来自"我"那样一种饱含善意的携带着强烈好奇与追问意味的目光的时候,他才会感到极度的不适应,才会做出本能的回避与退缩动作。实际上,张展内心一直希望能够得到类似于"我"这样的作家妈妈的理解与关心。张展内心里对于"我"的作家身份充满了信任感,所以他才会在写给"我"的长信里彻底打开了自己的心扉,尽管说这种打开其实是一个非常痛苦的过程:"在长夜里辗转,在您的追问下打开我记忆的房间,我看到了我不愿看到的景象,我的房间空无一物。好多个夜晚,我都像一个失窃者,突然的一无所有让我恐惧,让我怀疑我走过的路,怀疑我是否真的生活过……"

交代了书写动机之后,张展便以小标题的形式一个阶段紧接着一个阶段地开始回忆自己的人生。因为上部中与张展交往的各色人等对于张展存在各种不同误解,所以张展的这封长信有着强烈的自辩状的意味。依照顺序,这些小标题分别是"我的童年""我的少年""我的绘画""我的转学""我的高中""我的恋情""我的空难""我的无尽关系""我的后灾难时代"。这些部分重点讲述的,都是张展的个人记忆中对其产生过重要影响的人物或者事件。实际上,早在童年时期,张展与父母之间的对立和决裂就已经开始了。张展父母的家境存在着比较明显的差异:"我的父亲出生在太原大槐树,爷爷奶奶都是一辈子靠种地为生的农民,三个姑姑都嫁在乡村。"而"我的母亲出生在太原洪洞县郊区,姥爷姥姥都是机关人,姥爷曾当到县委组织部长,离休后患肝癌去世"。一个是普通的农人家庭,一个却是官宦之家。因为考虑到父亲未来的仕途发展问题,在家中一贯强势的母亲便试图硬性割断与爷爷奶奶一脉之间的亲情关系。在张展的记忆中,从三岁开始,就再没有在爷爷奶奶的乡下居住过:"从此妈妈再没让我回乡下住。所以,从懂事起,我感受最深的亲情关系不是来自爸爸那边,而是来自妈妈那边。"实际的情形还不只是妈妈那边的亲情问题,即使在姥姥家里,张展也仍然要比其他几个孩子受宠得多:"那时候,我实在太小,不明白姥姥为什么偏向我,不明白舅舅儿子为什么欺负我,不明白在我遭受欺负时,爸妈在哪里,他们为什么不在身边,为什么总是梦梅。"是的,只有大姨的女儿、张展的表姐梦梅,才总是会在张展无端受辱时扮演那个安抚者的角色。童年张展与父母之间对立和决裂的生成,就与表姐梦梅的车祸身亡存在直接关系。眼睁睁地看着表姐梦梅被一辆飞驰而来的汽车撞死,父母却为了他们的政治前途非得要求家人千万不能闹事:"我不能接受爸妈对肇事者的友好,抱住司机大腿又打又咬,谁知爸爸一把揪住我塞给他身边的男人,那男人又把我塞进一辆轿车,在车上,那男人告诉我,小子你不能闹,出事的车上拉的是咱县里最大的官儿,他直接管着你爸妈前途,你爸妈都是政府干部。"就这样,在父母的强力制止之下,一桩车祸肇事案最终得以大事化小,小事化了。那一年,张展只有七岁:"在我七岁那年,我的家庭遭遇破产,那是对爸妈信任的破产,感情的破产。于是哭充斥了我的童年。它时而有声时而无声,我都满腔悲愤。我的悲愤深不可测,那里有梦梅那个花格裙子上溅落的鲜血,有无视梦梅鲜血与肇事者沆瀣一气的爸妈,有失去梦梅怀抱一日日独来独往的孤独,更有爸妈对我这个孤独的'哭刘备'不厌其烦的指责与训斥……"伴随着梦梅的车祸身亡,张展与父母家人之间的亲情开始断裂。

为了报复父母家人对于梦梅的过分冷漠，年幼的张展制造了一起离家出走事件。多少带有一点巧合意味的是，正是在这次出走事件中，张展邂逅了那位从新疆流浪到洪洞的流浪儿月月："我当时还不知道何为流浪儿。她像梦梅，是那裙子，是那个头，更是那肉乎乎的小手，它在她身前身后甩动，一种被搂抱的渴望就在我心头涌动。"毫无疑问，梦梅意外车祸身亡，尤其是父母家人的冷漠，对童年张展造成了过于强烈的刺激，使他的心灵世界出现了巨大的情感空间缺失。从这个角度来看，月月的适时现身，多多少少带有一点"乘虚而入"的补位感觉。正因为"我们可以无拘束地相互倾诉"，因为月月可以"静静地看我眼睛听我讲话"，因为在月月这里补偿性地填补了梦梅去世后巨大的情感空白，所以，张展才会对月月产生强烈的认同感。虽然一方面迫于生计的需要，另一方面由于受到负面环境影响，月月最终难逃被堕落彻底吞没的厄运，但张展内心中月月的地位从未改变。他对月月的所有怀想，都凝结到了头上那顶永远的毛线帽上。另一位出现在"我的少年"中，可以做出美味土豆饼的黑脸男孩，对于张展也具有同样的意义。当渴求亲情温暖的张展无法在家庭内部寻找到情感依托的时候，他只能以一种移情方式把希望寄托在如同月月或者黑脸男孩这样的萍水相逢者身上了。很大程度上，他最终选择绘画这条人生道路，与他的不断失去之间，存在着不容剥离的内在关联："我的人生一直在失去，梦梅，月月，黑脸男孩，可是有一条路在向我打开，它朝向内心，朝向内心的艺术,当我再也找不到那家小吃部,再也不能在情感的共鸣中释放孤独,我便开始了对那个世界的描绘,就像某一天找不到月月,在一张纸上对她的描绘。"这样看来,张展执着选择绘画就不仅仅是在选择一种谋生的技艺,而且还是在咀嚼回味一种生命的记忆,甚至可以说是在以一种特别方式完成自我的某种精神救赎。也因此,对于张展一次次逾出常规的叛逆行为,女作家"我"给出一种相当到位的理解与分析:"他是一个极端敏感的孩子,他洞悉身体的每一次感受,精神上的每一次疼痛,在望子成龙追逐'文明'的父母控制了他所有美好愿望时,在长期被权力庇护、一朝失去便没有安全感的姥姥配合制造了整个家族混乱的气氛时,在伴随着死亡的一次又一次失去压向他小小的心脏时,他像一只奔跑在荒野上的小鹿,一直瞪着一双警醒而可怜的眼睛……"

需要注意的一点是,在张展与父母进行坚决对峙的过程中,原本一直站在父母一边的姥姥,居然发生精神蜕变,成了张展的结盟者。大姨因乳腺癌而去世,曾经迷失在官本位思想中的姥姥幡然悔悟,她认识到,梦梅被政府的车撞死后,自己跟着张展父母的"不吱声",是对于生命的漠视,是一种不能够被原谅的极大罪过。正是在这种强烈罪感意识的作用下,姥姥改变立场,成为张展的同盟者:"事情的发生,就跟我和姥姥变成同盟有关,当大姨的死让姥姥深刻体会了丧子之痛,从而醒悟和爸妈为权力同流合污是如何伤天害理,姥姥再也不顺从爸妈的想法了,再也不像从前那样管我了。"没想到，姥姥与张展的结盟，会引起父母的高度警觉，在他们意识到继续让张展留在洪洞读书很可能会造成更加严重的后果的情况下，张展被转学至大连的命运就已经注定了。转学大连，就必然会遭遇"交换妈妈"耿丽华。张展对于耿丽华的第一感觉非常糟糕："她的表情犹如一块压缩饼干，古板、缜密、暗淡，那里挤压着再灵活的肌体动作都无法掩饰的凝重。"如此糟糕的第一印象，显然意味着两人之间不可避免产生矛盾。事实上，也正是在与耿丽华尖锐冲突的过程中，张展在叛逆的道路上越走越远了。很大程度上，张展与发廊女斯琴之间恋情的发生，正可以被理解为这种冲突的必然结果。张展与发廊女斯琴的关系究竟如何，乃是我们衡量理解这一人物形象的关键所在。因为"在我已知的秘密里，有着特别不堪的情节，那情节中最不堪的部分，是张展在父亲的空难之后，还和发廊女朝铺夜盖"。而这件事情，只有通过张展的自述才能够真相大白。张展在街头的煎饼馃子店门口画画，遇到了曾经有过绘画经历的斯琴："在路边遇到老师，一个长着纤细手指的老师，一个穿着热烈的大红袍子、眼睛里却有着淡淡忧伤的老师，一个胸脯饱满、领口的颈窝里释放热腾腾雌性气息的老师——当我站起来，一程程看到她的全貌，我的心顿时忧伤起来。"在斯琴这里，张展很快感受到了在家庭里从未感受过的那种亲情般的温暖："神奇的是，她了解我的渴望——在与前堂隔开的洗发间为我擦干头发，她忧伤地看着我，之后把我紧紧拥入怀中。"以至于，"那个中午，被她身上母性的光辉笼罩，我觉得我是世界上最最幸福的人"。没想到，张展和斯琴之间的温暖亲情，在被"交换妈妈"耿丽华发现之后，却遭到了严重的误解。在耿丽华看来，张展与发廊女斯琴在一起，只能是鬼混。耿丽华的误解不仅强烈刺激了张展，同时也强烈刺激了斯琴。既然耿丽华如此这般误解，那一向率性的斯琴干脆一不做二不休，索性脱光衣服，开始给张展做人体模特："来，姐今天就和你混了，姐不怕泼脏水，你要不是学生，姐早就不想抵抗你的眼神了……姐从今天起，当你的模特。"就此，张展与斯琴之间的姐弟亲情转换成男女恋情。发廊女斯琴同张展一样，也有一番非同寻常的苦难经历。父母在她八岁时已离婚，办完手续的当天，父亲服毒自杀，母亲逃走再嫁。小姨供她读完小学，她从初中开始就边打工边读书。十五岁那年，斯琴遇到了一个去草原写生的画家，并且不管不顾地爱上了他。用斯琴自己的话来说，就是："我深深爱上他，他也深深爱上我，他却因为有家有室，不能带我走。和他分手，我觉得世界乌黑一片，我想自杀。"虽然斯琴在人生道路上也走过弯路，曾经有过在南方被拘留的经历，但张展的出现使她有勇气去见那位画家老师："如果没有你，我不可能有勇气去面见我的老师，出事之后，我一直没去见他。如果不去面见老师，我不可能知道他还爱着我，我也爱着他。我怀了他的孩子。我要把孩子留下来。你看到的那个男人，他愿意做孩子的养父，他是个可靠的人，他一直爱着我。"至此，斯琴发廊中的那个孩子以及那个怪相男人之谜彻底被解开。她并没有如耿丽华所说，在张展父亲的空难发生时与张展"朝铺夜盖"，她那个时候其实只是以姐姐的身份安抚张展，好让他能够以正常的心态迎接高考："在我遭遇灭顶之灾的高考期间，真正给我力量的不是我的爸爸妈妈和姥姥，他们在我身后大面积塌方、沦陷，让我坚持下来的，仅仅是斯琴的一句话。"

在张展的生命历程中，他曾经长期对抗过的父亲也对他产生了重要影响。只有在父亲因空难去世之后，张展才发现了自己的"无尽关系"，才对父亲有了谈得上真切的认识和理解。父亲去世后，张展第一次以独立个体的身份回到了大槐树老家。在那里，他不仅了解到父亲曾经的理想是做一个优秀的木匠，曾经利用假期为城里的媳妇做家具，还得知父亲虽然曾经承诺要把爷爷奶奶接到城里生活，但后来在母亲的强势影响下，为了政治前途和家庭和睦，最终没有兑现自己的诺言。然而，尽管父亲表面上屈从于母亲，貌似切断了与家人的联系，但实际上却一直在偷偷地接济关照着爷爷奶奶还有姑姑。父亲的处境非常类似孙惠芬在中篇小说《致无尽关系》中描写的那种种剪不断理还乱的错综复杂关系。父亲之所以会对这个中篇小说产生特别的兴趣，其根本原因正在于他在其中看到了自己的影子。事实上，最能展现张展父亲内在人性深度的一个关键性细节，乃是他居然在结婚前，把自己关在那个放置家具的屋子里，一关就是整整三天。那么，在那特别的三天时间里，父亲到底在干什么呢？张展反复探究，竟然发现父亲用凿刀凿出的"展翅"两个字，也发现了凿出来的一只低着头的麻雀。张展的意外发现，一方面很好地解释了张展名字的由来，所谓"张展"，自然是希望他能够高飞。但在另一方面，却真切地凸显出了父亲内心世界中一种矛盾心理的存在。"展翅"，意味着要展翅高飞，要实现高远的人生理想。具体落实到文本中，就是要彻底挣脱农人家庭的羁绊，在仕途上有所发展。而那只低着头的麻雀，则很显然意味着父亲内心中对于家庭亲情的一种恋恋不舍，一种深情回望。意外发现这个秘密之后，张展曾经对此展开过相应的联想分析："难道，在甩下包袱那一刻，他就开始鄙视自己，瞧不起自己，他觉得放弃自我，尾随妈妈，即使展翅高飞，也仅仅是一只没有雄心壮志的麻雀？或者，为了家族荣誉，为了改变命运，为了一份情感，他不得不选择展翅，但他最心底里，还是渴望做一只守着屋檐的麻雀？"不管怎么说，展翅与麻雀是一对冲突无疑。正是这一对冲突的发现，一下子就拉近了张展和父亲之间的距离，他突然发现自己某种程度上懂得了父亲："展翅与麻雀，这是一对冲突，可就因为这冲突，我感觉到了爸爸，感觉到了爸爸年轻时候的冲突的内心——在妈妈那里得知他的理想是当个木匠之前，我从不觉得他有什么内心。"就这样，多少带有一种吊诡意味的情感或者精神奇迹发生了："爸爸活着，我从没感到他的存在，没感到爷爷奶奶在我生命中的存在，爸爸走了，爸爸却复活，他不光一个人复活，还复活了一个家族。"正因为张展与父亲的关系发生了根本的改变，因为他们之间有了某种"可怕的亲密关系"，所以，张展便开始在一种潜意识的幻觉中与父亲对话，并开始以手中的画笔描绘各种各样的父亲形象。之所以后来会有"父亲画展"的意外火爆，初始原因显然在此。究其根本，所有那些父亲的画像，传达出的正是张展渴望能够与父亲有所交流的强烈愿望。

不仅张展的绘画与父亲有关，而且他选择成为志愿者到病房去坚持给癌症晚期患者定期按摩，也与父亲存在着紧密关联。这就不能不提及张展的大学同学于永博了。虽然于永博的父亲也已经因病身亡，但相对于张展，于永博的幸运之处在于，他居然有机会在父亲临终前的两个月一直在医院陪伴他。为了弥补这个遗憾，在做过一个关于父亲住院的噩梦之后，张展真的打车去了中心医院："去中心医院，是梦的暗示，梦里影影绰绰觉得爸爸是住在中心医院。去关怀病房，是在走进医院时，在指示牌上看到'关怀'两个字。对于我，这两个字就像光之于飞蛾。那时候，我根本不知道'关怀病房'这关怀的真正含义，不知道那是死亡之谷，通向人走向死亡的最后时光。"其实，要想给癌症晚期患者进行按摩，并不是一件容易的事情，需要克服极大的心理障碍。张展并非圣人，他的情况也同样如此："我迟疑了，虽然我无数次想象过爸爸如果住院，想象过和爸爸身体的接触，可当你看到枯瘦得有如干尸一样的身体，当你觉得你在挨近死亡，闻到腐朽的死亡的气味，你会从心理上排斥、恐惧，会恨不能赶紧逃走。"但在经过了一番努力之后，张展终于还是没有从病房逃走，这期间，对于父亲的那种感情发挥了巨大的作用："恐惧原来没多大,不如一张纸。这或许还是爸爸的作用,我在把手伸向一根树根一样隆起的脊椎时,我告诉自己,他就是爸爸……"因为生前未能和父亲有更多的深度交流,甚至未能有过在医院里陪侍父亲的机会,张展内心里有着深深的愧疚与不安。伴随着由此而生的强烈懊悔心理,张展实际上长期处于某种罪感意识的潜在控制之中。从这个角度来看,他的志愿者行为也就具有了明显的自我精神救赎意味:"这或许是上帝向我开启的获救之门,想爸爸,想爸爸如果活着,想和爸爸说话,本是一条逼仄的尖锐的思绪,它封闭在我内心,酿造出幻境,是不被任何人知道的幽暗空间,可当我追随幻境里的父亲一路而去,爸爸却将我引向一个宽广的世界。"事实上,也正是在长期按摩的过程中,张展的胸襟视野日益扩大,对于生命内涵的理解渐渐深入,他由开始关怀父亲、所有患者,乃至整个人类:"实际上,正是这表情、目光和心灵,正是那些人的正影、侧影和背影,为我开了天窗,让我从狭窄的思绪中走出,让我看到了另一个自我,就是朝青山所说的那个脱开了肉体的自我——当我画爸爸的脸时想的不仅仅是爸爸,是我按摩过的所有患者,当我通过所有患者身上的气味闻到爸爸的气味,我的画,走向了一个全新的阶段。"

至此,由第一人称叙述者女作家"我"在上部"寻找"中设定的谜面,借助另一位第一人称叙述者张展的书信自述,可以说得到了全面的解答。由张展的自述,我们不难判断,其实张展自己并非通常意义上的"问题少年"。与其说张展是"问题少年",反倒不如说我们的教育是"问题教育",我们的社会是"问题社会"。张展的人生,不仅是不断失去的过程,也是长期被误解的过程。关键的问题是,张展的被误解,原因并不在他,而在于他成长的那个家庭与社会环境。其中,最不容忽视的一个人物形象,就是张展的母亲。张展母亲的灵魂,已经被官本位文化彻底扭曲。为了当官,她既可以冷酷无情地斩断丈夫与婆家的亲缘关系,也可以在亲外甥女身亡后无动于衷,更可以把亲生儿子扔给家人或者"交换妈妈"去管束培养。甚至,一直到丈夫因空难身亡之后,她还仍然沉醉于官本位的迷梦中,不见丝毫的反省与悔悟。"妈妈把自己关在屋子里不见任何人,只有我除外,听说我要开学,她张着糊满黏液的嘴唇不断重复说,你爸托梦给我啦,他说水下挺好的,他在那里还是书记,领导飞机上全世界好几个国家的人,他还学会说英语,一点都不孤单。""后来,她把我拽到爸爸的遗像前,神经质地看着我,腮肌颤抖着说:'你爸爸去联合国开会去了,他说用不上二十天就能回来。'"小说中的这些描写,正可以被理解为官本位文化在母亲身上一种病入膏肓的表现。真正的可怕之处在于,在官本位文化一贯肆虐横行的中国这块土壤上,类似于张展母亲这样的灵魂被扭曲者其实比比皆是。如此一类本身即带有鲜明悲剧性色彩的人物,已经或者正在制造着无数类似张展这样的成长悲剧。

最令人震惊的一点莫过于,即使是拥有作家身份的那位第一人称叙述者,也难逃官本位文化的制约与影响。下部"张展"中的"我的少年"一节,在张展自述的间隙,女作家"我"就曾经展开过不失严厉的自我解剖:"说来奇怪,随他走进他人生中的沟谷深渊,我一程程看到的,不仅是他父母家族的真相,还有我的真相。""我"的真相是什么呢?首先是"我"和丈夫都曾经在最初的日记里称儿子申一申为"市长大人":"几乎每篇日记的开头都是市长大人你今天如何如何。那时县里还没有考核我,还没有指给我仕途的方向,可不知为什么,我们居然就把市长看成不平凡的人。"一直到数年之后,因为"我"仕途受挫,一气之下弃官从文,方才去掉了这种说法。然后是在小学时以行贿的方式努力让儿子成为班干部:"小学一年级,为了老师能让儿子当上班干部,我居然送过老师一条纱巾。"虽然儿子很快就因为不胜任而被迫"去职","可儿子当不了班干部这一事实带给我们的打击,远远大于我因为没有背景而当不上'副县级'的打击。我们,不仅仅是我,是我们!我和儿子的爸爸!"此外,尽管"我"的儿子申一申并没有如同张展一样有过烙美味土豆饼的经历,但"我"还是颇觉震惊地在张展父母的身上看到了自己的影子:"当我从张展的信中读到爸妈反对他烙土豆饼,领他到处吃西餐,希望他学些西方文明,我还是有种遭了暗箭的感觉。"其实,也不仅仅是女作家夫妻,可以说所有的中国父母,都不会允许或者说接受类似于张展这样的烙土豆饼行为。中国几乎所有的父母都有着望子成龙的思想。在这种普遍心理的主宰支配之下,一方面,大家都希望孩子除了学习之外最好什么都不要做；另一方面，即使一定要在吃的东西上下功夫，那也不能选择烙土豆饼，而应该选择更为文明时尚的西餐。这里，除了一种望子成龙的心理在作祟之外，显然也还有一种崇洋媚外的自我殖民心理在作怪。"寻找张展，本是以一个局外人的身份探究张展为什么会成为张展的人生真相，却想不到，当他向我打开他的过去，我也不再是局外人，我居然在张展的信中看到自己……"由对张展的探寻而转向自我的严格审视，所意味着的，正是作家孙惠芬某种不失严厉的自我批判精神的存在。从根本上说，孙惠芬的这部《寻找张展》能够从"问题少年"的角度切入，进而对当下时代的"问题教育"与"问题社会"进行了格外深刻的批判性反思，的确是难得一见的优秀批判现实主义长篇力作。

但在结束我们的全部论述之前，需要特别提及加以讨论的一个问题，就是小说结尾处孙惠芬关于张展写给叙述者"我"的那封长长的邮件。只要是熟悉西方现代主义艺术方式的读者就会明白，作家如此艺术的处置方式，很显然是接受现代主义影响的结果，意在使小说文本具有某种开放性或者说不确定性的艺术效果。孙惠芬自己的艺术选择，固然应该得到我们充分的理解和尊重，但问题在于一部忧愤深广或者心事浩茫的具有鲜明批判现实主义艺术品格的长篇小说，难道真的需要以如此一种明显与小说文本的主体风格不搭的方式作结吗？这是我们在结束本文时要特别提出与作家孙惠芬商榷的一点。

# 付秀莹《陌上》：
## 当下乡村世界的精神列传

人都说,"一方水土养一方人",实际上,一方水土也在很大程度上滋养着中国的那些乡村小说家。倘若从一种文学地理学的角度来观察当下中国的乡村小说创作,我们就不难发现一个饶有兴味的现象,那就是很多作家都自觉不自觉地在纸上精心建构自己的一方文学"根据地"。陈忠实有自己的白鹿原,贾平凹有自己的商州,莫言有自己的高密东北乡,韩少功有自己的马桥,阎连科有自己的耙耧山脉,李锐有自己的吕梁山,等等。这方水土固然滋养成就着作家,反过来说,这些作家也在以自己广有影响的文学作品回报反哺着这方水土。究其实,这些或实存或纯然虚构的地方之所以能够声名远播广为人知,与这些作家之间显然存在着紧密的内在关联。然而,依照代际的观念来看,以上这些凭借着优秀作品建构起独属于自己的文学"根据地"者,大多是所谓的"50后"作家。到了更晚近一些的所谓"70后"作家这里,或许与社会越来越急遽的"城市化"进程有关,很多作家在写作题材上都面临着一个"由乡进城"的问题。这些乡村生存体验日益匮乏的作家,更多地把自己的艺术关注视野集中到了城市生活之上,挥洒自如地进行着城市书写。既然在题材上已经远离了乡村世界,那就更谈不上文学"根据地"的艺术建构了。但是,就在"70后"作家看似一窝蜂地竞相"由乡进城"的时候,却也有特别的例外存在。这一方面最不容忽略的一位作家,就是长期以来一直以大量的中短篇小说创作营构着她的文学"芳村"的女作家付秀莹。依照付秀莹的自述,早已经进入北京工作生活的她,之所以会孜孜不倦地致力于书写乡村,与内心世界里某种牢不可破的乡村情结紧密相关:"因为乡村出身,虽然很早就出来读书了,但至今乡间还生活着我的很多亲人。我与乡村有着割不断的血肉联系。怎么说呢,就是对乡村的一切都特别敏感,特别地关痛痒,特别地牵肠挂肚。我几乎每天都要跟父亲通话,聊村里的家长里短。我几乎清楚每一户人家的婚丧嫁娶,喜怒哀乐。你可能不相信,一个生活在北京的人,竟对乡下的人和事如此满怀兴趣。他们的命运起伏,往往给我带来强烈的创作冲动。写乡村,几乎是我的一种本能。伴随着城市化进程,乡土中国正在经历着剧烈的变化,我总是对身在其中的乡人们,担着一份心事。"[1]虽然付秀莹也明确表示,城市也毫无疑问会进入自己的写作视野之中,但截至目前,她最有影响的作品仍然是那个以乡村世界为关注对象的"芳村"系列。谈及"芳村"系列的时候,付秀莹曾经隐隐约约地透露过自己可谓雄心勃勃的高远"艺术野心":"芳村系列写一个村庄,写这个村庄的鸡零狗碎，头疼脑热，可能就会触及这个村庄乃至这个地方的风俗、历史、人情、伦理、文化等方方面面，有着强烈的独特的地方色彩和气息。用的又是传统手法，有一点向传统致敬的意思，但力有不逮，又唯恐成了大不敬，因此写得有点战战兢兢。然而还好。大家都一致向外仰望的时候，不妨向内转，看一看我们自己脚下的土地，听一听我们的内心。写芳村的时候，我内心既躁动，又安宁。躁动是创作的冲动，安宁是完成后的踏实，还有满足。今生有幸生在芳村，我想把她写下来。不管是野心也好，幻想也罢，我想为我的村庄立传，写出我的村庄的心灵史。"②立志以小说写作的方式为自己的"芳村"立传，立志要"写出我的村庄的心灵史"，这愿望看似平实，其实高远。如果说付秀莹此前一直在以中短篇小说的方式致力于这一高远艺术目标的实现的话，那么她的长篇小说处女作《陌上》（载《十月·长篇小说》2016年第2期）的问世，很显然就标志着她在"我的村庄的心灵史"的写作方面又跨上了一个新的台阶，跃上了新的思想艺术高度。

在一篇讨论中国现代乡村叙事的文章中，我曾经提出过一个"方志叙事"的概念："质言之，所谓'方志叙事'，就是指作家化用中国传统的方志方式来观察表现乡村世界。正因为这种叙事形态往往会把自己的关注点落脚到某一个具体的村落，以一种解剖麻雀的方式对这个村落进行全方位的艺术展示，所以我也曾经把它命名为'村落叙事'。但相比较而言，恐怕还是'方志叙事'要更为准确合理。

晚近一个时期的很多乡村长篇小说中，比如贾平凹自己的《古炉》、阿来的以'机村故事'为副题的《空山》、铁凝的《笨花》、毕飞宇的《平原》，乃至于阎连科自己的《受活》等等，都突出地体现着'方志叙事'的特质。"③倘若承认"方志叙事"是一个可以成立的概念，那么，与文章中提及的《古炉》《空山》《笨花》《平原》《受活》等"方志叙事"类作品相比较，恐怕还是付秀莹的这部《陌上》更切合"方志叙事"的特点。之所以强调这一点，是因为其他的那些"方志叙事"作品，一方面固然在以"解剖麻雀的方式对这个村落进行全方位的艺术展示"，亦即这个村庄本身就可以被视作小说的主人公；但在另一方面这些作品中，事实上也都还无一例外地存在着传统意义上的小说主人公。比如《古炉》中的狗尿苔、蚕婆、夜霸槽、朱大柜，或者《笨花》中的向喜、向文成，《平原》中的端方、吴蔓玲等，都可以被看作小说主人公。与这些作品相比较，《陌上》一个非常突出的特点就是除了芳村这样一个作为隐形主人公存在的村庄之外，你无论如何都不可能从中找到一位传统意义上的小说主人公形象。细细数来，《陌上》中先后出场的人物形象共计二三十位，但其中的任何一位都不可能被理解为传统意义上的主人公形象。这就意味着这二三十位人物形象，都既不是小说的主人公，也都可以被理解为小说的主人公。又或者是这些人物形象所构成的那样一个人物集合体，共同成为小说的主人公。而这些人物一旦聚合在一起，所构成的那个形象，其实也就是我们所说的"芳村"这样一个隐形的主人公了。

我们之所以认定付秀莹的这部《陌上》较之于其他作品更切合于"方志叙事"的特点,根本原因正在于此。事实上,与一般长篇小说所普遍采用的那种焦点透视方式不同,付秀莹的《陌上》多多少少带有一点艺术冒险意味的是,在拒绝了焦点透视的艺术方式之后,切实地采用了一种散点透视的艺术方式。所谓"冒险"云云,倒也不是说散点透视有多难,而是意在强调以这种方式来完成一部长达数十万字的长篇小说,有着相当的艺术难度。由于作家的视点散落到了多达二三十位人物形象身上,随之而来的一个问题就是整部长篇小说缺失了中心事件。倘要追问探究《陌上》究竟书写了怎样惊心动魄的社会事件,那答案肯定会令人失望的。不要说惊心动魄了,极端一点来说,除了芳村的那样一些日常生活之中的家长里短、柴米油盐之外,《陌上》干脆就是一部几近"无事"的长篇小说。学界普遍流行的一种看法认为,鲁迅先生的一系列小说所关注表现的可以说皆属"无事的悲剧"。但千万请注意这里明显存在着的文体差异。鲁迅的文体是短篇小说,而付秀莹的文体则是长篇小说。稍有写作经验的朋友都知道,在很多时候,金戈铁马跌宕起伏好写,零零碎碎日常琐屑难为。更何况,付秀莹是要以如此一种方式完成一部长达数十万字的几近"无事"可言的长篇小说呢。从这个角度来说,断言付秀莹的《陌上》带有几分艺术挑战的意味,也真还是颇有一些道理的。

对于一部以散点透视的艺术方式完成的几近"无事"的长篇小

说而言，一个无论如何都绕不过去的重要问题就是小说的艺术结构究竟该如何设定。既没有传统意义上的主人公，也没有作为聚焦点的中心事件，那么，付秀莹到底应该采用何种方式来设定自己的小说结构呢？在文本中，付秀莹实际采取的是写完一个人物再接着写另一个人物的一种艺术方式。二三十个乡村人物，就这么循序渐进地一路写下来，自然也就形成了所谓的散点透视。这里的一个关键问题在于，倘若袭用西方长篇小说的艺术观念来衡量，付秀莹的《陌上》很可能就不被看作一部长篇小说，充其量也只能被理解为是若干个短篇小说的连缀而已。那么，我们到底应该在怎样的一种意义上来理解看待付秀莹这种看似简单的艺术结构方式呢？思来想去，破解这个难题的方法，恐怕还是潜藏在我们自己的文学传统之中。首先，《陌上》的此种结构方式，很容易就能够让我们联想到古典长篇小说《水浒传》。虽然每一个出场人物所占的文本篇幅并不相同，或长或短，但严格说来，《水浒传》实际上也是采用了写完一个人物再写另一个人物的结构方式，举凡林冲、鲁智深、武松、宋江等一众人物均属如此。那么，《水浒传》的这种结构方式的源头又在哪里呢？细加追索，此种源头其实可以一直被追索到司马迁的《史记》那里去。被誉为"史家之绝唱，无韵之离骚"的司马迁《史记》，虽然本质上是一部历史学著作，但事实上，无论是后来的散文，还是小说，都在很多方面接受过《史记》的充分滋养。自然，这种滋养，一方面来自司马迁的精神风骨，另一方面则来自《史记》具有突出原创性的艺术形式。我们这里讨论的艺术结构问题很显然就属于艺术形式的层面。《史记》全书计由五部分组成，具体包括十二本纪（记历代帝王政绩）、三十世家（记诸侯国和汉代诸侯、勋贵兴亡）、七十列传（记重要人物的言行事迹，主要叙人臣，其中最后一篇为自序）、十表（大事年表）、八书（记各种典章制度，记礼、乐、音律、历法、天文、封禅、水利、财用），共一百三十篇。从根本上影响着《水浒传》的，我以为是其中的列传这一部分。列传主要写各方面重要历史人物的生平言行事迹，司马迁采用的就是写完一个再接着写另一个的组构方式。司马迁的这种组构方式，毋庸置疑会对后来的《水浒传》产生根本性的启示与影响。在经过《水浒传》的如此一番中转接力之后，司马迁式的"列传体"对于当下时代的付秀莹产生影响，自然也就是顺理成章的事情。就此而言，我们也不妨姑且把付秀莹《陌上》这种根植于中国文学传统的结构方式干脆就命名为"列传体"。需要注意的一点是，虽然付秀莹采用了写完一个再写一个的"列传体"，但这些不同的乡村人物之间，实际上也还总是会彼此勾连扭结在一起。其所以如此的一个关键原因在于，传统乡村乃是一个典型不过的熟人社会。从社会学的角度看，传统乡村与现代城市的一个根本区别，就是一个是熟人社会，一个是陌生社会。城市是一个陌生社会，素不相识的人们来自五湖四海，相互之间对对方的情况根本就谈不上什么了解。那个"萍水相逢"的成语，可以说是对于城市人生存状态的一种精准描述。而传统乡村则很显然是一个熟人社会。且不要说相互作为左邻右舍的张家王家，即使再上溯个三辈五代的，村里人也都会了如指掌的。唯其如此，所以付秀莹在《陌上》中所描写的那些乡村人物看似松散，实际上却有着各种盘根错节的瓜葛勾连。写翠台，必然要勾连到素台、爱梨，写素台，不仅要勾连到翠台、爱梨，而且也还要勾连到增志、小鸾。尽管从表面上看来是写完一个再写一个，但实质上这些人物之间的关系却是你中有我，我中有你，最终交织在一起构成的，其实是一个细密的网状结构。也因此，对于付秀莹《陌上》的艺术结构更准确的一种定位，就应该是彼此互嵌式的"列传体"结构。

实际上，也正是依凭着如此一种彼此互嵌式"列传体"结构的特别设定，付秀莹方才得以全方位地对"芳村"的政治、经济、伦理、婚姻、文化习俗等诸多方面的状况进行了细致深入的艺术表现。当然了，无论如何都不能不指出的一点是，以上诸多方面的状况不仅已经有机地融入了小说的故事情节之中，而且从其中更可以淋漓尽致地看到对于小说写作而言特别重要的世道人心，或者换句话说，也就是"芳村"人的精神奥秘。比如，关于"芳村"的政治状况，就最集中不过地体现在建信这一人物形象身上。身为芳村的一把手，建信的权威首先通过建信媳妇娘家侄子办婚事时的大操大办而充分体现出来。照理说，建信媳妇的娘家侄子，也不过是芳村的一位平头百姓，但他的婚事却差不多惊动了大半个村子的人："院子里满满的都是人。也有本家本院的，也有外院外姓的，也有村西头这边的,也有村东头那边的,还有村南头村北头的,建信媳妇看了看,差不多大半个村子的人,都惊动了。"就连曾经和建信媳妇发生过矛盾冲突的小裁缝小鸾,也匆匆忙忙地上赶着来帮忙了:"老远看见小鸾过来,手里拿着一把菜刀,笑得明晃晃的,赶着叫她婶子。小鸾说,起了个大早赶了个晚集。家里的水管子坏了,弄了半天。你看这。你看这。建信媳妇拿下巴颏儿指了指院子里,笑道,人多着哩。也不差你一个半个的。看把你忙的。小鸾脸上就讪讪的。说我哪能不来呀,谁家老娶媳妇? 小鸾说鹏鹏一辈子的大事儿,我再怎么也得来呀。建信媳妇只是笑。小鸾拎着菜刀,急火火就去了。"由于曾经的过节,所以建信媳妇与小鸾两位看似都满含笑意的对话,其实隐含着丰富的潜台词与锐利的机锋。不管是小鸾主动叫婶子,还是她那一番主动做出的解释,都明显地透露出一种上赶着巴结的味道。其中,某种假惺惺作态的意思表露得格外显豁。而建信媳妇那"人多着哩""也不差你一个半个的"应对话语中,一种冷冰冰讥嘲意味的存在,也是显而易见的事情。其中的潜台词很显然是:"反正我们家办事最不缺的就是人,你爱来不来呢。"面对着建信媳妇这一番夹枪带棒充满挑战意味的冷言冷语,"在人屋檐下不得不低头"的小鸾自然毫无还手之力。作家仅只是通过一句"小鸾脸上就讪讪的",便刻画出了小鸾那样一种万般无奈的尴尬神态。眼看着小鸾的讪讪神态,建信媳妇的"只是笑",透露出的是一种胜利者胜券在握的得意情状。所谓的世道人心与人情冷暖,所谓芳村人的精神奥秘在这看似三言两语的简短对话中,其实有着格外蜿蜒曲折的流露与表现。对于潜隐于这一盛大婚事场景背后的秘密,还是建信媳妇她哥一语道破了天机:"正说着话儿,她哥过来了,听见她娘的话,埋怨道,这种事儿,还怕人家吃穷呀。人多了还不好?多一个人,就多一张脸,这都是村里人给咱脸面哩。她哥说人家冲着啥,还不是冲建信?"就这样,借助于建信媳妇娘家侄子婚事的描写,一方面写出了建信媳妇与小鸾之间的微妙关系,另一方面则强有力地侧面烘托出了芳村村民们对于权力一种普遍的敬畏。若非如此,他们也断不会上赶着去参与建信媳妇娘家侄子的婚事。

与此同时,建信的一把手权威,也还突出地表现在他与难看的儿媳妇春米之间的那种不正常关系上。春米的丈夫永利,原本是村里小学的一位代课老师。因为春米自己只是读过小学,对读书人便有一种天然的好感,所以还没有等到与永利相亲见面,她内心里就已经"暗暗应允了"这桩婚事。大约也的确是对于读书人有所敬畏的缘故,尽管见面后对于永利的又瘦又小不甚满意,但春米终于还是嫁给了永利。没承想,永利代课老师的工作却并不长久,结婚后不久,永利便因为联合小学的成立而被清理出了教师队伍。离开学校之后的永利,"先是在石家庄打工,后来又去了天津。春米看着他瘦小的身影,背着一个大编织袋子,跟村里几个人搭伴儿去赶火车,心里说不出什么滋味来"。丈夫永利打工出门在外,就给建信的乘虚而入提供了机会。但归根结底,建信之所以能够占有春米,还与她公公难看在村里开的那个饭店密切相关。村里原来有一家红火的饭店，叫作财财酒家。财财酒家的红火热闹，全凭有原来的村干部刘增雨一手罩着。后来，伴随着刘增雨政治上的失势，"那财财酒家眼看着就不行了"。难看张罗着开饭店也就在这个时候："后来，也是难看脑子好使，见财财酒家不行了，才盘算着自己开个小饭馆。"从根本上说，难看的这个饭店之所以能够在芳村站住脚，与建信的暗中支持脱不开干系："说起来，这事儿还真多亏了建信。拿她公公难看的话，一村子人哪，谁都没有长着俩脑袋瓜儿。旁的不说，就说翟家院里头，有多少能人儿？凭啥就咱家能开？人呐，受了人家的恩情，不能不讲良心呀。"想不到的是，难看的这一个知恩图报，最终搭上的竟然是自己那位颇有几分姿色的儿媳妇春米："建信靠在椅子背上，早动弹不了了，只是傻笑。她婆婆给她使了一个眼色，叫她过去。春米迟疑一下，还是过去了。"虽然满心的不情愿，但面对着公公婆婆那不无为难的唆使举动，生性本就懦弱的春米最后还是被迫无奈地屈就于建信的淫威了："春米跑出去看了看，汽车早都开走了。她公公婆婆也不见了人影。春米看着地下那一片乱七八糟的车轱辘印子，叹了一口气。只听见建信在屋里叫她，春米，春米——"正所谓"有钱能使鬼推磨"，春米的公公婆婆之所以不顾礼义廉耻地唆使纵容她去用自己的身体讨好建信，还是因为建信能够凭借手中的权力给难看的饭店带来滚滚财源。再进一步追究下去，那就是因为难看家境的贫穷。道理其实非常简单，假如难看的家庭境况称得上殷实，那么不仅瘦小的永利不需要去外地打工，而且春米也更不需要忍受道德与精神上的羞辱。尤其值得注意的一点是，这羞辱不仅来自其他村民，竟然还来自春米的大姑姐永红。正是因为饱受了如此一番难以忍受的精神屈辱，春米方才会跑到芳村最能和自己说得来的小鸾那里去哭诉。然而，尽管春米已经动了不再搭理建信的心思，但在实际生活中又哪里能够这么容易就摆脱建信的纠缠呢？这不，"春米待要拐进一个小胡同，绕开他们。一辆汽车却嘎吱一声，停在她面前，车窗摇下来，却是建信。春米还没有来得及多想，就被他弄到车里去了"。这个场景的描写，写实性当然毋庸置疑，但我更看重其中隐隐约约的某种象征意味。这就是在建信与春米之间不正常关系的生成过程中，身为普通村民的春米绝对是被动的，毫无主体性可言。所谓"还没有来得及多想"，描述的就是这种状况。与春米的被动形成鲜明对照的，则是建信的霸蛮无礼。那辆毫无预兆便"嘎吱"一声停下来的汽车，以及那个"被他弄到车里去了"的"弄"字，所充分凸显出的正是那样一种不容忽视的劫掠性质。身为村干部的建信之所以会如此霸蛮无礼，说到底还是手中拥有的绝对权力作祟的缘故。就这样，通过建信与春米之间的关系，付秀莹一方面写出了绝对权力的可恶可恨，另一方面写出了春米以及公公婆婆业已深入骨髓的奴性，同时，却也写出了乡村政治争斗的残酷。在难看的饭店看似轻描淡写地取代财财酒家的背后，所潜隐的其实是围绕权力和利益发生的一场不无激烈的政治争斗。否则，我们既无法解释建信为何会因为建信媳妇娘家侄子的婚事与贿选而被举报，也无法解释他走投无路之后的坠楼身亡。

《陌上》中，与政治存在潜隐关联的另一个重要事件就是老莲婶子的吞药自尽。老莲婶子"一辈子在乡下，十九岁上，从东河流嫁到芳村，在芳村一待就是五十年"。年逾七十的老莲婶子在芳村这样的乡村世界，很显然已经步入老年人的行列之中。因为老伴已经去世，老莲婶子事实上处于离群索居的状态。除了偶尔会有小猪他娘这样的老邻居串门之外，老莲婶子这个孤老太婆差不多已经被这个世界给遗忘了。问题的要害处在于，老莲婶子实际上并非真正意义上的孤老太婆。她不仅育有一儿一女，而且他们也都已经结婚成家了。不无反讽意味的是，把一儿一女都辛辛苦苦拉扯大了的老莲婶子，到头来等到自己躺到病床上的时候却落了个无人看顾的下场。一方面，儿女固然是在为生计而辛苦奔波，但在另一方面，他们的不够孝顺也是无法被否认的一种客观事实。要不，闺女也不会在电话里指责兄长太过偏心了："闺女说你们这会子就忙了，怎么给你家小子过生日，去城里大吃大喝的，就不忙了？闺女说你就是个怕媳妇的，人家一个眼色，吓得你就尿裤子，连亲娘都不认了。"虽然儿女双全，却无人看顾，万般孤苦无告的老莲婶子到最后也就只能够喝药自尽了："她挣扎起来，一步一挪的，到里屋，抱着一个药瓶子出来。这种药叫作一步杀的，十分厉害。还是她有一回给人家喷棉花，偷偷带回来的。"就这样，老莲婶子平平静静地"把那药瓶子举着，慢慢喝下去了。"令人倍感纠结的是："后天就是八月十五了。月又圆了。"月圆了，人却无奈地走了，两相映衬，付秀莹以特别内敛的笔法写出的是一种无尽的伤痛。但在指责老莲婶子儿女不够孝顺的同时，我们却又不能不意识到，她吃药自尽并不只是一个家庭事件，也更是一个社会事件。面对这一悲剧事件，我们禁不住要追问，村一级政权到哪里去了？难道说政府不应该为老莲婶子的惨死承担一份无法推卸的责任吗？实际上，借助于老莲婶子之死，付秀莹所尖锐提出的，正是农村越来越严重的老龄化问题。相对于各方面条件都要好得多的城市，老龄化问题在农村的解决状况可以说更加不理想。作家只负责提出问题，而不负责解决问题，能够把农村的老龄化问题在《陌上》中提出来，付秀莹也就算是完成了自己的某种艺术使命。

从以上的分析即不难看出，付秀莹《陌上》对芳村政治形态的透视表现，并没有仅仅停留在政治的层面，作家的艺术书写实际上已经旁涉到了经济、伦理、婚姻以及文化习俗等其他方面。同样的道理，作家对于经济、伦理、婚姻等社会层面的书写，也同样不会是一种孤立静止的描写，也会旁涉到其他社会层面。这里，无论如何都不容轻易忽略的一个重要社会层面，就是经济层面。之所以格外强调经济层面的重要性，是因为这一层面很显然牵涉到了对于中国现代乡村世界影响极为巨大的一个庞然大物，那就是公众早已耳熟能详的所谓"现代性"。虽然不能说其他社会层面就与现代性无关，但相比较而言，恐怕还是经济层面更能够全面充分地凸显现代性的内涵与特征，尤其是对付秀莹《陌上》所集中书写着当下这个所谓"市场经济"时代来说，情况就更是如此。说到经济，不管怎么说都绕不过去的便是芳村的皮革生意："芳村这地方，多做皮革生意。认真算起来，也有二三十年了吧。村子里，有不少人都靠着皮革发了财。也有人说，这皮革厉害，等着吧，这地方的水，往后都喝不得了。这话是真的。村子里，到处都臭烘烘的，大街小巷流着花花绿绿的污水。老辈人见了，就叹气。说这是造孽哩。叹气归叹气，有什么办法呢。钱不会说话。可是人们生生被钱叫着，谁还听得见叹气？上头也下过令，要治理。各家各户的小作坊，全都搬进村外的转鼓区去。上头风儿紧一阵松一阵，底下也就跟着一阵松一阵紧。后来，倒是都搬进转鼓区了，可地下水的苦甜，谁知道呢？"这里，经济与政治之间的关系表现得非常密切。所谓一阵紧一阵松的治理，正是地方政府的所作所为。可惜处在于，或许与地方政府的一种发展主义思维有关，也或者是缘于地方政府的政绩观念，虽然已经认识到了皮革生意对于生态环境所造成的各种危害，但地方政府实质上仍然是"三天打鱼，两天晒网"地无所作为。政府无所作为的结果自然就是放任皮革生意继续肆意漫溢。经济与政治之间的内在关联，固然值得引起我们的高度关切，但相比较而言，我们却更应该在现代性的意义上来理解芳村屡禁不止的皮革生意。所谓"现代性"，某种意义上也可以被看作工业化与城市化的代名词。伴随着工业化与城市化步伐的日益加快,乡村世界的日渐颓靡与衰败,已然是无法否认的一种客观事实。我们完全可以想象得到,在遭受"现代性"强烈冲击的过程中,乡村世界究竟承受着怎样一种沉重异常的转型期痛苦。无论是基本的经济生产模式,还是总体的社会结构,抑或是作为意识形态层面的道德伦理,在此一过程中,都发生着诸多无法预料的不可逆变化。总归一点,现代性的强劲冲击,必然给乡村世界造成诸种难以承载的精神隐痛。在芳村已经有了二三十年发展历史的皮革生意,实际上就可以被看作工业化或者说城市化对于乡村世界冲击袭扰的一种必然结果。一方面,芳村人早就感同身受到了皮革生意给自己的身体健康与生态环境所造成的严重后果:"这地方做皮革,总也有三十多年了。这东西厉害,人们不敢喝自来水不说,更有一些人,不敢进村子,一进村子,就难受犯病,胸口紧,喘不上来气,头晕头疼。只好到外头打工去。看着小子那斑斑点点的胳膊,她心里真是疼,又怕又疼。小子这是舍着命挣钱哪。也不知道,往后上了年纪,有没有什么不好。如今村里人,年纪轻轻的,净得一些个稀奇古怪的病,难说不是这个闹的。"但在另一方面,以皮革生意为具体表现之一的所谓现代性,实际上已经步入了一种不可逆的发展历程。所谓不可逆,就意味着尽管我们已经充分认识到了现代性可能导致的各种严重后果,却已经不可能再退回到现代性之前的那种社会状态了。就此而言,如同芳村的皮革生意一样的现代性,实际上带有突出的饮鸩止渴的性质。明明知道皮革生意会严重地损害身体健康与生态环境，但为了所谓的GDP，为了所谓的经济发展，却又欲罢不能，不能不沿着这条不归路加速度地一路狂奔下去。从这个意义上说，付秀莹《陌上》中关于芳村皮革生意的描写，在拥有鲜明写实性价值的同时，其实也有着不容忽视的象征意味。在其中，我们不难感觉到拥有古典情怀的付秀莹一种现代性批判立场的突出存在。

或许与付秀莹的身为女性更善于体察把握女性的心理状态有关，她此前的那些中短篇小说就以捕捉刻画女性形象见长。这一点到了这部《陌上》中，同样表现得非常突出。虽然说作为一部具有鲜明"方志叙事"特色的长篇小说，付秀莹不可能不写到诸如建信、大全这样的芳村男性形象，但相比较而言，恐怕还是芳村的那些乡村女性形象更能够给读者留下难忘的印象。不管是翠台、素台、小鸾、爱梨，还是香罗、望日莲、春米、银瓶子媳妇、大全媳妇等，这些乡村女性形象不仅占据了《陌上》的绝大部分篇幅，而且大都鲜活、丰满，散发着迷人的艺术魅力。说到对于女性形象的捕捉刻画，就不能不提及付秀莹与中国文学传统之间的内在关联。我们注意到，在一次对话中，付秀莹曾经专门谈及过自己的审美理想："在审美上，我大约是偏于古典的一路。一晌凭栏人不见，鲛绡掩泪思量遍。如此温柔敦厚，诗之教也。过尽征鸿，暮景烟深浅。说的是等待。那种怅惘哀伤，幽婉缠绵，跟《等待戈多》中的等待，那种荒谬、单调枯燥的等待，情味迥异，简直是两重天地。懒起画蛾眉，弄妆梳洗迟。懒,迟,是什么呢,是从容娴雅,有不尽的意味在里面。幽微、委婉、细致,情韵绵长。这是最中国的审美经验,也是最中国的日常生活。当此去,人生底事,来往如梭。待闲看秋风,洛水清波。这种悲慨旷达,隐忍包容,历千载不变。"④别的且不说,单是付秀莹的这段创作谈,就充满着中国的古典诗意,从其中我们自然不难体会出付秀莹对于中国的古典审美的喜爱。"幽微、委婉、细致,情韵绵长。这是最中国的审美经验,也是最中国的日常生活。"如此一种观察结论的得出,真正堪称得道之言。事实上,在自己的小说写作实践中,付秀莹努力企及的也正是这样的一种艺术审美境界。最近一段时期,文坛盛行所谓"中国经验",但只要稍加留意你就不难发现,作家们所谈的"中国经验"其实更多地依然停留在理论的层面,真正能够如同付秀莹这样把"中国经验"落到文本实处的并不多见。

首先,当然是语言层面。"不知什么时候下起雨了。雨点子落在树木上,飒飒飒飒,飒飒飒飒,听起来是一阵子急雨。窗玻璃上亮闪闪的,缀满了一颗一颗的雨珠子,滴溜溜乱滚着,一颗赶着一颗,一颗又赶着另一颗,转眼间就淌成了一片。"虽然只是一段写景文字,但也的确称得上是字字珠玑,"缀""滚""赶""淌"几个动词的连用,便把下雨的场景格外形象地呈现在了读者面前。其准确凝练,其意味隽永,的确令人印象深刻。然而,与语言的选择运用相比较,更能见出付秀莹古典审美情怀的还是她对于笔下女性们委婉曲折心理的精准把握与表现。人都说三个女人一台戏，女人们在一起时内心里的那种弯弯绕，那种面和心不和，诸如婆媳恩怨、妯娌龃龉、姑嫂失和、邻里纠纷，等等，全都以所谓"杯水风波"的方式进入了付秀莹这部《陌上》之中。尤其需要强调的一点是，作者在展示这些乡村女性的精神心理时，对于描写分寸的拿捏把捉极其准确到位，恰到好处。完全称得上增之一分则太多，减之一分则太少。少了，艺术表达就会不到位，多了，就可能会显得有点过分。另外一点不容忽视的是，付秀莹对于芳村这些别具风采的女性的刻画塑造，是紧密结合现代性对于乡村世界的冲击袭扰这样一种时代大背景而进行的。具体到芳村，这种现代性的冲击乃集中体现为皮革生意的现身。在芳村已有二三十年历史的皮革生意，的确在很大程度上影响着芳村这个小小村庄的方方面面，在影响芳村的社会政治结构与经济存在形态的同时，更是对芳村的世道人心产生着巨大的冲击。其中，女性精神心理状态的变与不变的确颇堪值得特别玩味。面对着现代性浪潮的强劲冲击，一些乡村女性开始酝酿能够适应新时代的心理变化，她们对于情感、婚姻以及性的理解，很显然已经构成了对于传统伦理的强大叛逆。而另外的一些女性，却依然试图坚执固守乡村的传统伦理规范。所有这些，借助于《十月·长篇小说》编者的话来说，就是："那些乡村的女性站在命运的风口，任时代风潮裹挟而去。她们内心的辗转、跌宕和进退失据，都得到细腻的描绘和呈现，而笔底则始终鼓荡着生命隐秘的呼啸风声。在这个时代,一个乡村妇人的心灵风暴,并不比都市女性简略,甚至更加丰富。"⑤《陌上》文本的实际情形,充分证明着编者的所言不虚。

对于芳村一众女性的分析,我们将从那位消失了行踪的小瑞开始。小瑞是勇子的媳妇,勇子曾经一度是芳村的一个能人儿:"他样貌好,脑子又灵活,是村子里头一拨出去跑皮子的。运田他们,那时候还要跟着他跑,摸不着门路呢。不是这样的本事,也娶不了小瑞这样的媳妇。在刘家院里,就算在整个芳村,小瑞也是个人尖子。"这样的一个人尖子,曾经是一个服服帖帖的好媳妇:"那一年,他头一回带着小瑞跑东北,运田也在。小瑞像个没见过世面的小母鸭子,缩头缩脑的。老躲在他后头。"没承想,就是这样一位曾经羞怯无比的乡村女性,到后来居然一个人到东北跑起了生意,跑生意倒也罢了,关键的问题是,她竟然丢下了勇子,舍弃了芳村这个属于她的家,干脆连过春节都不回家了。在这里,一个不容回避的问题就是小瑞为什么这样做? 又或者小瑞的精神蜕变是如何发生的? 一方面,小瑞的弃家不归固然与勇子这几年生意的不景气有关,但在另一方面,却也应该看到,在她的如此一种决绝背后,也还潜隐着外部世界的强烈诱惑。归根到底,倘若不是有皮革生意在芳村一带的兴起,倘若小瑞根本就不会有去东北跑生意的机会,那么她弃家不归就是绝无可能的一件事情。由此可见,小瑞精神蜕变的发生与所谓现代性的冲击之间,存在着不容置疑的内在关联。倘若我们从一种象征的角度来加以理解,那么,小瑞行踪的隐匿消失与精神蜕变,无疑强烈地隐喻暗示着时代与社会一种重大转型的发生。

究其根本，对于芳村的那些女性来说，无论是叛逆乡村传统伦理，还是固守乡村传统伦理，皆与现代性风潮的冲击袭扰关系密切。又或者，在她们的叛逆与固守行为中，我们总是不难窥见时代与社会所投射下的面影。比如，那位在城里开着足疗店的香罗。香罗是苌家庄小蜜果的闺女。小蜜果是谁呢？小蜜果不仅俊，而且骚。因是之故，香罗对于母亲的情感曾经经历过几个不同的阶段："很小的时候，香罗走在街上，就有不三不四的男人们，拿不三不四的眼光打量她。香罗先是怕，后来呢，略解了人事，是气，再后来，待到长成了大姑娘，便只剩下恨了。恨谁？自然是恨她娘小蜜果。"从一种精神分析学的意义上说，香罗的从"怕"到"气"再到"恨"，都是某种精神情结作祟的缘故。唯其因为母亲以风骚著称，所以香罗便格外憎恶并远离风骚："姑娘时代的香罗，怎么说，好像一棵干净净水滴滴的小白菜。"没承想，事与愿违的是，怕什么便有什么，到头来，香罗却偏偏还就在某种意义上重复着母亲的命运。这里的一个关键原因在于，香罗的丈夫根生是一个如同她那窝囊父亲一样的绵软、老实后生："根生的性子，实在是太软了一些。胆子又小，脑子呢，又钝。也不知道怎么一回事，这些年，根生竟变得越来越不够了。""根生这个人，实在是太木了一些。人呢，长得倒还算周正，清清爽爽的，有一些女儿气。心又细，嘴呢，又拙。""这些年，村子里一天一个样，简直是让人眼花缭乱。根生呢，却依旧是老样子。

眼看着他不温不火的自在劲儿,香罗恨得直咬牙。"打个比方,根生非常类似于赵树理《小二黑结婚》中那位风风火火的假神仙三仙姑的"老实"丈夫于福。既然根生是于福,那香罗也一定就是三仙姑了。作为三仙姑的同类,香罗无论如何都不可能安分守己。不管是她与大全之间的私情,还是她在城里开着的系列足疗店,都强有力地证明了这一点。然而,香罗一方面受时代风潮的影响,向外界打开着自己,但在另一方面,她内心里却充满着某种难以自我索解的痛苦纠结。否则,我们就无法理解,香罗好生生地便会伏床大哭:"香罗看男人满头大汗的样子,心里又是气,又是叹,满肚子巴心巴肝的话,竟是一句都说不得。就只有拿起一根馃子,狠狠地咬了一口。又端起豆腐脑,也不管烫不烫,也是狠狠地一大口。不知道是呛住了,还是烫着了,香罗使劲咳着,弯着腰,泪珠子大颗大颗滚下来。"香罗为什么会无法自控地泪流满面呢?关键原因还在于她的内心纠结。因为早一天香罗刚刚与大全发生过一番车震缠绵,所以面对着一大早就跑出去给自己买各种可口早餐的根生,香罗心里唯觉愧疚不已。一方面是愧疚,另一方面却又是一种恨铁不成钢式的怨恨,另外也还少不了自己在外打拼的百般辛苦,几种因素结合在一起发酵的结果,就是这一番看似毫无来由的泪流满面了。

内心里的百般纠结之外,关于香罗,付秀莹艺术处理上格外精彩的一处,还在于恰到好处地写出了她与本家妯娌翠台之间那种既彼此牵扯又有所疏离的微妙情感状态。首先是翠台:"翠台是那样一种女子，清水里开的莲花，好看肯定是好看的，但好看得规矩，好看得老实，好像是单瓣的花朵，清纯可爱，叫人怜惜。"而香罗呢："香罗呢，却是另外一种了，有着繁复的花瓣，层层叠叠的，你看见了这一层，却还想猜出那一层，好像是，叫人不那么容易猜中。香罗的好看，是没有章法的。这就麻烦了。不说别的，单说香罗的眼神，怎么说呢，香罗的眼神很艳。"两相对比，翠台与香罗两位乡村女性秉性的不同就已经跃然纸上了。刚刚过门的时候，翠台与香罗曾经一度关系密切，相互之间居然可以讲一些闺房里的体己话。但不知道什么时候起，她们竟然慢慢地疏远了："后来，也不知道怎么一回事，翠台对她慢慢远了些。自然了，要好还是要好的。但是，两个人之间，好像是，有一点什么看不见的东西，隔着。看不见，却感觉得到，薄薄的，脆脆的，一捅就破。可是，这两个人，谁都不肯去碰它，宁愿就那么影影绰绰地看着，猜疑着，试探着。不肯深了，也不甘浅了。好像是，两个人有着那么一点隐隐约约的怕。其实呢，也不是怕，是担心。也不是担心，是小心，小心翼翼。"说实在话，这是一段能够让人联想到《红楼梦》的锦绣文字，其气韵节奏，读来让人倍感舒服熨帖，简直就叫贴心贴肺、温润如玉了。能够用这样浸润着水意与诗意的文字把两位乡村女性之间的彼此缠绕纠结的小九九表现出来，从中见出的便是付秀莹那非同一般的艺术功力。所谓"中国经验"，大约也只有如此这般地落到文本实处，方才可以令读者真正信服的。至于翠台和香罗为什么会渐渐疏离，究其根本，也还是与她们的生性禀赋密切相关。一个是恪守本分的单瓣花朵，另一个是层层叠叠的复瓣花朵，面对着现代性经济社会浪潮的冲击袭扰，正所谓"道不同不相为谋"，她们的彼此疏离与渐行渐远，就无论如何都是一种不可避免的人生结果。

如果说香罗可以被视为乡村传统伦理的叛逆者，那么，小裁缝小鸾就无疑是乡村传统伦理的坚执与固守者。小鸾是一个心灵手巧的乡村女性，依靠着一手精妙的裁缝活在芳村立足。由于乡村是一个熟人社会，身为裁缝的小鸾自然免不了各种人情世故的应酬。尽管手头的活儿已经忙得不亦乐乎，但她还既不能拒绝给叫唤婶子的老娘做大襟儿的棉袄，也不能拒绝给素台她爹做送老衣裳。更有甚者，她还不得不带着满肚子委屈地"伺候"中树媳妇。之所以会是如此，关键原因在于她曾经半推半就地被喊她妗子的二流子中树用强上过身："小鸾一面叫唤着，一面担心着外面的大门。真是疯了，大门竟都没有关！两个人做贼似的，是又怕又好，又好又怕。越怕呢，越好，越好呢，却越怕。大白鹅的叫声附和着小鸾的叫声，一声高，一声低，一声大，一声小。一时间竟难舍难分。"这中树虽然是二流子习性，但这些年却顺应时势走南闯北发达起来了。因为与中树之间有过的那种纠葛，在给中树媳妇做衣服时，小鸾的心里就无论如何都觉得不是个滋味儿。一方面，曾经的身体感觉无法忘怀，另一方面，其中那种莫名的屈辱让她倍感自尊的被伤害。更何况，忙忙乱乱做衣服的间隙，她也还得挤时间去看望重病在床的贵山家二婶子。去看病人倒也还罢了，关键是临出门时，贵山媳妇居然强拉着硬是把一个点心匣子塞到她手里。没想到，到最后惹出祸端的，也正是这个点心匣子。本来想带着点心匣子去看看自己的母亲，没想到却被贪吃的儿子蛋子给拆开吃了。拆开吃了也还不要紧，问题在于小鸾突然发现那点心"上面已经星星点点长了红毛绿毛"。长了红毛绿毛，就意味着这点心早已经过期了。好心去看病人，却被贵山媳妇硬塞了一匣过期的点心，小鸾这心里的百味瓶可就一下子被打翻了。一时之间，似乎所有的人生委屈全都涌了上来，这可真的是百般纠结都上心头了。一时气急的小鸾，只好把这些委屈发泄在了无辜的蛋子身上："小鸾呆住了，赶忙叫蛋子吐出来，蛋子哪里肯，被小鸾一巴掌打在脸上，哇的一声哭开了。"然后，就是一场看似无厘头的家庭内乱。面对着丈夫占良的好心询问，气不打一处来的小鸾先是把裁缝案子上的一应物事全部扒拉到地上，接着又把厨房里的一锅粥给推翻在地，然后就是一阵子大哭大号。一贯沉稳的小鸾之所以会如此失态如此撒泼，关键原因还在于她不仅平时所承受的生活压力特别巨大，而且还得顾全各种人情世故，还得含纳各种难以言说的委屈。诸般滋味集纳在一起，借助于点心匣子这个由头，一下子就全部爆发了出来，从而引起了一场家庭小地震。付秀莹的高明之处在于，极巧妙地借助于这场家庭小地震，淋漓尽致地写出了类似于小鸾这样忍辱负重的乡村女性驻守乡村传统伦理的艰难。

香罗、小鸾、小瑞之外，《陌上》中的其他一些女性形象，比如翠台、素台、望日莲、爱梨、喜针、大全媳妇、小别扭媳妇、臭菊等，也都鲜活、丰满，个性十足，给读者留下了深刻印象。惜乎篇幅有限，在这里就不能一一展开具体分析了。但总归有一点，在长篇处女作《陌上》中，付秀莹通过一种彼此互嵌式的"列传体"艺术结构的特别设定，在关注透视时代社会风潮的大背景下，以一种散点透视的方式，及时地捕捉表现了一众乡村女性那堪称复杂的内心世界，生动地勾勒出一幅社会转型时期中国乡村社会的精神地图，最终比较成功地完成了作家试图描摹展示"我的村庄的心灵史"的艺术意图。不管怎么说，芳村都是中国的。在这个意义上，写出了芳村也就意味着写出了中国。借助于这个小小的艺术窗口，我们便可以对当下时代中国乡村世界所发生的种种精神裂变，有真切直观的了解。付秀莹包括这部《陌上》在内的"芳村"系列小说写作的全部意义，恐怕也正在于此。

**注释：**

①②④ 王春林、付秀莹《乡村、短篇、抒情以及"中国经验"》，《创作与评论》2015年第12期。

③ 王春林《方志叙事与艺术形式的本土化努力——当下时代乡村小说的一种写作趋势》，《文艺报》2015年3月6日。

⑤ 编者语，《十月·长篇小说》2016年第2期。

# 张忌《出家》：
## 生存挣扎与精神困厄

在岁末年初回望2016年的长篇小说创作，张忌的《出家》（载《收获》长篇专号2016年春夏卷）无论如何都不容轻易忽略。盘点这一自然年度内的长篇小说创作，《出家》肯定进入不到最重要的那个行列，但它却以自身非同寻常的思想艺术个性而给我们留下了深刻的印象。单就书写对象来看，张忌的选择就已经与众不同。所谓"出家"者，自然就是离开家庭去当和尚或者做道士。说到和尚道士一类人与文学创作之间的关系，最热络的时代大约是在明清时期。无论是三言二拍，还是《金瓶梅》《红楼梦》，其中随处可见和尚道士的影踪。其中的若干篇目中，这些和尚道士甚至干脆就掠得头阵，成为作品中的主角。究其因，恐怕与释道的思想观念在日常生活中的深入人心紧密相关。谈及中华传统文化的渊源流脉，一贯以儒释道并称。意谓这三种思想以三足鼎立的方式构成了中国传统文化的基本架构。但请注意，或许与长期的日积月累有关，在古代中国，所谓儒释道三家的思想已经不仅仅停留在文人士大夫思想观念的层次，而是已经深深地渗透浸入了普通民众的日常生活之中。君不见，那些日常生活中的草民百姓，虽然并不能够逐条逐句地背诵所谓儒释道的理念条文，但其日常的言行举止与所作所为中，却无时无刻不体现着儒释道三家思想的影响。唯其因为释道的观念已经深入人心，已经渗透到了日常生活的方方面面，成为所谓的生活常态，所以，和尚道士形象在明清小说中的出现，就可以说是司空见惯的一种状况。然而，等到十九世纪末二十世纪初现代性在中国落地生根，中国社会进入现代阶段之后，这种情形就发生了根本的变化。或许因为所谓的现代性对于儒释道，尤其是其中的释道持强烈的排斥态度。进入现代中国之后，较之于此前的明清时期，释道思想的式微依然是一种不争的客观事实。伴随着释道思想的逐渐式微，直接反映在文学作品中的一种现象就是，曾经作为日常生活之一部分的和尚道士形象，也慢慢地退出了文学世界。翻检一下中国现代小说，不要说塑造成功的和尚道士形象了，就连他们的存在痕迹，也几乎都完全销声匿迹了。

  中国传统文化的悄然复兴的突出标志之一，就是全国各地曾经颓极一时的道观与寺庙，开始得到了积极的修复与重建。道观与寺庙的修复与重建，一方面表征着曾经被强力打压的释道思想全面复苏，另一方面也标志着和尚道士作为一种现实生存群体的再度生成。与社会生活的这种变迁相对应，在文学作品中，曾经长时间销声匿迹的和尚道士形象，也逐渐地显现出了悄然回归的某种迹象。这一方面，最不容忽略的一部作品，自然就是汪曾祺那个著名的短篇小说《受戒》。虽然故事的背景放到了一九四九年之前，但一个小和尚和一位小姑娘之间的情爱故事，竟然能够早在一九八〇年就发表在刚刚改刊的《北京文学》上，其实还是非常不容易的一件事情。也因此，尽管《受戒》很早就已经发表问世，但它的思想艺术价值却一直到很多年之后方才得到文学界的理解与确认，也就是合乎情理的一件事情。因为说实在话，在当时，能够同步认识到《受戒》价值的文学中人，事实上还是少之又少的。

然而，尽管说"文革"结束后也曾经出现过如同汪曾祺《受戒》这样描写表现和尚生活的充满烟火气的小说作品，但或许与不管如何强调释道思想的重要，和尚道士的生活都永远不可能成为生活的主流有关，也或者与国人内心深处依然对和尚道士的生活难免会心怀偏见有关，除了汪曾祺的《受戒》之外，在新时期以来的小说作品中，也仍然难觅和尚道士身影的。就我个人有限的阅读视野，也不过只有范小青的长篇小说《香火》、阿来的长篇小说《空山》与中篇小说《蘑菇圈》、赵德发的《双手合十》等不多的几部。但即使是这数量不多的几部作品，细细地琢磨起来也可以说是各有其旨趣。赵德发为了完成这部全面表现当下时代佛教徒生活的长篇小说，真正可谓做足了田野调查的功夫。一个小说家为了完成一部长篇小说，依然要以一种深入生活的方式去进行田野调查，虽然不能说赵德发的小说不全面，但从他的基本艺术思维方式来看，其实仍然属于报告文学式的。而这很显然也就意味着他对于和尚生活的表现，更多还是外在的反映生活式的那一种。相比较而言，范小青倒是对于和尚的生活有着较为深入的内在体验与发现，但很遗憾作家《香火》的写作本意并不在深究表现和尚的生存状态本身，而在于借和尚的生活透视表现历史生活本身的荒诞与吊诡。相对来说，真正对于和尚生活有着内在感受与领悟的反倒是阿来，但阿来这两部作品的主旨却并不在和尚生活的表现上。其中的和尚虽然格外活灵活现，但终归不过是边角料的过场人物。也因此，能够在书写对象与艺术旨趣两方面承接汪曾祺之传统的，截至目前，恐怕也就只有张忌的这一部《出家》了。之所以强调这一点，一方面固然因为二者均以和尚的生活为主要表现对象，另一方面更在于他们对和尚生活的表现都跃升到了生命存在的本体层面上。

或许与篇幅的较为内敛不够巨大有关，张忌《出家》的故事情节与人物关系并不复杂。从艺术结构上看，小说共由两条结构线索交叉编织而成。这两条结构线索的枢纽人物都是男主人公方泉（广净）。换言之，方泉和广净作为同一个人物形象两个不同的名字，分别指向日常世俗生活和出家人的男主人公。首先，让我们来看方泉这一条日常世俗生活的结构线索。张忌关于方泉日常世俗生活的描写，不仅能够让我们联想到余华的名作《活着》与《许三观卖血记》，也能够让我们联想到文坛曾经一度盛行的所谓底层叙事小说潮流，虽然说张忌的小说绝非这些作品的简单翻版。它们之间唯一的共同之处，恐怕就是对带有鲜明绝望色彩的生命苦难的真切谛视与表现。结婚时的方泉曾经对生活的未来充满了美好的憧憬："可我不想让秀珍出去工作。结婚时，我跟她保证过，一辈子都不让她去上班。我负责到外边去挣钱，她就在家里做家务、带孩子。"这种典型的男主外女主内的生活方式，正是出身于乡村普通家庭的方泉，对于生活和世界的一种基本理解。他结婚时之所以要对秀珍做这种保证，就说明当时的他对于未来的生活充满着美好的憧憬与向往。然而，正所谓一文钱难倒英雄汉，只有在真正地结婚成家之后，方泉方才真正明白了生活对于自己究竟意味着什么。方泉与秀珍结婚后，不仅很快就有了第一个女儿大囡，而且秀珍的肚子里也已经怀有第二个孩子。这个时候，原本曾经做过油漆工的方泉，已经在家里闲了一年时间。闲在家里自然就失去了经济来源，因此，"我需要钱"。为了钱，方泉给秀珍那个开奶牛场的表姐做了送奶工。送奶工的时间要求特别严格，每天凌晨四点前，就得赶到公司取奶，到七点半，一定要将所负责区域里的牛奶全部送完。即使如此辛苦，方泉每个月也只能够到手一千七百元工资："眼下，全家上下，就靠我每月的一千七百元工资，刨去开支，就剩不下什么了。我想我还得再找个赚钱的门道才行，否则等我儿子从秀珍肚子里爬出来，就真的喝西北风了。"怎么办呢？方泉通过主动送牛奶给发行站马站长喝的办法，巴结马站长，又得到了一个送报纸的活。虽然说连同送牛奶、送酸奶，以及送生煎包在内，加起来每个月要多付出三百元钱，但除掉这些开支，方泉每个月毕竟又多了一千六百元的收入。本来以为第二胎会生个儿子，没想到还是一个女儿。正所谓屋漏偏逢连阴雨，恰恰也就在这个时候，表姐的奶牛场遭遇困境，方泉的工资被减掉一半。但这个时候，也已经到了大囡需要上学的时候了。因为是农民工的孩子，没有城市户口，大囡要想如愿以偿地在城里上学，就需要额外缴纳八千元的赞助费。为了解决这个难题，不仅秀珍想方设法进入超市做了一名收银员，而且方泉也从先前的好友阿良手里接了一辆拉客的三轮车，夫妻俩拼尽全力地合力赚钱，以维持这个四口之家的日常生计。"五千，五千三，五千三百二十五，六千零七十五。"这哪里只是数字的简单排列，这看似简单的数字排列后面凝结的，全都是方泉夫妻俩为了自己的家庭所付出的全部艰辛与汗水。面对这样的生活，方泉陷入了深深的不解与困惑之中："躺在床上，我看着天花板，忽然觉得事情有些怪异，总好像是哪里出了差错。就在不久前，一切都是那么的顺利。我还跟秀珍说，我说我们现在都快赶上城里的双职工了。可那话似乎还没散去，突然这日子又变得窘迫了。照理说，我也没有偷懒啊，我每天都在努力干活儿，事实上，我也的确是赚到了比以前更多的钱。可是，钱呢？现在除了我长裤口袋里的几枚硬币以外，我还有什么呢？这一切就因为大囡的那笔赞助费吗？似乎是，似乎也不是，我也想不明白。"是啊，问题到底出在什么地方呢？这样的一种尖锐诘问，既是属于方泉的，更是属于作家张忌的。事实上，当一个人一直勤勤恳恳地努力付出，努力工作，却依然无法维持一个普通人的正常生活的时候，问题恐怕就与他所置身于其中的这个现实社会紧密相关了。肯定首先是这个现实社会出现了什么问题，然后才会使它的社会成员无法凭借诚实的劳动过上正常的生活。就此而言，通过对于方泉一家人生存苦难的展示与描写，张忌《出家》一种批判性思想意向的具备，就是毋庸置疑的一个事实。

面对着如此一种严峻的生存困境，"我忽然对以后的生活有些绝望，因为我几乎已经看到了自己所能做到的极致。很少有人像我起得那么早，我也想多睡会儿，也想偷懒，可我总是牛一样地用鞭子抽着自己往前走。可这样辛苦，又怎么样呢？到头来，我还不是将日子过得跟条狗一样？如果我这样辛苦，只是换这样一个结果，我凭什么要赔着笑脸给别人买生煎包子，凭什么背着老婆去给别人干私活，我还要提防着警察来罚款，坏人来敲竹杠，我这是在做什么，逗自己玩吗？"当然不是在逗自己玩，我们之所以要引述这段叙述话语，是因为在其中很明显地传达出了方泉的某种生存领悟。更进一步，在方泉的生存领悟中，我们既能强烈感受到主人公的某种生存焦虑，更能体察到他一种强烈生存虚无感的存在。一个人为了生活累死累活地打拼，到头来却是"将日子过得跟条狗"一样，那么，人生存的意义究竟何在呢？大约也正因此，"我想不明白，盯着天花板，觉得眼前越来越黑，越来越虚无，而我躺在床上，也越来越小，越来越小，最后小成了一个黑点，连颗尘埃都不如"。卡夫卡笔下的格里高尔·萨姆沙最终变成了一个大甲虫，张忌笔下的方泉却是小到了"连颗尘埃都不如"的地步。二者虽然具体的变形结果不同，但那种迫于巨大生存压力下的生存变形感觉，却无疑是相通的。实际上也正是由此生存困境，方泉情不自禁地联想到了青春年少的快乐时光："那时，躺在甲板上，我总会迷迷糊糊地幻想以后会怎样，我会娶什么样的女人，做什么样的工作，而我，会成为怎样的一个人。我想，那是我所幻想的将来，肯定不是现在这个样子。如果年少的我能和现在的我相遇的话，他一定会失望透顶。"

但不管如何的失望透顶，这绝望的生活也总还得延续下去。方泉既然已经来到了生活之中，他就不可能轻易地从生活中退出去。很快地，方泉如愿以偿地得到了曾经朝思暮想的儿子，本来就生存艰难的四口之家一下子扩充为五口之家。但就在方泉的生存负担有所增加的时候，妻子秀珍的骨头里又忽然间长出了一个囊肿，必须到杭州的大医院去接受手术治疗。这就让刚刚对生活生出新的希望的方泉再度紧张起来，并产生了新的人生顿悟："呵，我现在的生活，不就像这个游戏吗？过了这一关，马上就有下一关等着你，而且下一关总是比这一关难，一关一关又一关，永远也打不完。"好在，在如此苦难不断的人生中，却也还有人间的温情存在。其中，最令人动容，先后两次阅读时我都禁不住潸然泪下的，就是方泉与秀珍准备出发到杭州治病时，已经初懂人事的大女儿大囡为他们送行时的那个场景。方泉和秀珍在公交车站等车的时候，大囡忽然跑过来抱着他的腿大哭。"大囡,你怎么了,干吗哭啊?大囡没有说话,只是哭,小肩膀一抖一抖的,哭得那么伤心。一时之间,我也不知道该怎么安慰她,我只能轻轻地拍着她的肩膀,我不敢开口,我怕一开口,我也哭出来。"一直等到公交车来了,"大囡这才将手从我腿上松开,她用力抹了抹眼睛,吃力地帮我拎起那个装着洗漱用品的网兜。我赶紧接过来,大囡,太沉了,让爸爸自己来。大囡却不肯,非得帮我拎。"一直到车子开动之后,大囡才转身回家:"看起来,她那小小的身子显得那么柔弱和孤独。在她面前,那个原本狭小的巷口,竟然像一片荒漠那么巨大。"正所谓穷人的孩子早当家,一个刚刚上小学的孩子,在其他的同龄孩子还只知道撒娇的时候,就已经懂得了生活的艰难与生命的脆弱。当她怯生生地问自己的爸爸,妈妈还会不会回来的时候,她幼小的心灵承受的那种沉甸甸的生命重量,真的让人不由得潸然泪下。

即使方泉和秀珍夫妇付出再多的努力,仅靠他们的诚实劳动也不能够让自己的这个五口之家过上哪怕是如同别人一样正常的生活,秀珍这一次意外住院治疗,里里外外一下子就花掉了五万多元。"原本以为这些钱大半能报销,可医保中心的人告诉我,秀珍用的大多是进口药,进口的药是不能报销的。"万般无奈之下,方泉只好去找阿宏叔帮忙介绍做佛事的机会。一旦要做佛事,自然也就牵扯到了方泉的另外一个名字广净这一条出家人生活的结构线索。事实上,两条结构线索的故事在张忌的小说文本中可谓是平分秋色,甚至于后面的出家人生活这一条线索的故事所占篇幅可能还要更大一些。事实上，小说一开始就是从方泉（后来起法号为广净）应阿宏叔之邀做佛事写起的。如果说方泉的日常世俗生活这条线索只是涉及自己一家人的生活，那么广净这一条出家人的线索无疑涉及了更多的人。除了作为主人公的广净之外，还有阿宏叔、慧明师父和她的表哥以及周郁他们几位。而且，在描写展示这一众人物相关佛事生活的同时，作家也穿插介绍了诸如水陆、放蒙山、放焰口、观音大士圣诞等一系列佛事活动的基本状况。通过这些人物各不相同的介入佛事活动的方式，张忌形象生动地展示出一幅与人性紧紧地缠绕纠结在一起的佛教在现代社会的基本存在形态。其中，无论如何都不容忽略的一点是，作家借助于慧明师父之口，一语道明了当下这个时代在佛教的意义上属于"末法时代"。根据佛经记载，现在正处于"末法时代"，末法时代的一大根本特征，就是"邪师说法，如恒河沙"，加之末法众生善根浅、福报薄、业障重且退缘多。纵能修行，亦不易证果。不知道是佛法的确智慧高明，在好久好久之前就已经预见到了佛教在当下时代的如此一种世俗与衰微状况，抑或是仅仅出于某种巧合，反正处于所谓现代性剧烈冲击之下的佛教确实形成了所谓"邪师说法，如恒河沙"的状况。以至于一时之间真假和尚共存，职业与信仰混同，端的是让人感到莫衷一是，难以做出简单的是非臧否判断。比如，同样是焰口活动。和尚放的叫焰口，尼姑放的叫蒙山，道士放的则叫小斛："按照老规矩，和尚的焰口，尼姑道士不能参加,尼姑的蒙山,道士和尚也不能参与,各家的焰口各家放,各家的规矩各家守。不过到了现在,这些老规矩早已没有了严格的界限,无论是焰口、蒙山还是小斛,只要是出家人,僧道尼都可以参加。"别的且不说,单只这一点,就已经充分地说明释道进入现代社会后的某种"与时俱进"式的变化。

首先,是慧明师父。方泉与慧明师父是在阿宏叔介绍的一场放蒙山佛事活动中抽烟时萍水相逢的。方泉躲在树林里抽烟,尼姑慧明也躲过来抽烟。她看上去四十五六的样子,身材有些肥胖,面相和善。慧明一方面感叹到了这个"末法时代"一切佛事活动的规矩都不那么讲究了;另一方面不无热络地与方泉互留了电话号码,说自己的那个庵堂里过几天会搞一场佛事活动,希望方泉能够来做一个乐众。慧明师父的庵堂叫山前庵,坐落在山前村的旁边。没过多久,方泉果然接到了慧明师父的电话,请他来参加一个规模不大的小佛事。参加慧明师父的佛事活动倒也还罢了,作家张忌的重点,其实落在了慧明师父和她的那位神秘表哥之间关系的描写与展示上。"后来,我又知道那个高大的男人,原来是慧明师父的表哥,也是温州来的。大概二十年前,慧明师父来到了这里,十年后,她的表哥又跟来了此处。从此,两个人便一直守着这座庵堂。"关键的问题是,慧明师父的表哥身体状况非常糟糕:"他的身体很虚,稍微动几下,就像干了重活,折身又躺到院前那棵大桂花树下的躺椅上,一副气力不济的样子。"这么病恹恹的一条汉子果然很快就离开了人世。表哥的不幸弃世虽然早在料想之中，但对于慧明师父的情感世界来说，却仍然是一个不可承受的巨大打击。也因此，表哥离开之后，对一切都心灰意冷的慧明师父，在方泉的帮助下做了一场水陆道场的活动，筹集了一部分路费钱，然后带着表哥的骨灰盒义无反顾地回家去了："第二日，慧明就走了，她要带着她表哥的骨灰回家了……我不知道，那个高大的僧人是不是真的是她的表哥，她对他的情感显然已经超过了表兄妹的范畴。他们为什么要离乡背井在这里驻守，到底发生了什么呢？很快，我便打消了自己的这种猜测。两个外乡人，离家到这里并不是一件容易的事，找一个人，相互陪着到死，这是多么不容易的事情。"但即使如此，即使方泉自以为已经放弃了对于慧明师父和她表哥关系的猜测，有时候却忍不住还是要有所猜测："这个房间就是原先慧明的房间，看着从嘴中不断喷出的白色烟雾，我忽然想起以前慧明住在这里，那她的那个表哥会住在哪里？我脑子里迅速地翻腾，我整理寺庙的时候，没有发现别的房间。他们会一起睡在这张床上吗？"应该说到此为止，慧明师父与她表哥之间的关系已经被相当明晰地表现出来了。第一，他们之间即使真的是表兄妹，那也不是一般意义上的表兄妹，而是其中肯定有男女感情缠绕着的表兄妹关系。第二，作家张忌的意图或许正是要通过慧明师父和她的表哥，描写表现和尚与尼姑，总之也就是出家人之间的男女爱情故事。和尚尼姑可以有爱情吗？虽然我们清楚地知道从人性的角度来说答案一定是肯定的，但面对着比如慧明师父和她表哥真正可谓生死不渝的感情的时候,却也还总是免不了有些疙里疙瘩的感觉,总是会以此为一种新奇或者陌生。为什么会感到新奇或者陌生,这里的一个重要原因在于,依照佛教的清规戒律,和尚尼姑都已经没有了七情六欲。既然连七情六欲都没有了,那还何谈爱情之有无呢? 但问题在于,这和尚与尼姑之间偏偏还就是产生了爱情,或者,具体到慧明师父和她的表哥,他们或许正是先有了刻骨铭心的爱情,但在现实社会中这爱情又没有可以容身之处,然后假借了出家这种形式他们才可以长相厮守在一起也未可知。这里同时也还牵涉到了人性与信仰尖锐冲突的问题。身为佛教徒,当然就是有信仰的人。而且,这种信仰,严格地规定不能够有男女情感缠绕介入,去"七情六欲"乃是佛教的不二法门。而人性能开出的最娇艳的花朵之一种,大约就是所谓的男女爱情。二者不碰撞倒也还罢了,一旦发生尖锐激烈的碰撞,就必然生出足以惊心动魄的情感"车祸"来。具体到慧明师父和她的表哥,或许正是这种状况。其情感生成与演进过程中的惊心动魄或者波澜壮阔,端的是只可以停留在想象之中。正如同海明威那个著名的"冰山理论"一样,在处理慧明师父与她表哥之间的故事时,张忌的高明之处,就在于以不写为写,以浮出海面的七分之一冰山表现隐藏在海平面之下的七分之六冰山,表面上看似乎什么都没有写,但实际上却全部都暗示表现出来了。很是带有几分吊诡色彩的是,一方面,慧明师父自己感叹这个时代乃是一个"末法时代",但在另一方面,她自己的所作所为又似乎的确在强有力地证明了究竟何为"末法时代"。

然后，是阿宏叔。某种意义上说，阿宏叔是方泉得以踏上出家的道路，得以变身为广净的第一位人生导师。阿宏叔最早介绍方泉去做空班当和尚赚钱是在他们俩一别十年之后："十年前，他瘦得像一根竹子，可现在，他站在我面前，油光水滑的，像个姑娘一样粉嫩。"前后仅仅不过十年的时光，阿宏叔就发生了如此天翻地覆的巨大变化，端赖于他特别地会经营事业也即寺庙，经营自己。按照周郁的介绍，当年的阿宏叔也曾经有过一穷二白的窘迫日子："你要是见过他以前的寺庙，你就不会觉得自己的庙小了。当年守元师父刚到那个地方时，不过就是几间破石头房，可你看现在，成了多大的规模？"这里的关键原因在于当家的会不会搞经营："怎么说呢，寺庙有没有香火，关键要看当家的怎么经营……现在不像以前，以前寺庙有寺产，可以指着这些寺产过日子，现在都得靠当家的自己去经营。"请注意，在周郁的表达过程中，真正可谓张口闭口都不离"经营"二字。事实上，也恰恰是这"经营"二字，一针见血地道破了传统寺庙与现代寺庙之间的某种根本差异。那么，究竟应该怎么经营呢？同样按照周郁的说法，必须大量地做各种各样的佛事活动。道理其实非常简单，只有佛事活动搞多了，庙里的人气香火才会旺。但问题在于到哪里去找这么多佛事活动来搞呢？这就不能不提及长了师父关于阿宏叔经营发迹手段的特别介绍了。"长了笑了笑，说，广净啊，虽然你现在也是个当家的，可你根本就没弄懂这一行究竟是怎么回事。香火好不好，归根结底在于寺庙的护法。一个好的寺庙，必然要有好的护法。"何为护法？"我打个比方吧，这护法就好比是一个公司里的业务员。公司的业务靠什么，不就靠业务员吗？只有拉来了好业务，公司的生意才会好，这样说你能明白吗？"也因此，在长了师父看来，阿宏叔这些年的寺庙事业发达，全赖于他有了几个好护法："这几年，你的那个阿宏叔，也就是守元师兄，他那么红，不仅寺庙越来越大，还当上了佛教协会的会长，他靠的是什么？光靠他自己吗？不对，他靠的就是有几个好护法。"更关键的问题还在于，阿宏叔的这几位护法竟然全都是女的。"守元的那几个护法都是离过婚的女人，而且个个能说会道，能力很强。这样的女人，拉佛节的能力自然是强的。可更重要的是，守元的几个护法，对守元是出奇地忠诚。要想留住这样的护法，需要的不是一般的手段。你猜是什么手段？""我告诉你吧，要想得到真正的忠诚，就是得到女人的身体。"至此，长了师父方才彻底道破了阿宏叔或守元师父的寺庙经营之道。又或者说，阿宏叔的经营之道，也正是现代寺庙的一种具有普遍性的经营之道。毫无疑问，在阿宏叔这里也存在着若干矛盾的纠结。第一，当然是经营手段与宗教信仰（精神信仰）之间的矛盾冲突。佛教主张一定要去除七情六欲，但阿宏叔他们却不能不借助于七情六欲来发展自己的寺庙或者说所谓佛教事业，这本身就构成了一对矛盾。第二，是阿宏叔与这些护法之间的关系。倘若用现代的观念来理解，他们的关系毋庸置疑是一种情人关系。但寺庙的住持或者说方丈也可以有情人吗？这一点，即使在现代社会，恐怕也都还是不可思议，难以被接受的。更何况，其中的确也还有人性本能的各种缠绕与纠葛。

当然了，九九归一，张忌这部《出家》中最重要的人物形象，还是方泉，亦即后来的广净师父，是他内心中那无论如何都剪不断理还乱的复杂心理纠结。我们应该注意到，从小说一开始，方泉或者说后来的广净，就一直处于在家还是出家的困惑缠绕之中。方泉之所以应阿宏叔的邀请去做假和尚，是因为要解决家庭的经济困境："当和尚能赚钱，能赚白布包洋钿的钱，这是阿宏叔亲口告诉我的。"然而，当阿宏叔亲自动手给方泉剃了个光头的时候，方泉心里生出的却是一种莫名其妙的矛盾感觉："事实上，我有些后悔了。我真的要干这一行吗？我并没有想清楚，此前我只是将做和尚当成一门能赚钱的行当。可真剃了头发，我才心虚起来，我根本没有做好足够的心理准备。"幸亏就在这个时候，秀珍打来电话要方泉去做送奶工，否则方泉从那个时候就已经开始他的佛事活动了："那时，我正在宝珠寺纠结当和尚的事，接了秀珍的电话，我没太盘算，便应了下来。说实话，这送奶工虽也不是什么好行当，毕竟算个正经工作。当和尚吗？唉，我说不好。"为什么说不好呢？这里一个非常关键的原因，恐怕就是世俗对于和尚这类角色明显不过的偏见。以至于即使在方泉这样一个先天带有佛性的人物身上，竟然也生成了难以避免的声誉负担。之所以认定方泉先天带有佛性，与他竟然能够无师自通地从头至尾背诵《楞严经》，与他竟然可以数次于无意间看到佛光有关："我紧闭着双眼，可我分明看到了一片宽阔平静的水面，水面上有着柔和无比的光，这光似乎是从水底透出来的，光照着水面，水又折射着光，一时之间，到处都是水，到处都是光，层层叠叠，无穷无尽。我试图将身体往水底的光亮飘过去，我想到那光的中心去，但我却用不上力气，我的身体毫无重量，我就悬浮在那里，丝毫动弹不了。"然而，或许还是与世俗看待出家人的那种另类眼光有关，方泉总是一方面身在禅堂做着假和尚，一方面又懊悔连连："我站在人群中，突然觉得毫无意义。我这是在做什么？为什么我要站在这里受这样的罪？我为什么来这里，不就因为我不喜欢外面的压力，想在寺庙里寻求片刻的安宁吗？每天，我都承受着各种压力，每天都赔着笑，小心翼翼，如履薄冰。我厌恶，厌恶透了。如果我能承受这样的生活，我为什么要到这里来做空班，我去外面做别的事不也一样吗？"于是，"就在这一瞬间，我做了一个决定，我要回去了，这并不是个适合我待的地方"。就这样，通观整部小说，方泉或广净实际上经常处在在家还是出家的矛盾之中。他这种患得患失的天平，一直等到慧明师父兑现自己的承诺，果真把山前庵交给他住持打理之后，方才发生了某种微妙的倾斜。尽管他内心里仍然在为是否真正出家而患得患失犹豫不决，但很显然，成为一个拥有一座寺庙的当家人这一现实，对他的确有着足够强大的诱惑力。这一点，从他刚刚接手住持山前庵，就急急忙忙给自己取了个"广净"

的法号这一细节上，就表现得非常明显。

　　当然，男主人公在出家与否这一问题上的根本纠结，还与周郁这个女人在他生活世界中的出现存在着直接关联。周郁的重要，一方面固然在于她作为护法，背弃阿宏叔，转而帮助广净做佛事，另一方面，更在于她情感世界对广净彻底打开。假如说按照长了师父的说法，只有成为情人关系，才能够保证女护法对于寺庙住持的绝对忠诚，那么周郁对广净的表白，就已经明确地表达了自己的情感倾向："所以，我出去的时候，我就想好了，只要我能缓过这口气，我一定回来，我要做你的护法，把你的寺庙建得比守元还好。"这里的一个前提是，周郁曾经如同对待自己的丈夫一样对待阿宏叔，只有在发现了阿宏叔的背叛之后她才彻底绝望，转而帮助广净做佛事。也因此，她对于广净的表白，实际上也就意味着要求广净在情感上对自己绝对忠诚。就这样，一方面，是拥有三个孩子和一个足够贤惠的妻子的五口之家，虽然生存艰难但充满家庭的温馨和温暖；另一方面是拥有一座寺庙，以及周郁这一护法对于寺庙美好未来的承诺，当然也还有广净天性中本就携带着的那种佛性。正如同男主人公同时拥有方泉和广净这两个名字符号一样，二者一直处于矛盾纠结的状态之中。唯其因为矛盾双方对于男主人公都有着足够的吸引力，所以，我们的男主人公才成为一个不断地动摇、游走于俗界和僧界之间的哈姆雷特。一个人待在庵里的时候，总是牵念家里："想起这些，我的心底有些悲凉，那都是我最亲的人，原本，我应该在他们身边。可现在,我却躲在这个阴冷寂静的寺庙里。"然而一旦真的回到家里,广净却又会感到极度的不适应:"我觉得奇怪,几天没睡,这床似乎有些陌生了,怎么睡都不是那么回事。要知道,以前,就算我出去很长时日,回来后,一躺在这床上就觉得心平气和。可现在,我却像个陌生人。"一方面,方泉是一个家庭亲情的迷恋者;另一方面,广净又是一位天然携带着佛性的信仰者,虽然这信仰中其实也不可避免地掺杂着利益的成分。道理并不复杂,一旦广净真正出家,成为山前庵的住持,就意味着那个山前庵,以及由这山前庵带来的佛事香火,全都归属了自己。面对此种现实,我们的确很难断言广净的向佛行为中绝对只存在天生佛性的成分,丝毫也不存在对于现实利益的考量。在我看来,作家张忌的真正高明处,就在于毫无讳饰地将男主人公内心世界中这一切的矛盾纠结都充分地展示在了广大读者面前。而且一直到小说结尾处,看似广净最终已经彻底决心告别妻儿出家了,但他内心里的精神痛苦仍然坚实存在着。坐在东门庵堂前的马路上,"看了一会儿,我就想起了秀珍,还想起了大囡、二囡,还有方长。我们从乡下来到这个城市,一天一天地熬,从三个人熬成了四个人,又熬成了五个人。我眯起眼睛,试图在脑中回忆起那些有关于秀珍还有孩子们的美好画面,可想了一阵,我的脑子里却出现了一座座金光灿灿的大殿、偏殿、钟楼、鼓楼、四合院。我看见了人潮汹涌,旗帜招展,一个人坐在法台上,双手合十,仁慈地俯视着众生"。以上两种幻觉的同时生成反映出的,仍然也还是男主人公无法彻底摆脱的两难选择所必然带来的精神痛苦。唯其如此，张忌才会以这样一个特别耐人寻味的具有开放性的细节场景来为自己这部长篇小说作结："就在这时，我看见了我，孤独地坐在东门庵堂那道冰冷的石门槛上，相互眺望。"为什么是"我看见了我"？一个人，又怎么可以自己看见自己呢？很显然，这里的我，一个是方泉，是那个五口之家的男性家长，另一个是广净，是山前庵未来的住持。归根到底，一个方泉，一个广净，一俗一僧，真切反映出男主人公内在精神世界一种突出的自我撕裂感。无论如何，这种撕裂感传达出的那种现代意味都无法被轻易否定。还有就是那道石门槛的强烈象征色彩，无论出门还是进门，出家还是入家，最终都离不开这道石门槛。那么方泉或者广净到底是进还是出呢？张忌到最后也没有给出一个准确的答案。他留给读者的，是一个需要读者充分地运用自己的思考与想象能力加以填充的巨大空白。

# 须一瓜《别人》：
## 社会问题聚焦与知识分子的精神透视

作家须一瓜长期供职于媒体，对于媒体人的生活状况可以说有着相当深入的了解，但在她的小说写作历程中，对于媒体人的生活却甚少涉及。"这十多年来的笔，一直远离私人的生活现场，并时刻警觉着，走远点，更远一点，更更远一点，没想到，今天，还是回到了现场中心。过去有涉足媒体领域的，基本是个体性的，或者擦边而过。而这部小说，却是贴面舞了。"①刻意回避媒体领域的主要原因，就是为了避免会在有意无意间制造出"对号入座"的尴尬："我不愿把身边人，尤其是个体特征强烈的私心私想、私人私事、私怨私爱置入小说中。是因为——至少我现在还认为，世界肥美，我不需要顺窝边草。也因为，不能、不愿、不忍，如果你的用材是直接复制、直接录制身边生活，那么，其中的人，可能面临尴尬。"②但不管怎样刻意规避，既然长期在媒体工作，那么也就不仅会经常接触到各种新闻事件，而且小说创作也难免会与新闻事件发生关系。比如说她那篇曾经产生过很大影响的中篇小说《淡绿色的月亮》就与她的新闻采访密切相关。但完成后的小说文本已经离案件原型相去甚远。这里的关键就在于新闻报道与小说创作之间存在着根本的区别。对于这一点，须一瓜有着颇具个性特色的真切思考："你所知道的豆子，和所有的豆子一样，我都磨成了豆浆，制成了豆腐。请不要指着豆渣硬说，那就是我。哦，不是的，不是的。不管那豆渣，美好与不那么美好，都不要认为，那就是你。也许你曾经是豆子，但是，小说里一定没有豆子，尤其是没有你觉得像你的那颗豆子。"③又或者，须一瓜也曾经用咖啡豆做出过形象的比喻："所有的材料，该打磨的打磨，该腌制的腌制，该萃取的萃取，该蒸馏的蒸馏，仔细完成材料的涅槃。为了更准确的表现力，为了直面更准确的真实，在这个程序，你就必须超越魔术师，比他善变，比他善伪，比他更有力量。写作是个不折不扣的技术活。是个看起来简单，实际凶险莫测、心机竞开的复杂。你死在路上的时候，往往死因不明，只有慧眼法眼之高人，才看出你气数本来。所以写作，远不是麝香猫拉出的猫屎咖啡那么简单天然。提笔之前，你就要知道，你眼里的咖啡豆，和印出来的咖啡豆，不是同一个东西。"④无论如何，我们都必须承认，须一瓜关于豆子与豆腐或者咖啡豆的说法充满了启示性的艺术智慧。从小说创作的角度来看，豆子是新闻报道，是现实生活，而豆腐则是文学作品。豆腐的形成固然离不开豆子的存在，但正如同豆子必须通过一番复杂的发酵研磨打造过程才能够变成美味可口的豆腐一样，作家观察体验到的生活实体，也需要在作家的内心世界中经过一番更其复杂的艺术酝酿转换过程之后，方才有可能被转化为具有审美价值的文学作品。作为有着充足媒体生活经验的作家，须一瓜的说法可以被看作现实生活或者说新闻报道与文学作品之间关系的一种形象表达。

其实，晚近一个时期以来，其小说创作与新闻报道存在密切关系的，绝不只是须一瓜一位。举凡余华的《第七天》、贾平凹的《老生》、王十月的《人罪》、盛可以的《野蛮生长》、东西的《篡改的命》、陈应松的《滚钩》等等，都可以被看作这一方面的代表性作品。同样是以新闻事件为写作原型的小说创作，却也存在着艺术表现成功与否的问题。相比较而言，贾平凹、王十月、盛可以、东西、陈应松他们的创作实践较为成功，而余华《第七天》的艺术缺陷则较为明显。如此看来，问题的关键并不在于作品与新闻事件有关，作品过于贴近现实。作品贴近现实并没有错，关键在于作家究竟是以何种写作心态、以何种艺术方式去关注、表现现实。一句话，能否成功地把新闻事件化解后有机地融入整合到小说文本之中，乃是衡量此类小说作品的关键因素所在。套用须一瓜的形象说法，也就是豆子与豆腐的关系。处理好了，新闻事件就发酵加工成了美味的豆腐，处理不好，那自然也就变成了半生不熟的夹生饭。

但这一次，在长篇小说《别人》（载《人民文学》杂志2015年第7期）中，一向小心翼翼的须一瓜，却抡开了膀子，直击媒体与媒体人的生活状况了："是的，《别人》用的就是'窝边草'。它描摹了一块世事善恶的集散地,一个人心情志枢纽中心。它用媒体框架,写了媒体人的梦想与梦魇,欲望与挣扎,写了世相人心中的妖与妄。是的,我到底犯忌了:本是'太熟了,不好下手'的平素回避地,我终于走了过来,嗅着窝边草。"⑤为什么要突破自我约束大写特写媒体生活呢? 一个关键的问题,恐怕就在于媒体本身就有着一种突出的镜像功能。所谓媒体,指传播信息的媒介,在当下时代一种约定俗成的意义上说,存在着电视、广播、报纸、周刊(杂志)这四大传统媒体。具体到须一瓜的《别人》,她集中描写展示的,乃是一群供职于报纸的媒体人的工作、生活与精神状貌。须一瓜这一次之所以要以正面强攻的姿态直击表现媒体人的生活状况,与她为自己确定的深度介入表现社会问题的创作主旨密切相关。某种程度上,能够极其有效地把媒体人的生活与社会问题拼贴连接在一起的正是新闻事件。一方面,只有那些具有重大意义的社会事件方才有可能进入媒体人的报道视野之中,其中,一个非常重要的组成部分就是具有负面效应的社会问题。另一方面,也只有在从事新闻报道的活动过程之中,媒体人自身的生活状况与精神世界才能够得到充分的展示。在这个意义上,须一瓜笔下的媒体实际上也就具有了双重的镜像功能。一方面映照表现社会问题,另一方面反观表现媒体人自身的形象。

问题在于一部旨在透视表现媒体人生活状况的长篇小说,为什么要被命名为"别人"呢? 按照《现代汉语词典》中的说法,"别人"

这一语词的意涵有二：作为名词，指另外的人；作为人称代词，指自己或某人以外的人。在我看来，须一瓜"别人"的意涵，只可作第一种解。结合文本，假若把作为中心人物形象活动着的女记者庞贝看作是小说中的视角性人物的话，那么所谓的"别人"，最起码包含着以下三个方面的意味：其一，从职业的角度来说，相对于庞贝而言，她的那些传媒同事可以被看作别人。其二，相对于包括庞贝在内的报纸传媒从业者而言，其他林林总总的社会公众可以被看作别人。其三，从个体的角度来说，相对于庞贝而言，大夫马佛送可以被看作别人。归根到底，正是通过对由众多他者构成的别人世界的艺术展示，须一瓜一方面把批判矛头尖锐地指向了社会问题成堆的当下时代，另一方面也对以媒体人为主体构成的知识分子的精神世界进行了足称犀利的透辟解剖。我们注意到，小说的后记中，须一瓜有一段从马丁·布伯《我与你》中生发出来的智慧说法："德国哲学家马丁·布伯在《我与你》中，反对主体间的关系堕落为主客体间的关系（这就是中国现阶段人之间的严酷现实），而是建立自由、平等、尊重的真正的人性化的关系。我们面临的生存困境与文化危机，就是个体间的失落与主体间的疏离。他认为，人真正的存在，实现于没有任何目的、期待、手段的'我与你'的关系中。'我与它'的关系极度膨胀，使人难以返回'我与你'的关系中时，人的存在就是不健康的。《别人》说的就是这样的故事。"⑥必须承认，作家的现身说法将会在很大程度上帮助我们更好地进入《别人》的艺术世界。然而，倘若允许我们再想得多一点，那么须一瓜的"别人"也完全可以被看作萨特意义上的"他人"。萨特在一种存在主义的层面上强调"他人就是地狱"，强调他人乃是一种自我主体之外的异质性构成。马佛送因为距离遥远而成为庞贝极不了解的一位"别人"自在情理之中，令人惊异处在于江利夫虽然是庞贝彼此投契的同道与知己，经常活动在庞贝的身边，后来的东窗事发却还是让庞贝大跌眼镜。在这个意义上，江利夫完全称得上是一个"熟悉的陌生人"。须一瓜"别人"更深一层的形而上意涵恐怕正在于此。究其根本，一部《别人》，意欲深度探究表现的正是一个由很多个"别人"构成的现实社会，正是这些个"别人"那简直就是深不可测的内在精神世界。

首先进入须一瓜关注视野的是当下时代日益严重的食品安全问题。《日子报》记者庞贝因为酒后大闹派出所醉打警察的问题差点被停职下岗，非常器重她的报社老总花利民特意安排她担任新成立的"食品报道组"的负责人。报道组由三人组成："庞贝，括弧里写金牌记者；段恺心，括弧里是省双十佳记者；罗加加，括弧里写食品专业记者。"正所谓"民以食为天"，因为食品安全事实上已经成为最严重的社会问题之一，所以"食品报道组"的成立，马上就成了社会关注的焦点。报道活动一开始，专设的热线电话就被反映问题的老百姓给打爆了。事实上，也正是借助于庞贝这个"食品报道组"的采访报道活动，当下时代日益严重威胁着国人身体健康的食品安全问题方才在小说中得到了充分的反映。比如,毒鸭血问题。酉州人祖祖辈辈喜食鸭血,鸭血的市场需求量极大。于是,就有人开始设法制造假鸭血了:"血浆是老板从外面弄来的,说是鸭血,其实是猪血牛血鸡血,乱七八糟的,反正没有鸭血。血浆四斤,加七加八再煮出来,就能煮出二十斤的鸭血块。造假倒也罢了,要命处在于假鸭血的炮制,还必须得使用甲醛,一用甲醛,假鸭血就变成了慢性杀人的毒鸭血。"再比如,同样有毒的化学汤:"线索是酉州一家有着十多个连锁火锅城的伙计爆料,说他们的筒骨火锅、鸡肉、海鲜火锅全是骗人的,全部都是用罂粟壳、麻辣香膏调出来的!根本就是化学汤,没有一点营养还有毒!""之前,也有一个读者给食品报道组打来电话,说东城粮油食品批发中心的调味品区,尤其是靠西边那几家,简直就是化学品专柜。"为了证实这些化学品的"奇效",庞贝他们果然动用"一滴香"烹调出了一桌香喷喷的盛宴,其美味直让自己不知内情的媒体同事们赞不绝口。但"一滴香"令人瞠目结舌的真实情况是:"'一滴香'是通过化工合成方法做出来的,而对人体危害很大,长期食用更会损伤肝脏,还能致癌。"除假鸭血、"一滴香"之外,其他诸如毒鱼、毒豆芽、假葡萄酒、毒狗肉等食品安全问题,也都在须一瓜的笔下得到了不同程度的关注表现。总之,由于巨大市场利益强力驱动,食品造假已经成为当下时代一个非常普遍的社会问题。这一问题的存在,严重地影响着国人的身体健康。对这一点的尖锐揭示凸显出的是须一瓜难能可贵的社会批判立场。

然而，与食品安全问题的严峻状况相比较，更加令人触目惊心的是社会监督管理部门的不作为。这一点，集中表现在毒鸭血事件被曝光后由食品药品监督管理局与市委宣传部门联合牵头主办的一次碰头会上。一进会议室，庞贝就听到报社同事江利夫与官员们之间的会前辩论："那个官员认为，报社不应该这样制造舆论恐怖，这是破坏社会和谐。另一位官员在大声附和：这是社会转型期的阶段性问题，全国都在放毒，我们酉州算好了，你报纸这样不负责地报道，外地人上网一看，还以为我们酉州是全国最黑。而事实不是这样的嘛。报纸这种缺德做法，是只追求眼球，不讲究社会效果的。"就这样，本来是自身没有能够很好地履行监管责任，但在问题被报道出来之后，这些监管部门却不管不顾地迁怒于报社。他们如此一种一味推诿责任的姿态，给人一种突出的感觉就是只要不被媒体报道出来，那这些问题就似乎是不存在的。原本以为自己报道有功的庞贝他们，根本没想到碰头会到头来却变了味，变成了一个变相的"批斗会"："很多部门代表，对这篇报道不满。庞贝听来听去觉得困惑，自己在第一篇报道中，并没有明确批评过哪一家，可是，现在，每一家都认为，报社在暗示公众，他们的防区有不可推脱的责任。"正因为强烈地意识到了这一点，所以，在这个碰头会上，来自各个政府职能部门的相关领导才会拼命地推卸责任，并且在暗中有意无意地把指斥的矛头对准了庞贝他们。从区农业局到区工商局，一直到市质量监督部门，所有的与会者都站在各自部门的本位立场上，为自身的不作为强作辩护。依照与会者的逻辑，真正应该受到指责的既不是制假造假者，也不是这些监管部门，反倒是惹是生非的庞贝他们。假若媒体不去关注报道事实上日益严重的食品安全问题，不去捅这个敏感的马蜂窝，那么自然也就会天下太平。很显然，正是通过这样一个实际上已经变了味的碰头会的描写，须一瓜对于食品安全问题之所以会越来越严重进行了更深入的探究与追问。一方面，假冒伪劣食品的日益增多，固然与市场经济强烈刺激下人欲望的普遍膨胀密切相关；但另一方面，食品安全问题愈演愈烈，又与政府相关职能部门的监管不力脱不了干系。关键的问题在于，这些监管部门不仅自身没有发挥应有的监管作用，而且还反过来倒打一耙，把积极介入假冒伪劣食品问题报道的新闻媒体视若寇仇。这样一来，须一瓜自然也就把自己的批判矛头更其犀利地对准了潜隐于食品安全问题背后的不合理社会体制问题。

食品安全问题之外，须一瓜在《别人》中聚焦的另一个严重社会问题，就是医院里的经营创收与医患关系问题。这一点，集中表现在马佛送曾经供职过的酉州人民医院以及尚仁与丽健这两家私立医院。首先是酉州人民医院的经营创收："新上任的院领导大抓经营创收，连续出台改革方案。比如开单提成规定：门诊、住院病人发生的药品收入，计入开单医生所在科室，作为该科室的药品收入。医生们为了提高收入与奖金，能用国产药的，用进口药；能用普通药的，用新特药；能用一两种药的，用三四种药；光子刀、支架植入、核磁共振、住院证,统统都明文规定转为计件收入。"这样一来,医护人员的待遇固然提高了,但沉重的医疗费用却被转嫁到了无辜的患者身上。所谓的乱收费云云,指的也就是这种情况了。然后是私立医院对于无辜民众的恶意骗诊。何为恶意骗诊?就是说这些私立医院常常会打出免费大义诊的旗号来招徕患者,只要有人贪图一时的小便宜上门求诊,私立医院发横财的机会也就到了。比如,一位卖菜的老农本来只是普通的咽炎,却因为贪图小便宜去做免费的彩超。没想到,不彩超不要紧,这一彩超,可就彩超出了大问题。结果,他被莫须有地怀疑有三个肿瘤。如此一个诊断结果,不仅给他平添了沉重的精神负担,而且也增加了经济负担。最后的获利者当然只能是恶意骗诊的私立医院本身:"当天下午,马佛送知道,尚仁已经把老菜农和腰痛女子,检查加输液什么的,竟搞出了八千多块钱,其他病人,七七八八的,加起来竟然也进账四五万,马佛送惊呆了。"如此这般不择手段地忽悠欺骗患者,带来的一个必然结果就是医患关系的高度对立与紧张。这一方面,最典型不过的一个例证,就是那位因为被诊断为性病而最终被迫自杀的男人。那位男人来尚仁医院看病,被诊断为性病。他怕传染给妻子,又让妻子来查,"结果妻子不仅查出有严重的子宫附件炎,可能影响生育,还有疑似性病"。于是,一场激烈的夫妻内战便不可避免:"女人和丈夫吵得要跳楼。男人是倒上门的女婿,小两口一吵,父母兄弟都不肯饶过女婿。没想到,那男人竟然自杀了。"闹出了人命之后,那位妻子又先后到另外两家医院去接受检查，结果只是查出了宫颈轻度糜烂，此外不存在任何问题。"那妻子愤怒了，认为她丈夫也根本不可能得性病，那一家人要尚仁赔一条命来。"诚所谓人命关天，以恶意骗诊的方式聚敛钱财已属不义之举，到最后居然还闹出了人命，那就真正称得上是不可饶恕的罪恶了。究其根本，无论是酉州人民医院巧立名目无原则的经营创收，抑或是私立医院不择手段地大肆聚敛钱财，都是导致医患关系日趋紧张的主要原因所在。

需要注意的是，不管是食品安全问题，还是医疗创收与纠纷问题，在须一瓜的《别人》中，都是通过一群媒体人亦即《日子报》记者的新闻报道揭示出来的。在这些媒体人揭露反映这两类社会问题的过程中，他们自身的形象也处在被须一瓜解剖呈现的状态之中。而这也正是作家重点关注表现的媒体非常重要的镜像功能。因为这些媒体人在社会身份的归属上都可以被划入知识分子的类别之中，所以须一瓜对于这些媒体人精神世界所做的艺术剖析，也可以被理解为是对当下时代知识分子精神世界的深度透视。对于这些媒体人来说，首要的本职任务就是恪守新闻伦理，做好新闻报道。所谓新闻伦理，其第一要义显然就是尽可能如实地反映新闻事件的真相。具体到须一瓜《别人》中的《日子报》同人，正面新闻当然不是问题，难就难在怎样才能够尽可能如实地把诸如食品安全与医疗创收纠纷这样严重的社会问题真相在新闻报道中反映出来。这一方面的一个典型案例，就是庞贝他们这个"食品报道组"刚刚成立不久时对于毒鸭血事件的及时报道。说实在话，对于庞贝他们来说，能够不打折扣地把自己在新闻采访过程中所了解到的全部事件真相如实反映出来，其实是很不容易的一件事情。虽然庞贝他们如愿以偿地反映了事件的真相，但在事后却因此而感受到了极大的精神压力。碰头会上政府各职能部门在自我辩解开脱的同时，对于记者"乱捅娄子"行为那种潜在的强烈不满，是显而易见的。这种情况就充分说明，如同庞贝这样的媒体人要想恪守新闻伦理，忠实履行记者职责，首先就会面临干扰与钳制。这一点，同样也体现在小说开篇处庞贝对于小剑桥幼儿园克扣幼儿与员工伙食事件的报道上。庞贝的报道明明有充分的事实依据，但因为此前庞贝曾经醉打警察，因为那个幼儿园的园长已经"恶人先告状"，已经把举报信散发到了市教育局、区教育局、市委、市政府办，甚至还有小剑桥所在的村委书记办公室，可以说造成了很坏的影响，所以报业集团党委的最终意见还是要让事实上恪尽职守的庞贝停职反省。小说文本中，围绕"食品报道组"的工作，曾经出现过这样一段叙述话语："侯翔看出段恺心心结，拍了拍他的肩头，说，兄弟，今天我掏心掏肺多说几句，是的，你们食品报道组给《日子报》挣足了面子。走出去，到处听到人家夸你们。但是，我昨天去开会，上面已经口头提醒《日子报》，事关民生的报道，记者可以有激情，但报社必须有节制。"

《日子报》作为酉州报业集团的一员，广告经营原来一直归属于集团，《日子报》自己无须在这一方面多费脑筋。然而，随着报业集团改革的整体步伐，《日子报》广告经营的最终独立，乃是一种不可逆转的根本趋势。虽然这种改革措施曾经遭到《日子报》老总花蟑螂的竭力抵制，但终究还是无法抵挡："从新生到如今五岁半，从来不操心的《日子报》，必须面对自家的日子了。发行多少钱，纸张多少钱，广告进项多少，人员工资，办公成本，都得算本账了。"正所谓一文钱难倒英雄汉，归根到底一句话，广告独立经营后《日子报》的生存发展，均需依赖于自家的广告收入了。为此，"集团广告中心特意调配了一个懂经营的蒋小平副总过来，协助毫无经营意识的花总。花总一看蒋副就别扭，当面讥讽他见钱眼开。蒋副反唇相讥，说，我要不见钱眼开，那就渎职了"。花总之所以会对蒋副不感冒不买账，与他那样一种坚守新闻伦理的理想主义情怀密切相关。现行体制下，庞贝他们这个"食品报道组"，能够在《日子报》连续刊发多篇事关食品安全的批评性报道并引起社会的广泛注意，很大程度上得益于花总的鼎力支持。如此一位新闻理想主义者，置身于市场经济的大潮中，因为新闻理念受到强烈冲击，自然会与主管广告经营的蒋副发生冲突："广告经营权一独立，花总就有完成经济指标的压力，但花总不是被别人不给广告气病的，是他的办报理念受到现实的严峻挑战而憋病的。蒋副对花总的书呆子办报理念，只是迎头痛击，从不退让，所以，两个人的磕磕碰碰不时升级。"

这里的关键问题并不是说蒋副就不愿意恪守新闻伦理，而是不当家不知柴米贵，要想维持报社的正常运作，保障员工的基本权益尤其是经济权益,就必须首先保障必要的广告进项。这样一来,一种市场经济时代的新闻报道奇观也就应运而生了:"从此,各编辑电脑前的搁板上,不仅夹了市领导五大班子的排名座次顺序表,还多了一张字体更黑的重点企业名单。"倘若说前者代表着政治意识形态,那么后者就显然意味着消费意识形态。"重点么,简单说,就是油水多,容易出油或已经榨出油或日后还要大出油的广告大户。也就是说,如果记者来稿,尤其是批评稿子,出现以上名单中的企业,必须事先和广告部门沟通。什么叫沟通? 基本就是不发稿。这种死稿,让一线记者火冒三丈,最后领导们把为经营牺牲的稿子按'烈士'计分,多少安抚一点白辛苦的记者情绪,但花总常常气得扼腕。也有暂时不死的,那通常是拉广告的谈判筹码。"正所谓吃人嘴软,拿人手短,如此一种等价交换的结果,就是以揭出问题为根本追求的批评性新闻报道的胎死腹中。庞贝自己,就亲身体验过不止一次这样的等价交换:"举报人告诉庞贝,他以人的最后一点良知起誓:明月夜集团的葡萄酒,全部是假酒,没有一滴葡萄原汁。中止令是江利夫来传递的,传递的是蒋副的指示,说,明月夜刚刚签下了三十万广告。稿子可以继续采访,但暂时不能见报。"这样,虽然只是区区三十万元的一笔广告,就彻底收买了新闻记者的批评报道权。更严重的问题在于,为了完成广告任务,《日子报》居然被迫把广告任务分解落实到了每一位编辑记者的头上:"任务分解到编辑记者每人不低于三万的祝贺广告,拉成者百分之十组稿费,完不成者,倒扣百分之十奖金。"怎么样才能保证广告任务的完成呢？一时之间，《日子报》的媒体人陷入了拉广告大战之中："那时节，那些小编小记小二愣子们也已经没工夫跟他大吐苦水痛谈新闻理想，看到别人半个版、一个版地拉回祝贺广告，不得不赶紧投入撕扯、卷入攀比之境。老关系、新相识、旧同学，反正新交旧故、亲朋好友总动员。"就连庞贝为了广告任务的完成，也曾经被迫在一个酒局上付出了大醉一场的代价。

江利夫曾经如同花总一样恪守新闻伦理，忠实于自己的新闻理想。但面对着来自包裹着甜蜜糖衣的消费意识形态的打磨，江利夫终于还是彻底败下阵来，被上级机关约谈后"再也没有回来"。致使江利夫败走麦城的关键原因，就是他利用各种采访机会以权谋私。他不仅低价从不法开发商手中获取多套房子，而且在明月夜葡萄酒事件中也捞得过好处。倘若说媒体就是一个能够反观自身的镜像，那么江利夫显然就是被这一镜像罩定了的一位负面媒体人形象。令人欣慰处在于，并不是所有的媒体人都会如同江利夫一样倒在糖衣炮弹的进攻面前。除令人尊敬的花总花蟑螂之外，以自己朴素低调的行为方式坚守新闻伦理的一个媒体人或者说知识分子形象，就是小说主人公之一的庞贝。庞贝天生就具有做记者的气质禀赋："侯翔带过一次庞贝，就宣布，来了一个天生的记者。"江利夫则认为庞贝天生有犁鼻器："犁鼻器，是人类高度退化的一个感觉器官，它能感受不挥发物质的味道。一句话，庞贝就是能够捕捉到一般人感受不到的新闻气息。""敏锐、天真、勇敢、简单、出手快，庞贝就这样一路走了下来。"但天赋异禀的庞贝却也并非媒体界的完人："庞贝的名字是和《日子报》的深度报道联系在一起的，溢美之词很多，诸如才情盖世，不可收买的毒蛇，酉州报业不可复制的名片；同样，她的名字是和醉酒放荡、自由散漫、漠视规矩联系在一起的。在传媒界，很容易听到有人在不着边际地夸她，使用的褒词褒到令人生疑的境地；同样地，也有人会使用贬词，也会把她贬到令人瞠目的地步。"对于庞贝的评价，之所以会呈现为两极分化的极端状况，与她在实际生活中的一定程度上的自我分裂密切相关。一方面，虽然从来不做什么高调宣示，但在自己的履职过程中，庞贝一直都是坚持原则，恪守新闻伦理的。且不说寻常意义上的所谓糖衣炮弹，即使在其中掺杂上个人的私情，庞贝也一样地六亲不认。马佛送姐姐被毒死这一事件发生后，尽管马佛送曾经央求她手下留情，"停下来，别登了"，但庞贝却依然义无反顾地坚持如实反映事件真相。在另一方面，我们却也不能不承认在庞贝身上确实也存在着不少常人眼中的"恶习"。比如她的稿子总是错别字太多。比如她嗜酒如命，不仅常常酒后惹事，甚至还会严重到醉打警察的地步。比如她的情感生活过于随意率性，尽管只是萍水相逢，她却很快就和根本就不了解的马佛送打得火热，甚至因此而泄露采访机密，付出了采访失败的惨痛代价。还有一点不容忽视的是，她的政治素质低："内行人士点评说，庞贝政治素养低，独当一面没人放心。"在我看来，所谓政治素质低，其实可以从两个不同方面来加以理解，其一，按照体制内的新闻要求，媒体人理应顾全大局。其二，从新闻伦理的角度来看，无论是否妨害政治，媒体人都应该绝对地遵从于新闻事件的真实。也正因此，那些意在指责庞贝政治素质低的人所无意间道出的，正是庞贝坚持在自己的新闻实践中恪守新闻伦理的这样一种事实。归根到底，因为有了以上种种根本就不可能被克服的"陋习"，庞贝方才显出了几分可爱，方才成为一位鲜活的现代媒体人。

除庞贝等一众媒体人的形象之外，《别人》艺术上的另一个引人注目处，乃在于对于马佛送与赵枫蕾这一对大夫夫妻精神世界的深度剖析与塑造。但在具体分析这两位人物形象之前，首先要明确的一点是，从阶层归类的角度来说，正如同媒体人一样，大夫也可以被归入现代知识分子的行列之中。因此，我们对马佛送与赵枫蕾夫妻的深度解剖，也可以被看作对现代知识分子精神构成的一种理解与分析。需要注意的是，庞贝与马佛送的结识，带有极明显的戏剧性色彩。好酒的庞贝接受委托替女友小夏看护房子和狗，没承想一次大醉后居然错误地闯入了正在虚门以待晚归的同居女友綦连莲的马佛送的居所里。真可谓是不打不相识，这一对男女虽然相互对各自的工作与生活状况并不知情，但或许与置身于一个快捷化的网络时代有关，庞贝与马佛送却很快就打得火热，除了内在精神世界的真正沟通之外，男女之间该发生的一切都发生了。大约也正是在这个意义层面上，马佛送可以被看作庞贝的"别人"。

如果从小说结构艺术的层面来衡量，那么由马佛送牵连而出的一系列医疗创收与纠纷问题，显然可以被看作《别人》中非常重要的一条结构线索。很大程度上，这一条线索与食品安全问题那一条线索一起，构成了相互交叉延伸发展的双线结构。实际上，也正是依循这一条线索，须一瓜在渐次揭开医疗创收与纠纷问题真相的同时，也深度刻画出了马佛送与赵枫蕾这两位具有相当人性深度的知识分子形象。首先是富有强烈正义感的赵枫蕾。面对着西州人民医院各种不合理的创收举措，生性一根筋的大夫赵枫蕾持激烈的对抗姿态："当你身边全部是石头的时候，做一个鸡蛋是多么危险的事，但是，这个鸡蛋偏偏很倔强，很冲撞。""是的，这个女人太倔了。她完全是反其道而行之：能开小处方的，尽量开小处方；能用常用药解决问题，绝不用新特药进口药；没必要住院的病人，绝不开住院证；没必要多项检查项目的，绝不多做一项检查。"当全院的大夫都在竭尽所能地创收的时候，赵枫蕾的这种举动简直就是在冒天下之大不韪，激发众怒是一种必然的结果。关键还在于，赵枫蕾不仅自己自觉抵制医院的不合理举措，而且还屡屡向上级部门举报："赵枫蕾写实名告状信，举报他们一次性透析设备重复使用五次，时间长达一个月之久，举报他们从没有药品经营许可证和没有医疗器械经营许可证的公司那里购买医疗器械。"赵枫蕾的反抗遭到了打击报复："打击报复来得非常快，赵枫蕾被调去工会，而马佛送调入急诊室。"被打击报复后的赵枫蕾愈战愈勇："鸡蛋的倔劲上来了。马佛送做研究的书桌，成了举报信制作中心。赵枫蕾在这里，发出一份份实名举报信，涉及收受红包、高价药、乱收费等等。"赵枫蕾毫不妥协的顽强举报，在招来上级部门检查的同时，也因侵犯到医院其他人的经济利益而遭到了更加瘆人的严厉报复。这一次，是赵枫蕾被绑架后的各种蹂躏。饱受屈辱之后的赵枫蕾，那一天晚上回家后一直保持沉默。面对来自丈夫的关心，她拒绝报警，因为她不想加倍得到羞辱。马佛送咬着牙为妻子清理了伤口。就在第二天凌晨四点还是五点，沉默的赵枫蕾从书房阳台跳了下去。其遗书的最后一句是："你们用这种邪恶的方式污辱我，我就用我的命来羞辱你们。我敢说，你们每一个人的后半生灵魂，从此——不得安宁！"一直到这个时候，出现在丈夫马佛送包括广大读者面前的赵枫蕾，都是一位意志坚定的反医疗腐败斗士的形象。但是且慢，由于马佛送事后一时冲动给赵枫蕾留下的手机充了一下电，于是就看到了他自己这辈子都不想看到的信息："这样的结局，本来只是悲伤与愤怒，现在，它不再单纯。"原来在手机里，马佛送看到的是妻子赵枫蕾跳楼前给另一个男人打出的电话和发出的短信："她跟他打了电话，而且是在跟丈夫诉说这个暴力侵害事件之前，但这一通电话似乎并不愉快。不过从短信的回复上看，那个人在解释自己在电话里所以不想多听多谈，一是他正在开会，二是他不知道情况这么严重。他道了歉。"毫无疑问，对于一个处于彻底绝望境地的女性来说，自杀前的最后一位电话与短信对象，显然对她具有非同寻常的重要意义。从零零星星的短信内容，我们不难判断出，这位担任着一定社会职务的男人，其实是赵枫蕾内心里特别信任依赖着的一个精神支柱。某种意义上，正因为没有得到他的及时回应，赵枫蕾才最后下定了弃世的决心："结束了，妻子再也没有发出一个短信。也许，这之后就是她跨出阳台的时间；也可能她又花一点时间写遗书；也可能，是在对那个男人发出第二通短信之前，就写好了遗书。她不过是想和那个家伙告别，但是，那个人也许厌恶，也许害怕，也许根本就关机睡觉去了。"须一瓜，终究还是一个女性作家。虽然并非一个女性主义者，但借助于赵枫蕾临死前的这一切描写，作家的批判笔锋还是不无犀利地指向了自私懦弱缺乏必要责任承担的男性形象。通过这一笔，我们可以明显感觉到须一瓜潜意识里一种隐隐约约的对于男性世界的失望。但不管怎么说，无意间看到的短信内容，却还是从根本上影响改变到了丈夫马佛送的心态。因赵枫蕾自杀所产生的悲伤依然还在，但这悲伤中却不得不掺杂了一些嫉妒或者仇恨的因素。而赵枫蕾的知识分子斗士形象，也因为这一细节的掺入而拥有了一种人性构成的复杂性与丰富性。

虽然诸如庞贝、赵枫蕾这样的人物形象都可圈可点，但相比较而言，内在精神世界构成最为复杂的一位知识分子形象，无疑是马佛送。虽然意志未必如同赵枫蕾那样坚定，但在与酉州人民医院对抗的过程中，夫妻关系一向不怎么和谐的马、赵两位，居然成了一条战壕里的盟友。"这个时期，也是马、赵夫妇关系最好的时期。恐吓信让赵枫蕾有点害怕，绝望感也开始出现，但是，到了这个份上，马佛送反而毫无畏惧。他把本地势力能屏蔽的信息，向他们控制不到的外面发送。也就是说，传播的范围更大了，马佛送就像一个职业赌徒，他有信心他最终能赢。"然而，妻子赵枫蕾跳楼身亡，尤其是她弃世后才被发现的电话与短信，对他的精神世界构成了致命一击："你一直以为爱你的人就在手边，有一天，她死了，忽然你发现，其实她根本不在你身边。她对你的感情早就失踪了。那种创痛和挫败感，你可能永远不懂。你刚刚获悉真相，一切已随风而逝，连一声辩解都追问不上……"遭受如此一种情感打击后，心灰意冷的马佛送主动离职，辞去了酉州人民医院的工作。但工作可以离职，生活却不能不继续，尤其是马佛送并不仅仅是自己一个人，他还有年迈的父母以及一位抱养来的姐姐需要照护。迫于生计的缘故，离职后的马佛送被迫依附于一家名叫丽健的私立医院的女老板綦连莲。后来，在和庞贝对话时，马佛送曾经强调自己处于被人包养的状态，这话其实也并非毫无凭据的空穴来风。因为在与綦连莲相处的过程中，他经常会有一种出卖自身的强烈感觉生成："她收留他快一年了，养着一个医生，当然不是养宠物，也当然不是请他仅仅为她丽健医院内刊《丽健人生》把把关……马佛送自己心里也有数，她当然不会白养一个医生。"在这个过程中，每每能够让马佛送心动的，可以说都与金钱收入有关。面对着实实在在的金钱收入，"马佛送的心，不自然地跳。他感到自己的慌张，因为他知道自己心动了。他没有回复。他在寻思,自己是不是就这样一步步要和他最不屑的暴发户们为虎作伥了"。实际上,就在马佛送不断地扪心自问的时候,他的精神世界正处于堕落下降的过程之中。这一点,突出地表现在他帮助尚仁医院处理因被误诊为性病而不幸自杀的男病人那个突发事件的过程中。事发后,马佛送和綦连莲一起在第一时间赶过去,在吃过一碗不无"神奇"色彩的海鲜面之后,马佛送颇为惊异地发现了自己内心世界的微妙变化:"马佛送暗暗诧异,他怎么就成了他们的人,这么自然地用起我们的称谓。马佛送有点懊悔,一碗海鲜面就失去了本来的立场。他不由得呆怔了一下,一下子竟然思路空白。"在设身处地地为尚仁医院出谋划策一番之后,"马佛送看着那空空的海鲜面碗,目光有点僵直。为什么你就这样和这些打心眼里根本看不起的暴富土鳖情如一家了呢? 一碗斑斓的海鲜面,就这样轻易地模糊了善恶是非?"其实,一个人的精神蜕变很多时候都是在一种不自觉的状态中悄然发生的。等你终于清醒地意识到变化在发生的时候,你已经离原来的那个你距离相对遥远了:"马佛送觉得自己在和一种力量拔河。原来绳子这边,随时还能看到赵枫蕾青筋暴突的纤细有力的手,那就像是服了兴奋剂的选手。赵枫蕾一撒手,马佛送感到的不仅是孤独,还有力不从心 —— 对手正在把他一点点拉过界河。他要放手了。"

最能见出渐次蜕变后马佛送精神世界复杂性的,是他的父母和姐姐因为吃狗肉中毒事件发生后他做出的一系列反应。虽然说吃狗肉中毒本身就属于食品安全问题，但须一瓜对狗肉中毒事件的描写主旨却很明显是醉翁之意不在酒，是要借此来凸显医疗纠纷，并深度刻画马佛送这一人物形象。中毒事件发生后，中毒者很快就被热心的邻居送到尚仁医院急救，怎奈私立医院的救护能力极弱，病人虽然被送到了医院，但医院耽误了救治的最佳时刻，关键在于"尚仁那浑蛋，竟连普通人的见识都不具备，催吐不会，肾上腺素注射不会，这不懂那不会，她只会强辩说，我怎么知道有这么严重，哪有急诊会来我们这里！"结果，马佛送姐姐的生命就这么活生生地给耽误了。尤其具有强烈讽刺意味的是，事发之后，马佛送方才发现自己的署名权竟然被盗用了："这一次，他看到了他的签名，第一眼他觉得古怪，瞪大眼睛仔细看，他简直难以置信，他小心放大细看，没错，他没有看错，那上面的签名就是马佛送。他，马佛送，今晚就是尚仁的值班医生！马佛送仰头重重后靠。"搞了半天，从理论上说，可怜的姐姐竟然惨死在自己的弟弟手里。而这一切，全都是因为马佛送无奈接受了消费意识形态影响。没承想，这一点居然成了尚仁医院要挟绑架马佛送的一个重要筹码："我是说，老人家他不知道深浅，万一记者知道尚仁医院签的是'马佛送'的名字，对你，对尚仁，都比较麻烦。相比而言，医院这边是虱子多了不痒，不过是多了一项罪名，但是，对于你的声誉和前途，我是真心心疼的。你是我们的希望和未来，我愿意保护你所有的社会正面评价。"表面上看起来綦老板口口声声都在为马佛送着想，实质上却是要借此而彻底绑架马佛送，以免他一时冲动爆出事件的真相。到最后，在经过了一番不无激烈的内心冲突之后，终于还是自保的愿望占了上风。在庞贝打电话反复询问他是否应该在报道稿中披露事件真相的时候，马佛送的回答竟然是"停下来，别登了"。到这个时候，那位曾经面无惧色地和赵枫蕾医生一起并肩为社会正义而战的斗士马佛送，也就彻底扭曲堕落成为金钱与名声的奴隶了。为了自己的所谓"声誉和前途"，马佛送最终无情地葬送了自己的亲情和良知。面对着马佛送的扭曲堕落，曾经与他有过鱼水之欢的庞贝感慨不已："庞贝舒了一口长气，说，这年头，除了钱是真的，其他统统都是自欺欺人。我还真愿意你 —— 永远是个假医生。"庞贝的由衷感叹，可谓一语道破了消费意识形态的销蚀本质。

总之，正是依托于诸如庞贝、赵枫蕾、花总、江利夫等一众人物形象，尤其是马佛送这一具有相当人性深度的知识分子形象的刻画塑造，须一瓜得以艺术性地对当下时代诸如食品安全、医疗创收与纠纷等严重社会问题进行了堪称透辟犀利的揭示与批判。而《别人》，也因此而成了一部当下时代并不多见的优秀批判现实主义长篇小说。

**注释：**

①②③④⑤⑥　须一瓜《我终于走来，嗅着窝边草 —— 关于长篇小说〈别人〉》，《文汇报·笔会》2015年11月13日。

# 何玉茹《前街后街》：
## 情感记忆与理性沉思

回顾新时期文学四十年来的发展历程，你就不难发现，一方面固然是风流总被雨打风吹去，有很多曾经名噪一时的走红作家，皆被大浪淘沙的历史潮流所残酷淘汰；但在另一方面，却也总会有那么一些作家，尽管一直默默无闻不温不火，一直未曾走进某种醒目的文学创作潮流之中而一时大红大紫，却始终未曾远离文学现场，一直在以其内敛的文学品质不动声色地显示着自身的文学存在。河北作家何玉茹很显然就是这样的一位作家。创作态度一贯严谨的她，作品数量并不算多，除了早期的中短篇小说之外，迄今共计创作有长篇小说六部。除了其中那部发表于2012年的以对抗日故事的另类书写而特别引人注目的《葵花》之外，另外几部可以说全部取材于乡村生活。虽然对于何玉茹的人生经历一无所知，但由她小说创作所集中关注的题材领域来看，除了《葵花》一篇曾经涉入了历史的深河之中，其他大多数作品均落脚到了乡村题材上。即使是《葵花》，其文本构成实际上也是由两部分组成的。其中的一部分，固然是作为书写重心的抗日故事，但另外一部分，亦即关于主人公葵花1949年之后命运浮沉的那一部分，依然可以被看作典型不过的乡村叙事。由此，我们不难得出一个明确的结论，那就是何玉茹不仅有过较长时段的乡村生活经历，而且她的这种生活经历还在最大限度上支撑着她的小说创作。然而，关键的问题恐怕还在于，这样一来，我们就不难发现一个多少有点令人惊讶的事实，那就是，虽然何玉茹最起码已经有了三十年以上的城市生活经验，但这么长时段的生活经验居然很少能够有效地进入作家的小说创作视野之中，她的小说创作基本上与城市不发生关联。但是且慢，更进一步说，这样的一种创作情形，实际上也并不仅仅发生在何玉茹一个人身上。放眼当下时代的中国文坛，类似的情形也并不在少数。其他诸如贾平凹、莫言、阎连科、陈忠实、张炜、李锐等一批具有乡村与城市双重生活经验的作家，尽管同样具有相当长时段的城市生活经历，但他们的小说创作也可以说基本上没有与城市发生关联。这样看来，何玉茹的这种小说创作取材情形，并非只是单一的个案，在中国文坛乃可以被看作一种普遍的事实存在。由此可见，对于作家来说，并不是所有的生活经验都能够有效地进入其小说创作之中并进一步转化为具有诗性内涵的文学文本。很多时候，只有那些在作家成长的关键时段进入并沉淀到作家精神世界深处的生活经验，方才有可能酝酿生长出灿烂绚丽的艺术花朵。文学研究界之所以一贯强调童年记忆对于文学创作的重要性，其根本原因其实正在于此。

倘若承认以上分析推论所具合理性内涵，那么何玉茹的《前街后街》（载《当代》杂志2016年第3期），就毫无疑问可以被看作充分调动征用作家乡村生活经验的一部长篇小说力作。《前街后街》的叙事时间跨度很大，从初始完成农业合作化运动之后的20世纪50年代，一直写到了所谓市场经济的当下时代，差不多可以被看作一部共和国时代乡村生活的贯通史。从这个角度来看，一个不容回避的问题就是，何玉茹为什么要刻意规避20世纪50年代前半期可谓是轰轰烈烈的农业合作化运动呢？细细想来，其中的一个原因，恐怕与农业合作化题材的被过度开掘书写有关。从差不多与农业合作化运动同步的赵树理的《三里湾》、柳青的《创业史》、周立波的《山乡巨变》起始，中经浩然的《艳阳天》《金光大道》，一直到"文革"后周克芹的《许茂和他的女儿们》、张炜的《古船》、刘震云的《故乡天下黄花》、莫言的《生死疲劳》、阎连科的《受活》、严歌苓的《第九个寡妇》、杨争光的《从两个蛋开始》、贾平凹的《老生》等，中国当代文学史上关于农业合作化运动的书写真正可谓连篇累牍。请注意，我们这里所罗列出的，还仅仅是这一题材的长篇小说，如果再加上中短篇小说，那就更加琳琅满目数量繁多了。以上这些作品，或者正向，或者反向，隐隐然已经构成了一种不容忽略的农业合作化运动的书写小传统。当何玉茹意识到自己关于这一题材的思考与书写难以有新的开掘与发现的时候，她的规避就自在情理之中。但相比较而言，更重要的原因则与何玉茹自身的成长经验紧密相关。何玉茹1952年出生于河北石家庄的郊区农村，差不多可以被看作共和国的同龄人。等到她开始初晓人事的时候，时间已经是20世纪50年代的后期。这个时候，农业合作化运动已经宣告结束，中国的乡村生活也已经推进到了所谓的人民公社阶段。她的这部《前街后街》之所以要从人民公社阶段开始写起，其根本原因或许正在于此。

这里与作家成长经验的充分调动存在着内在关联，并首先需要提出来加以讨论的一个问题，就是小说中的自传性因素存在与否的问题。一方面，我们固然承认所有的小说创作都与作家的自我生存经验有关，但在另一方面，我们却更须看到，这种自我生存经验并不能够简单地等同于自传性因素。相比较来说，只有那些人物形象背后明显晃动着作家身影的小说文本方才可以被指认为具有鲜明自传性色彩的作品。倘若以如此一种标准来衡量，那么《前街后街》就毫无疑问可以被看作截至目前何玉茹小说作品中最具有自传性因素的一部长篇小说。要想确证这一结论，需要展开稍加辨析的一个问题，就是三位乡村女性形象的年龄构成设定。我们注意到，小说第一章的第三节"二妮和贵生"中曾经有过关于二妮年龄的一种明确交代："二妮最后悔的还不是差别，而是因为差别让米贵生钻了空子。二妮小学毕业没考上中学，就回生产队劳动了，这时的她已经十六岁，比贵生只小一岁。"虽然叙述者并没有明确交代二妮十六岁的这一年是哪一年，但一方面，明悦、二妮与小慧这三位乡村女性应该是同龄人，年龄相差也不过只有两三岁，以明悦的年龄为参考系,小说就曾经明确交代小慧的年龄比明悦大两岁,二妮的年龄比明悦大三岁。另一方面,工作组入驻黄村,"四清"运动开始的时候,曾经一度在城市中学读初中的明悦也已经因为个人的原因返回到了黄村,综合以上各种因素来判断,则明悦、二妮与小慧她们三位的出生年代应该是在1946年左右。而这,也就意味着,二妮十六岁小学毕业的那一年,应该是1962年。假若这一年是1962年,那么,到了"四清"运动开始的1963年,二妮的年龄就是十七岁。二妮十七岁,小慧和明悦就分别应该是十五和十三岁。如果承认我们的推断可以成立,那么,三位乡村女性的年龄,较之于何玉茹的年龄差,也就是五六岁左右。由此而导致的一个问题就是,我们是否有充分的理由判定《前街后街》中自传性因素的存在?又或者说,作家为什么不以自己的实际年龄为参照设定三位女主人公的年龄?对于这种情形,我想,我们其实应该更多地从障眼法的角度来加以理解。所谓障眼法,就意味着何玉茹自己明明出生于1952年,但在小说中却故意要让三位乡村女性的年龄比自己年长五六岁,以此来达到某种模糊并遮蔽自传性因素存在的目的。也因此,尽管何玉茹在三位乡村女性年龄的设定上使用了障眼法,但依据她们三位的人生经历,我们仍然能够得出她们其实完全可以被看作何玉茹同龄人的明确结论。一旦认定明悦、二妮与小慧是何玉茹的同龄人,紧接着一个明确的结论就是,《前街后街》虽然不能被简单地定性为自传性长篇小说,却毫无疑问是何玉茹截至目前自传性因素最为突出的一部长篇小说。

强调《前街后街》中自传性因素的格外突出，根本原因是为了对这部作品做出更准确的理解定位。一般来说，小说中的自传性因素只会集中体现在其中的某一位人物身上，但何玉茹的《前街后街》却有所不同，因为作家在明悦、二妮以及小慧这三位乡村女性身上平均使用力量，以至于你很难断定其中的哪一位才真正应该被看作小说的主人公。实际上，何玉茹小说的一个特别之处，就是这三位女性形象一起共同构成了小说的主人公。而这，也就意味着小说中的自传性因素其实散落在了这三位乡村女性身上，其中的每一位女性身上都或多或少折射着何玉茹自身的成长经验。关键的问题在于，既然小说具有明显的自传性因素，而且体现自传性因素的三位乡村女性形象也都带有突出的成长特征，那么，何玉茹这部《前街后街》是否因此就被定位为一部成长小说呢？答案恐怕只能是否定的。虽然说何玉茹在书写过程中的确把很多笔力倾注到了三位乡村女性的成长历程上，但作家的根本关切点最终还是落脚到了社会的发展变迁上。与其说《前街后街》是一部成长小说，倒不如说它是一部社会小说更加具有合理性。又或者，一种更准确的说法是，借助于三位乡村女性的成长历程，通过黄村前街与后街两条街长达半个多世纪以上的沧桑变迁过程的悉心描摹与展示，小说所集中高度浓缩表现的，其实是一部共和国时代中国乡村的发展历史。唯其因为何玉茹极其精妙地把超过半个多世纪的社会风云变幻细针密线地编织进了明悦、二妮以及小慧这三位乡村女性的成长历程之中，所以，从某种意义上说，这三位乡村女性彼此交织的生命轨迹，实际上就可以被看作小说文本中三条互有交叉的艺术结构线索。关于小说的结构问题，作家宁肯曾经发表过相当精辟的见解："结构即故事：开头，冲突，发展，高潮，结尾，这是关于结构最简单的回答。是一个小说家最基本的功夫，没什么神秘的，以往一说到结构就有种神秘感，就一时不知如何反应。但什么是故事？仅仅是上面说的一个 ABC 逻辑吗？故事的核心是什么？这就复杂了一些。换句话说什么构成了故事？事件，这是没错的，发生了什么事，但发生事情以后呢？就涉及了人，人与人在事件中的关系，也就是说真正要讲的故事是：事情发生后的人物关系。是人物关系构成了小说真正的结构，即故事。故事与小说的分野也正在人物关系上：对'故事会'而言是先发生事情，引出人，人服从于事件逻辑向前推进；但对小说家而言，常常不是一个事件触动他写作，而是一种人物关系触动了他，常常是先有了人物关系才开始现编故事，所有的故事都诞生并服从于人物关系。所以更直接地说结构即人物关系。这是一个小说家最基本的结构功夫，清晰而透彻认识到这一点并非易事，反正我是写完《三个三重奏》才彻底明了结构是什么。"[1]在我看来，宁肯对于小说结构问题的一个突出贡献就是对于这一问题的"去神秘化"。一个曾经困扰很多作家的根本创作问题，就这样在宁肯这里得到了简洁有效的化解。"结构即人物关系"，看似特别寻常的一句话，其中凝结的却是宁肯孜孜不倦多年探求的创作经验。宁肯之所以要强调自己一直到写完长篇小说《三个三重奏》之后才明白这一点,根本原因正在于此。

宁肯所谓"结构即人物关系"的智慧论断,具体落实到何玉茹的《前街后街》中,实际上也就变成了明悦、二妮以及小慧这三位正处于成长过程中的乡村女性之间的关系。但要想讨论明白这三位乡村女性之间的关系,我们就须得首先理清楚黄村前街与后街之间的关系。因为二者之间实际构成的,是一种决定与被决定的关系。前街和后街,是黄村两条对比特别明显的街道:"前街的房子是青砖、青瓦垒就的脊顶,后街的房子是土坯、炉渣做成的平顶,一高一矮,一青一土,自是不一样呢。"一者是青砖青瓦,另一者则是土坯炉砟,这种对比所明确说明的,正是前街与后街格外明显的贫富不均现象。与此种贫富不均状况相对应的,是前后街人各自不同的存在形态:"不过前街人的说话儿跟后街人的说话儿是不一样的,前街人不大说眼前的事,说的多是书本,或是国家、国际,后街人说的则多是庄稼,或是左邻右舍,前街后街。"从表面上看,似乎只是前街后街各自关注的对象存在着差异,但究其实质,反映出的却是前街与后街之间不同的文明程度。对于这一点,那位虽然天生哑巴实际上却聪慧过人的明悦,有着敏锐的感觉:"明悦隐约觉得,后街人身上是有一股劲头的,这股劲头上来,会让人不由得后退一步,就算不服也是有点怕的。而这劲头前街人是少有的,前街人凡事都要讲出个理来，可世上的事，恰恰许多时候都不是靠理来做成的。许多年之后，即便黄村建了新村，前街后街的人混在了一起，那不同还是能从丝丝缕缕的细节里一下子分辨出来。"明悦这里感觉到的后街人身上独有的那股劲头，说透了也不过就是一种不管不顾的原始野蛮劲儿。前街人凡事都离不开一个理字，后街人却往往总是野蛮不说理，两相比较，二者之间的文明差异自然也就一目了然了。前街后街这两条街之间的争斗与冲突实际上已经构成了农业合作化运动之后数十年间黄村社会最显豁的表征，何玉茹把她的这部长篇小说干脆就命名为"前街后街"。某种意义上，前街后街的角力变迁过程完全可以被理解为一部黄村的当代史。

其实，黄村这一村名的由来本身，就与土改时前街后街力量的此消彼长密切相关。黄村本来叫作宏村，原因在于前街人大多为宏姓人。因为宏姓的前街人不仅居住在先，而且土改前在村里长期处于绝对的强势地位，所以村庄就被称为宏村。闹土改的时候，翻了身的黄姓后街人便借助于政治运动的力量，挑战前街的宏姓人，硬生生地把"宏村"改成了"黄村"："宏姓人虽一百个不乐意，但乾坤扭转，大势所趋，便也只有顺从的份了。"然而，虽然"宏村"被迫变成了"黄村"，但这个村所经历的土改终归是没有怎么伤筋动骨的和平土改，日常生活中宏姓人某种趾高气扬的优越感依然表现得特别明显。正因为如此，一旦提及当年的土改，一度担任村支书的后街人黄块才会满腹牢骚："黄块说，村干部才有几个，实话说吧，对咱村的和平土改我早有意见，地可以打乱了分，房子咋就不能打乱了分呢？这可好，住瓦房的还住瓦房，住土房的还是一辈子翻不过身来，再不弄几个村干部当当，跟旧社会有什么两样？"虽然看似只是黄块一个人的满腹牢骚，但他的这种看法却代表着后街人的基本立场："宏斯想，他其实和黄二牛没什么两样，一说到后街人，就什么什么都不顾了。"前街与后街之间矛盾的根深蒂固与难以化解，于此可见一斑。实际上，也正因为前街与后街之间存在着复杂的矛盾纠结，所以等到"四清"运动的时候，后街人才会对所谓的阶级斗争群起响应应者云集，以强劲反弹之势一下子就占据了黄村全部的领导岗位。后街的黄块与前街的宏斯，双双被免职，取而代之的，是来自后街的贵生爹和黄二牛："不管怎样，这算得上后街人的最兴盛时期了。你就看吧，在大队部出出进进的，在大街上晃来晃去的，在会上声高气粗的，全都是意得志满的后街人。"这期间，内心最纠结的，莫过于黄块："这回运动，黄村最难过的要算黄块了，倒不是因为他挨批，也不是因为他的下台，最叫他难过的，是他一直在为后街人说话，一直希望后街人能出人头地，可到头来，他却被看作了前街的代言人。而被他看不起的黄二牛和贵生爹们，居然不费吹灰之力就让后街人一夜之间变得扬眉吐气了，这可是他黄块做梦都想的景象呢！可是，靠黄二牛和贵生爹，这样的扬眉吐气能维持多久呢？"正如黄块所预感到的那样，黄二牛和贵生爹他们在台上的时间真的不长，很快就灰溜溜地下台了。二妮之所以能够在此期间成功上位，成为黄村的革委会主任，与她凭了直觉的指引，很快成立并主导了一个以后街人为主体的造反派组织关系密切。到了这个时候，尽管前街与后街的分野在很多黄村人心里依然非常明确，但在黄村的实际当家人二妮心目中，对此倒颇有些不以为然。她之所以会信任并任用前街人宏涛成为造反派组织的副手，就充分地说明了这一点。"文革"后期，二妮被提拔到公社工作之后，前街人宏涛果然成了黄村的一把手："这半年时间二妮力排众议，特别是后街人的反对，在上级领导面前力荐宏涛，终于使宏涛如愿以偿，也使前街人第一次站到了黄村最重要的位置。"如果说黄村的"文革"更多地与二妮联系在一起，那么，"文革"结束后身处改革开放与市场经济时代的黄村，就更多地与宏涛联系在一起。

但请注意，或许与何玉茹写作意图的传达有关，《前街后街》中存在着一种叙事速度逐渐加快的现象。一开始讲述明悦、二妮与小慧她们少女时代故事的时候，叙事速度特别舒缓自如，甚至会给人一种信马由缰的感觉，但从"四清"运动开始，叙述者的叙事速度就开始明显加快。尤其是宏涛当政之后迅疾城市化的黄村，其变化速度完全可以与叙事速度相匹配。第11章的第52节尚在交代宏涛上任后的第一件大事，就是"要在村西另辟新地，鼓励要盖房的社员在新地建造二层楼房，楼房要整齐划一，街道要轧成宽敞的柏油路，慢慢地，整个黄村要变成城市一样的新村。"到了第53节，就已经"很快建起了一家附属制药厂，一家搪瓷厂。两家厂都能容纳百十人以上，前街后街的年轻人几乎可以统统网罗进去，不甘心种田的年轻人，从此不出村便可以和城里人一样，既不风吹日晒，又能把钱挣到手了"。然而，一个无法否认的事实却是，在这个急遽发展的城市化进程中，整个黄村都已经面目全非了。前街与后街之间的矛盾事实上已经不再重要，重要的问题反而变成了黄村自身还能否继续存在下去。小说的第1节叫作"前街和后街"，最后的第62节依然叫作"前街和后街"。但到了最后一节的"前街和后街"，却很显然已经是物非人亦非了："黄村的新村自从有了自由市场之后，愈来愈多的人搬到这里来了，旧村那边只剩了很少几户人家了。""新村也建起了两条街，由旧村的东西向改成了南北向。名字还没定下来，有的说还叫前街后街，有的则说改叫东街西街，有的说，干脆就叫北京街上海街，多么大气。便有人说，论大气，还不如叫个东方西方呢，世界都包揽了。"其实，即使保留了前街后街的名称，黄村物非人非的结局或者说黄村的最后消亡都是不可避免的。曾记得2015年暑期，笔者在北京评选第九届茅盾文学奖期间，曾经与友人在一起深入探讨面对着越来越咄咄逼人的现代化大潮，日益贫瘠衰败的乡村世界究竟应该向何处去的问题。一个带有共识性的结论就是，现代化或曰城市化的最终结果，恐怕就是要彻底地消灭乡村。换言之，当下时代乡村世界的日益衰败凋敝，是社会发展演进合乎逻辑的一个必然结果。情愿也罢，不情愿也罢，如此一种结果都不会以任何个人的意志为转移。问题在于，面对着如此一种不可逆的社会发展大势,作家到底应该采取怎样的一种价值立场来展开自己的小说叙事。其他作家不在我们的讨论范围之内,单就何玉茹的《前街后街》来说,她采取的其实是一种极其鲜明的站在农民一边的乡村本位价值立场。正是从此种精神价值立场出发,何玉茹不仅敏锐地发现了明悦这一类乡村女性形象的存在,而且还把一种守望乡村世界的精神行为赋予到了明悦身上。当周围的人们都趋之若鹜地奔向城市,迫不及待地融入城市化进程之中的时候,只有明悦心甘情愿地留守着曾经的乡村,留守着自己的内心世界:"每天早晨,明悦都会出现在她的责任田里,有时是她一个人,有时是和她妈一起。她们种了一亩粮田,一亩菜田,粮田是一季小麦,一季玉米,菜田是五花八门,赶上什么就种什么,想吃什么就种什么。下地的时间也自由多了,明悦常常是在早晨和黄昏出现在地里,空气凉爽,地里的味道也好,侍弄庄稼、菜蔬的心情就像侍弄那些虎头鞋一样,会不由自主地沉浸其中。"在对于明悦所坚守的精神价值立场表示强烈认同的同时,何玉茹一种批判否定城市化进程的思想倾向自然也就呼之欲出了。就这样,从土改时最早的彼此间角力争斗起始,一直到市场经济时代黄村自身逐渐地消融于城市化的进程之中,前街与后街之间或隐或显的矛盾冲突的确构成了黄村的一部当代史。

某种意义上,黄村前街后街之间的文明差异和紧张对立,从根本上决定着明悦、二妮与小慧这三位套用现在的流行语汇完全可以被称作闺密的乡村女性之间时而亲密时而疏离的关系构成。三位乡村女性,二妮是后街人,小慧是前街人,只有明悦家的位置比较特别:"明悦家住在前街与后街之间,就是由前街通往后街的一条马道里。马道是南北向,总共住了十几户人家,偏北向的归于前街,偏南向的归于后街。而明悦家恰恰不偏南不偏北,位于十几户的中间。"那么,明悦家到底应该归属于哪一条街呢?虽然居住于前街与后街之间,但"明悦家的房顶铺的青瓦,墙面垒的青砖,这样的人家不在前街也要归于前街了"。由此可见,单就这三位乡村女性的家庭出身来说,一位后街人,两位前街人,两条街道之间力量对比是不均衡的。事实上,三位乡村女性彼此间的影响与被影响关系,与这种力量的不均衡也可以说是相匹配的。具体来说,在"四清"运动发生之前,一直是明悦和小慧她们两位在影响着二妮。当然了,二妮被影响是从她们成为要好的闺密后才开始的。首先,是明悦家给二妮提供了一个大开眼界的机会:"那是什么样的家啊,父母拿起书来就能读,拿起笔来就能写,说出话来就如同庄稼地垄一样,清清楚楚明明白白横是横竖是竖的,不像她父母,大字不识一个,张口就是脏话,吃的穿的住的,样样是提不起来的。"从日常的饮食,到家庭成员之间的关系,再到读书之类的精神生活,只有在深入接触明悦与小慧之后,二妮方才真切意识到自己家与她们两家,或者说是后街人与前街人之间存在着的巨大差距。既然已经明确意识到了差距的存在,那么,采取怎么样的切实手段以有效缩短自己家与两位闺密家的文明差距,也就顺理成章地成了二妮的一种现实选择。生活中的二妮,是一个争强好胜、雷厉风行的人:"凡事想清楚了,二妮就一定要去做了。早先和明悦在一起,她天生不是学习的材料,如今和小慧在一起,她又天生没有小慧的模样和身材,而她俩还都有一个挣工资的爸爸,更是她想改也没办法改的。这一切就像一座座大山一样阻隔着她和她们,可不知怎么的,她竟是翻山越岭地和她们走近了。"从二妮如此一种简直就是不管不顾的劲头上,我们便不难感觉到文明那种巨大的感召力量。二妮的改造事业,是从自己和家庭开始的:"当明悦在市里上着初中的时候,二妮一边和小慧友好着,一边开始了对家的改造。从买第一块香皂和第一支牙膏起,二妮就仿佛一个刚学会骑自行车的人,上去了就歪歪扭扭地一直往前走,再也休想从容地跳下车了。"无论如何不能不强调的一点是,既然要以明悦和小慧为师,向她们学习看齐,那二妮与她们尤其是小慧之间的不对等,简直就是一定的:"跟小慧好的时候也不觉得,一旦不好了,二妮才觉出,原来她跟小慧仍隔了千山万水一般呢。而这进门,也如翻山越岭一般,须要十二分的努力,又要十二分的小心,稍一大意,就可能滚下山来,前功尽弃。"尽管说三位乡村女性的关系总体上是和谐的,但这和谐中,却又是隐含着二妮的隐忍与眼泪的。指出这一点,倒也不是说明悦和小慧在有意识地歧视二妮,而是意在强调凸显文明本身就必然携带着的那种压力。也因此,二妮的委屈,与其说来自明悦和小慧,反倒莫如说来自这三位乡村女性或者前街与后街之间的文明差异。这种差异突出地表现在她们对于小说作品的理解与认识上。比如，第3章第15节，就曾经写到过她们三位对于某部小说的不同理解："在二妮听来，那不过是个女人喜新厌旧的故事，丈夫有工作能养家，孩子漂亮又聪明，可女人不知足，又爱上了另外的男人……而小慧和明悦却不这么看，她们反倒说那丈夫是伪君子，说那女人是多么可怜。当然她们也没说那另一个男人的好话，在她们眼里，全天下的男人仿佛都是不可信的了。"毫无疑问，她们三位在这里所讨论的这部小说就是托尔斯泰的名作《安娜·卡列尼娜》，不难发现，面对同一个安娜，小慧、明悦她们俩与二妮的理解上存在着简直就是大相径庭的差异。这种差异，归根到底就是一种文明的差异。

对二妮来说，这种源自文明差异的巨大压力，是随着"四清"运动的发生，随着自己政治命运的变化而得以消解的。由于小慧无意间对于黄块的率性"揭发"，驻村工作队，决定把时任村支书黄块作为运动的重点开展调查。虽然黄块也曾经痛哭流涕地一开会就检讨自己，但到最后，他和大队长宏斯还是一块儿被一撸到底了。没承想，黄块的下台，到最后成全的居然是自家那位大胆泼辣、敢作敢为的女儿二妮。父亲在台上时意识不到，父亲下台后，二妮方才明确地意识到了权力的重要。从这个时候开始，二妮便把自己追求的重点由文明而转换为现实权力："果然，自那以后，二妮与小慧、明悦的交往少了许多。二妮以一个共青团员的身份，出其不意地向当下的村支书黄二牛递交了第一份入党申请书。"就这样，天生一股犟劲的二妮，义无反顾地踏上了独属于自己的政治道路："不管怎样，她是再不可能退回去了，前面就是刀山火海她也得上了。想到明悦、小慧的交往，想到缝纫组里那色彩斑斓的布片，她都有恍如隔世之感。最初本是赌了一口气来对付贵生的，却没想到，竟真的走到她从没想到过的一条路上来了。"实际上，也正是从这个时候开始，人各有志的二妮与明悦、小慧她们俩分道扬镳，走上了另一条人生路径。然而，请注意，尽管二妮从此踏上了另一种人生路径，尽管在自己所选择的政治道路上二妮也少不了会有钻营之举，但她归根到底却还是不忘初心，还是守住了与人为善的人性底线。这一点，突出地表现在二妮如何对待处置明奇和宏先的问题上。明悦的哥哥明奇，是一位嗜书如命的乡村知识分子，他的箱子里收藏有很多本被当时的意识形态看作"封资修"的珍贵书籍。就在村里的民兵们接到举报要去明奇那里收缴书籍的时候，正是刚刚被提拔为村干部的二妮通过五子通风报信，巧做安排，移花接木，进而使明奇的珍贵书籍逃过一劫。然后，就是"文革"中对于宏先的巧妙保护。眼看着分别以贵生和王环为首的造反派组织要置宏先于死地，二妮主导的造反派组织马上先发制人："第二天就以井冈山组织搞革命调查的名义把宏先弄到被贴上封条的卫生所隔离了起来，门口日夜有人把守，饭菜由家人做好了送来。而贵生和王环是想见见不到，想批斗更是痴心妄想。事实上二妮一边保护宏先，一边也确实调查清了宏先的历史问题,他在国民党队伍里当过大夫不假,是军医主任也不假,但从没对任何人开过枪。他的罪恶仅限于,错入了国民党的队伍,并用医术救活了一个个国民党反动派的生命。"不仅如此,大权在握的二妮,在整个"文革"期间,还一方面张口闭口阶级斗争,另一方面以阳奉阴违的方式任用宏斯主抓生产。这一点,所体现出的,实际上依然是二妮对于人性良知的一种守护。正因为如此,所以,宏斯才会给予"文革"中的二妮以肯定性的评价:"文化大革命,贵生弄造反组织,二妮也弄造反组织,哪个造反组织更有人缘,你我都明白。要紧的,是人家二妮造反是造反,做人是做人,两样事分得清楚,一是不往狠里整人,二是不忘恩负义,老姜挨批斗那些天,还总想着去看老姜。"一方面,为了彻底改变自己以及家庭的命运,由最初的向往追求文明到后来的政治道路选择,二妮的确"识时务者为俊杰",有着适时的投机和钻营。但在另一方面,她的所作所为却一直都坚持恪守人性的底线,始终不曾为了自己的飞黄腾达而去落井下石,去倾轧周围的亲朋好友。即使面对着宏先这样一位有前科的历史反革命分子,她也总是在竭尽所能地保护他渡过难关。一言以蔽之,以上两个方面有机整合的一种结果,就使得二妮成为《前街后街》中具有相当人性深度的一位人物形象。

二妮的形象固然重要,但相比较而言,小说中最不容忽略的一个人物形象却是明悦。明悦的特别处首先在于,她是一个不健全的残疾人:"明悦是没办法跟人说什么的,她天生地是个哑巴,听得见人说话，自个儿却说不出一句话来。"明悦虽然身为哑巴，但却不仅从来不自怨自艾为此而自卑，而且也还有着一种足称强大的内心世界。虽然只是一位正处于成长过程中的柔弱乡村女性，但在黄村这样一个特定的地域空间，在故事所发生的那个时段里，明悦的存在往往意味着一种超越意识形态规范，超越具体历史语境限制的人性尺度与精神哲学尺度。比如，面对着彼此之间因为黄块的存在发生着很大误解的小慧和小慧妈："明悦看着小慧，为小慧难过，也为小慧妈难过着。不过这时似乎又有另一个明悦，远远地望着这一个，那目光忧伤、绝望，像是遭了一整个世界的遗弃……明悦被这场景吓了一跳。场景里的目光熟悉又陌生，仿佛是在哪个梦里出现过的。"既为小慧难过，也为小慧妈难过，同时却又倍感一种无力的忧伤与绝望，此时此刻的明悦，就已经不再是黄村狭小世界里的一位普通乡村女性，而是成为一位为人类的苦难存在而倍感忧伤绝望的悲悯情怀的体现者。也只是因为如此，二妮才会对于明悦生出一种特别的感觉："二妮说，我说的是真话，前阵子总往小慧家跑，还以为你一些事不如小慧呢，这会儿我可醒过味儿来了，明悦明月，要把你比作明月，小慧顶多也就是盏路灯吧。""二妮自个儿也没想到会有这样的比喻，话说出口，倒觉得妥帖得很，可不就是，明悦像是一百年都不会变的，小慧却说不准，离她远了近了，冷热阴暗一下子就显出来了。"不只是二妮，对于明悦，小慧也有着与众不同的感觉："小慧说不好这是否算是见识，但明悦有她的主见是肯定的，那主见像是长在心里，平时也显不出什么，有时甚至是一副没主见的样子，可说不准什么时候，它就出人意料地出现了。她小慧当然也有主见，可她的主见像更是情绪的作用，有一就一定有二的，有树就一定有影的。她搞不懂明悦那些主见的来路，看似偏狭，却绝不能说浅近，倒有些深谋远虑的。"

必须承认，二妮和小慧的感觉判断都没有错，此后发生的一系列事情都强有力地证明了明悦其实就是如同"明月"一般地有自己主见的一种永恒存在。比如，当二妮正在会场上被贵生苦苦折磨无法脱身的时候，不由分说地把她从批斗现场强行拉走的，就是明悦："正当二妮被贵生逼得苦不堪言时，明悦忽然从天而降般地到了二妮跟前，她也不看别人的脸色，一把拽了二妮就走。二妮开始还有些迟疑，看明悦拽得紧，索性心一横，脚步比明悦还快了几分，到了门外，倒像是她拽了明悦在走了。"同样地，在听到身边的贵生一直喋喋不休地用污言秽语谈论毁谤二妮的时候，毅然挺身而出当众打了贵生两个耳光的，也还是疾恶如仇的明悦："小慧和明悦立刻血涌上了头，小慧还没有反应过来，明悦已一个转身，冲了贵生啪啪就是两个耳光。"如果说对二妮不管不顾的呵护，还可以从关系密切的嫡亲姐妹的角度加以解释的话，那么，明悦对于其实与自己毫无渊源关系的宏先大夫的呵护行为中表现出的，就是一种极其难能可贵的普度众生的悲悯情怀了："台下数十个人，眼睁睁看宏先躺在地上，没一个敢上前搀扶。这时，就见一个不声不响的姑娘冲到宏先跟前,小心地扶他坐了起来。台上的贵生喊着,少他妈装疯卖傻,快上来！ 宏先在姑娘的帮助下试着站了几回,腿却颤了又颤,就像是扶不起的庄稼,终是又倒了下去。这时人们已经看清了,那姑娘竟是马道里城子家的明悦呢。唉,敢做这事的,也就是一个不知事的哑巴吧。就见明悦不管台上喊不喊的,竟把身子一蹲,将宏先的两手往自个儿背上一搭,一整个的宏先就被她背起来了。台上台下的人就这么看了明悦一步一步地往外走,没有一个人上前阻拦,像是被这突发的情景吓住了。"面对着当时那样一种一边倒的革命态势,明悦义无反顾地呵护救助宏先的行为,毫无疑问是一种逆历史潮流而动的"冒天下之大不韪"的行为。身为一个柔弱无比的乡村女性,明悦的非凡之举是需要有极大的生存勇气做支撑的。相比较来说,假若二妮是识时务者,那么,明悦就很显然是一个不识时务者。人都说"识时务者为俊杰",那么,如同明悦这样的"不识时务者"就应该被看作圣贤。人生在世,做一个俊杰已经很不容易,要想成为一个具有普度众生的慈悲心肠的圣贤更是难乎其难了。令人惊奇的是,明悦这样一个看似寻常的乡村女性,却偏偏就成了圣贤式的人物。自打对宏先彻底失望之后,明悦就更喜欢沉浸在一己的世界里了:"她自己的世界,不过就是一棵庄稼,一片绿叶,一个果实,一队匆匆行走的蚂蚁,一堆五颜六色的丝线……但她喜欢,一看就是半天,什么也不想,脑子里好像是一片空白,但分明又无比地辽阔。她觉得从前在生产队只顾了干活儿了,竟把身边太多的东西忽略了，即便是一棵草，一只昆虫，只要用心看，那世界也会愈来愈开阔起来，远不止肉眼看到的样子。更可喜的，是她抚摸它们或在心里与它们说话的时候，好像也总能听到或看到它们的回应。回应有的微小，有的剧烈，但都令她又惊又喜，有时她甚至会感觉自个儿也是它们其中的一个了……"从何玉茹如此一种倾心的描写来看，明悦所最终抵达的，就真可谓是一种"一花一世界，一叶一菩提"的至真至纯至高人生境界了。如果要用一句话来概括的话，那只能是，明悦是我们这个虚浮时代里一个殊为难得的定海神针式的人物。时代越是心浮气躁，明悦的气定神闲、超然物外就越是难能可贵。

何玉茹从忠实于自己情感记忆的角度来看，对那个特定的时代有所留恋是合乎情理的。与即将成为一种普遍生存现实的城市化相比较，何玉茹更加认可肯定乡村田园的农业化的生活方式。由此，一个不容回避的问题就是，一个作家在从事小说创作的时候，到底应该更看重理性的沉思，抑或是应该更依赖自己的情感记忆？从一种实际的创作情形来说，不论是情感记忆，还是理性沉思，哪一个都不能少。然而，在强调理性与感性一个都不能少，必须同时介入创作过程的同时，我们也须得明白，不同的作家个体各自对理性或感性的依赖程度并不相同。根据我的阅读体验来判断，如同何玉茹这样的一类作家，在写作时所依仗的，恐怕更多还是自己的情感记忆。最起码，如同《前街后街》这样的小说文本，倘若离开了写作主体足够丰富真切的情感记忆,无论如何都是无法想象的。

**注释:**

① 宁肯、王春林《长篇小说的魅力——宁肯访谈录》,《百家评论》2014年第5期。

# 张好好《禾木》：
## 以"罪与罚"为中心的箴言式写作

《禾木》并不是张好好的第一部"小长篇",她先于《禾木》完成的另一部作品《布尔津光谱》,严格说来,也同样是一部"小长篇"。而且,二者之间也有着显而易见的内在关联。正如同小说标题已经显示出的,这是两部与遥远的新疆边地关系密切的作品。禾木与布尔津,是北疆相距不远的两个地方。我们都认为小说写作在某种程度上可以被看作与作家的真切人生经验联系紧密的一种文化想象方式,由此来观照张好好,首先一个问题就是,她小说写作的文化想象方式何以总是会与禾木或布尔津这样的北疆小镇联系在一起? 一种可信的结论是,尽管张好好的祖籍为山东牟平,而且现在的居住地又重新回到了内地,但因为出生并在布尔津度过了自己的童年少年时期,布尔津反而成了滋养其小说写作最重要的一种文化想象资源。一个不容忽略的关键原因是,或许由于契合了童年少年这样一个重要的成长时期,布尔津的那段生存经历在张好好的精神世界深处打下了难以磨灭的深刻印记。又或者,张好好成人后所谓世界观的基石就是在她的布尔津时期奠定的。这样,一旦她试图打开自己的经验之门展开小说叙事的时候,率先进入其艺术视野的,自然也就是她的布尔津生存经验。人都说一方水土养一方人,扩而大之,从一种文学地理学的角度来看,大凡优秀的作家,实际上也都拥有着一方能够强力支撑自己创作的文化宝地。绍兴之于鲁迅,湘西之于沈从文,商州之于贾平凹,高密东北乡之于莫言,耙耧山脉之于阎连科,吕梁山之于李锐,甚至约克纳帕塔法之于福克纳,马孔多之于马尔克斯,其意义均是如此。很大程度上,布尔津之于张好好的意义,恐怕也正在此。张好好初始踏上文坛不久,虽然她的小说写作尚且处于刚刚展开的阶段,但我想做出的一个预言是,不论其小说写作面貌在未来将会发生怎样的变化,布尔津作为其文学想象的文化资源这一点,却不可能发生变化。张好好此后的小说写作,都将会从布尔津这个北疆小镇出发,会与这座不起眼的小镇发生千丝万缕的各种联系。

除了共同的文化想象资源这一点,《禾木》与《布尔津光谱》也还有书写对象上的某种关联。正如同《布尔津光谱》带有一定的自传性因素一样,《禾木》中自传性因素的存在,也是显而易见的一个文本事实。居于《布尔津光谱》中心的,是一个生活于布尔津的五口之家。其中,父亲海生是个来自山东的木匠,母亲小凤仙来自四川,在"文革"后的改革开放年代,已经成为当地很有名的一个裁缝:"这时候小凤仙已经成为布尔津的资深裁缝。许多哈萨克妇女要穿萨拉凡,便会来到海生家里量体。"不仅如此,关于这一家的三个女儿,作家还暗示性地写道:"再过几年她们会一个一个地离开这里,去遥远的乌鲁木齐甚至更远的地方。那时候我和小白猫,还有绒绒,都不在这里了……"到了《禾木》中,位居文本核心的依然是一个五口之家。祖籍山东的"你们的父亲"同样先是辗转东北,然后来到布尔津。他所依赖于谋生的也一样是木匠手艺。而母亲,则开了一家裁缝店:"两台缝纫机,一台锁边机,一个熨衣服的案子,她的身后是一个货架,顾客送来的布料塞得满满的。她的生意好极了,她是这座小县城里二十世纪八十年代第一个万元户。"而他们的三个女儿,也都先后离开了布尔津:"反正出去读书就再也不用回来了。你们都这样想。无情地,最终,把她一个人留在这里。"由以上的比较即可以看出,《布尔津光谱》与《禾木》最起码在故事原型的层面上有着突出的共同性。尽管我不知道张好好在写作《布尔津光谱》的时候就已经有了关于《禾木》的进一步写作设想,但这两部"小长篇"之间存在着书写原型的同构性,却是无可置疑的一个事实。

不容忽视的一点是,虽然张好好的两部"小长篇"存在着文化想象资源以及书写原型等方面的共同性,但作家所实际完成的这两个文本之间,却存在着太过明显的差异。鲁迅先生当年谈到陶渊明的时候,曾经强调老先生既有"采菊东篱下,悠然见南山"的恬淡一面,却也有类似于荆轲一样的"金刚怒目"一面。我想,这种评价方式某种程度上也完全可以被移用来评价张好好的两部"小长篇"。《布尔津光谱》是一个缓慢的文本,"在张好好的笔下,不论是作为故事核心的海生、小凤仙一家,抑或还是他们家周围那些民族肤色不同的邻居,虽然物质生活谈不上丰富,但一种相对贫瘠生存条件下的相濡以沫,一种亲情的温暖与谐和,却是无可置疑的。除了无法回避的死亡之外,出现在张好好笔端的布尔津,可以说是一个无冲突的世界。如此一种无冲突的谐和状态,很容易就能够让我们联想到陶渊明《桃花源记》中的那个'不知有汉,无论魏晋'的'桃花源'世界。"也正因此,我把那个文本归结到了一种"田园叙事"与"方志叙事"兼而有之的叙事传统之中。就其基本叙事节奏而言,《布尔津光谱》毫无疑问是舒缓、松弛而又自然的。这样一部"小长篇"的基本艺术品格,肯定属恬淡一类。但《禾木》却明显属于一种"金刚怒目"式的批判性文本。如果说前者是缓慢的,那么后者就是峻急的,前者的叙事节奏舒缓、松弛而自然,后者的叙事节奏紧张、激烈而对抗。前者曾经的那样一种相濡以沫与温暖谐和,到《禾木》中荡然无存。取而代之的,是以"罪与罚"为中心的对于现实与人性罪恶的强有力诘问、批判与救赎。

相对于《布尔津光谱》,《禾木》叙事形式方面最显著的变化约略有三个方面。其一,是对"你"这样一种第二叙事人称的征用。就一般的叙事常规而言,我们所习见的叙事人称只是第一与第三两种。虽然不能说绝无仅有,但使用第二人称展开叙事者,无论中外皆非常罕见。我个人有限的记忆中,只有法国"新小说派"的米歇尔·布托尔在其长篇小说《变》中使用过这种叙事人称。关键处在于，张好好为什么要征用"你"这样一种特别的叙事人称呢？张好好此举显然并非故意别出心裁。正如同第一人称"我"与第二人称"你"相对应而存在，二者之间有一种突出的彼此参照作用一样，就我个人的理解，张好好的第二人称叙事其实可以被看作第一人称叙事的某种变体，有一种十分突出的自我分身效果。作家对于"你"的征用，显然有着一种拉开距离之后的"我"与"你"甚至包括整个世界之间的潜对话意义。之所以要拉开距离，乃是为了取得更为理想的自我审视的客观效果。这里，一个无法被忽略的心理前提即是，不管多么富有理性的智者，在涉及与自我紧密相关的话题的时候，总是会本能地表现出一种自我掩饰与自我美化的倾向。这就正如同孔雀开屏时一般总是会把自己最光鲜亮丽的一面展示在公众面前一样，人在以第一人称进行言说的时候，也总是难免会存在一种不自觉的自我遮蔽状况。这一点，鲁迅先生的那一篇《伤逝》可以说是最典型不过的例证。张好好之所以要在规避第一人称之后，使用作为其变体的第二人称，其根本意义正是为了能够更加冷静客观地呈现主人公之一"你"的基本生存与精神状态。其二，是对叙事时空彻底打破后的重组。《布尔津光谱》基本上是一种顺时序的叙事，张好好从海生与小凤仙这两个"盲流"从内地流窜至北疆小镇布尔津落脚写起，一直到后来的结婚生子，到三个女儿的成长过程，乃至关于三个女儿未来命运走向的某种预叙，所遵循的是一种自然的时间顺序。到了《禾木》中,自然时序被彻底打破后,呈现为一种现象层面上的凌乱情形,叙述者的思绪与讲述始终不断地游走于现在与过去之间。"你不知道为什么,年轻时会那样荒唐,那几年断断续续进山三四次,次次的晚饭都要喝醉,及至走到夜色的山谷里,天已经完全黑了。你所要寻觅的——那个人呢?"《禾木》开头第二自然段的这些叙事话语,就奠定了小说的两种叙事基调。首先,尽管全篇并非一味地简单倒叙,而是采用了一种时而现在、时而过去的彼此穿插互嵌式叙事,但从总体上说却保持了一种回望往事的姿态。其次,从"年轻时会那样荒唐"一句,即不难判断出某种"觉今是而昨非"的忏悔式叙事基调的具备。更进一步,如果说《布尔津光谱》的顺时序叙述与整部小说那样一种无冲突的谐和状态之间存在一定的关联,那么,《禾木》之所以要打乱叙事时空,进而呈现出一种显豁的时空凌乱感,就与整个文本情节结构堪称紧张激烈的内在矛盾冲突密切相关。其三,是一种充满内在紧张感的箴言式叙事话语的自觉运用。很可能是与作品那样一种无冲突的谐和状态有关,《布尔津光谱》的叙事话语不仅总体感觉平和、柔软,一点也不张牙舞爪咄咄逼人,而且通篇皆保持了一种平稳正常的语序结构。其中,日常生活气息的渗透与缠绕,是显而易见的一件事情。但到了《禾木》中,所有的这些感觉却都已经遭到了根本的颠覆与重构。不仅平和的长句为短促紧张的短句所取代,叙事的节奏与频率明显加快,而且,整个完整的故事情节也都完全被打碎切割成零散的93个带有醒目小标题的断片，不断地闪回跳跃，然后被作家根据主体表达的需要而进行重组拼接。尤其不容忽视的一点是，《禾木》的叙事话语在拥有日常生活气息的同时，更增加了一种具有形而上思辨色彩的箴言式语句的穿插互嵌。"艾蒿那么高，溪水那么清，木头房子是明黄色的，被亿万只草虫的呐喊包围，月亮在东山升起。那个充满魅惑力却纯洁的少妇的脸，和东山的月亮一样美，仓央嘉措如是说。"如此一个富有诗意色彩的小说开头，在写实性地单刀切入禾木这样一个北疆村落的同时，也象征性地寄寓着张好好对于理想生态世界的艺术性想象。其中，箴言式的段落与话语可谓随处可见。"伟大的事业只能是自己的良心和最终的爱情，还有纯洁这个单词，这个随时能把你掐死的单词。""他以着天意，向你伸出手，拽你从泥浆里起来。他说，你是怎样的，我就会把你当怎样的人看。""你们已经知道，虫洞，每一次都要抉择，选了这一条，命运的终点是一个样子；选了另外一条，就是另外一个样子。这可怕的，步步惊心。"细细推想，这种箴言式语言其实携带有鲜明的神谕或者神启的性质。正因为有着类似箴言式话语的普遍使用，所以我们才断定"小长篇"《禾木》是一种比较典型的箴言式写作。

借助于箴言式写作，张好好提出了一个对当下中国非常重要的"罪与罚"问题。具而言之，张好好在《禾木》中所强力诘问批判的，主要是人性与现实两个层面的罪。人性维度之罪，集中通过"你"所归属于其中的那个五口之家而表现出来。首先一个颇堪玩味处，就是面对着完全相同的生活原型，作家两种不同心境下的文化想象结果，竟然会泾渭分明般地大不相同。在《布尔津光谱》中以相濡以沫的亲情方式呈现的那个木匠与裁缝结合组构之家，到了《禾木》中，居然变身为一个充满着剑拔弩张的尖锐矛盾冲突的戾气之家。其中，最主要的冲突，体现在木匠父亲与裁缝母亲他们俩之间。"她几乎是跌跌撞撞地扑到了布尔津这小平原的怀抱里。这里一个活得比她还要苍凉的男人，成为她的丈夫。他们本来是为着互相取暖的，但是许多年来留在身体里的冰块并没有因为对方而融化，他们是刺猬，各自守卫着那一点点只信任自己的信任。你，我，分得很清。""你们从布尔津来。你们的父亲是一个木匠、后来并未发迹的小包工头，你们的母亲是一个裁缝，家底殷实，但情感不快乐，没有依傍，喜欢哭诉。"不知道是否与父亲包工头事业的失败和母亲裁缝店生意的成功有关，在这个五口之家中，父亲一贯处于所谓"家有悍妻"的被压抑状态之中。如此一个父母关系特别紧张总是处于剑拔弩张状态的家庭，自然会对三个女儿形成极大的精神压力，促使她们打小就想着要以远走的方式彻底摆脱这种吵闹生活的困扰："你们生在劳苦的小民家里，长在'兵荒马乱'手工生意人的家里，衣食无忧终于到来，却正是两个大人水火不容之时，你们收到录取通知书的时候，绝望横生，就这样告别了小平原，与它决裂，从此不属于它，不是它的孩子，从它的怀抱里出去，就再也不是它的孩子了。"女儿可以以远走的方式逃离，那么，那位被悍妻压抑太久的木匠父亲呢？到了生命的最后十年，一贯弱势的父亲终于从情感上背叛了强悍的母亲。离开布尔津到禾木做包工头期间，父亲出轨，不仅与一位被叫作娜仁花的图瓦女人发生关系，而且他们还生下了一个儿子。母亲与娜仁花面对父亲时的不同情感姿态，通过牙疼这个细节得到了强有力的呈现。父亲因为牙疼而疼痛难忍，强悍的母亲不管不顾，而善良的图瓦女人娜仁花却倾心"照顾了他"。多少带有几分诡异色彩的是，父亲与娜仁花尽管情感深厚，但后来处于弥留之际的父亲却拒绝承认自己就是那个孩子的父亲，导致这种情况最重要的一个原因，就是那个娜仁花竟然是"一种女人"。所谓"一种女人"，有着明显的人尽可夫的意味，意即娜仁花的生活作风不怎么检点，曾经与很多男人有染。这样一来，虽然可以说事出有因，但父亲这个柔弱的男人实际上却先后以背叛的方式伤害了他生命中的两位女人。从婚姻中的出逃，伤害了母亲，拒绝承认儿子，伤害了图瓦女人娜仁花。也因此，面对着这两位女人，父亲就是一个有罪的灵魂。

但有罪者却又绝不仅仅是柔弱的父亲，同时也还有他的三个女儿。这一点，集中表现在父亲的弥留之际。只有到这个时候，女儿们方才强烈感觉到，父亲的一生竟然如此凄苦如此不幸福："所以你对他说，父亲的一生不圆满，在最后的时刻，他无人深情致谢，也无人对他深情致谢。""你惭愧地说，显然，我不是父亲的知己，父亲的知己也许是大姊姊，反正不是妈妈。如果禾木那个女人来到床前，他们会互有致谢吗？"生而为人，到头来居然"无人深情致谢，也无人对他深情致谢",这固然是父亲的悲哀,但同时却也是女儿们的悲哀。躬身自问,她们为什么就没有设法进入父亲的精神世界,成为父亲的知己呢?! 也因此,面对着父亲弥留时回归故乡的强烈愿望,才会出现这样的一种叙事话语:"与其说是回归,不如说是奔逃。逃离争吵、冷战、度量、泄愤,他知道他的病来自不良的情绪,这情绪来自事业的屡屡挫败,也来自不快乐的家庭。他局促地呼吸,如果人生·重来?"然而,无论留下怎样的遗憾,人生都无法重来。于是,柔弱的父亲便只能永远孤独了:"他简直是个孤儿。没有值得托付的亲密的人。没有可以感谢的人,没有舍不下的人。""这不体面的死,是长生天的惩罚吗?"如果说因为双重的背叛而致使母亲和娜仁花不可能成为父亲寄寓感情的精神知己,那么,身为父亲的女儿,大姊姊、小姊姊以及你,面对柔弱父亲的孤独,又该如何自处呢? "你们没心没肺,看不见他的愁苦。""这可怕的、比上绞刑架还折磨人的一幕,你们必得深陷其中,亲自煎熬。"之所以会倍感煎熬,就是因为女儿们觉得愧对父亲,觉得这么多年来并没有能够给予父亲应有的理解与爱。

除三个女儿面对父亲的强烈罪感之外,也还有独属于"你"自己一人的罪的追问。又或者,无论是父亲的罪,抑或还是姊妹三人的罪,都是由"你"之罪牵引而出的。"好女人守家中,坏女人闯四方。""你"的罪,首先与丢弃自己的女儿去闯荡四方有关:"你离开青春年华建立的那个家,背着一个大大的牛仔布双肩包……"弃家不顾而去闯四方的女人本就"坏","走四方而不带孩子的女人,更是坏女人"。尽管小说并没有详尽交代"你"弃家弃女游走四方的具体原因,但根据前后一些不无闪烁的言辞,我们隐约可以判断出"你"的出走很可能与所谓"伟大的事业"追求有关。"其实你只要徒步走,也能走到,只是每次上山下山匆匆,为着某种伟大的事业。"实际上,所谓"伟大的事业",说透了也不过是功名利禄而已,亦即叙述者所强调过的那种俗世价值观。只有在历尽沧桑度尽劫波之后,"你"才幡然悔悟,方才意识到,那些俗世的功名利禄其实虚无至极,"真正伟大的事业只能是自己的良心和最终的爱情"。小说中之所以会一再提及"洁净"这个词有足够大的力量把"你"掐死,根本原因正在于此。正是因为明确地意识到了自身曾经的罪,所以觉悟后的"你"才一直处于一种自我悔罪的状态之中:"他说他并不需要了解你的底细。他说,你的底子的好我看得清清楚楚。""不,不,你非要说给他听,一桩桩一件件,那软弱,那虚荣,那获取之心,那邪恶,一败到底。"于是,"你想到了一千年前的圣方济各。你对他,也对自己说,那是一个圣徒,年轻时放荡,后悔悟,从此游走四方,做旷野的呼唤者。"或许正是与圣方济各精神的感召有关,"你"的精神世界也渐次扩大,由自我而人群而更广阔的世界。"你哭了。流下青年时代最后的纯洁的眼泪。其实那时候你已经不纯洁了。但是你知道,总有一些时候,你是那样的纯洁。"这是关于自己。"所以,你知道你的父亲是怎样对待她的。如同天下广普的那些男人,所以你羞惭。"这是关于父亲以及其他男性。"如果不是这样的热爱的眼神，家园就会被自私的心毁灭，大地溃烂，江河死亡。你在中原大地上走着，看着，心疼着，恨其不争。这个'其'是谁呢？你不愿意和他们一伙儿。这个'他们'是谁呢？"这就已经是广大的世界了。很大程度上说，《禾木》中的叙述者是在借助于"你"的视野来观察世界与人生，假若把"你"置换为"我"，整个小说的叙述一样可以成立。我们之所以把第二人称的"你"看作第一人称"我"的某种变体，其根本原因显然在此。

发展主义思维所导致的负面结果，一是对于生态环境的严重破坏，二是物质对于精神的强势挤压。首先，数十年经济高速运行发展的一个惨重代价，就是对于自然生态的极大破坏。相对于小说开篇处那个"艾蒿那么高，溪水那么清，木头房子是明黄色的，被亿万只草虫的呐喊包围，月亮在东山升起"的充满大自然本色的北疆村落禾木，内地早已经处于一种彻底沦陷的状态之中："在中原大地待久，会被无数下水管道窒息。大家活在概念里。比如一句宣言，就糊住了所有的不洁净。于是大家坦然地说，瞧，我们多文明。然而你当然知道，这都是概念，大地已经腐烂，尤其是中原的大地。没有哪一座城市有西天山那座城那样的洁净而人心有古了。"人心有古，张好好生造的这个语词，所强力映照出的，正是中原大地人心的早已不古。面对着城市人们残忍伤害各种自然生灵的不堪行径，"你"总是凭借一己之力拼命地阻止。"你"曾经力阻青蛙被无辜宰杀的行为,"你"也曾经掏钱买下野鸭和刺猬去放生,但"你"一个人的力量终归太是有限,于是,面对着被打死的那只公黄羊,"你"只能徒然叹息流泪:"黄羊热热的身体抬到后备厢里。车启动,你隔着窗玻璃看见黄羊妈妈和孩子并肩站立,在那戈壁的深处,向着他们这些灰黑的人类忧伤地望来。"或许与"你"来自洁净的北疆有关,"你"的天性中就有一种维护自然生态的本能。为此,"你"甚至不惜恶语诅咒自己所寄身于其中的那座城市:"自然的大美就是一种不理智,太理智了就不美了。要合拍,就要在这大美中喝醉。忘记,中原大地和江河的溃烂。你一遍遍说,长江的生态系统已彻底崩盘。而在那里生活的人却气定神闲,心无愧疚,跳广场舞,打麻将,吃龙虾,穿花枝招展的衣服。"正因为如此,所以"你"才特别认同他们对于大自然的一种敬畏之心:"哈萨克人的眸子总是含着深情,对小平原,对周围的森林草原大山无数的河流。这才是注视家园的神情。你们也学会了,也懂得了,也真的热爱了。"其次,发展主义盛行的另一个恶果,就是消费意识形态的横行无阻,就是极度膨胀后的物欲对于精神世界的强势挤压。伴随着经济的强劲发展,一种曾经的慢条斯理不复重现:"慢条斯理的一种生活,被彻夜不息的商业灯火,一棍子打散。再也捏合不到一起了,那种慢条斯理,对再说一遍,这么金贵的几千年的气息,就无从觅见了。"慢条斯理,过去曾经是一个带有贬义的语词,但到了张好好这里被用来与商业灯火相抗衡的时候,就成了一个正向度的褒义词。与慢条斯理构成对立面的，就是一种发展主义的市场逻辑，就是所谓的金钱价值观。钱，钱是什么呢？"印第安人说，人啊，你最后吃钱吗？"真正是一句话惊醒梦中人，印第安人的一句话，就实实在在地道出了金钱的某种虚无与腐朽本质。与虚无腐朽的金钱相比较，只有人的精神方才能够真正不朽。而精神世界最灿烂的花朵，就是爱："唯有爱，让那伤口弥合。——孩子长大，这是爱；遇见了呵护你懂你的人，这是爱；原谅一个人，把温暖公正的话语带给这个人，也是爱。"归根到底，九九归一，唯有爱，唯其建立在忏悔基础上的爱，方才能够拯救这个日渐沉沦中的世界。所以，叙述者才会不无深情地写道："你满腔的悔罪，人类对大自然的，男人对女人的，女人对罪恶的，都说给他听。他都懂，叫你放心，安静是最后的抵达之所，即使今日依然心悸。"某种意义上说，这一段叙事话语可以看作对于《禾木》这一"小长篇"思想艺术主旨的精准概括。尤其是其中的"你满腔的悔罪，人类对大自然的，男人对女人的，女人对罪恶的"这样几句。再度翻检回顾通篇，一部《禾木》所诘问、批判、表现的不正是充分意识到"人类对大自然的，男人对女人的""罪"以及女人的"原罪"之后的一种发自内心深处的忏悔精神吗？也正是在这个意义层面上，我们方才坚决认定，张好好的《禾木》这部具有深刻、轻逸、迅捷品质的"小长篇"是一种以"罪与罚"为中心的箴言式写作。

# 秦巴子《跟踪记》：
## 洞幽烛微的精神"窥视"

或许与秦巴子的诗名太盛有关，他的小说写作在当下中国文坛的被关注度显然与他在这一方面所做出的努力并不相符。就我个人有限的视野，迄今为止，秦巴子已经有三部长篇小说，分别是《身体课》《过客书》以及我们这里要重点讨论的《跟踪记》（载《红岩》杂志2015年第6期）。与那些写作速度惊人的作家相比，秦巴子的小说数量可能的确显得有点寒碜，但倘若从思想艺术品质来说，秦巴子其实丝毫都不输于当下时代那些以小说名世的小说家。早在四五年前，秦巴子就曾经以一部《身体课》而惊艳中国小说界，不仅荣登由中国小说学会主办的2010年中国小说排行榜，而且在第八届茅盾文学奖的评选中，还一路过关斩将，虽然最后未能折桂，但却也名列第一方阵。从这个角度说，秦巴子就不仅是一位优秀的诗人，同时也更是一位优秀的小说家。或许与我更多地关注小说创作有关，我总以为，如同秦巴子这类小说家的存在，对于当下时代中国的总体小说创作格局而言，有着不容忽视的重要意义。这种意义乃突出表现为，当很多作家都已经丧失了在精神与艺术两个层面的实验探索兴趣，已然回归所谓"中国叙事"或者说"中国经验"的时候，却仍然还会有如同秦巴子这样的写作者在充分借鉴西方现代文学经验的基础上，孜孜不倦地继续着带有强烈先锋意味的小说创作。我之所以会对诸如宁肯、弋舟、李浩、薛忆沩，当然也包括秦巴子在内的一批作家自始至终都一直心存敬意，其根本原因正在于此。之所以强调秦巴子的小说创作与西方现代文学经验密切相关，一个关键原因在于，他对于西方现代文学作品有着近似同步的一种及时却又特别绵密扎实的阅读。只要对于他的博客稍加留心，即不难发现，差不多间隔一段时日，他就会以"秦巴子近期购书单"的形式把自己近期所购买的书目拿出来晾晒。其中，绝大多数都是新近翻译成汉语的西方现代文学作品。要害处在于，秦巴子不仅大量购书，而且他还都一一认真阅读。作出这种断言的主要根据是，他每每在贴出书目的同时，也往往会贴出对于这些作品的简短评语。虽然我知道当下时代的很多作家都特别注重阅读，但如秦巴子这样能够对于西方现代文学作品长期坚持认真阅读者，恐怕也还属凤毛麟角。小说创作的关键，一方面固然与一种刻骨铭心的生存经验的传达有关，但在另一方面却也与作家的阅读视野有着紧密的内在关联。我们之所以要强调秦巴子对于西方现代文学作品的长期阅读，正是因为这种阅读对作家带有强烈先锋意味的小说创作产生着不可忽略的重要影响。

在关于《身体课》的一篇文章中，笔者曾经写道："秦巴子的难能可贵之处，就在于他具有某种点铁成金的天才，他居然能够把这样一个看起来相对简单的故事演绎成了一部真正具有思想艺术原创性的优秀长篇小说。实际上，也正是依凭着这一点，秦巴子的《身体课》才告别了传统，才成为一部'现代'意味特别强烈的长篇小说。我们之所以强调《身体课》已经不再是一部传统意义上的长篇小说，就是因为作家的叙事重心已经彻底地远离了传统长篇小说中跌宕起伏的故事情节与人物命运，取而代之的，乃是叙述者对于笔端人物形象所进行的那些堪称精彩的心理精神分析。说实在话，就我自己有限的阅读体验而言，在中国现当代长篇小说的写作历史上，如同秦巴子的《身体课》这样彻底地放逐了传统的故事情节，完全把对人物的心理精神分析作为文本核心构成的长篇小说，绝对是第一部。"[1]虽然具体的写作方式与书写路径已经与《身体课》迥然有异，但《跟踪记》最起码在两个方面承续着秦巴子早在《身体课》中就已经开启了的艺术探索。其一，是对于传统长篇小说跌宕起伏的故事情节与人物命运的自觉放逐，其二，是对于人物心理精神分析的专注。又或者，以上两点本就可以被看作一个问题的两个侧面，唯其因为放逐了跌宕起伏的故事情节和人物命运，所以，作家才会把艺术重心向内转，转向包括潜意识在内的人物主体精神世界的深度解析。又其实，"现代"长篇小说与古典或传统长篇小说的一大根本区别，很可能就在于此。说到精神分析的深度，就不能不提及笔者曾经做出过的另一个论断:"观察20世纪以来的文学发展趋势,尤其是小说创作领域,一个非常值得注意的事实,就是举凡那些真正一流的小说作品,其中肯定既具有存在主义的意味,也具有精神分析学的意味。应该注意到,虽然20世纪以来,曾经先后出现了许多种哲学思潮,产生过很多殊为不同的哲学理念,但是,真正地渗透到了文学艺术之中,并对文学艺术的发展产生着实质性影响的,恐怕却只有存在主义与精神分析学两种。究其原因,或者正是在于这两种哲学思潮与文学艺术之间,存在着过于相契的内在亲和力的缘故。"②对于我的这种看法,张志忠在他的一篇文章中也给出过一种补充性的说法:"我愿意补充说,这种'过于相契的内在亲和力',有着深刻的世纪文化语境:上帝死了,人们只有靠自己内心的强大去对抗孤独软弱的无助感;上帝死了,人们无法与上帝交流,就只能返回自己的内心,审视内心的恐惧和邪恶的深渊并且使之合理化。前者产生了存在主义,后者产生了精神分析学。两者都是适应多灾多难的二十世纪人们的生存需要而产生,也对这个产生了两次世界大战和长期冷战的苦难世纪的人们的生存发挥了重大作用。它们是人的精神世界的产物(它们无法在客观世界得到验证,弗洛伊德学说在文学中比在医学界受到更大的欢迎,与其说它是医学心理学的,不如说它是文化学的),又作用于人们的精神世界。"③既然精神分析深度的具备乃是现代世界文学一个非常重要的特质,那么,秦巴子《身体课》与《跟踪记》中世界性因素的存在,就是无可置疑的一种事实。

事实上,《跟踪记》的故事情节也果真是简单至极。倘要想复述故事情节,大约也不过是几句话的事情。一天下午,某杂志主编马丁在街上忽然发现自己的前妻王欢上了一辆宝马车,于是就打了一辆出租车一路跟踪。跟踪到郊外的一个私人会所之后,马丁与前妻王欢一起参加了一个不期而遇的假面舞会,见到了古城文化界的若干名人。舞会之后,两人因不肯留宿会所只好到附近旅馆登记一个标间共度一晚。整部小说的情节,至此戛然而止。在常规的意义上,如此简单的故事情节,不要说是一部长篇小说,即使是一部中篇小说,也很难支撑得起来。但秦巴子却偏偏就是有一种把简单的故事情节演绎转换为长篇小说的能力,《身体课》如此,这部《跟踪记》也同样如此。因为小说被命名为"跟踪记","跟踪"一词自然也就成为理解作品思想内涵的关键所在。所谓"跟踪",当然是在被跟踪者不知情的情况下进行的。一旦为被跟踪者察觉,此种行为也就不能再称得上是跟踪,到这个时候,跟踪干脆就无法继续下去了。问题在于,跟踪者为何非得实施这种上不得台面的跟踪行为呢? 假若是警察出于破案的目的去跟踪,那还可以用职业要求来加以解释,那么,警察之外的普通人呢? 他的行为又该如何加以解释呢? 细细想来,其中一种"窥视"性质的存在,当是毫无疑问的一个判定。而关于"窥视",我清楚地记着秦巴子曾经在《身体课》中借叙述者之口做出过精辟的议论:"实际上,窥视是人类最热烈也最难以满足的欲望之一，是人性中的一种古老本能。人人都曾经历过成长过程中对神秘的异性的好奇，而那大胆者窥视异性的'罪恶行径'，会遭到同伴的嘲笑甚至诅咒，然而，那嘲笑与诅咒却常常带着一种邪恶的快意，其实，这快意与被嘲笑被诅咒对象的窥视行径有着同谋的意味。在某种意义上，人人都是窥视者。窥视的本能源于人类好奇的天性。好奇是人类认识世界的一种内驱力——然而，这种好奇之心并不必然指向认识的有用性，很多时候，仅仅是好奇心的满足，就可以令人欢天喜地。"倘若我们承认每一个人在某种意义上都扮演过窥视者的角色，那么，作家的职业本身就规定了他们是天然的窥视者。"由此再联想开去，进一步联想到小说的写作行为，就可以发现，人群中最符合窥视者特征的，实际上正是小说家自己。请各位认真地想一想，所谓的小说家，不正是在以小说创作的名义近乎堂而皇之地窥视了解并表现着他者的生活状态么？在这个意义上，则秦巴子自己首先就是一位出色的窥视者，他把自己所窥视到的关于康美丽、林解放、林茵以及冯六六他们的生活与精神状况，以小说艺术的名义展示在了广大读者的面前。与此同时，作为读者的我们，也在借助于秦巴子的分析式叙事观察了解康美丽他们的生活。从某种意义上说，我们这些读者的阅读行为，也同样带有鲜明的窥视意味。或者也可以说，我们是以作家同谋者的身份，以一种共谋的方式，与作家一起合作完成着一种冠冕堂皇的窥视仪式。那么，强调作家的写作与读者的阅读行为均带有突出的窥视色彩，究竟具有什么样的特殊意味呢？我想，对于窥视色彩的强调，其实是在强化着现代小说对于人的内在世界隐秘性的洞察与表现。既然是窥视行为，那当然就是被窥者所无法察觉的。既然被窥者没有意识到自己的一举一动早已经进入了别人的视野之中，那么，他也就不可能自觉地进行自我遮蔽。这样一来，被窥者就会把自己最本真的生存状态充分地展示出来。作家和读者，也正可以凭此而相当透辟地抵达人物形象内心世界的深处，然后淋漓尽致地把现代人精神世界的真实呈示出来。"④毫无疑问，对于《跟踪记》中以"跟踪"形式而现身的"窥视"，我们也应该作如是解。如果说在《身体课》中秦巴子主要借助于对诸如眼睛、鼻子、嘴巴、耳朵、乳房、手、阴部等人类身体器官的智性分析展开并完成着对于康美丽、林解放、林茵以及冯六六他们主体精神世界的深度勘探，那么，到了这部《跟踪记》中，秦巴子则主要依托悄然"跟踪"这样一种方式"窥视"表现着马丁、王欢等一众人物甚至也包括城市在内的精神构成。究其根本，《跟踪记》依然是一部典型不过的精神分析小说。

既然"跟踪"是理解进入《跟踪记》的最佳切入点，那么首要的一个问题就是，这位某青年杂志主编马丁的"跟踪"结果究竟如何。然而，欲知结果如何，却需要先从行为的动机说起。夏日中午坐在茶楼一边品茗一边等朋友的马丁，是被一条突然出现的红裙子抓住目光的："鲜艳的红裙子几乎是强行抓住了马丁的目光，马丁先看到她的裙子，然后注意到腿，他被吸引了。坐在玻璃后面观看街上走过的美女,对男人来说既是一种眼睛的盛宴,又有着奇妙的偷窥的快乐。"请一定注意,马丁首先是被这位女性的美丽与性感所吸引,然后才意识到这位引起自己注意并给自己带来偷窥快乐的女性,竟然是自己已经离婚三年的前妻王欢。先后次序的重要与不可颠倒,意在强调即使是曾经同床共枕数年的前妻,也首先是以其"色相"而进入马丁视野的。令人颇感惊异的一点是,虽然已经离婚三年,但一直生活在同一个城市,而且也有一些相互交集的朋友圈的他们俩,竟然再没有遇到过。时隔三年不见,马丁觉得前妻比他们在一起的时候还要更加迷人、更加丰腴也更加性感。马丁之所以心念一动,要去跟踪前妻王欢,根本的动机是:"马丁看着她走到街口的牌坊下面,拉开停在那里的一辆宝马车的车门坐了进去。这让他突然生出一股强烈的好奇,想知道那车里的男人(他本能地想到开车的是男人而不是女人)是谁,他们会去哪里。"马丁之所以先入为主地认定开车的是男人而不是女人,从潜意识的角度看,正说明这个时候的他已经完全被一种不自觉的嫉妒心态掌控了。匆匆忙忙作出跟踪决定的他,已经来不及开自己的车,仓促间只好打了一辆出租车。然后,这个陌生的出租车司机就载着素不相识的马丁开始了颇有几分曲折的跟踪过程。在跟踪过程中,已经逐渐冷静下来的马丁不断扪心自问,自己一时冲动的跟踪行为究竟有什么意义:"为什么要跟踪她呢?即便知道了宝马车里的男人是谁,知道了他们去了什么地方,甚至了解到他们是什么关系,又能怎么样呢?"实情确也如此，这个时候的马丁与王欢已经离婚三年，彼此之间都没有权利再干预对方的生活与情感。大约也正因此，一路跟踪下来的结果是，越跟踪，马丁就越是对这种跟踪行为产生强烈的自我怀疑："突然看到前妻（比以前更加性感和光彩照人）上了一个男人（是否男人还不一定）的车，内心里生出点疑惑嫉妒醋意烦乱躁动的复杂滋味也是正常的，但是为什么要跟踪她呢？马丁这会儿愈发不明白自己跟踪王欢到底是想要知道什么想要怎么样了，把自己即将到来的朋友抛到脑后扔在茶馆里不管不顾，然后莫名其妙地跟踪起了前妻，难道仅仅只是突发的好奇心吗？"看似在跟踪自己的前妻，其实逐渐被打开的却是自己的内心世界，一丝荒诞的意味就此油然而生。关键的问题是，尽管马丁一直在强调自己跟踪前妻王欢只是想搞明白开宝马车的人究竟是谁，想知道这辆宝马车到底要驰向何方，但在其潜意识深处，其实真正想一探究竟的问题，却是前妻三年前到底为什么会执意和自己离婚。这个谜底，一直到小说的第三章"旅馆"这一部分，马丁单独面对前妻王欢时才被彻底揭开："马丁这时候其实并不想说丁丁，他更想知道的是她的情况，但是不知道为什么，他又觉得难以开口……或者，他希望她问，他觉得那样就可以问她同样的问题了，问她为什么执意要和他离婚——这才是他想要知道的，是有别的男人了吗？但她又为什么一直一个人呢？被别人涮了吗？或者只是对他失望了？"这就意味着，即使是马丁自己，在跟踪前妻王欢的过程中，也都没有搞明白自己更深一层的跟踪动机，其实正是要彻底澄清王欢和自己的离婚理由。这里,更令人诧异的一个问题在于,离婚三年以来,就连马丁自己都没有意识到,在自己的个人潜意识深处,实际上一直对三年前的那场离婚耿耿于怀。就这样,马丁的这场看似一时冲动的跟踪,究其本意,一要搞明白开宝马车的人是谁,二要澄清王欢与自己的离婚真相。但充满吊诡意味的是,一直到小说终篇结束为止,跟踪者马丁意欲一探究竟的这两个问题却都没有得出明确的答案。而这,也就意味着,读者带着一头雾水一路伴随着同样是一头雾水的跟踪者马丁跟踪而来,没想到,到头来的跟踪结果却依然是不明就里的一头雾水。动机与结果如此一种悖反效应,所传达出的既是"竹篮打水一场空"的悲剧意味,也更是人生其实本无意义的一种荒诞与虚无感。究其根本,秦巴子在《跟踪记》中的这种艺术处理方式,很容易就能够让我们联系到法国作家贝克特的经典名作《等待戈多》。两个人物从大幕拉开,就在那里等待戈多,但一直到剧终这戈多都没有来。戈多不仅没有来,更令人不可思议之处在于,苦苦等了一场,到头来却连戈多到底是怎样的一种存在都没有弄明白。就此而言,《跟踪记》中某种存在主义况味的存在,就是毋庸置疑的一种文本事实。

小说中马丁意欲"跟踪"窥视的对象,本来是前妻王欢,没承想一路"跟踪"窥视下来,真正被"窥视"的对象反倒是身为跟踪窥视者的马丁自己。而这,实际上也就构成了《跟踪记》的另一重悖反艺术效应。事实上,也正是借助于如此一种严重错位的故事情节设计,秦巴子一方面渐次打开了现代知识分子马丁的内在精神世界，对马丁那样一种总是处于患得患失与首鼠两端的复杂精神状态进行了足称深入的艺术勘探。另一方面，却也鞭辟入里地透视表现了现代城市生活中人与人之间日益严重的精神隔膜状况。这一点，集中表现在他与前妻王欢之间情感关系的缠绕上。马丁与比自己还要年长三岁的画家王欢，是以一种一见钟情的方式迅速结合为夫妻的。尽管叙述者一再强调"马丁是个沉稳的男人"，在与女性的交往过程中，总是"审慎多于兴奋，审视多于欣赏"，但实际的表现却是，和王欢在画展上甫一见面，两人就被对方深深吸引，当天晚上就上了床。虽然王欢已经有过一次短暂的婚姻，而且还携带有一个六岁的儿子，但这一切在马丁看来却都构不成他们结合的障碍。就这样，两人很快就以闪婚的形式迅速走到了一起。但仅仅是过了五年不到的时间，他们的婚姻生活就已经走到了尽头。对此，作为被动一方的马丁百思而不得其解。到这个时候，马丁方才恍然大悟，却原来，数年夫妻在一起生活下来，自己竟然根本就谈不上对于王欢的了解："那段日子里他才吃惊地发现，自己对王欢的内心其实了解得并不多，夫妻近五年竟然对她的了解是如此有限，看似般配的一对夫妻，日子过得细腻，性生活和谐，而感情却是如此粗糙，甚至不了解对方的内心需要。直到几个月后办完了离婚手续，马丁都没有搞清楚王欢提出离开的真正理由是什么。"在这里，秦巴子写出的，其实是现代城市中夫妻情感与精神的普遍隔膜状态："奔波在繁忙都市里的人们,彼此之间很难深入地了解。即便是长期生活在一起的男女,也是如此。大多数夫妻,表面上看上去似乎亲密无间,实际上并不怎么知道对方的生活,尤其是上班族,一天当中,除了上班、加班、应酬之外,在一起的时间就剩下吃饭和睡觉,如果把睡觉时间再减掉,两个人之间能够交流的时间就非常有限了,而在这有限的时间里,却还有那么多家务需要料理,两个人也说不了几句话,而更经常的情况是,当一个想说点什么的时候,另一个却因为累因为烦因为种种原因根本不想说什么。"正因为如此,秦巴子方才借助于叙述者之口对城市生活进行过精辟的概括:"所谓都市生活,就是和家人在一起的时间少于和工作在一起的时间和家人说的话少于和同事和客户和朋友说的话;而都市里的夫妻们,常常不知道对方在上班时间里都做了什么和什么人在一起。"依照常理,日日同床共枕的夫妻应该最了解对方,但实际的情况却恰好相反。马丁与王欢之间的状态,可谓相当典型:"而他和王欢则像两个长期在一个小泳池里游泳的人,既熟悉对方的一招一式一举一动,又对这招式与举动感到漠然,甚至茫然,而各自对对方在小泳池之外的事情与状态,则更是一片空茫。"唯其如此,马丁才会情不自禁地扪心自问:"我对睡在旁边的人,到底知道多少又了解多少呢? 每当他这样想的时候,就会感到惶恐,以至于失眠。"秦巴子的这种描写,很容易就可以让我们联想到另一位法国作家尤涅斯库一部很有影响的荒诞剧《秃头歌女》。剧作中,一位男士和一位女士在进行着奇异的对话。随着他们对话的逐渐推进，才发现他们俩原来竟然住在同一条街道的同一幢房子的同一个房间里。直到这个时候，他们自己（当然也包括观众在内）方才恍然大悟，却原来，他们是一对感情早已经隔膜淡漠到如同陌生人一样的夫妻。马丁与王欢夫妻的状况，极类似于《秃头歌女》中的那对"奇葩"夫妻。于此处，我们所强烈感受到的，依然是一种人生意义被抽离放逐后存在层面上的荒谬与虚无感。关键的问题在于，既然日日同床共枕的夫妻尚且处于如此严重的精神隔膜状态，那就更遑论那些关系本就不够亲密的普通人了。就这样，仅只是通过马丁与王欢之间日常生活中一种疏离感或者说游离感的描写，秦巴子的笔触就不无尖锐犀利地切入了现代城市人与人之间的精神隔膜状况之中。

事实上，生性敏感多疑的马丁，早已发现他们夫妻之间情感危机的存在，并曾经竭尽全力地试图加以挽回。情感危机的征兆，首先突出地表现在他们之间的性生活上："马丁察觉到王欢的变化，是从她开始卖画之后，这种微妙的变化首先来自夫妻间的性生活而不是精神交流，交流并没有出现问题，但交欢时的感觉却有了细微的异样……这种感觉非常微妙，只有长期生活在一起的夫妻才能辨识出其中的变化，她的高潮来得要比以前晚，而且强烈的程度也比以前弱……她闭着眼睛时马丁觉得她有一种置身事外的散漫，而当她睁开眼睛看着他时，他又感觉到了一丝审视的冷静；虽然到达高潮时她一如既往还会发出快活的呻吟甚至叫出声来，但马丁却怎么也找不到那种酣畅淋漓的感觉了。"性的问题固然是性的问题,但又绝不仅仅是性的问题。一对夫妻性生活上某种"疏离感"或者说"游离感"的产生,其实在很大程度上意味着他们的情感与精神状态出现了问题。问题的发现,使马丁不由自主地陷入了一种胡乱猜忌的状态之中。自从开始卖画之后,王欢几乎每一个月都要外出:"马丁不知道王欢每次出去交往的是什么人,不知道她去外地是和什么人在一起;而王欢每次回来,也并不是事事都向马丁通报,偶尔被马丁问起,她也懒得细说。这让马丁心里难免会生出一些不着边际的猜疑,王欢并非没有感觉到,但她也不多做解释,只是笼统地说都是艺术圈子里的一些来往,无非就是各地的画展、画商、画廊之类。但是在夫妻关系中,当一方有了猜疑而另一方完全不予理会的时候,猜疑就会像细菌一样繁殖起来。"马丁与王欢之间的状况,即是如此。意识到问题的存在之后,一方面,马丁仍然不可自抑地无端猜疑着,另一方面,他也在想方设法解决问题。怎么解决呢?马丁的解决之道,一是尽可能多地到画室里去帮王欢的忙,二是更加频繁地与王欢在画室里发生性关系,因为,只有"当他们身体扭结着在地面上翻滚的时候,马丁的内心才感觉是踏实的,他觉得他们的爱仍然在。"关键在于,这只是马丁自己的感受,对他的这种感受,王欢显然并不买账。不买账的王欢的回击,极其犀利有力:"你不觉得有时候像是强奸吗?"马丁试图有所挽回的努力,在王欢这里却变成了"强奸",这就真的称得上是事与愿违、南辕北辙了。对于马丁与王欢之间的情感与精神困境，叙述者曾经做出过可谓一针见血的分析："婚姻之痒或者并非缘于外力，更重要的内生性原因可能正在于太过熟悉以致新鲜感消失。马丁隐约地意识到了这些，但是当他以此来考虑自己与王欢的感觉的时候，又觉得有些牵强而不得不陷入怀疑。而他没有意识到的是，当夫妻之间有人为是否存在婚姻之痒而痛苦纠结并且寻找证据的时候，婚姻之痒其实已经悄然发生，无论直接的间接的原因是什么，甚至，可以没有原因，就像皮肤之痒，没有蛀虫叮咬，皮肤自己也会莫名其妙地痒痒起来，并不是外在的刺激，而是皮肤自己无聊起来了。"很显然，马丁与王欢之间的情感与精神困境，就属于这种内生性的"婚姻之痒"。需要注意的是，在马丁试图积极努力以走出情感与精神隔膜困境的过程中，我们所强烈感受到的，依然是无法沟通的隔膜的严重存在。就这样，一边努力修复着，一边却又继续隔膜着，如此一个过程，极类似于那位无望地推着石头上山的西西弗斯。其最终的结局，无论如何恐怕都只能是短暂婚姻的无奈解体。

到了小说的第三章"旅馆"，意外与前妻同居一室的马丁，迫切希望找到三年前王欢执意要和自己离婚的答案。面对着马丁探寻的目光，王欢接连抛出两个问题，一个问题是：你懂我吗？另一个问题是：你没试过去懂别的女人吗？对于这两个问题，马丁所给出的答案只能是"不懂"："他懂女人吗？几年来，马丁一直没想明白王欢为什么和他离婚，在他的内心里，这是一个始终无法解开的心结，他想得越多，就越是搞不明白。作为一个发行量巨大的著名情感类青年杂志的主编，对自己老婆的情感变化浑然不觉，以至于到了离婚的地步，而且在离婚后的这几年里他一直都没有想出个所以然来，这实在不无讽刺意味。"依循此种心理，也就能够很好地解释他貌似突如其来的跟踪行为了："也许他意外看到王欢的时候，不假思索地就开始跟踪，就是他心理追踪的自然延续。看似偶然的现实中实施的跟踪，不过是内心里那个跟踪者的外化行为。现在他觉得他终于从现实中的跟踪来到了王欢内心的入口。"问题的关键在于，马丁所谓来到王欢内心入口的感觉，依然是一种错觉。他根本不可能意识到，由此而最终导引出的，也还是一种情感与精神的隔膜："大多数的男女，所谓的懂得爱，是懂得谈恋爱时期的爱，但是并不懂得在持续的平淡的婚姻生活中如何去爱。恋爱时期甚至包括婚姻初期，男人对女人的殷勤表达总是让女人觉得对方很懂自己，那时候的男人本能地会对女人投入很多，让女人感到身心俱在爱的滋养之中，但是随着激情渐渐地趋于平静，平淡乃至琐屑的日子即便没有消磨掉感情，也占据了更多的时间，而女人对爱的期待总是多于男人，她对长久持续的激情和无处不在的温情的期待，远远超过男人，而当她感觉到了失落的时候，愁怨很自然地会爬上心头，而男人却常常对此浑然不觉，甚至不以为然。"一方很在意，另一方却漫不经心，久而久之，一种情感与精神隔膜的生成，就是不可避免的结果。而这，也正是马丁所谓"不懂"的实质所在。既然连自己的前妻都"不懂",那么也就更遑论其他女人了。这里,既包括那位曾经和马丁有过一夜情的女编辑,也包括曾经和他共居一室的那个女编辑部主任:"马丁试过去懂别的女人吗?似乎没有。他没有和王欢以外的别的女人一起生活过,他和别的女人有过暧昧的感觉,和手下的女编辑有过身体关系,但那并不是共同生活,那只是一夜情,甚至,只是一夜性。""他不仅不懂这个和他有过一次身体关系的女人,他同样也不懂和他同居一室过了一夜的那个女编辑部主任。他不懂她为什么会在众目睽睽之下坦然地随他去他的房间,她那么无所顾忌是因为心地坦荡吗?""他不懂这个女编辑部主任,也许她本来就没有多想,只是借住一下睡一觉休息几个小时而已,反倒是他想得太多了吗?"但不懂王欢,不懂别的女人也还罢了,颇具反讽意味的一点是,到头来马丁发现竟然连自己也不懂了。这就要再次提及前面已经讨论过的关于猜忌的那个话题了:"猜疑本质上是一种破坏性的力量,当这力量没有朝着猜疑对象发出的时候,必然会向相反的方向寻找出口,马丁在自己都不明白为什么要出轨的时候出轨了,这实际上是猜疑的反向作用力造成的后果。但是那时候的马丁,并不明白这个深藏在潜意识底部的原因,他只是在事情发生了之后,为自己身体的失守感到懊恼。"就这样,一路推演的结果就是,马丁不仅不懂前妻王欢,而且也不懂别的女人,到最后,干脆连自己也不懂了。秦巴子如此一种艺术处理方式,很容易就能够让我们联想到西方的现代主义文学。在西方现代主义文学那里,"我是谁"是一个长期被思考追问的存在层面上的根本问题。《跟踪记》的本意是借助于马丁的一路追寻，不仅要搞明白开宝马车的那个人是谁，而且也要搞明白马丁与前妻王欢的离婚根由，但到头来的结果却是，不仅没有找到试图探寻的答案，就连跟踪者自己也搞不明白自己到底是怎么回事了。从象征隐喻的角度来看，作家如此一种描写，乃意味着马丁事实上已经彻底处于某种精神自我迷失的状态。

从艺术结构的角度考察，秦巴子的《跟踪记》中实际上存在着显与隐的双重结构。所谓显性结构，就是指从马丁发现前妻王欢并决定跟踪之后的一路跟踪过程。第一章"街道"，主要写出租车沿着古城曲折的街道一路追踪宝马车一直到郊外的那个私人会所。第二章"脸谱"，叙述者的视点在进入私人会所后，开始偏离马丁和王欢这一对曾经的夫妻，以素描的方式逐一勾勒表现古城一众文化人的精神肖像。第三章"旅馆"，叙述者的视点再度回到马丁、王欢这一对曾经的夫妻身上，写一场"与狼共舞"的舞会结束后，马丁与王欢在附近旅馆投宿共度一晚。所谓隐性结构，就是指在马丁一路追踪王欢的过程中，他内在的主观思绪也处于不断闪回的过程中。闪回的主要内容，一方面是马丁与王欢从结合到最后离异的全部过程，另一方面则是马丁与别的女人其实主要是那个女编辑以及女编辑部主任之间的情感故事。这闪回，自然就构成了与跟踪那条显性结构线索并行不悖的另一条隐性结构线索。有了这样一显一隐的双重艺术结构，《跟踪记》艺术上的自洽性与完整性自然毋庸置疑。但在充分肯定艺术结构合理性的同时，我却也还是有一点疑问要提出。具体来说，我的这一疑问，乃主要是针对第二章"脸谱"而提出。尽管我并不清楚秦巴子关于"脸谱"一章的设定有什么深意，但依照我的阅读直感，这一章出现在《跟踪记》中却多多少少显得有点游离脱节。首先，第一章"街道"与第三章"旅馆"中，叙述者的视点始终集中聚焦在马丁与王欢这两位主人公身上，不仅切中现实追逐跟踪与心理挖掘窥视的思想主旨，而且也将重心落脚在了男女两位主人公精神世界的勘探与分析上。然而，到了第二章"脸谱"中，作家的笔触却从马丁与王欢两位主人公身上自觉不自觉地游离去，以多少带有一点漫画式的笔调勾勒古城一众文化人的肖像，总体艺术风格与另外两章明显不统一协调。其次，第一章与第三章的主旨不仅在于以跟踪"窥视"的方式透视表现马丁与王欢的主体精神世界，而且如此一种"窥视"行为的结果却都呈现为一种暧昧不明的状态，并没有明确的结论得出。又或者，无论马丁还是王欢的精神状态，最终都归结为一种不确定性。但第二章"脸谱"的情形却截然不同。与马丁、王欢精神状态的始终暧昧不明形成鲜明对照的是，这些现实生活距离跟踪窥视者马丁相对遥远的文化人的精神构成，反倒在作家笔端得到了比较清晰的呈现。虽然说郭雁、肖雨、刘波、付主席以及章鱼这几位活跃于古城文化界的文化人个性容或有异，但被欲望所主导控制的一种文化投机心理，恐怕却是这一众文化人的精神共性之所在。毫无疑问，秦巴子这一章的书写主旨很显然是着眼于现实的文化批判。文化批判当然值得肯定，问题在于，这样的一种书写，既与跟踪缺乏紧密的内在关联，又偏离了现代人精神世界不确定性勘探表现的既定主旨。还有一点不容忽视的是，假若我们承认马丁视点性人物角色的定位，那么，另外一个问题也就随之产生。那就是，一个对于曾经闯入过自己生活世界中的女编辑与女编辑部主任，对于同床共枕数年的前妻王欢，甚至对于自己的精神世界构成都不甚了了都表示"不懂"的跟踪者，何以能够对于那些距离遥远的文化界同人做出如此清晰理性的理解与把握呢？套用一句摄影上的专业名词，秦巴子的这种处理方式，大概就可以说是远景很清晰而近景反倒很模糊。又或者，秦巴子如此一种处理方式，就是要借助于后者的清晰理性来衬托表现前者的暧昧不明呢？心有疑虑，不吐不快，写在这里以向秦巴子兄求教。

**注释：**

①④　王春林《智性叙事中的精神分析——评秦巴子长篇小说〈身体课〉》，《文艺评论》2015年第11期。

②　王春林《乡村女性的精神谱系之一种》，见《多声部的文学交响》，北岳文艺出版社2012年8月版。

③　张志忠《谁为当下的文学声辩——王春林〈多声部的文学交响〉简评》，《文艺评论》2013年第9期。

## 叶炜《福地》：
## 乡土与历史的文化书写

俱往矣，自打武昌起义的第一声枪响开启了神州大地的百年激越史，浪淘尽，众生芸芸，一部沧桑青史又能够有几人留名？叶炜长篇小说《福地》（青岛出版社2015年6月版）凡四十万言，书写百年风雨，不数风流人物，尽说草芥白丁，然而故事并没有因此而稍显暗淡，一如语速缓慢的老者，把那些弥漫着硝烟味儿的年代，都化作一坛陈年老酿，看似无色却是醇香厚道，品咂之下，那一幕幕如烟往事，漫卷而来，作者的波澜不惊，徐徐缓缓所最终成就的，恰恰是读者的惊心动魄，荡气回肠。英雄固然可以一时显赫，但其光辉却终归有限，抵不过岁月久远，然而草木本心，无须美人相折，亦自有一股坚韧之力可以传承不息。究其根本，平凡传递的并非庸常，而是能够切身感知的实在，因着这实在，小说便具有了一种非同寻常的感染力。故事可以老去，生活却还在延续，集体记忆也还鲜明。平凡的大多数所真正需要的，不是历史记载的伟人，而是一方安身立命的福地。叶炜之《福地》，若世俗之桃源，纵是逃不过战火纷扰,却也能在滚滚硝烟里紧握命运的掌纹,叱咤中原的清王朝如大厦覆亡,战火里支撑起来的民国来去匆匆,唯有苏北鲁南的福地麻庄,却默默尽数了五百年的光阴。时间太长,生命太短,悠长的历史离不开代代执着的传承。这一方乡土,人在,老槐树在,守护在,传承在,所以福地便在。叶炜笔下的历史是遥远的,庙堂是模糊的,与这些遥远与模糊相比较,逐渐鲜活起来的却是扎根于土地的普通乡民,这些人在土地上生长,又在土地上死去;在土地上欢歌,同时又在土地上悲戚。一年又一年,岁岁各不同,春夏秋冬的轮回,将青丝转成了白发,将岁月讲成了传说,置此福地,供读者诸君一一观览。

《福地》的引人注目,首先在于它的纪年方式。小说的故事从二十世纪初的辛亥革命一直延续到了世纪末叶,六十个章节,六十个年份,却避开了公元纪年法,别开生面地采用了天干地支的方式来纪年。说实在话,以时间为线索的叙述方式本不足为奇,但天干地支这种纪年方式却别含深意。干支纪年法,自汉朝通行以来,沿用至今,两千多年的历史不可谓不悠长,通过采用这样的纪年方式,叶炜就成功地把从山西迁移至苏北鲁南的麻庄的历史延长了。麻庄的确是从荒芜的土地上建起,但麻庄的历史却并不是从零开始,麻庄的老槐树,的确是从一粒种子长起,但这粒种子却带有洪洞大槐树的记忆。作者既不用清帝年号,也不说民国多少多少年,唯用天干地支。前有晋时陶潜,入刘宋王朝之后,所著文章,唯云甲子,不署刘宋年号，或许在陶渊明心中，即使东晋不复存在，也是永远不可替代的。两相对比，叶炜的干支纪年，则显然有异曲同工之妙。清朝可以覆亡，民国亦可来去匆匆，而叶炜借助于此种纪年法所凸显出的，则很显然是一个已经超越于时间轮回之外的永恒的福地麻庄。它不属于政治范畴，它是由来已久的麻庄，是代代传承的麻庄，江山几多兴亡，无法改变的是麻庄的那种自在状态。作者的视角不是由大而小，而是以麻庄为中心向外辐散，被称为福地的麻庄是自在主动的，没有逆来顺受，在麻庄可以找到大中国的历史，麻庄儿女的生命轨迹构成了人间百态，百年的时间，三代人的薪火相传，老万一辈子呕心沥血的守护，作者有意勾勒出一个独舞于历史巨掌之上的麻庄。利用干支纪年法得以绵延的历史，让麻庄多出的，是一份古老的神秘，一种传统的味道。与这神秘和传统密切相关的，一方面是多元文化因子的引入，另一方面则是引人入胜的人物命运预言。

麻庄地处苏北鲁南的麻庄，在叶炜的笔端之所以能够成为福地，不仅仅是因为其依山傍水，沃野千里，更因为它是孔圣衍生之地，诗书礼仪之邦，萦绕着格外久远的文化氤氲。麻庄的文化守护人老万，闲读《论语》，秉承的是先辈遗训：忠厚传家远，诗书继世长。虽然身为麻庄最大的地主，但他却并没有为富不仁。村里的私塾由他出资建起，即使面对着日本侵略者的大扫荡，在家园被毁，性命难保的生死关头，老万依然不放弃文化的传承，仍然坚持让马鞍山道观里荡起孩子们琅琅的诵读声："弟子规，圣人训。首孝悌，次谨信。泛爱众，而亲仁。有余力，则学文……"坚持让我们的文化在麻庄的废墟上，悠扬、悠扬。家园可以被毁，性命可以被无端剥夺，然而无论如何都毁不掉、夺不去的，却是文脉的传承。究其根本，也正是这文脉，这不曾被丢弃的耕读文化，方才使得麻庄这方土地最终成为一块经得起几度战火的冲击而不垮的福地。一个注重文化传承的地方，自然也会有丰富精彩的日常生活存在。作者在描写这一点时，真正可谓是浓墨重彩。不管是太平岁月，还是战火纷飞，滚滚向前的日子总是如约地带来四季的轮回，节日的气息。应该注意到，作者在进行节日描写的时候尽管刻意重笔渲染，但却铺排处理得不露痕迹。具而言之，他以时间为序，共计书写了百年之中的六十个年头，春夏秋冬虽然多次轮回，但在艺术处理上却并没有出现繁复冗同的现象，真正称得上是各自相宜。中国乡村社会中的各种节日，特别融洽地适时穿插到了紧张有序的故事情节演进过程之中，前后衔接自然，形成了一种有机统一的艺术整体。叶炜如此一种节日处置方式，带给读者的强烈感受就是，尽管四起的战火屠戮让人每每会有绝望之感生出，但传统的节日机制却又可以唤起深埋于骨子里的文化记忆。正是因为有了这种文化记忆的强力支撑，才能够又让人重新燃起生的希望，生发出强劲不屈的抵抗勇气。从文化是生的希望这一基本理念出发，叶炜让我们看到了麻庄在战火中的涅槃。比如，六月六晒衣节敬山神的时候，巧妙地借助于老万在老槐树下进行的祭祀山神的仪式，充分表达了乡民们在战火纷飞的年代里祈望和平的朴素心愿（辛巳卷）；在介绍苏北鲁南的春节习俗时，作者有意选择了千辛万苦地赶走鬼子后的那一个年节，春节的红火热闹与万家人难得的团圆相互映衬，氛围协调一致（丙戌卷）；说到夏至时，作者之所以要强调夏至是天气炎热的开始，其实是在为紧随其后的情节发展作必要铺垫。因为天热，就有了小龙河中的洗澡这一情节，继而推动了嫣红与陆小虎之间的情感纠葛。同样也是因为天热洗澡，万福与香子二人才发生了不伦之恋（辛卯卷）。由以上种种分析可见，叶炜在进行乡土风俗描写时，特别注重于与故事情节的高度契合。二者相得益彰，毫无生硬之感。一方面，使得小说充满了浓郁的乡土气息，另一方面，却也充分凸显出了作家那简直就是如鱼得水般俊逸洒脱的结构布局能力。

作为一部有意体现乡土风味的小说，《福地》中也不可或缺地穿插了充满苏北鲁南地方特色的各种民谣。纵然叶炜通篇皆以乡土为基调，然而，单单是叙述性的话语却既无法让读者直接感知，也无法充分释放作家本人内心里那种对土地的执着爱恋，终不及原汁原味的民谣穿插来得更加痛快淋漓。于是，也就有了民谣的用武之地。但正如同节日习俗的描写展示一样，民谣在《福地》中也不是生硬地穿插，而是恰如其分地融入。具体来说，《福地》中出现的民谣，大多依据现实生活现编现唱，其悲喜情调，伴随着故事情节而律动。当黄河决口，麻庄遭灾，损失惨重，就连麻庄的守护者老万也无力保全所有村民的性命时，村民们只好纷纷外出逃荒。这个时候就有了逃荒时的哭唱："黄水恶，黄水黄，淹了俺的地，淹了俺的房。四处逃荒饿断肠，有的到陕西，有的到信阳。住车屋，住庙堂，卖儿换了俩烧饼，老婆换了二升糠。爹娘骨头扔外乡，提起两眼泪汪汪！"这如泣如诉的唱词，将天灾之下人们家园被毁的无奈无助以及妻离子散的伤痛传达得切切感人。作者在此处引用的这一首民谣，其所描写的情状，范围并不仅仅局限于故事的发生地，亦即地处苏北鲁南的麻庄，而更可以被看作整个黄泛区一种普遍的历史记忆。那个特定历史年代里的黄河泛滥，在人们的内心深处沉淀成无法忘却的痛感，很多人都有类似的逃荒经历，并将这痛苦的记忆体验诉说于后代聆听。就像一个遥远的噩梦一样，这既是麻庄的痛楚，也是黄泛区儿女共同的伤痛，能够引起广泛的共鸣。当麻庄迎来了久未见闻的唱戏班子，一个村庄的活跃兴奋便都在孩童的歌唱中被呈现出来："拉大锯，扯大锯，老槐树下唱大戏。"接姑娘，唤媳妇，小外甥也要去……"虽然只是一首简单的童谣，但热闹的情景却自然历历展现在读者眼前，作家根本用不着再去一一罗列村人各自的欣喜状态。而到了当下的现实生活中，这种搭高台唱大戏的情景，却往往只留存于人们的遥远记忆之中。以至于在《福地》中读来，难免又会勾起一阵感怀。还有，当万春在追求爱情的道路上饱尝艰辛之苦而终于得到心仪者回应的时候，嘴里情不自禁地就哼起了小曲儿："姐在南园摘石榴，哪一个讨债鬼隔墙砸砖头，刚刚巧巧，砸在小奴家的头儿……"借助于万春的这一番唱腔，爱情的甜蜜自然也就很巧妙地分享给了广大读者。

就这样，一股升腾着的乡土味道，携带着深厚的文化底蕴，最终丰满了福地麻庄的历史。这是麻庄的血肉，而切实支撑起麻庄筋骨的，却又是那些热爱这片土地的麻庄儿女。《福地》中，叶炜在将艺术视野定格于地处苏北鲁南腹地的麻庄的同时，更把关注点聚焦在了麻庄的老万一家，以老万为核心串联起一系列各具风采的乡村人物。作为贯穿小说始终的一个灵魂人物，麻庄的一百年，恰是老万的一辈子。作为小说的一号主人公，叶炜笔下的老万，的确给读者留下了难忘的深刻印象。与革命历史小说中那些总是令人深恶痛绝的地主形象不同，作为麻庄的大地主，老万更多地扮演了一个守护者的角色。是他，凭借着一己之力，守护住了麻庄在每一个风雨飘摇时期的温暖。不仅读过几卷四书五经，而且还坐拥先辈遗留的丰厚家产，但却没有养成他的趾高气扬与冷酷自私。老万似乎生来就拥有一种守护者的自觉与责任感。作为麻庄与麻庄人的主心骨，他从来也没有辜负过村人们那些热切的期望。自打幼时跟随父辈抗击捻军起，这种责任感就深埋在了老万的心里。也因此，无论是军阀混战，山匪扰乱，抑或日本入侵，饥荒困难，老万总是在竭尽全力地既不让自己，更不让麻庄落入绝望的境地。依照老万的生命哲学，他总是在告诫自己，守护麻庄不能指望别人，也指望不上别人，而只能够依靠自己。于是，他组建了麻庄的武装力量，储存了救命的粮食，延续了孩童的读书声。我们完全可以这样说，麻庄之所以能够成为一片福地，端赖有老万这样的守护者存在。对于麻庄和麻庄人，老万并没有承担什么特别的责任，对于很多事情，他也完全可以袖手旁观。但在事实上，他却一直在用自己的行动自觉守护着这方他情有独钟的土地。我们完全可以说，是老万，用自己的实际行动在麻庄，在苏北鲁南的麻庄这样一个孔孟之邦与礼仪之乡，树立起了一座道德与文化的丰碑。唯其如此，我们才能够在《福地》中看到了一种奇怪的现象，当贫农翻身做主人批斗地主时，虽然贫农陆小虎从个人的恩怨出发曾经一再为难老万，但麻庄的村民们却始终恨不起老万来。因为每一次的批斗，都会让村人们情不自禁地联想起老万为守护麻庄作出过的那些贡献。九九归一，这是一位可以留在读者记忆中的好地主形象。但需要指出的一点是，在塑造老万这一形象时，叶炜依然保持着相对理性的一种姿态。他既无意粉饰，也毫不遮掩，老万也有自身的缺点。作家的难能可贵处在于，他始终清醒地认识到，老万只是麻庄的守护"人"，而不是麻庄的守护"神"。比如，老万也会陷入某种困惑的状态中难以自拔。当他的四个儿女都天各一方，自己身边却冷冷清清的时候，或者当兵荒马乱时期的麻庄日渐颓废的时候，他也会想不明白自己这一番辛辛苦苦的守护又有什么意义。

好在，老万也还有一个可以倾诉的对象——老槐树。《福地》的叙述，并没有采用单一的视角。一方面，正如前文所述，作者通篇以时间为序，利用天干地支的计时方式在展开叙述。但在另一方面，他也设定了一种第三人称与第一人称相互交叉混杂的叙事方式。在具有全知功能的第三人称叙述者之外，还有另外一位身份特殊的第一人称叙述者，亦即那棵在麻庄业已整整站立了五百年的老槐树。自麻庄的第一代人在苏北鲁南立足起始，这棵老槐树就开始生根。以第一人称"我"的视角现身的老槐树，是麻庄所有历史的见证者，在村民的心目中，它一向被视为麻庄的守护神。如果说老万是麻庄村民们的主心骨，那么，老槐树则是老万的主心骨。老槐树虽然已经站立了五百年，躯干弯曲，并且空洞干枯，但却还是不愿意老去，每年依然在努力地生长出新的树叶，以便让老万也让村民们知道，自己依然好好地活着，好让他们放心地前行。五百年不死，业已成精的老槐树，不仅通晓着麻庄的昨天、今天以及明天，而且连接着麻庄的天地人神鬼各界。如此一棵通晓古今、连接天地人神鬼的通灵槐树的讲述，无疑给整部小说披上了一层神秘诡异的面纱。这种神秘感，主要来源于全知的老槐树一方面毫不吝惜地告知你故事的结局，另一方面却又让你更加好奇地探求何以会生成这样的一种结局。是老槐树，既让我们知晓，也带着朦胧感让你猜测，同时却又只是默默地看着故事里的人物沿着各自的生命轨迹艰难前行。这就营造出了一种逆向追问式的阅读体验，即为什么会这样？而且，借助于这棵通灵的老槐树，我们还看到了现实维度之外的另一个生命维度。这就是，万物皆有灵，威风凛凛的老鼠王，仓皇奔逃的老鹰，守护生者的亡魂，象征人事的天气现象，等等，均给读者留下了深刻的印象。即使如此，作者的处理也并不让人感觉荒诞，反让你觉得一切皆在情理之中。归根结底，如此一种带有明显泛神色彩艺术处理方式，乃源于作家叶炜内心深处对于苏北鲁南这片古老土地的某种原始敬畏。

能够让读者不忍释手，尽享卒章之快的，除了泛神的神秘色彩之外，还有开篇处即吊足读者胃口的命运预言。在苏北鲁南地区，人们所普遍信奉的一种人生哲学是：不孝有三，无后为大。老万亡妻后再娶的绣香怀上四胞胎，本是大喜之事，但与老万有着金兰之谊的青皮道长，却一口咬定说，绣香所孕为祸胎，若想保命，唯有堕胎。后来老万得子折内，福禄寿喜四兄妹的跌宕人生便伴随着母亲的葬礼而缓缓开启。在四兄妹的命运预言中扮演着重要角色的，是青皮道长。他不仅亲授四兄妹读诗书，习武功，而且还在习文练武满周年之时，主持仪式让四兄妹抓取能够代表他们将来命运的物件。这仪式，极类似于新生小孩满周岁时的"抓周"。人们普遍相信，这些物件有着突出的象征意味，孩童所抓取的物件，与他们以后的人生道路之间存在着某种隐秘的内在关联。没想到，在众多物件中，老大万福抓了蒲扇，老二万禄直取木枪，老三万寿取了印章，小妹万喜拿了利剑。这样的选择，顿时让青皮道长念念有词："婴孩降世，便知索取。拳头紧握，要者甚多。多少众生，不知选择。岂知索要，乃为天性。伸手抓索，不为羞耻。知其所要，才知其舍。要者为物，其实为命。汝等命行，皆为天定。"紧接着便告知老万，四兄妹所取之物件，实际上象征着日后的万福为奸，万禄为党，万寿为宦，万喜为匪。不仅如此，兄妹四人之间还会因为守护麻庄而自相残杀。若想破解，非得有贵人相助，让他们远离麻庄，天各一方才可。为了让四兄妹逃脱厄运，老万先后安排四个孩子都远离了自己，远离麻庄。但端的是命由天定，因缘际会，没承想，反倒是老万的这一番精心安排，让自己的儿女们走上了命运为他们安排的道路。即使是命运的洞悉者青皮道长，到最后也未能逃出命运的操控，惨死在了万禄的枪下。尽管说这是他在四兄妹出生之前就已经预知到的，但最终却依然是机关算尽而难逃定数。某种意义上，我们也可以说，是青皮道长自己，精心安排了自己最后的死亡。但请注意，伴随着青皮的死亡而倒塌的，却还有他的预言。那就是，四兄妹并没有因为守护麻庄而自相残杀。虽然说兄妹四人的身份都是不相容的，但却正所谓血浓于水，他们都来自同一个地方，他们都生长于麻庄，都是从万家大院里走出，都深知父辈老万守护麻庄的精义所在，因此，即使是在兵荒马乱的年代，四兄妹也都会为了守护麻庄这块"福地"而不惜流血流汗。至此，我们就可以跳出神秘的命运预言，从另一个角度观察叶炜的这部长篇小说。正所谓命由天定，运由境生，我们站在四兄妹的人生结尾处回头望去，便不难发现，这曲曲折折的人生轨迹其实是由他们各自的选择造成的。四兄妹从麻庄离去，后又因麻庄归来。诚所谓，福地依旧在，夕阳几度红。到小说的结尾处，离家三十多年的万禄，自台湾回大陆探亲，并特别去尼姑庵看望早已远离尘世的妹妹万喜。二人此生契阔，泪眼相对。

作者在小说结尾处，特别提及了万禄做的一个梦，梦到兄妹四人在母亲肚子里的情形。在人生行将结束的时候，能够想到最初的起点，不禁令人感慨万千。究其根本，他们兄妹四人就像是麻庄放飞的风筝，始终记得家的方向。万禄的此次归来，不仅带回了能够延续老万家香火的孙辈中唯一的嫡亲血脉，而且还准备出资将家乡建成一个红色革命旅游景区，将昔日的革命圣地，转化成造福乡亲的旅游胜地。由此可见，老万虽然已不在人世，可是老万家守护麻庄的传承却没有断掉。这，固然是一种大团圆式的结局，但细细想来却并没有落入俗套，与小说的题目《福地》遥相呼应，正可谓，因此福地，所以团圆。

# 林森《关关雎鸠》：
## "父—子"冲突中的伦理追问与思考

"80后"作家林森的长篇小说《关关雎鸠》（作家出版社2016年7月版）具体书写的，是发生在海南一个名叫瑞溪的小镇上的故事。那么，在题材的意义上一向习惯于用"现代都市与乡土中国"的对峙与互渗来加以描述的中国当代文坛，小镇或者说小镇小说的出现，究竟应该如何被理解与定位呢？所谓小镇，顾名思义，一般是指在居住人口规模上少于县城但却又明显多于普通乡村的居民点。除了人口的相对集中之外，小镇较之于普通乡村的一个突出特点，恐怕就是商业性活动的明显增多。很显然，在中国现代化进程所不可避免的城乡二元冲突中，小镇乃是介乎于城乡之间的城乡接合地带。既然属于城乡接合地带，那么，城与乡的若干特点就会同时体现在小镇身上。较之于更为偏远的乡村世界，小镇固然更容易感受现代化冲击下时代风气的变化，但与此同时，作为广义上乡村的一部分，小镇其实还是保留着许多传统的观念与习俗。也因此，我们寻常所谓的城乡二元冲突，很可能在小镇生活中表现得最为集中也最为典型。小镇在当下时代的中国文坛之所以会日益引起作家的高度关注，渐趋火爆，根本原因其实正在于此。某种意义上，路遥那部曾经产生巨大社会影响的中篇小说《人生》，乃可以被看作新时期文学中所谓小镇小说的开先河者。近一个时期以来，一些年轻的"80后"或者"90后"作家，也先后把他们的艺术关注视野转向了更容易凸显表达城乡冲突的小镇。这一方面有代表性的一个作家，就是颜歌。长篇小说《我们家》，短篇小说集《平乐镇伤心故事集》，其中那些悲欢离合的故事，就发生在那个叫作平乐的四川小镇上。颜歌之外，另一位长期把自己的艺术关注视野集中到小镇生活之上的"80后"作家，恐怕就应该是海南的林森了。早在《关关雎鸠》之前，林森就已经出版过一部名为《小镇》的中短篇小说集。这部《关关雎鸠》，从书名看虽然貌似爱情小说，但实际上却依然是小镇那充满错综复杂矛盾冲突的日常生活的真切记录与思考。从这个角度来说，林森当然就是一位当之无愧的小镇小说家。面对着这位年轻的小镇小说家，我们所需要完成的任务，就是深入解剖探究其小说文本究竟是以怎样一种思想艺术方式呈现表达他所凝视理解的小镇生活的。

"关关雎鸠"是《诗经》中首篇《关雎》的第一句话，在一般的理解中，《关雎》通常被认为是一首描写男女恋爱的情歌。在这部《关关雎鸠》中，所谓的爱情描写只占了总篇幅很小的一部分。这样，问题也就来了，既然并不是一部以爱情书写为基本题旨的长篇小说，林森为什么把它命名为"关关雎鸠"？对于这个问题，我比较信服青年批评家项静给出的答案:"小说题为'关关雎鸠',古人以雎鸠之雌雄和鸣,以喻夫妻之和谐相处,雌雄有固定的配偶,又被称作贞鸟。但在这部小说里,我愿意把它理解为共同经历漫长一生的老潘和黑手义两个老人悲伤无解的友谊,黑手义跟儿子们吵架后,到老潘家过夜,两个老头在空空荡荡的屋内说话。话少的时候,烟瘾就重,烟头的火光在黑沉的夜色中暗了又亮亮了又暗。两双老眼相对,把夜晚无限拉长。小而言之,两个人是瑞溪镇无力的守护者,大而言之,他们是活力充盈、给子孙们安居的广厦式中国乡村、小镇社会老去的背影,而《关关雎鸠》就是一首茅屋为秋风所破歌。"①将关注点落脚到老潘与黑手义两位老人的身上,对"关关雎鸠"的语义有所阐释,毫无疑问是一个正确的方向。无论如何,老潘与黑手义这两个人物形象在林森的《关关雎鸠》中占有着举足轻重的重要地位。究其根本,这两位人物形象的重要性,与林森在小说中所特别设定的"父—子"冲突的艺术架构紧密相关。倘若从"父—子"冲突的角度来理解分析《关关雎鸠》,那么,这部以瑞溪镇为主要表现对象的长篇小说就可以被看作一部家族小说。因为占据了故事中心地位的,实际上正是老潘和黑手义这两个家族。黑手义和老潘都是从乡村迁移到瑞溪镇的:"店主叫黑手义,是老潘的老朋友。没迁到镇上以前,他和黑手义已相识多年,一起到南渡江打过鱼摸过虾,也一起偷过生产队的番薯。"黑手义多年前就炒得一手好菜,"多年以后,黑手义把灶前挥铲的功夫发挥出来,率先在镇上开了饭馆。

老潘是晚他一些时日才迁移到镇上的,那已经是二十世纪八十年代末了。"老潘之所以也要搬迁到镇上来,是因为他杀得一手好羊。用黑手义的话来说:"要吃羊,得吃老潘杀的,其他人摸过了,能吃吗?羊肉不像羊肉,带着鸡屎味,还吃什么吃?"一方面,老潘的杀羊手艺的确精湛靠谱,另一方面黑手义的广告也非常形象生动,两相结合的结果,自然就是老潘挤掉了另外两户杀羊人的生意,把杀羊彻底变成了一桩独家生意。老潘迁移到瑞溪镇上生活的时间是二十世纪八十年代末,这就意味着,林森小说主体故事发生的时间,显然已经是20世纪90年代之后的市场经济时代了。"进入20世纪90年代乃至于新世纪以来,伴随着所谓市场经济的到来,中国彻底进入一个经济时代,步入了经济飞速迅猛发展的快车道,经济的飞速迅猛发展带来的自然也就是城市化步伐的日渐加快。某种意义上,我们完全可以说,城市化的疾速发展本身,乃可以被看作经济时代真正形成的一个突出表征所在。晚近一个时期以来,标志着中国城市化进程突飞猛进的一个重要事件,就是由中国社会科学院社会学研究所在2011年12月19日正式发布的2012年社会蓝皮书《2012年中国社会形势分析与预测》中称,2011年是中国城市化发展史上具有里程碑意义的一年,城镇人口占总人口的比重将首次超过50%。这一数据的发布,就意味着中国的城市人口事实上已经超过了农村人口。"②之所以要强调林森小说的故事主体时间是一个中国的城市化进程迅猛发展的时代,意在凸显这个时间段的瑞溪镇,也如同中国其他的城乡接合带一样，处于所谓现代化浪潮的强劲冲击之下。面对着来势汹汹的现代性浪潮，类似于瑞溪镇这样的城乡接合带曾经所固有的那些传统的逐渐衰败与崩解就是必然结果。某种程度上说，林森《关关雎鸠》所真切描述记录的，就是这样的一种社会演变运行过程。需要注意的是，所有的这一切，都已经被林森巧妙地转化凝结到了具体的人物形象与故事情节之中，更准确地说，已经转化到了"父—子"冲突的基本艺术架构之中。

具体来说，小说中的"父一代"主要指老潘与黑手义，而"子一代"分别指潘宏万、潘宏亿与许召文、许召才兄弟俩。首先必须稍加辨析一下的，是老潘与潘宏万、潘宏亿他们兄弟俩之间的关系。就血缘伦理而言，他们之间毫无疑问是一种祖孙关系。因为其中还夹杂有潘江与陈梅香夫妇这一代。但从一种文化冲突的角度来看，我们却更愿意把老潘与潘氏兄弟俩看作一种"父—子"的关系。这里，一个强有力的参考系，就是中国现代文学史上巴金的长篇小说"激流三部曲"《家》《春》《秋》。就血缘伦理而言，巴金小说中的高老太爷与高觉新、高觉民、高觉慧他们兄弟仨之间，也是毫无疑义的祖孙关系。但从文化冲突的角度来看，研究者们却往往会把他们祖孙之间简直就是势不两立的对抗立场，归之于中国现代文学史上"父—子"冲突的谱系中加以理解分析。而且，恐怕也只有做这样的一种理解，所谓五四新文学中"弑父主题"的表达方才成为一种可能。既然有巴金"激流三部曲"的先例在，那我们把林森《关关雎鸠》中老潘与潘宏万、潘宏亿兄弟俩之间的关系在文化冲突的层面上阐释为"父—子"关系，同样也就是可以成立的。这个问题解决之后，我们就不难发现，整部《关关雎鸠》最主要的矛盾冲突，事实上正发生在以上两个家族的"父—子"之间。

首先是老潘与潘宏万、潘宏亿兄弟俩。少年的潘宏万与潘宏亿兄弟俩，曾经给老潘带来过巨大的惊喜："让老潘惊喜的，是潘宏萍的两个弟弟：潘宏万和潘宏亿。这两个臭屎绝顶聪明，举一反三，读书时向来以嘲讽老师为己任，偏偏又成绩太好，老师也不好多说什么。"对于这样两个绝顶聪明的后代，老潘自然满心欢喜，寄予厚望："老潘最满意的，就是在两个孙子的名字里，塞进了'万'字和'亿'字……潘宏万和潘宏亿读书那么聪明，还不是因为他老潘给取了好名字？——老潘确信这是最本质的原因。"但谁知，随着他们年龄的自然生长，他们不仅没有如老潘所愿，成为同龄人中的佼佼者，反而事与愿违地走向了事物的反面，变成了社会与家庭的累赘。哥哥潘宏万，从高二开始，成绩即一落千丈。他所真正热衷的事情，是如何成为学生帮派中的老大。成为帮派老大，也还罢了，尤为令老潘感到震惊的一点是，他竟然胆大包天地把女同学的肚子给搞大了。眼看着潘宏万在堕落的道路上愈走愈远，老潘只好想方设法地有所挽回。他想出的办法，是四处借钱给潘宏万买了一辆二手的面包车跑客车。在老潘看来，只有这样才能够有效地制止潘宏万继续堕落下去："难道你不想找正经活干？想马上发财的，要么赌，要么卖白粉，你看看，这些人都什么后果，输光的，被抓的。你难道要走他们的后路？"没承想，开上客运面包车没多久，潘宏万就伸手向父亲要钱买摩托车。原因只在于，他要买的这辆摩托车，乃是别人偷来的赃车，所以价钱才特别便宜。然而，天下毕竟没有白吃的果子，没过了多久，偷车贼就落入法网，并且供出了销赃的下家。眼看着潘宏万在劫难逃，为了保护儿子，潘江主动承担罪责，最终被判处了一年有期徒刑。遭遇了如此一种打击之后，潘宏万顿觉人生一片灰暗，连同他所寄身于其间的这个瑞溪镇，也变得令人窒息起来："当从公路两边的绿色水田中远远看到瑞溪镇歪歪斜斜的灰色房子，他心里涌起的，是一股从来没有过的情绪，他知道，这就是他生长多年的地方，今后还要继续过下去。这个逼仄的镇子，和他同呼吸，长成他身上的疤。可他多厌烦这个地方啊，那么小，那么狭窄，和关着父亲的监狱有什么区别呢？"

弟弟潘宏亿的情况，显然要更为糟糕。潘宏亿也曾经是一个神奇少年。当时的他，不仅考试成绩优秀，而且还在瑞溪镇的军坡节上有过走在仪仗队里的荣耀。然而，随着赌博、吸毒等邪恶事物在瑞溪镇的出现，毫无定力的潘宏亿，慢慢地沾染上了各种可怕的恶习。首先是赌博："张小兰在这群中学生中，看到了一个熟悉的身影，老潘的孙子——潘宏亿。潘宏亿和他弟弟张小峰是新街小学六年级的同班同学，关系挺好，上了镇中学后，还同一个班。"还只是中学生的潘宏亿出现在啤酒机赌场，当然与赌博行为紧密相关。但与赌博行为相比较,更为可怕的一点是,在曾德华的教唆下,潘宏亿竟然染上了毒瘾。这样一个消息,对于老潘来说,无论如何都难以接受:"一听说潘宏亿吸毒了,他脑子顿时空茫茫,没有如听轰雷,只是淡淡的,什么都空了,步子轻飘,整个人像飞起来。"其实,对于巨大家庭灾难的来临,老潘早有强烈的预感:"赌场、毒品……像风一样,正在瑞溪镇各个角落弥漫,正在日渐渗透宁静的日子,正在把一栋建好的房子的地基抽掉,今后还会有什么呢?一切都会坍塌,一切都在沦陷——连让歪嘴昆提振精神的法子都是让其去嫖妓了,还有什么是坚贞不变的?"忧心忡忡的老潘想:"小镇上发生的一切是不是很快就要蔓延到他家里来了?他没有任何办法阻止,也不晓得即将面临的灾事将会以何种形式出现,但他预感到了。"等到从张小峰处获知潘宏亿吸毒的消息的时候,老潘那可怕的预感终于变成了残酷的现实。面对着孙子的堕落,老潘倍感痛心:"还用想吗?肯定是偷啦。我老潘家出贼子啦,哼哼,很好啊,多少代了,终于在这一代看到贼子啦……曾德华去偷对面大肚成的修车店,你还吹喇叭赶呢,现在呢,哈哈,你和他一条路上的人啦,他给你吸粉,呵呵,结拜兄弟了吧?"然而,尽管老潘为了帮助潘宏亿成功戒毒,干脆就焊了一个大铁笼子,把潘宏亿关了起来,但终归还是竹篮打水一场空,到最后,潘宏亿也没有能够成功地摆脱毒瘾的控制。等到已经戒毒十多年的潘宏亿重新染上毒瘾之后,老潘终于感到自己束手无策了:"对于老潘来说,找大肚成再焊一个铁笼,需要的勇气,要远远超过十几年前。当时他心气还足的,可现在……连老朋友黑手义都屁一样消失无踪了,他能硬得起心肠面对潘宏亿在铁笼里困兽般的吼叫?"

然后,是黑手义与许召文、许召才兄弟俩。黑手义有着非常严重的"军坡节恐惧症":"早到而加重的'军坡节恐惧症',和杨南从今年年初把女儿、儿子安置在新街有关,和当年那场发生在他家里的打架有关,和杨南的儿子垂着双手等在他店门口有关,和杨南来寻他帮忙他却拒绝有关……临近军坡节,黑手义不得不把每件事都与自己的心病联系起来……"那么,黑手义究竟怀揣着什么样一种不可告人的心病呢? 却原来,黑手义的心病,与他的家庭变故紧密相关。这一点,恰如六角塘婆祖所言:"前面的事做不好,后面的事怎么能做好? 房子的地基没埋好埋正,墙能不歪?"更直截了当地,婆祖直指他的家谱问题:"有些事,要从家谱上清理起,谱上写不清楚,生活中能不乱?"黑手义的家谱果然存在问题。他和他的前妻,是整个大队第一对离婚的夫妻。离婚后,他的长子张孟杰随同母亲一起离家。多年后,孤身在外打拼的张孟杰,主动找上门来试图认祖归宗,但却因为遭到许召文、许召才兄弟的强力阻拦而未能变成现实:"黑手义当时就想起了张孟杰,那个归来寻祖却在店里被打得一身是血再无消息的张孟杰,他应该姓'许'的,他应该叫'许召杰'。黑手义再翻家谱,总觉得现任妻子所生的大儿子许召文前面,还有一个空空荡荡的位置,那个位置被黑手义亲手挖空了。现在,最关键的不是谱上有没有写着'许召杰'这三个字，而是这三个字所代表的那个人的认祖归宗之路，已经被黑手义拦腰斩断。"其实，真正狠心斩断张孟杰或者说许召杰认祖归宗之路的，并不是黑手义，而是许召文与许召才他们兄弟俩。究其根本，许氏兄弟之所以一定要阻止张孟杰认祖归宗，乃完全出于现实利益的考虑。道理说来非常简单，少了一个张孟杰，自然也就排除了一个瓜分父亲黑手义未来遗产的对手。

我们注意到，小说中，黑手义与老潘他们，曾经不止一次地把各自家庭出现问题的原因归咎于当年的搬迁至瑞溪镇上生活："老潘抬头望着瑞溪镇那让人发蒙的街巷，内心空茫，瑞溪镇，终于成了囚禁他一生的牢笼。那年黑手义志得意满地让他搬到镇上，说镇上是另外一个天地，是一个能让人存活得更好的地方。他就带着全家上来了。当时，他何尝想到，这是一个奔往牢笼的过程呢？若是继续在村里，在那几亩地上日出日落，全家人或许不会是今天的面貌吧？或许，老伴，陈梅香……应该还在……或许，儿子不会在监狱，宏万不曾退学，宏亿没有吸毒……"按照老潘的设想，假如他们还依然生活在较之于瑞溪镇偏远许多的村里，在那片土地上过着日出日落的农耕生活，那么，所有悲剧性的故事就都不会发生。林森的如此一种情节处理方式，很容易就能够让我们联想到20世纪80年代初期路遥的《人生》。在那部影响很大的中篇小说中，出生于贫瘠乡村的男主人公高加林特别向往城市生活，千方百计地也要去往县城生活，并且为此而付出了惨重的代价。或许与那是一个现代化叙事初始深入人心的时代有关，在高加林的人生理念中，县城生活乃是较之于乡村生活最起码要高一个等级的文明的所在。为了实现这个目标，付出再惨重的代价，哪怕碰得头破血流，也都是值得的。然而，令人多少感到有点震惊的是，时间仅仅过去了不到二十年，到了林森的《关关雎鸠》之中，曾经为高加林们所无限向往的，类似于瑞溪镇这样介于现代城市与传统乡村世界之间的城镇生活，在黑手义和老潘此类人物的心目中，就已经发生了可谓是天翻地覆的变化，已经受到了强有力的质疑与否定。在老潘和黑手义他们的理解中，无论是潘宏万把女同学肚子搞大，还是潘宏亿先后沾染上赌博与吸毒恶习，抑或是许召文和许召才为了自身利益而对于张孟杰（或者许召杰）认祖归宗百般阻挠，都与相对于乡村世界更接近于现代性事物的瑞溪镇存在着紧密的内在关联。虽然与真正意义上的现代城市相去甚远，但由于较之于偏远的乡村，类似于瑞溪镇这样的城乡接合带显然更容易体现时代风气之变异。唯其因为瑞溪镇更接近于现代世界，所以老潘和黑手义他们才会视之若洪水猛兽，才会把所有问题生成的根源皆归之于这座小镇。

小说中一个关键性的情节，就是三多妹的非法集资事件。"三个月前，南渡江北岸的三多村一个名叫何海妹的到处宣扬，说她正在帮人集资，做一个稳赚不赔的生意，利润极高，谁要是有钱投进去，每个月可以到她那领取百分之二十的回报。"如此之高的回报率，较之于银行的存款利息，可是高了太多。一时之间，瑞溪镇及其周围的人们纷纷趋之若鹜地把手中的钱投到了三多妹那里。其中，自然也包括许召文和许召才兄弟俩，就连潘宏万，也蠢蠢欲动地想要把自己的面包车卖掉，去参与非法集资。他们的这种行为，毋庸置疑地遭到了黑手义与老潘他们的坚决反对。"黑手义觉得钱都要靠苦力赚来，这些来得太容易的钱，不可能不是陷阱。黑手义说不清哪不对劲，但，肯定是有问题的，他警告许召文不要涉水太深，免得淹死，可现在，他拿到了一千块，投钱就更积极了——小儿子许召才也即将被拉下水！"面对着三多妹非法集资的所谓高额回报诱惑，假若说黑手义还曾经一度有所动摇的话，那么，老潘却自始至终都保持着一种明确的反对态度："是啊，谁信？不仅仅是我，清楚三多妹这么赚钱的人多了去了，可为什么还是继续送钱？很简单，他们太贪，都想赢一把……宏万，便宜占不得，你想占'落漆三'偷的摩托车，已经把你爸送到监狱里了，难道现在还要把全家输光？好了，吃了水，解解渴，就去开车吧。苦做苦吃，别想着暴富。"到最后，面对着三多妹必然的携款潜逃，如同许氏兄弟这样的被骗者只剩下了徒唤奈何的份。但请注意，正是在三多妹非法集资事件中，凝聚表现着"父一代"的黑手义和老潘他们，与"子一代"的潘宏万、潘宏亿、许召文、许召才他们之间人生伦理价值观上的根本对立。在"父一代"的老潘、黑手义那里，只有通过诚实的劳动才可能获得生活的回报（黑手义"觉得钱都要靠苦力赚来"，老潘认为"苦做苦吃，别想着暴富"），而到了"子一代"的潘氏与许氏兄弟那里，却已经置根本的劳动伦理于不管不顾，只是一门心思地寻找着生财的捷径，期盼着天上真的能够掉下馅饼来。在他们的心目中，赚钱是唯一的目的，为了实现这一目的，任何手段都可以使得出来，哪怕巧取豪夺，哪怕招摇撞骗。从这个角度来看，《关关雎鸠》中黑手义一家围绕张孟杰（亦即许召杰）的认祖归宗问题而发生的激烈冲突这一故事情节，自然也就被作者赋予了深厚的象征意蕴。中国传统文化的一个显著特色，就是祖先崇拜的重要，就是某种程度上的以祖先崇拜代替宗教崇拜。这一点，在乡村世界表现得更为突出。对于张孟杰（或者许召杰）的认祖归宗，我们很显然只能从这样一个高度来理解认识。如果说张孟杰（或者许召杰）的认祖归宗行为，与黑手义热切企盼张孟杰（或者许召杰）能够成功地认祖归宗的行为，可以被看作对于祖先崇拜这一传统伦理价值观念的自觉维护，那么，许氏兄弟对于这一行为的百般阻挠以及最后的阻挠有效，就意味着对于祖先崇拜这一传统伦理价值观念的破坏与颠覆。

无论如何，在"父一代"的老潘与黑手义他们的理解中，二十世纪末二十一世纪初的瑞溪镇，由于受到外来所谓现代化风气习染影响，诸如赌博、彩票、吸毒、非法集资等一系列带有邪恶本质的事物都已经悄然出现，一切传统的伦理道德观念都因为被冲击而处于风雨飘摇的状态之中，一切都已经"礼崩乐坏"。令"父一代"倍感痛心的一点是，曾经被他们寄予厚望的"子一代"竟然全无幸免地都被这些邪恶的事物所蛊惑而身陷一种堕落的状态。由此可见，林森《关关雎鸠》一种重要的叙事语法，就是非常巧妙地把抽象意义层面上现代性与传统观念之间的冲突具体转化为"父一代"与"子一代"之间的"父 — 子冲突"。而正是这一点，能够让我们联想到陈忠实的长篇小说名作《白鹿原》。《白鹿原》与《关关雎鸠》，一个聚焦二十世纪前半叶激烈冲荡的现代历史，一个主要表现当下所谓市场经济时代的现实生活，从表面上看起来，的确很是有些风马牛不相及。然而，尽管两部长篇小说的表现对象存在着极大的差异，但就小说艺术结构冲突的设定方式，以及现代性与文化传统的深层冲突的思考表达而言，二者之间的确有着鲜明不过的相似性。但在把林森的《关关雎鸠》与陈忠实的《白鹿原》进行相应的比较之前，必须强调的一点是，我们的这种比较，并不意味着《关关雎鸠》的总体思想艺术成就，已经达到了能够与《白鹿原》相提并论的地步。很大程度上，陈忠实的《白鹿原》正是一部透视表现所谓革命现代性与传统宗法文化秩序之间尖锐冲突的长篇小说："作为白嘉轩与鹿子霖他们的'子一代'——鹿兆鹏、鹿兆海、白灵、黑娃、白孝文等人，在接受了所谓三民主义或者共产主义思想的影响之后，纷纷背弃了乡村世界传延已久的宗法文化传统，纵身一跃投入到了革命的滚滚洪流之中。必须看到，'子一代'的反叛行为确实受到了白鹿村人的强力抵制。比如，'更使黑娃恼火的是他自己在白鹿村发动不起来，他把在"农讲所"听下的革命道理一遍又一遍地讲给人家，却引发不起宣传对象的响应。'以至于，鹿兆鹏只能用这样的方式来安慰万分沮丧的黑娃：'黑娃你甭丧气，那不怪你。咱们白鹿村是原上最顽固的封建堡垒，知县亲自给挂过"仁义白鹿村"的金匾。'鹿兆鹏与黑娃他们的革命行动之所以在白鹿村施展不开手脚，显然是白嘉轩他们所一力维护的宗法文化秩序发生作用的缘故。此处之所谓'仁义白鹿村'，凸显出的正是这样一种意味。然而，尽管革命现代性遭到了白嘉轩他们的拼力抵制，但正所谓历史的发展是不以人的意志为转移的，白嘉轩他们的悲壮努力最终也没有能够抵挡住革命现代性的滔滔洪流在白鹿原上席卷一切。正如同陈忠实所展示在我们面前的，面对着革命现代性这样一个无法理解的陌生事物，白嘉轩最终只能是目瞪口呆'气血蒙目'。'气血蒙目'，发生在白嘉轩参加了黑娃被处决的大会之后，是冷先生对于白嘉轩病症之诊断结果。在我看来，小说中的这个细节所具有的象征意味格外显豁。一个'气血蒙目'，一方面表现着白嘉轩对于革命现代性的巨大隔膜，但在另一方面却更表现着他对于革命现代性的拒绝与排斥。尽管说白嘉轩肯定从理论上搞不清革命现代性是怎么一回事儿，但这个却并不妨碍他亲眼看见带有鲜明暴力色彩的革命现代性对于白鹿原、对于乡村世界所造成的巨大破坏。对此，陈忠实在《白鹿原》中有着特别真切的记述。自打'交农'事件发生，乌鸦兵进入白鹿原，鹿兆鹏与黑娃他们闹腾着搞农会起始，曾经恬静自然的白鹿原便不再安宁，暴力就成了一种笼罩性的巨大存在。请注意朱先生的这样一种感觉：

'在不到一年的时间里,滋水县的县长撤换了四任,这是自秦孝公设立滋水县以来破纪录的事,乡民们搞不清他们是光脸还是麻子,甚至搞不清他们的名和姓就走马灯似的从滋水县消失了。'正所谓'城头变幻大王旗',在这里,陈忠实很显然是在借助于朱先生的感受,象征性地书写二十世纪前半叶风云变幻的中国历史。朱先生之所以要刻意地编撰县志,实际上正是为了把这风云变幻的历史真实地记录下来。在朱先生把白鹿原上的革命现代性形象地称为翻来覆去的'鏊子'的精彩比喻中,陈忠实对于革命暴力所持有的批判否定立场,事实上也就得到了淋漓尽致的表现。也正是在这个意义上,我们应该充分地认识到,一部《白鹿原》所竭力展示在读者面前的,恐怕正是一幅面对着革命现代性的步步进逼,乡村世界中的宗法文化谱系节节败退乃至于最终彻底衰败崩溃的整个过程。"③同样是现代与传统,在《白鹿原》中,具体体现为革命现代性与宗法文化秩序,到了《关关雎鸠》中,则具体体现为经济现代性与传统的伦理道德观念。二者之间艺术思维方式上某种一致性的存在,是显而易见的事情。

与此同时,另外一点值得注意的是,两部长篇小说的主要矛盾冲突,都是依托"父—子"冲突的设定而得以充分凸显出来的。林森《关关雎鸠》中的"父—子"冲突状况,我们在前面已经做了相当细致深入的梳理,而《白鹿原》的空前成功,也同样与"父—子"冲突的艺术设定紧密相关:"只要认真地读过《白鹿原》的人,恐怕就不能不承认,在这部小说那样一种只能以盘根错节称之的复杂矛盾纠葛背后,其实潜隐着两大文化价值观念根本对立的阵营。一方面是包括白嘉轩、鹿子霖、冷先生、鹿三等人在内,当然绝对少不了关中大儒朱先生,由他们组成的中国乡村宗法文化阵营(在这里,有一点需要略加辨析的是,尽管说在围绕争夺白鹿村以及家族自身的统治权力方面,白嘉轩与鹿子霖之间存在着不无尖锐的矛盾冲突,但如果着眼于一个更为阔大的社会历史层面,那么,白嘉轩与鹿子霖显然还是属于同一个文化阵营的。明眼人对此不可不察)。另一方面,则是由鹿兆鹏、鹿兆海、白灵、黑娃、白孝文等人组成的所谓革命者阵营(请注意,尽管他们之间确实存在着不同的党派之争,但如果与白嘉轩他们那个阵营相比较,他们显然能够被归入同一个革命阵营之中)。"④

但同样是对于"父—子"冲突的书写表现,陈忠实、林森他们的基本价值取向却已经很明显地与五四时期有了甚至可以说是截然相反的差异:"熟悉中国现代文学史的朋友都知道,'父—子'冲突,乃是新文学作品所集中书写表达的重要主题内容之一。然而,同样是对于'父—子'冲突的艺术表现,陈忠实在《白鹿原》中的基本价值取向,却与中国现代文学史上的绝大多数作品截然相反。如果说其他那些作品的基本价值立场主要是站在叛逆者的'子一代'来反对保守传统的'父一代',那么,《白鹿原》就显然构成了一种反向书写。尽管说对于'子一代'的人生选择也不无'理解之同情',但相比较而言，陈忠实的价值立场，显然还是更多地站在了白嘉轩他们'父一代'的一边。进一步考察，即不难发现，其他那些作品之所以会站在'子一代'的立场上反对'父一代'，潜隐于其后的，显然是一种追新逐异的历史进化论逻辑，一种过于相信未来许诺的时间神话。相比较而言，陈忠实的《白鹿原》则明显地反其道而行之，当他毅然决然地站在白嘉轩、朱先生他们的文化立场上对于'子一代'的人生选择进行否定性指斥的时候，实际上就是依托于传统的文化资源对于所谓的革命现代性提出了真切深刻的质疑与反思。"⑤陈忠实的《白鹿原》如此，林森在他的这部《关关雎鸠》中也同样非常坚定地站在了以黑手义与老潘为代表的传统文化价值立场上。从历史的纵向跨度来说，中国作家由一百年前站在"子一代"立场上批判否定"父一代"，到当下时代站在"父一代"立场批判否定"子一代"，真正可谓发生了一百八十度的大逆转，个中滋味，细细想来，的确意味深长，值得引起我们的深入思考。然而，请注意，尽管从表面上看，无论是陈忠实的《白鹿原》，抑或是林森的《关关雎鸠》，都突出地体现出了一种对于现代性的批判性价值立场，但这却并不就意味着对于现代性的简单否定。粗略回顾现代性发生以来的历史，我们即不难发现，对于现代性的一种即时性质疑与反思，其实一直伴随着现代社会的发展历史。在这个层面上说，对于陈忠实和林森他们在小说写作的过程中所凸显出来的那种文化价值立场，我们完全可以把它看作一种"反现代性"的现代性，将其理解为人类在现代化进程中一种及时的自我批判反省。

　　一方面，我们固然应该承认"父—子"冲突表现中的伦理追问与思考是林森《关关雎鸠》最主要的思想艺术价值所在；但在另一方面，我们却也不能不承认长篇小说某种多义性特征的具备，不能不强调作家对于王科运这一形象的刻画塑造，充分体现了林森对于当代知识分子命运的一种关切与思考。时运不济的王科运，在小说中不无讥讽色彩地被戏称为"半脑老师"。这位王科运，曾经在镇中学教授过初中物理。匪夷所思的一点是，一个国线大学毕业生，不在大城市发展，回到这个地图上没有痕迹的小镇上当中学老师。到了数年之后的一九九三年初，王科运就因为所谓的贴大字报诬告校领导贪污的事件而被停职。虽然有大量的事实证明王科运绝非诬告之人，但他由此而从一位教师变身为卖粽子的街头小贩，却是一个不争的事实。关键的问题在于，遭受如此一种重创之后的王科运，并没有汲取教训，反而变本加厉地干脆就变成了瑞溪镇上各种大小事件的及时报道者："王科运的报道领域很快扩展，不限于揭露校领导的贪污，谁家婆媳争吵，谁家兄弟分家，谁家买白小姐的彩票中了头奖，都曾在他的大字报上以大标题形式出现过。"为此，王科运曾经多次惨遭相关当事人的极端报复，严重时甚至会被折磨到奄奄一息的地步。作家林森的可贵之处在于，一方面借助于"父—子"的冲突，通过黑手义与老潘这样一些"父一代"人物形象相对成功的塑造，呵护坚守着诸如"劳动至上""祖先崇拜"等传统的伦理价值；

另一方面，也通过现代知识分子王科运悲剧性命运的形象展示，强调着现代伦理价值的重要。能够在一部长篇小说中，将以上两种殊不相同的思想价值倾向以兼容的方式同时表现出来，所充分说明的，正是林森思想艺术包容性的具备。

**注释：**

① 项静《茅屋为秋风所破歌》，《西湖》2015年第11期。

② 王春林《城市化进程中的精神症候》，《民治·新城市文学》2016年第28期。

③④⑤ 王春林《重读〈白鹿原〉》，《小说评论》2013年第2期。

# 浦歌《一嘴泥土》：
# 乡村知识分子的心理透视与精神裂变

在对浦歌长篇小说《一嘴泥土》（北岳文艺出版社2015年8月版）的阅读过程中，不由得会涌起一股股撼人身心的悲戚，尽管很难真正地感同身受，但却仍然不免满怀同情，因为，流淌在小说文本字里行间的，可以说是一种无处安放的哀伤。这是成长的迷惘，记忆的疤痕，然而，经过血和泪的滋养，却终于愈合成了一朵花的模样。浦歌的《一嘴泥土》，作为一部典型的成长小说，其意恐怕并不在于要刻意地彰显什么。究其根本，作家只不过是出于倾诉的需要，把那一路走来的跌跌撞撞刻写成章。作家的这种书写，很显然可以被看作一种对于心灵的慰藉。一嘴泥土，艰涩如深，吟不出如诗如画的田园牧歌，也读不出对故土的深情眷恋；似水年华，不忍回眸，那本该活力张扬的青春岁月，充斥着的却尽是自卑的瑟缩与怯懦；淋漓尽致，卒章不快，到最后，就连一丝些微的希望也变成了彻底的失望，年轻的主人公既把握不住命运的掌纹，也看不到悲伤消逝的尽头。浦歌将叙事视角定格在远离城乡，甚至远离村庄的一条沟壑,犹如被世界遗弃的角落,王大虎一家在这里过着近乎原始的生活,上演着命运掌控下的生存挣扎与无奈。二十世纪九十年代,作为王家祖祖辈辈的第一个大学生,大虎曾经是整个家庭的荣光与自尊来源,寒门确实出了贵子,也确实值得骄傲。然而,寒门的贵子却时刻面临着被残酷现实打回原形的危险。知识确也改变了命运,然而,也只不过是让王大虎有了逃离困顿的短暂机会,不过是给了他一段梦幻般的大学时光而已。曾经一度遭逢的来自现代城市的梦幻迷离,让大虎愈加觉出自身所处境地的鄙陋,流光溢彩的城市生活和难以摆脱的浓厚乡土气质之间的必然冲突,在一种伪装的压力之下,让一个本应该充满青春活力的形体不得不颓靡委顿了。如果说进城读大学曾经是他在世人面前的骄傲,可以让他挺直腰杆,维护全家人的尊严,显示自身与他人的平等,很可惜除此之外,他仍然一无所有,这层虚弱的骄傲终究是敌不过早已深入骨髓的自卑。伴随着毕业的来临,对城市生活割舍的疼痛,对乡村世界无力拒绝的无奈,十余年的寒来暑往,窗前苦读,终归还是逃不脱灰暗的"一嘴泥土"的乡村,如坠深渊,没有任何攀附,挣扎也是徒劳,忍不住悲从中来。作为一个文学专业的大学生,大虎自然免不了会有多愁善感的一面,他有一个光辉的作家梦,可父亲却说那是能将自己饿死的选择,他倾慕于一位如花的女孩,但那只是他一个人的爱情,甚至卑微到不需要有任何回应的地步。爱情的无望,前途的渺茫,固然是他的伤痛,但真正严峻的,却是他无可逃脱的乡村生活:一条贫瘠而荒草丛生的沟壑,两间低矮昏暗的土坯小屋,一位终年身着褴褛中山装的父亲,一位一笑就露出粉红牙龈的母亲,两个同样处于青春敏感期的弟弟,还有整个村庄投射来的含有强烈嘲讽意味的目光。与此同时,大学校园里的那些所有的优雅,诸如聚会的欢快,图书馆的静谧,电影院的浪漫,等等,也都将随风散去。面对着如此一种特别巨大的生活落差,毕业归乡的知识青年王大虎的内心世界,无可避免地受到了强烈的撞击,仅仅月余时间,却恍如隔世一般,在种种不可把握因素的撕扯之下,一种充满内在张力的精神裂变在大虎身上的发生也就是必然的了。

就艺术表现方式而言,《一嘴泥土》对于王大虎精神裂变的呈现,采用的是一种现代心理描写手法,通篇都在借助大虎的视角观照、感知他所寄身于其间的这个世界。从大虎大学毕业后的归家,到他的再度离家出走,一个月的时间着实不长,但却经历了一种堪称曲折起伏的漫长心路历程。细腻逼真的心理刻画,犹如灵魂赤诚的独白,既可以让读者清楚地看到大虎的精神裂变过程,也凸显出了其精神裂变的生成原因。作家描写的逼真直至一览无余,直入人物内心世界,直陈其所思所想。无谓的遮掩,自是不必的,因为这是心灵的实录。从其中,我们所看出的,乃是一个更为真实的大虎。受过高等教育从城市归来的他,对自己的故土不自觉地会持有一种审视的态度,甚至还携带有某种莫名其妙的憎恨情绪。当他回到家初见母亲叶好时,我们从大虎的眼中看到了这样一个母亲形象:"后脑勺束着干草根似的小马尾刷,身材矮矬,脖子油亮,他觉得眼前这个母亲形象严重侮辱了活跃在心中的母亲,他几乎不忍心再看。他想回避眼前这个形象,就像用手摸烫手的山芋一样,一遍遍想否定山芋的烫,又一遍遍将山芋扔下来。"在这里,读者可以明显感觉到大虎的内心矛盾:出于爱,他一遍遍地将山芋拾起;出于审视,他又一遍遍地将山芋扔下。关键还在于,当大虎的情绪发生波动时,作者通过他的眼睛所观察到的事物也相应地发生着变化,有时候甚至会表现得截然相反。这一点,在大虎对待两个弟弟的态度上就可以明显看出来,在刚刚回家,家里氛围尚且平和的时候,他对两个弟弟是乐于相见的,同样处于青春期,便会有更多的共同语言。他们不仅乐于分享彼此学习生活中有趣的事情,而且还会站在易怒父亲的对立面,私享只属于他们三人的笑料。然而,他们一旦共同投入艰苦的劳动,烦躁着无意义的体力付出时,又或者,一旦身居赤贫家庭的他们,要拼命地努力维护自身尊严的时候,他们的内心便会因产生隔膜而互相厌烦。尤其是当大虎认为他的大哥身份受到不尊重与挑衅时,就连二虎、三虎的相貌,都会让他觉得可鄙,甚至二虎病恹恹的柔弱无力的卷曲头发以及那总是不屑和不耐烦的表情,也都会让大虎感到战栗不已。然而,大虎其人却又是如此地怯懦,通常只能够一个人伤心生闷气,抑或是在内心进行恶毒的诅咒。事实上,也正是曾经的城市生活与乡村生活之间的巨大落差,从根本上决定着大虎内心深处的所有挣扎、矛盾与苦痛。浦歌的相关描写,不仅真实，而且真切。只要设身处地地想一想，读者便会对大虎如此一种心态产生强烈的认同感，与之同悲，同戚，同感，同忧。当然，必须强调的一点是，贯穿全篇的，也不全都是纯粹的心理描写，小说中也有相当篇幅的外部描写，但这些外部描写，却大多是通过大虎的视角来加以呈现的。比如，通过大虎的眼睛，我们就能够真切感知到大虎一家五口人所居住的两间小屋的逼仄与简陋："进门得弯腰，地上没有铺砖，踩得很瓷实的裸地坑坑洼洼；小小的两米见方的炕，炕上铺着发糟的，露出大窟窿（下面是毛毡）的脏床单；土砖炉子敞着熏黑的螺旋状窟窿，靠近炉子的毛毡边角被烧黑；朝东的墙上竖着几根弯弯曲曲的粗木棍，糊着雪连纸当窗户，捅破的窗纸舌头一样垂下来，有风就瑟瑟抖动……"这样的一种居住环境，与之前大学时期相比，无疑相差太多。置身于如此这般糟糕的家庭环境之中，我们自然也就不难理解大虎一种强烈排斥心态的生成了。

通过细腻入微的心理刻画让人更加感到悚然心惊的，是浦歌笔端的酷烈劳动场景。既然是"一嘴泥土"，那肯定少不了要与泥土打交道。关键的问题是，这泥土，不仅既不肥沃，也不松软，而且更多时候还处于板结状态。在经历过种植养殖的失败后，大虎一家只有靠向工地拉沙维持生计。拉沙这活儿并不轻松，可以说十分艰苦。头顶毒辣的烈日，肌肤被暴晒而翻卷脱皮，汗水在脸上凝成盐粒，汗与沙混合腻在脖间，脚踩晒至烫人的沙粒，一铁锨一铁锨地做重复动作。最可怕的，还是送沙路上的那道 S 形大坡。每每到这个时候，大虎总是提心吊胆，对 S 形大坡充满各种恐怖的想象："他屏住呼吸，偷看一两眼左面近在咫尺幽深森然的沟壑，然后赶紧紧盯前方几乎是下坠的陡峭路面，时刻准备在危险来临前跳下车。每一个拐弯处，他都害怕车无法转头，或者会因为向心力摔到沟里，或者无法控制地撞上突然闪过弯迎面上坡的人、摩托、四轮、面包车。"由以上真切描述可见，如同大虎这样的拉沙，已不仅仅是体力和汗水的付出了，在心理层面上，大虎更是遭受着深广的折磨。我们注意到，大虎在劳动时，常常会进入一种机械的状态，甚至有时还会寻找适合自己的节奏。浦歌《一嘴泥土》中的如此一种精准描写，直让我们联想到英国作家劳伦斯那部著名的长篇小说《查泰莱夫人的情人》中描写煤矿工人的一个场景："他们是非人的人，是煤、铁与黏土的灵魂，他们是碳、铁、硅等元素的动物。他们也许具有几分矿物那种奇异的非人之美，有煤的光泽，铁的沉重、忧郁与坚韧，玻璃的透明。他们是矿物世界那怪异变形的元素生物！他们属于煤、铁、黏土，就像鱼儿属于水，虫儿属于朽木一样，他们是分解矿物的生物！"[1]劳伦斯的这种描写，很显然是在控诉现代工业对于人性的摧残。相比较而言，大虎他们在泥土上的劳作，尽管与现代工业无关，但却又何尝不带有类似的生命摧残意味呢？！如果生命的存在方式只是由繁重的劳动来填充决定，那么，作为现代人的价值又该怎样体现呢？尤其对于如同大虎这样接受过高等教育的大学生来说，他生命存在的意义和价值难道仅仅是如此吗？无论如何，这繁重的体力劳动确实是对生命的一种摧残与损毁，因为它完全将人格降低到了机械的生物层次。唯其如此，拥有一颗敏感心灵的大虎，才会不止一次地感叹自己会淹没在这被世界遗忘的沟壑中而永无出头之日。

除了几乎遍及全篇的细腻心理描写，浦歌还别具新意地采用了另外一种叙述方式，亦即在小说中多处适度穿插了对于经典文学作品的介绍。如此一种艺术设定，非常契合大虎的特定身份。一方面，大虎所修专业本就是文学，另一方面，作为文学拥趸的大虎也特别酷爱阅读。文本中适度穿插的这些作品，既融入了大虎的思想，也进入了他的日常生活。他的文学梦想之伟大，表现为他希望自己有一天可以写出一部像《百年孤独》那样的名著，也获得一个诺贝尔文学奖。但他的这一梦想，仅仅是个人意志的一种表达，与父亲王龙，与他的那个家庭无关。对于他的家庭来说，较之于《百年孤独》更重要的是，他是否可以在有朝一日成为某位县领导的秘书或报社的记者。他爱情的忧伤，则是那卷包了蓝色书皮的《追忆逝水年华》。因为所写的情诗没有奏效，所以他便将希望寄托于这册《追忆逝水年华》，希望心仪女孩安忆能通过这部小说名著的阅读明白他的心意。失意之后，爱情的伤痛，则化于主人公马塞尔爱情的无望。就这样，小说名著与人物心理彼此映照，作家很巧妙地借普鲁斯特的笔传达出了大虎的心声，写出了他想说的话。如此这般，小说的阅读空间便得到了强有力的一种拓展。诸如《百年孤独》《追忆逝水年华》这样一些早已经被经典化了的具有明确思想指向的文学名著，完全可以作为阅读本书的参考系而存在。类似的情绪，类似的意义延展，肯定能够在另一个维度上帮助读者加深对大虎的理解，也算是小说艺术上的一种独到之处。

实际上，也正是因为浦歌在心理透视方面做足了功课，所以他才极有说服力地表现出了大虎精神层面上的深刻裂变。小说从大虎的大学毕业写起，大学毕业，可以被看作大虎两种截然不同生活方式的一个分界点。在他毕业归家的路上，火车换汽车，汽车换蹦蹦车，蹦蹦车换徒步，大城换小城，小城换乡村，大路换小路，沥青变浮土。借助于如此这般的一种回家方式，浦歌极富象征性地写出了大虎的精神失落过程。经历了这种失落过程之后的大虎，根本不可能找到自我精神的落脚点，于是，他的心情就变得格外复杂而忧郁。出身于贫穷的农村，尤其是农村中赤贫的家庭，这种家庭出身，就注定了他大学毕业之后的道路，并不可能生气蓬勃，他的前途只能是一片黯淡无光。稍不留心，好不容易才读了大学的大虎，就极有可能被早已被自己叛离了的乡村泥土再次吞没。一方面，他清楚地意识到，回到乡村，肯定找不到自身存在的意义；但在另一方面，那样的一种家庭出身却命中注定他只能返回乡村世界。不仅出身于赤贫家庭，而且这个家庭竟然还独居在远离村庄的沟壑，大虎的家庭毫无疑问会成为全村人的目光聚焦之所在。大学毕业后重新回到这个家庭的大虎，在清醒意识到物质上无法与别人平等的前提下，特别在意要想方设法维护自身的精神尊严。细读文本，即不难发现，尽管内心是那么空虚，但大虎却非常在意别人的目光，总是在努力维护着自身在他人眼中应该有的形象。这样一来，我们就每每可以看到，日常生活中的大虎，常常站在他者的角度来审视并规范自己。一旦意识到他者审视目光的存在，大虎那如同初进贾府的林黛玉一般的伪装，表演以及敏感多思，就都无以避免地凸显出来了。他仿佛每一步都走得那么小心翼翼，思忖再三，恐怕被人耻笑了去。如果说在同学面前，他还可以进行隐瞒性的伪装，那么，在知根知底的村里人面前，他的伪装与表演就会变得特别没有底气，因为他们全都非常清楚他赤贫家庭的一切。这样，我们也就自然而然地看到了，毕业归来的大虎，竟然不顾乡村的肮脏，不无心疼地穿上他认为最奢华的衣服，身负三大包行李的情况下疾走，他竟然还要精心挑选着行走的路线，唯恐一不小心就遇上同村的人。类似的表演，还出现在大虎为五爷爷打墓以及出席五爷爷的葬礼的时候。大虎为五爷爷打墓的时候，刚刚遭遇了找寻工作的失败。因为一心想隐瞒不想为人所知，所以他认为来自黑龙与克威他们的每一句话都是暗含深意的。他一边揣摩、忐忑，一边埋头劳动，企图以这种方式证明自己的存在。但其实，黑龙与克威他们，也仅只是一种比较客观的论说而已，并不是专门针对自己。在参加五爷爷的葬礼时，大虎如此羞愧于自己一家人所穿的像烟熏火燎的颜色已经发黄了的丧服，然而，一旦看到富裕的孝子引元叔叔也穿着同样的丧服，大虎便顿时觉得安全、自在了许多。

　　由以上分析可见，大虎的安全与不安全感，大多是来源于他者。面对他者的目光，大虎总是会不自觉地形成一种过度的揣摩心理。这种不健康的心理状态，在精神病理学的意义上或可被称为"迫害妄想症"。他人即是地狱，是大虎的自卑情绪，在一定程度上让他陷入到了这种精神困境之中。同样地，在爱情上的失意与自卑，也时常会让他自觉地低落到尘埃里："他用安忆的眼光看他周围的一切，他羞愧地首先看到这个属于他们当地特有的古怪蹦蹦车，看到他坐在蹦蹦车上的尴尬姿势，看到面前那个老农憨厚而又狡猾的脸。"面对着母亲，"他突然用安忆的目光打量起母亲，惊奇地发现母亲同别的农妇没有任何不同，甚至没有她们穿得好"。当父母夸赞大虎的相貌排场时，"他想象同学们听到这句话会怎样笑得背过去气去"。同时，又"把自己想象成安忆，然后想象一个大头平脸男人走到自己跟前的观感"。归根到底，安忆是他不可企及的一个如花般意义灿烂的幻梦，在安忆面前，他总是会不自觉地将自己放低。因了他所分裂出的安忆视角的带着光环而居高临下，他自己只能够自惭形秽，自卑汹涌。同样的情形，也出现在面对李文花的时候。对于李文花，他也总是充满了各种美好的想象，他想象，李文花家不仅有温馨宽敞的四间房屋，而且她也至少有一个属于她自己的抽屉，可以放她私人的物品。大虎之所以会做如此一种想象，关键在于这一切都是现今的自己所无法享有的。令大虎也令读者感到震惊的是，小说结尾处李文花的那封回信。通过那封信，我们方才真切了解到，其实她的生存环境可能比大虎还要恶劣许多，因为她的家乡不过是一个只有十几户人家的地处大山深处的一个小山村。实际上，浦歌借助于李文花这一形象，乃是要通过他们之间的反差，充分凸显大虎悲观情绪的严重程度。然而，大虎的悲观情绪固然重要，但更应该引起我们关注思考的，却是他为什么会形成如此一种悲观情绪？又或者，是什么样的一种社会语境方才导致了大虎悲观情绪的生成？这样一来，小说的批判矛头，自然也就指向了现实社会，指向了那难以逾越的贫富差距，以及这差距背后必然的一种阶层差异。

同样置身于一种巨大的阶层差异里而备受折磨的，是大虎的父亲王龙这一人物形象。身为一个乡村赤贫家庭的家长，他事实上承受着多方面的压力：三个儿子读书的费用，赡养老人的压力，妻子随时发出的抱怨，乃至村干部强行收回承包沟的危险，等等。面对如此艰难而恓惶的光景，他所采取的，则是一种过度乐观的应对态度。他的很多种决定不仅往往伴随着巨大的热情，而且通常还都会以轰轰烈烈的失败方式告终。无论是嫁接脆枣枝，还是沟地种小麦，无论是旱地栽白菜，还是养殖兔子，所有这些生产活动，可以说不仅都没有达到王龙的预期效果，反而使家庭的光景越来越糟糕。以至于，到最后，只能以拉沙来勉强维持家庭的生计。但正所谓"江山易改，本性难移"，即使是拉沙，他也仍然会自以为是，甚至有时候还会不顾生命危险。有一次，眼看一场暴雨将至，王龙却仍然坚持要去拉一趟沙，既不考虑暴雨因素，也不考虑那个危险的 S 形大坡因素。如此一意孤行的结果，自然可想而知。到最后，他就像一个可怕的赌徒，只能够把自己弄得狼狈不堪。此外，父亲王龙的极端自以为是，还更多地体现在"钻石事件"和"三十辆卡车拉沙事件"这两个事件当中。首先，是"钻石事件"。王龙笃信从沙里挖出的彩色石头就是宝石或钻石，只待鉴定过之后，就可以为他们家带来巨大的财富。等到鉴定无果之后，王龙给出的说辞是："狗日的他们也说屎不下样子，只是嫌它大——这就是钻石，大是因为不纯，纯了它想大也大不了。""什么是县城？什么是省城？县城要都是专家，还要省城干什么？咱这钻石只有拿到省城才能鉴别得了！"王龙的这种固执行为，就真正可谓是撞了南墙也不回头了。其次，是"三十辆卡车拉沙事件"。因为在事情还没有最终敲定的时候，王龙就已笃信三十辆卡车必来无疑，所以就开始热火朝天地带领儿子们拓宽路面去修路了。当大虎他们都已经察觉到三十辆卡车会不会来都是一个问题的时候，他却仍然深信不疑。最后的结果只能是失望，他们父子长达十多天的劳动付出皆属徒劳，但他竟然将这失望处理得非常轻描淡写，更试图以更加卖力的拉沙来填补这十几天的空白。由以上种种情节，我们即不难判断，王龙的确是一位生活的乐观主义者，拥有着如同阿 Q 一般的自我修复能力，总是能够为自家光景的恓惶，为自己的失败找到合理的说辞。很多时候，他会把更多的希望寄托于假设的未来情景，寄托于自己的三个儿子。在大虎五爷爷的葬礼上，当众受辱之后的王龙，回到家的总结发言竟然是这样的："咱现在没有好办法，就看这收沙的了，收沙的一来，一两个月咱就赚够了，就是收了沟咱也值。再就是大虎的工作，咱看看报社方面有没有门路，若有的话，他们不敢收沟，记者，那是无冕之王，谁不怕？王金合他听见大虎当了记者，我保证他晚上都怕得睡不着哩！"自家的生存处境明明非常糟糕，但他却偏偏硬是要创造出这一通貌似乐观的说辞来。细细想来，不免让人感到可笑，会耻笑他的自不量力，竟然将受辱之境况巧妙地转换为优胜的境况。但在耻笑之余，我们却又不禁要为他感到悲哀。然而，回头来再设身处地地想一想，却又多多少少会对他那种简直就是无师自通的阿Q精神产生一定程度的理解与谅解。道理说来非常简单，倘若没有了这种阿Q精神，那我们恐怕真的无法想象他会以怎样的一种方式来对抗生活的巨大压力。无论如何，我们得注意到，在他的阿Q精神后面深深潜藏着的，是他对于家人那样一种发自内心的真诚的善意与爱。

行将结束本文之际，我们不能不提到《一嘴泥土》作为一部成长小说的特别结尾方式。从某种"阳光总在风雨后"的思维方式出发，我们在阅读过程中总是怀着一丝隐隐约约的希望，总以为在经过了那么多的苦难之后，生活总会出现一些转机。然而，文本的实际情形却是，一波三折之后，不仅还是失望，而且是更大的失望。大虎看似轰轰烈烈地去华北日报工作，只不过是一种说大话的结果。这样的一种大话，只可能让大虎从希望的云端跌入更加严峻的残酷现实，让他一个人在异乡的出租屋内流淌着无助的眼泪。但是，揆诸生活的现实，或许这样的结尾方式方才更加切合实际的情况。如此一种悲剧的结尾方式，虽然少了一些圆满的慰藉，但却多了对于现实的冷峻思考。如此一种结尾方式，既可以提醒读者不去忘却大学毕业生王大虎的生存困境与精神裂变，也能够提醒他们不去忘记父亲王龙的阿Q精神。究其根本，浦歌《一嘴泥土》最重要的意义和价值，恐怕就是要告诉广大读者，面对着巨大的社会阶层差异，并不总是会各得其所，总是会有那么一些人作为以悲剧的形式而存在，而挣扎。用一种极其形象化的表达方式就是，含着一嘴泥土，无法诗意栖居。

**注释：**

① D. H. 劳伦斯《查泰莱夫人的情人》，中央编译出版社2010年6月版。

# 李永刚《鳏夫絮语·我的莱伊拉》：
## 逾越文体界限的精神叙事

　　立足现在遥想人类初民阶段的文学创作，应该说完全是混沌一片，根本就谈不上诗歌、小说、散文、非虚构文学以及戏剧诸如此类所谓文学文体的分类与界定。文学文体的分类，各类文体不同特性的形成，乃是人类文明演进过程中的产物。甚至，更严格地说来，我们现在所有关于文学文体分类的理念与知识，都可以被看作现代性的产物。需要注意的是，文学文体的分类及其特性生成之后，反而变成了对于作家创作自由度的某种约束或者桎梏，使得作家只能够在给定的文体特性范围内尽情展示自己的文学才能。比如，诗歌必须是分行排列的，只应该遵循某种情绪性逻辑。再比如，非虚构文学无论如何都不允许存在对于相关人物以及基本事实的虚构。而关于小说，漫长的历史演变过程中，实际上也已经形成了各种可谓众说纷纭的理解与界定。但在这诸多关于小说文体的学说中，我以为，美国现代文学理论家艾布拉姆斯的观点是很有代表性的。"'小说'现在用来表示种类繁多的作品，其唯一的共同特性是它们都是延伸了的,用散文体写成的虚构故事。作为延伸的叙事文,小说既不同于'短篇小说',也相异于篇幅适中的'中篇小说'。它的庞大篇幅使它比那些短小精悍的文学形式要有更多的人物,更复杂的情节,更宽阔的环境和对人物性格的更持续、更细微的探究。作为散文体叙事文,小说不同于乔叟、斯宾塞和弥尔顿用韵文体写成的长篇叙事文。小说从十八世纪开始逐渐取代了韵文体叙事文。""在大多数欧洲语言里,'小说'是用'roman'表示的。这个词源自中世纪的'传奇'。其英文名称衍生于意大利语(意思是'小巧新颖之物')——一种用散文体写成的小故事。十四世纪的意大利流行韵文体'故事'集。故事的题材时而严肃、时而讥讽。""小说的另一个最初模式是兴起于十六世纪的西班牙的流浪汉叙事文。不过,流浪汉叙事文最受欢迎的作品却是法国人勒萨日写的《吉尔·布拉斯》。Picaro是西班牙语,意思是'流氓'。典型的流浪汉叙事文的主题是一个放荡不羁的流氓的所作所为。这个流氓靠自己的机智度日,他的性格在漫长的冒险生涯里几乎毫无改变。流浪汉叙事文的手法是写实的,结构是插曲式的(与单线持续发展的'情节'不同),往往还带有嘲讽的目的。这类叙事文在许多近代小说里依然可以见到。"[①]认真细致地辨析艾布拉姆斯的以上观点,大约有这样几点值得引起我们的高度注意。其一,艾布拉姆斯在这里讨论的其实是长篇小说,"长篇小说"在英文里被写作novel。正因为如此,所以艾氏才会把他所说的"小说"与中短篇小说特意区别开来。然而,尽管他的讨论对象是长篇小说，但他所提炼概括出的人物、情节与环境，却都是小说所不可或缺的要素。不只是长篇小说需要具备这些要素，而且，中短篇小说也一样需要具备这些要素。其二，艾氏认为，小说乃是一种典型不过的叙事文体。其三，艾氏郑重地提及了对于小说写作而言特别重要的两个关键问题，在总体强调小说虚构特性的同时，也通过对"小说的另一个最初模式"亦即"兴起于十六世纪的西班牙的流浪汉叙事文"的探讨，提出了小说文体应该具备的写实性特征。九九归一，艾布拉姆斯在这里提出的，可以说是小说作为一种独立的文学文体所应该具备的基本的文体特性。概括言之，也就是人物、情节、叙事、虚构、纪实以及环境这样的六大要素。联系中国当下时代小说创作的事实，我们进一步认为，艾氏所强调的六大要素中，最起码前面的四种，亦即人物、情节、叙事、虚构，可以被看作小说创作必备的四大要素。

然而，正如同我们在前面已经提到过的，因为文学文体的特性在某种意义上已然变成了对于作家文学创作自由度的规范、约束乃至桎梏，所以，在文学文体相应特性的形成过程中，事实上就已经不断地有作家以他们的写作实践在挑战或者说颠覆了这些可谓是约定俗成的文体规范。某种意义上说，正是这种规范与反规范两者力量的不断争斗博弈，推动着文学创作各文体的不断成熟与进一步发展。我们这里所要展开讨论的李永刚《鳏夫絮语·我的莱伊拉》（载《鄂尔多斯》月刊2016年第7期），很显然就是这样一部具有鲜明不过的文体挑战与颠覆色彩的长篇小说。只要是关注长篇小说创作的朋友，就应该注意到，在2016年，其实已经出现过一部带有突出颠覆与挑战意味的长篇小说，这就是吴亮那部勾勒表现"文革"期间上海思想与生活地图的《朝霞》。在我的理解中，吴亮的《朝霞》对于小说文体的严重冒犯，主要体现在他干脆以一种诗歌写作的思维方式来进行他的小说写作。根据我多年来的阅读体会，作为一种典型的叙事文体的小说，所遵循的艺术逻辑是一种"线性的因果逻辑"。而作为一种典型的抒情文体的诗歌，所遵循的艺术逻辑却是一种"非线性的情绪逻辑"。读者在面对一首现代诗歌的时候，往往会生出丈二和尚摸不着头脑的感觉，很大程度上就是这种"非线性的情绪逻辑"作祟的缘故。这里的关键问题在于，这种"非线性的情绪逻辑"是独属于诗人这一写作主体的，其情绪的起伏与波动，并不像"线性的因果逻辑"那样清晰可辨。我们寻常所谓诗歌的思维与语言的跳跃，实际上也与这种"非线性的情绪逻辑"存在着内在的紧密关联。由以上的比较可见，诗歌文体的接受难度之所以要远远大于小说文体，正是它们所各自遵循的艺术逻辑大不相同的缘故。以这样的文体标准来理解看待中国当代小说，最起码在我个人有限的阅读视野中，在吴亮之前，并没有哪一位作家明显地逾越二者之间的文体界限，以诗歌的艺术思维方式来精心营构一部长篇小说。《朝霞》之对于小说文体最根本的颠覆与挑战，很显然突出地体现在这一点上。然而，《朝霞》虽然已经在以一种诗歌的思维方式营构一部长篇小说，但除了这一点之外，其他诸如人物、情节、叙事、虚构等这样一些小说必备要素依然全部存在，并没有遭受根本性的颠覆。与吴亮的《朝霞》相比较，单就对于小说文体的颠覆与挑战而言，走得更远的，无疑是李永刚的这部《鳏夫絮语·我的莱伊拉》。

以我们所谓的小说四项必备要素来衡量要求《鳏夫絮语·我的莱伊拉》，除了虚构这一要素之外，情节与叙事，这两项要素差不多完全被放逐，人物这一要素，也遭到了严重的破坏。首先，是一种去叙事化的书写倾向。小说本来是非常典型的叙事文体，但李永刚的这部长篇小说却很显然是在以抒情而取胜。"雨幕中，穿雨靴，披雨披，独立烟雨，那时，这片天地完全为我独自拥有了。""月夜下，在这里，可以看到初升不久的金黄的大月亮，浩渺天空中孤独空临的大月亮。""深情的小提琴曲，向着夜海中的礁山飞扬而去。""幽怨箫声，对着月光下的荒凉古堡脉脉倾诉。"诸如此类抒情性的话语，差不多可以说弥漫全篇，俯拾即是。即使是在那些必要的叙事段落中，其语词也同样充满着抒情的色彩："忽然明白你那么爱书了。你是书的化身，书的美好由你来形，由你来容，你有多美好，书就有多美好。如今，你用少女的声音慰藉诗人的灵魂，你的女儿身，定然是为书而生，为诗人而生……"某种意义上，我们完全可以把李永刚的这部长篇小说看作一首带有鲜明的自我独白特质的长篇抒情诗，作家是在模拟一个鳏夫的口吻，柔情万种地向自己心目中的女神莱伊拉倾诉着一腔真诚的恋慕之情。这就不能不提及小说的人物设置了。除了那些召之即来、挥之即去的过场式人物,比如第四章"精灵之舞"中的A君、B君、C君等,小说的主要人物不过只有以第一人称叙述者"我"出现的鳏夫,以及鳏夫心目中神圣的女神莱伊拉这两位人物。更进一步说,即使在这两位仅有的贯穿文本始终的人物中,莱伊拉的实有性,实际上还是很值得怀疑的。由于鳏夫"我"所特有的某种善于臆想的性格特征,我们完全有理由把莱伊拉理解为他主观臆想的结果。就这样,伴随着小说文本总体上去叙事化之后向着抒情性的转移,传统小说中所谓血肉饱满的人物形象之类概念也遭到了李永刚的"无情"颠覆,诸如鳏夫"我"与莱伊拉这样的人物,也因为象征化特点的具备而被符号或者寓言化了。一部长达十多万字的长篇小说,既然只有鳏夫"我"与亦真亦幻的莱伊拉这两位人物形象,那么,一种跌宕起伏的曲折故事情节的具备,自然也就是不可能的事情。整部长篇小说,写来写去也不过只是"我"与自己所渴盼拥有的莱伊拉之间的情感纠葛,而且,这种情感纠葛本身在很大程度上也是"我"一厢情愿的臆想状态的产物。

比如,第八章"吾将行兮"中,叙述"我"在一个星期天,百无聊赖地独坐室内,翻阅一部诗集。倘若联系叙述者稍后引述的艾略特《荒原》中的诗句"这是什么声音在高高的天上/是慈母悲伤的呢喃声/这些戴头罩的人群是谁/在无边的原野上蜂拥向前"来判断,那么,这本诗集或许正是艾略特的《荒原》。正是这些诗句,促使叙述者"我"这个鳏夫顿时陷入了臆想的状态之中。他首先臆想到了自己早已过世七年的慈母:"这诗句如这灰暗的天空,如漫天雪团,凄迷地飘落我心里。是什么晦暗、苍凉的宿命,引得天上的慈母悲伤呢喃,引来她深重的牵念,她温柔手掌的摩挲。"更进一步地,由归天已久的慈母,"我"的臆想中出现了自己始终未曾忘怀过的莱伊拉:"母亲将新棉裤套我腿上,拽我起来,一遍遍地抚平着,摩挲着,一种感伤、凄楚而又流连、温柔的感觉在小小的身心里回旋着……我不禁拉过被子来,抱在怀里……莱伊拉、莱伊拉……我抱着你了……那天多么遗憾,没法这样做,现在好了……"这个时候,鳏夫"我"已经离群索居很长时间,倍感孤独的他内心里渴盼着来自外部世界的亲情温暖。已经离世七年的慈母,之所以会在此时出现在他的臆想世界中,很显然与母爱的稳固恒定性紧密相关。唯其因为母爱在任何情况下都是绝对的无条件的,所以,陷身于极端孤独状态中的"我",才会本能地把自己的情感取向投射到慈母身上。然而,"我"的情感指向终归并不在母亲这里,借助于母亲这个桥梁的巧妙转换,"我"的情感指向最终还是落脚到了莱伊拉身上。在某种简直就是难以自控的臆想状态中:"我的花朵终于来赴我的约了,当那'噔噔'的脚步声响起时,我的心是怎样骤然地狂跳不止啊,那声音……"紧接着,这种臆想似乎也就变成了眼前活生生的"现实":"渴念的莱伊拉突然间莅临,她随身将门带上,背了手,倚在门上。""倚靠在门上的莱伊拉,忧苦而平静,目光中又是那惊鸿照影之初在劫难逃的冷艳。她的话,说给我听,又像是她在呓语,自言自语,说给自己听,却又如从天而来,清清楚楚,掷落而下。"然后,就是莱伊拉与"我"之间的大段对话,说是对话,其中最主要的部分却又全都是莱伊拉对于"我"的种种叮嘱与交代以及拒绝:"不要对我寄托感情,不要把我当作你的莱伊拉,不要做阿米里叶那样的傻事。我今天来,是向你道别,今日一会,从此不再相见……"但恍然不觉间,和"我"对话着的莱伊拉,就悄然隐踪了:"发生了什么事?今天天阴下雪,没看进书去。后来,莱伊拉……莱伊拉来了?她说了些话,说了什么?不清楚了,我有点头痛……后来,她匆匆走了,我都没送送她。我累了,疲乏极了让我好好睡一觉……""醒来时,已是黑夜,屋子里黑乎乎的,死寂一片。心口忽然感到一阵尖锐的刺痛,一阵衰竭般的恐惧……"细细地翻检这个"我"与莱伊拉会面的对话场景,就不难发现,它其实纯粹出于鳏夫"我"的臆想世界。唯其因为"我"总是处于对于莱伊拉一种刻骨铭心的臆想状态中,所以才会"臆想"成真,才会在某种幻觉中与莱伊拉会面并派生出种种情感纠葛。

由以上分析可见,在我们一向所强调的小说文体四项必备要素中,最起码,情节、叙事与人物这三项要素,在李永刚的《鳏夫絮语·我的莱伊拉》中已经遭受到了根本性的损害或者颠覆。因此,倘若仅仅从小说文体的实验探索这个角度来看,李永刚这部具有突出凌空蹈虚性质的长篇小说,的确较之于吴亮的《朝霞》要走得更远。然而,"怎么写"的问题固然很重要,但相对来说,更重要的问题,恐怕还在于究竟"写得怎样"。这就意味着,有足够的勇气挑战既定的文学文体规范,当然值得充分肯定。但这种挑战本身是否取得了非常理想的艺术效果,我个人其实还是心有所疑的。即使因此而被讥之为艺术观念过于保守落后,我也还是愿意重申恪守文学各文体艺术规范的必要性。既然在长期的历史演变过程中已经形成了这样一些相对恒定的文体特质,那肯定就有其文体生成的内在原理。也因此,一方面,我固然不会墨守成规地反对一切小说文体形式上的先锋实验,但在另一方面,我还是更加肯定那些能够"戴着镣铐跳舞";能够在既定的文学文体规范之内淋漓尽致地把相应的思想内涵充分表现出来的作家。究其根本,我之所以全力肯定吴亮在《朝霞》中的先锋探索实验,而对于李永刚《鳏夫絮语·我的莱伊拉》明显逾越小说文体规范的评价态度有所保留的主要原因,很显然正在于此。这样,一个有必要提出来与李永刚稍作商榷的问题就是,同样一种思想主题含蕴,假若更多地恪守小说艺术规范,在充分夯实情节、叙事以及人物诸要素的前提下表达出来,是否比现在的此种极端实验探索境况具有更为理想的艺术表达效果呢?

实际上,李永刚不惜损害颠覆小说要素,明显逾越小说文体界限,意欲传达给读者的,的确不过是第一人称叙述者"我",一位长久处于幽闭独居状态的鳏夫,与一位处于亦真亦幻状态的莱伊拉姑娘之间,更多地处于自我臆想状态中的情感纠葛故事。而且,毫无疑问，李永刚的此种书写想象，其艺术渊源很显然是中古时代阿拉伯文学中一位名叫阿米里叶的诗人与莱伊拉姑娘之间的故事。

诗人阿米里叶不管不顾地爱上了莱伊拉姑娘，并为她写下了不少倾诉真切爱慕之情的诗篇。由于女方家长不同意他俩的结合，诗人精神上受到极大刺激。到最后，这位事实上已经处于精神癫狂状态中的阿米里叶，在漫无边际的沙漠里四处流浪，很快就结束了自己短暂的一生，在阿拉伯文学史上被称为"莱伊拉的痴情人"。后人对他这种坚贞纯洁的爱情极为称颂，把他的事迹改编成各种故事，广为流传。某种意义上说，李永刚的长篇小说《鳏夫絮语·我的莱伊拉》可以被视为这个古老而遥远的阿拉伯故事的中国版，甚至其中女主人公的命名都与历史上的那位莱伊拉姑娘一字不差。为了充分地演绎表达鳏夫"我"对于莱伊拉姑娘的这种超凡脱俗之爱，作家真的做到了类似于《长恨歌》中那样的"上穷碧落下黄泉，两处茫茫皆不见"。正所谓孤鸿落雁、符咒呓语、沙漠荒城、穷乡僻壤、白云苍狗、红尘泥淖，文本中几乎所有的铺陈与联想，都最终指向了男主人公心目中的女神莱伊拉。其中，无论如何都不容忽略的一点是，要想相对忠实地书写表达鳏夫"我"与女神莱伊拉姑娘之间的情感纠葛，一个绕不过去的关键之处，很显然就是"我"在不管不顾地追求莱伊拉的精神过程中所必然遭遇的肉体牵累。作为一位正当年的凡夫俗子，七情六欲尤其是性欲的存在，是显而易见的一件事情。也因此，在疯狂追求莱伊拉的过程中，已经独居很多年，而且还将继续独居下去的鳏夫"我"面临的一个根本问题，就是自身肉体的骚动不安，以及由此而进一步生成的灵与肉的冲突问题。李永刚《鳏夫絮语·我的莱伊拉》的可贵之处在于，他不仅没有回避这种灵肉冲突，而且还在文本中对其进行了足称淋漓尽致的艺术表现。很大程度上，鳏夫"我"内心中的这种灵肉冲突或者说自我博弈正可以被看作李永刚这部长篇小说最根本的艺术冲突所在。作家对于这种冲突的正视以及艺术表现，乃是《鳏夫絮语·我的莱伊拉》中最具艺术感染力的一个重要部分。

"不行了，受不了了……女人、女人，我要疯了……这深夜的街头，沙漠一样空荡荡……听说，车站附近夜间有那种女人，把她攫回鳏居，倾泻我的暴风骤雨……车站附近也是这么黑寂空荡，没辙了，烈火将吞噬我了……这鳏居，黑得伸手不见五指，沉沉黑暗，扑不灭心头烈烈的火，那百合花般的颈项，那朝我劈开的双腿，那柔弱羔羊般回避的女人……受不了了，拉开抽屉，取出那把水果刀，朝着脖子唰地拉一下，就可脱离苦海……别，别这样想，明天就去找女人，听说馨园宾馆有这样的女人，抚慰天下孤鳏男人的，肉体的园丁，她们将医治你的癫狂，救你于焦渴欲绝，刀子张着，快快合入刀鞘，合紧了，明天弄俩钱，一定去找她们，眼前这一刻，你就怀抱着那两个艳舞女郎的幻象，怀抱着镜子上那只羔羊，狠狠地想她们，想、想、想……"我们所摘引的这段叙述话语，集中不过地凸显出了鳏夫"我"由于多年远离女性，形成的那样一种简直就是欲火中烧的精神状况。一方面是来自身体本能的欲望,另一方面却是对于此种本能欲望的强制性压抑。正所谓哪里有压迫哪里就有反抗,鳏夫"我"愈是自我压抑,其身体的本能欲望就愈是要强烈地爆发出来。这种压抑与反压抑力量之间的激烈冲突,在李永刚的《鳏夫絮语·我的莱伊拉》中得到了惊心动魄的生动再现。某种意义上说,如此一种灵与肉的激烈冲突,才真正堪称具有相当人性深度的内在精神冲突。能够把鳏夫身上的内在精神冲突以鲜活灵动的笔触勾勒表现出来,所充分说明的,正是作家李永刚某种艺术洞察能力的特殊。

究其实,李永刚之所以要以十多万字的篇幅煞费苦心地演绎一个中国版的阿米里叶与莱伊拉的故事,乃是受到了阿拉伯世界中"苏非主义"思想深刻影响的结果。所谓"苏非主义",亦称苏非神秘主义,苏非主义赋予伊斯兰教以一种神秘奥义,这一派人主张苦行禁欲,虔诚礼拜,与世隔绝。将"苏非主义"的基本教义与鳏夫"我"的种种人生行迹相对照,即不难发现,"我"的所作所为正可以被看作对于"苏非主义"理念的忠实践行。到最后,在经过了长达十六年之久的禁欲苦行修炼之后,同样还是在一种亦真亦幻的不确定描述中,鳏夫"我"再一次见到了自己朝思暮想的终极渴盼女神莱伊拉。由于在禁欲苦行修炼的过程中,曾经有过很多次内在精神世界中灵与肉之间的激烈冲突,由于知道自己发生过不止一次的精神动摇,鳏夫"我"误以为将会遭受来自莱伊拉的否定性判决:"忽然觉得不对……走向莱伊拉，是万难天路，如今竟已然得见，是否独居中有过什么意识不到的对莱伊拉的污渎，已丧失走向她的资格。而走向她，融于她，是活着的需要，一旦这种需要被剥夺，活着的意义也就丧失了……可怕的判决要降临么……"于是，"我"决心坦然面对这种终将来临的判决："'莱伊拉！'我大声说道，'我知道你来做什么了，不必于心不忍，遮掩闪避。已然得见，于愿足矣。愿意背着十字架，缚跪在你面前，任由判决！来你的一切，你给予的一切都是恩赐，判决吧，判决我……'"但谁知，"我"的这种自我忏悔不仅没有遭到莱伊拉的无情判决，反而得到了她的高度肯定与认同。面对着"我"内心的忐忑与恍惚不安，莱伊拉的神情却是那么沉静清明："真正的抵达是心的抵达。当你的爱如此地真，如此的纯，如此无我，你的船，早已驶抵爱的彼岸。""世间最大事业，莫过于爱的事业，爱的事业在世纪之初，收获了一份纯粹，一支绝唱。""你清楚爱不是得到，那以得到为目的的爱是世俗之爱。当你只求爱的本身，你的爱，已是纯粹的精神之爱、神性之爱。"

尤其值得注意的一点是，正是借助于莱伊拉对于鳏夫"我"的高度肯定与认同，作家李永刚极巧妙地宣示出了一番在高度物质化的世界里精神的高贵与重要："阿拉伯，有着洞穿岁月长河的永恒精神力量，有着磐石不移的心灵仰望。阿拉伯的美就是你，莱伊拉，追随者，是热烈、执着、舍生忘死的阿米。多少个世纪，潮流滚滚形形色色，阿拉伯心定神明，从来没有迷失人类精神的方向。人类的家园建立在物质与精神的平衡中,如今,家园因严重的物质主义变得失去平衡,阿拉伯贯彻始终的精神力量,真纯不贰、脊梁的、中流砥柱般的心灵品质,正在对失衡的世界做出平衡。""阿拉伯,以始终如一的心灵定境,看穿了文明进程中的误区与极端,看穿了物质主义的蒙昧,预感到了平衡打破之后将要遭遇的危机和灾难,发出了清明澄澈的声音:爱与心灵是人之必需;要阻止物的状态对灵的状态的肆虐、吞食,要恢复树立精神、心灵的神圣、崇高……"毫无疑问,这样的一种人文理念,既是莱伊拉的,也更是作家李永刚的。虽然我并不了解李永刚本人的精神背景,但毫无疑问的一点却是,他对于阿拉伯文明,对于阿米里叶与莱伊拉之间的故事,是非常熟稔的。也因此,尽管从艺术的处理方式上肯定存在着过于理念说教的嫌疑,但相对于我们当下这样一个业已在物质主义中沉迷过久的世界而言,李永刚在长篇小说《鳏夫絮语·我的莱伊拉》意欲以一种逾越文体界限的形式实验完成的精神叙事,其重要的现实针对性无论如何都不容轻易忽视。相对于当下世界所盛行的物质主义,如同李永刚此类的艺术书写不啻是一针难能可贵的精神清醒剂。

**注释:**

① M.H. 艾布拉姆斯《欧美文学术语词典》,北京大学出版社1990年11月版。